COURS & ENTRAÎNEMENT

prépabac

W0396491

1re GÉNÉRALE

NOUVEAU BAC

Mes SPÉCIALITÉS

SES

Denis Martin • Séverine Bachelerie-Marteau • Sylvie Godineau • Céline Le Feuvre • Franck Rimbert • Gilles Seurin

HGGSP

Laurent van De Wandel • Cécile Gaillard • Cécile Gintrac • Vanessa Mercier • Franck Rimbert • Frédéric Viénot

Anglais LLCE/AMC

Aline Charles • Anne-Cécile Couturier • Jean-Marck Molignier • Christine Bitaillou • Isabelle Kherbouche

Hatier

Le site de vos révisions

L'achat de ce Prépabac vous permet de bénéficier d'un **ACCÈS GRATUIT*** à toutes les **ressources** d'annabac.com (fiches, quiz, sujets corrigés…) et à ses **parcours de révision** personnalisés.

Pour profiter de cette offre, rendez-vous sur **www.annabac.com** dans la rubrique « J'ai acheté un ouvrage Hatier ou Foucher ».

* Selon les conditions précisées sur le site.

Maquette de principe : Frédéric Jély
Mise en pages : STDI
Schémas : Nord Compo et Domino
Cartographie : Philippe Valentin
Iconographie : Hatier illustration et Sophie Suberbère
Édition : Béatrix Lot et Catherine de Bernis

© Hatier, Paris, 2022
ISBN 978-2-401-08674-6
Sous réserve des exceptions légales, toute représentation ou reproduction intégrale ou partielle, faite, par quelque procédé que ce soit, sans le consentement de l'auteur ou de ses ayants droit, est illicite et constitue une contrefaçon sanctionnée par le Code de la Propriété Intellectuelle. Le CFC est le seul habilité à délivrer des autorisations de reproduction par reprographie, sous réserve en cas d'utilisation aux fins de vente, de location, de publicité ou de promotion de l'accord de l'auteur ou des ayants droit.

AVANT-PROPOS

VOUS ÊTES EN PREMIÈRE générale et vous avez choisi les trois spécialités :

SES • HGGSP • Anglais

Vous savez que la réussite dans ces matières demande un travail régulier tout au long de l'année ?
Alors ce gros Prépabac est pour vous !

Dans chaque discipline, l'ouvrage vous permet en effet :
– de **mémoriser les connaissances essentielles** sur chacun des thèmes du nouveau programme,
– d'**acquérir progressivement des méthodes clés :** mettre en œuvre une recherche, conduire une analyse de document, construire une synthèse argumentée, élaborer une traduction, présenter un dossier à l'oral…

Cet objectif est rendu possible grâce à un **ensemble de ressources très complet :** des fiches de cours et de méthode synthétiques et visuelles, mais aussi un entraînement progressif, incluant des sujets guidés, pour vous préparer à l'épreuve finale du bac.

Nous vous recommandons de les utiliser régulièrement, en fonction de vos besoins. Ainsi vous pourrez aborder vos contrôles en toute sérénité et acquérir les compétences nécessaires en Terminale.

Bonnes révisions !

Les auteurs

SOMMAIRE GÉNÉRAL

Pour trouver un chapitre précis dans une matière, reportez-vous au sommaire de chaque partie.

SES

HISTOIRE-GÉOGRAPHIE GÉOPOLITIQUE & SCIENCES POLITIQUES

ANGLAIS LLCE/AMC

SES

TOUT LE PROGRAMME

- Le cours en 49 fiches
- Exercices et sujets corrigés

SOMMAIRE

Quand vous avez révisé un chapitre, cochez la case ☐ correspondante !

Économie

SOMMAIRE

Sociologie

Science politique

Regards croisés

1 Un modèle d'échange entre offreurs et demandeurs

En bref *Le marché est une institution qui encadre nos échanges économiques. La diversité des formes de marché rend nécessaire l'utilisation d'un modèle théorique, appelé « marché concurrentiel », pour analyser le comportement des agents et la formation des prix.*

I Une diversité de formes de marché

Le marché désigne le lieu de rencontre entre des acheteurs (qui expriment une demande pour un produit) et des vendeurs (qui représentent la production ou l'offre), ainsi que l'ensemble des échanges réalisés lorsque vendeurs et acheteurs se mettent d'accord sur la quantité échangée et le prix de la transaction.

1 Une multitude de marchés en fonction du produit à échanger

- Le marché des biens et services met en relation les ménages, les entreprises, les administrations, qui échangent des biens et services (de consommation finale ou de production).
- Le marché du travail met en relation des individus qui offrent leur force de travail (au sens de facteur de production) et des unités de production.
- Le marché des capitaux désigne le marché sur lequel s'échangent des actifs financiers (titres de propriété ou de créances) entre des agents économiques qui cherchent à financer leur activité et ceux qui ont un excédent de capitaux.
- Le marché des changes est le marché sur lequel s'échangent des monnaies.

2 Différentes modalités d'organisation des échanges marchands

- Les échanges et la fixation du prix s'effectuent selon des modalités très diverses : vente à la criée (marché aux poissons), marchandage et négociation (marchés alimentaires), vente aux enchères (marché de l'art), prix plus ou moins encadrés par des institutions comme l'État (marché du travail), etc.
- Selon la localisation des agents économiques et des échanges (à l'échelle régionale, nationale, internationale), le marché peut ainsi être un lieu physique (la place du village, un magasin, une agence d'intérim) ou un espace virtuel (transactions électroniques sur des marchés financiers ou sites de vente sur Internet).
- Le marché est une **institution** : les échanges marchands sont inscrits dans un système de règles sociales et politiques, avec le respect de conventions, de contrats, de droits de propriété, etc.

MOT CLÉ
Une **institution** est un ensemble de règles juridiques et de normes sociales organisant la société.

II L'utilisation d'un modèle de marché concurrentiel

1 Un modèle théorique

Le marché est aujourd'hui le principal mode de coordination des activités économiques. La science économique, face à la diversité des formes de marchés, fait ainsi le choix d'étudier un **modèle** de marché.

MOT CLÉ
Un **modèle**, en économie, est une représentation schématisée et simplifiée de la réalité afin d'analyser un phénomène, en posant des conditions ou en ayant recours à la formalisation mathématique.

2 Un modèle basé sur la notion de concurrence

- La concurrence désigne une structure de marché caractérisée par l'**importance du nombre d'offreurs et de demandeurs**. Les prix sont fixés par les mécanismes du marché, un agent économique ne pouvant, seul, agir sur les prix.
- Ce modèle repose sur **cinq conditions** constituant les caractéristiques d'une « concurrence pure et parfaite » : grand nombre d'acheteurs et de vendeurs (atomicité), homogénéité des produits, transparence de l'information, libre entrée ou sortie du marché, libre circulation des facteurs de production.
- Ces conditions permettent de distinguer ce modèle d'autres structures de marché : concurrence monopolistique, oligopole ou monopole. → FICHE 5

zoOm

Les marchés proches du modèle théorique

Le marché au cadran pour la vente de bovins (photo), les ventes à la criée pour les poissons ou les marchés financiers informatisés sont les marchés qui se rapprochent le plus du modèle de marché parfaitement concurrentiel : de nombreux acteurs, une information largement partagée, une circulation fluide des flux financiers dans le cadre d'une globalisation financière.

2 Le comportement des agents économiques

En bref *Dans le modèle de marché concurrentiel, les acheteurs et les producteurs sont caractérisés par des comportements rationnels d'optimisation sous contrainte. Le prix du produit détermine les quantités de produit qui seront demandées et offertes sur un marché.*

I Le comportement des acheteurs

1 Les déterminants de la demande

Les acheteurs cherchent à maximiser leur satisfaction sous contrainte budgétaire. La demande d'un produit est ainsi influencée par les préférences du consommateur (ses goûts, la mode, les anticipations sur l'avenir), mais aussi par des contraintes comme son revenu et bien évidemment le prix du produit, ou encore le prix de produits substituables ou complémentaires.

2 Une demande de marché modélisée par la loi de la demande

- Dans le modèle de marché étudié, le prix du produit est le principal déterminant de la demande : lorsque le prix diminue, les consommateurs qui ont déjà acheté le bien sont encouragés à en acheter davantage ; et ceux qui n'avaient pas les moyens d'en acheter peuvent désormais se le permettre.

- La demande de marché est la quantité de biens (ou de services) que les agents économiques sont disposés à acheter sur un marché à un prix donné. La courbe de demande représente, pour différents niveaux de prix, la somme des demandes individuelles des consommateurs.

- D'après la **loi de la demande**, la pente de la courbe de demande est généralement négative et dépend de l'élasticité-prix de la demande (i. e. la sensibilité de la demande aux variations du prix).

MOT CLÉ
La **loi de la demande** précise que, toutes choses égales par ailleurs, lorsque le prix d'un bien augmente, la quantité demandée diminue. La demande est une fonction décroissante du prix.

INFO + **Les courbes de demande et d'offre**

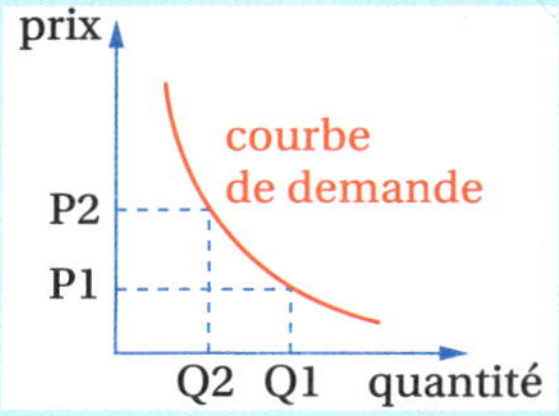

Lecture : pour un niveau de prix P1, la quantité demandée est Q1.

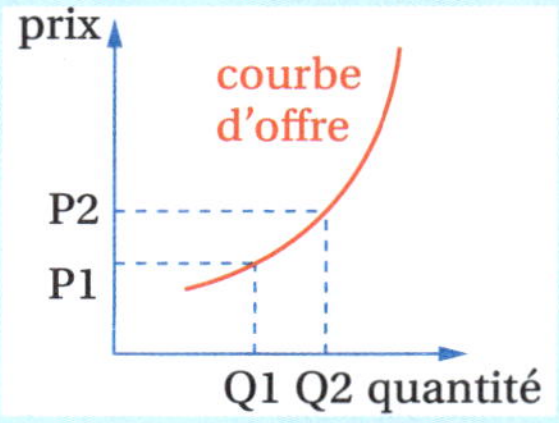

Lecture : pour un niveau de prix P1, la quantité offerte est Q1.

II Le comportement des producteurs

1 Une offre de marché modélisée par la loi de l'offre

L'**offre** est la quantité de biens ou services que les agents économiques sont disposés à vendre sur un marché à un prix donné. Le **prix du produit** est ainsi le principal déterminant de l'offre des producteurs : plus le prix est élevé, plus les entreprises vont décider de produire, qu'elles soient ou non déjà présentes sur le marché.

MOT CLÉ
La **loi de l'offre** précise que, toutes choses égales par ailleurs, lorsque le prix d'un bien augmente, la quantité offerte augmente. L'offre est une fonction croissante du prix.

2 Une courbe d'offre construite selon la maximisation du profit

- Les producteurs cherchent à **maximiser leur profit** en tenant compte de leurs **contraintes de production**. L'offre est ainsi influencée par le coût des matières premières, la productivité des facteurs de production, et par des facteurs naturels modifiant les conditions de production.
- Sur un marché de concurrence pure et parfaite, en situation de coût marginal croissant, le producteur **maximise son profit** lorsque le prix et le coût marginal (coût de la dernière unité produite) sont égaux. La courbe d'offre se situe donc sur la courbe de coût marginal de l'entreprise.

zoOm

Des choix de production dépendants du prix de marché

- Le secteur primaire (agriculture, pêche, mines, gisements) illustre la diminution de la productivité marginale d'un facteur de production (ouvrier, machine) suite à l'utilisation d'une unité supplémentaire de ce facteur.
- Plus généralement, passé un certain seuil, il est de plus en plus coûteux de produire car il faut cultiver, pêcher, creuser dans des zones moins accessibles. Un prix de marché élevé justifie alors cette mise en production.

3 La formation d'un équilibre sur un marché concurrentiel

En bref *La confrontation de l'offre et de la demande aboutit à un équilibre de marché pour lequel il y a égalité entre quantité offerte et quantité demandée à un niveau de prix appelé prix d'équilibre. Cet équilibre est modifié par les variations de l'environnement économique.*

I La confrontation de l'offre et de la demande

1 Un mécanisme d'ajustement avec des prix flexibles

- Le modèle de marché concurrentiel suppose que les agents économiques sont « **preneurs de prix** ». Un intermédiaire fictif entre offreurs et demandeurs, appelé « commissaire-priseur », annonce un prix à la criée et démarre un processus d'enchères dans lequel les prix, flexibles dans un marché concurrentiel, se modifient jusqu'à atteindre le prix d'équilibre.

MOT CLÉ
Un agent économique (ménage ou entreprise) est « **preneur de prix** » sur un marché concurrentiel car il n'a pas la possibilité d'exercer, par ses seules décisions, une influence sur le marché.

- Par ce mécanisme, des offreurs et des demandeurs sont ainsi exclus du marché et, à terme, l'équilibre du marché est réalisé au point d'équilibre, qui correspond au croisement des courbes d'offre et de demande.

2 Un mécanisme autorégulateur qui aboutit à la formation d'un équilibre stable

- En effet, si le prix est au-dessus du prix d'équilibre, il y a un excédent d'offre, les producteurs ne peuvent pas vendre toute leur production et sont donc prêts à vendre à un prix inférieur. Les quantités offertes diminuent (déplacement sur la courbe vers le bas). Cette tendance du prix à la baisse fait augmenter la quantité demandée, jusqu'à atteindre le prix d'équilibre. Le processus inverse a lieu si le prix est en dessous de l'équilibre (pénurie).

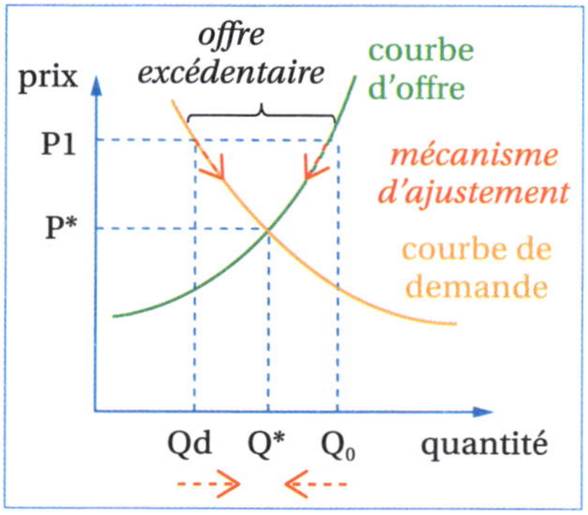

- Les lois de l'offre et de la demande constituent un mécanisme autorégulateur qui fait converger le prix du marché vers le prix d'équilibre.

II Les conséquences d'une modification de l'environnement économique

1 L'effet sur l'équilibre du marché

- Un changement de prix se traduit par un **déplacement le long de la courbe**, entraînant une modification de la quantité offerte ou demandée (cf. I.). Mais si un facteur déterminant autre que le prix varie → FICHE 2, cela se traduit par une modification de l'offre ou de la demande et par un **déplacement de la** (ou des) **courbe**(s).
- Pour étudier l'impact d'un événement sur un marché, on détermine la courbe affectée, la direction du déplacement (vers la droite en cas d'augmentation, vers la gauche en cas de baisse de la quantité) et enfin la modification de la quantité et du prix d'équilibre que cela entraîne → MÉMO VISUEL.

2 Une illustration avec l'intervention des pouvoirs publics

- Les pouvoirs publics peuvent décider d'instaurer une **taxe forfaitaire**, soit une somme fixe par unité de bien vendue dont doit s'acquitter l'entreprise ou le consommateur.
- Le modèle de marché permet de voir comment cette taxe perturberait l'équilibre, en générant un glissement des courbes. La conséquence essentielle d'une taxe est l'**augmentation des prix** et la réduction des quantités échangées. Néanmoins, le prix d'équilibre n'augmente pas du montant de la taxe car la demande s'ajuste au changement de prix.

zoOm

La composition du prix du gazole

- La taxation des carburants (ici, le gazole) modifie le prix du produit et le comportement des agents économiques.
- La TICPE (taxe intérieure sur la consommation de produits énergétiques) peut inciter à la réduction de la consommation de pétrole (en utilisant d'autres modes de transport par exemple).

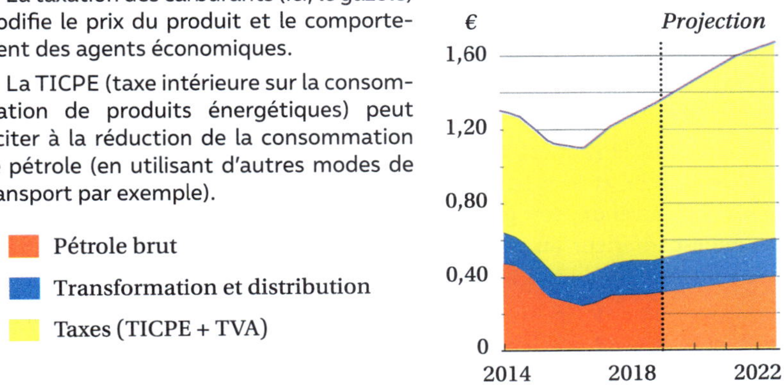

4 Les gains à l'échange

En bref *Le marché concurrentiel procure des gains à l'échange pour les agents économiques. Ces gains collectifs sont maximisés à l'équilibre du marché.*

I Le surplus du consommateur et du producteur

1 Des échanges justifiés par l'existence de gains à l'échange

- Dans le modèle de marché concurrentiel, le prix est le signal qui guide les agents économiques dans leurs prises de décisions, ces décisions individuelles aboutissant à un équilibre global. → FICHE 3
- Le **prix d'équilibre** (prix effectif des transactions réalisées) est unique et ajuste exactement les prétentions des offreurs et demandeurs. Or les différentes unités produites ou consommées ne sont pas valorisées de la même manière par le producteur ou le consommateur (en fonction de leurs contraintes, de leurs préférences). → FICHE 2
- Si le prix d'équilibre s'applique à tous les participants au marché, il n'est pas connu à l'avance et certains acheteurs auraient pu payer plus cher. Si le prix de marché est supérieur à la somme maximale que l'acheteur serait disposé à payer, le consommateur ne participera pas à l'échange. Si producteurs et consommateurs échangent, c'est en raison des avantages qu'ils en retirent.

2 Des gains à l'échange mesurés par le surplus

- Ces gains à l'échange sont liés au prix qu'un consommateur serait prêt à payer sur le marché comparé au prix d'équilibre du marché, qui est le prix effectif de l'échange : le surplus du consommateur désigne cette **différence entre son consentement à payer et le prix d'équilibre**.

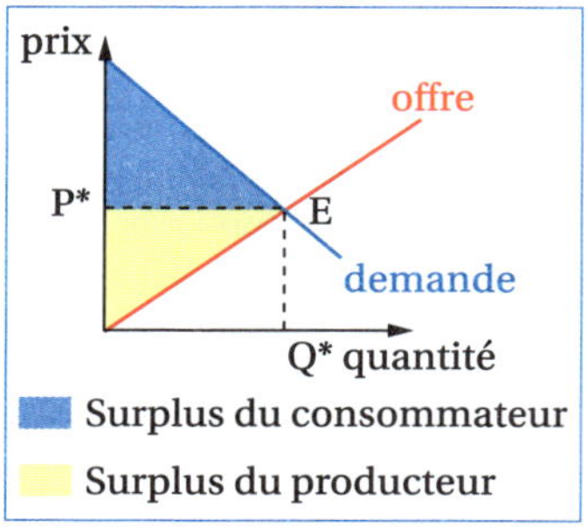

- Pour le producteur, le gain est la différence entre le prix de marché et le prix, plus faible, auquel il serait prêt à vendre son produit. Si le prix de marché est inférieur au prix auquel il était disposé à offrir le produit, il n'a pas intérêt à vendre.
- En faisant la somme des gains réalisés pour toutes les unités produites, on obtient le **surplus du producteur** (ou du **consommateur**) qui se représente graphiquement par la surface comprise entre la courbe d'offre (ou de demande) et le niveau horizontal correspondant au prix d'équilibre.

II Une allocation optimale des ressources

1 L'équilibre de marché concurrentiel maximise le surplus collectif

- Si les mécanismes de marché concurrentiel fonctionnent librement, alors les choix des agents économiques conduisent à un prix d'équilibre qui maximise le surplus global. En effet, vouloir améliorer la situation des consommateurs en baissant le prix provoque une perte et une détérioration de la situation des producteurs. Et réciproquement.
- Toute régulation conduisant à diminuer les quantités échangées ou à s'éloigner du prix d'équilibre va détruire une partie des gains à l'échange.

2 Le marché conduit à une allocation optimale des ressources

- L'équilibre atteint par le marché assure une **allocation des ressources** optimale.
- Cela signifie que le marché permet d'utiliser les ressources (capital, travail, matières premières…) de la manière la plus efficace : en procurant la plus grande satisfaction au plus grand nombre et sans gaspiller des ressources.

MOT CLÉ
L'**allocation des ressources** est le mécanisme par lequel les ressources disponibles dans une économie sont utilisées ou affectées aux différents usages possibles pour satisfaire les besoins des agents économiques.

zoOm

Une illustration : la revente de places de concert

La vente de billets de concert peut créer un rationnement de l'offre (places limitées). La revente de billets remplit une fonction que le marché initial ne remplissait pas : allouer des ressources rares (les billets) à des consommateurs en fonction de la valeur accordée au billet (le prix de consentement). Le surplus économique augmente car revendeurs et acheteurs reçoivent chacun un surplus par rapport à la valeur initiale du billet.

SE TESTER QUIZ

Vérifiez que vous avez bien compris les points clés des **fiches 1 à 4**.

1 Un modèle d'échange entre offreurs et demandeurs
→ FICHE 1

1. Les échanges marchands nécessitent un accord entre acheteurs et vendeurs sur…

☐ **a.** le prix ☐ **b.** les quantités échangées ☐ **c.** les deux à la fois

2. Les échanges marchands sont caractérisés par…

☐ **a.** le respect des droits de propriété
☐ **b.** l'intervention de l'État
☐ **c.** une rencontre physique entre le vendeur et l'acheteur

2 Le comportement des agents économiques
→ FICHE 2

1. Que se passe-t-il lorsque le prix baisse ?

☐ **a.** La quantité offerte augmente.
☐ **b.** La quantité demandée augmente.
☐ **c.** Les quantités offertes et demandées diminuent.

2. La quantité de biens qu'un producteur est disposé à offrir dépend…

☐ **a.** de son coût de production
☐ **b.** du prix de marché du bien
☐ **c.** d'éléments naturels comme la météo

3 La formation d'un équilibre sur le marché concurrentiel
→ FICHE 3

1. Dans le modèle de marché concurrentiel, les agents économiques sont…

☐ **a.** faiseurs de prix ☐ **b.** preneurs de prix ☐ **c.** ni l'un ni l'autre

2. Que se passe-t-il quand, à un niveau de prix donné, l'offre excède la demande ?

☐ **a.** Le marché est à l'équilibre.
☐ **b.** Le prix diminue.
☐ **c.** Le prix augmente.

4 Les gains à l'échange
→ FICHE 4

Parmi les affirmations suivantes, laquelle est vraie ?

☐ **a.** Le surplus du producteur correspond au bénéfice réalisé sur chaque vente.
☐ **b.** À surplus total constant, lorsque le surplus du producteur s'accroît, cela diminue celui du consommateur.

S'ENTRAÎNER

5 Comprendre le vocabulaire du cours

→ FICHE 1

1. Reliez les exemples suivants au marché auquel ils correspondent.

une automobile •	
1 kg de pommes •	• marché du travail
le travail d'un ouvrier •	• marché des biens et services
une action d'une entreprise cotée en Bourse •	• marché des capitaux
les dollars détenus par une entreprise internationale •	• marché des changes

2. Les lieux d'exercice de ces marchés sont-ils davantage physiques ou virtuels ? Classez-les dans le tableau ci-dessous.

a. le marché du travail des ingénieurs informaticiens

b. la braderie de Lille

c. le marché aux fleurs d'Aalsmeer au Pays-Bas

d. le marché du pétrole

e. le marché du dollar

Lieux physiques	Lieux virtuels
....	....
....	....

6 Réviser le cours en 8 questions flash

→ FICHES 1 à 4

1. Quels sont les quatre principaux marchés ?

2. Citez les conditions d'une concurrence pure et parfaite sur un marché.

3. Présentez la loi de l'offre et la loi de la demande.

4. Pourquoi l'offre du producteur sur un marché dépend-elle du profit ?

5. Comment se forme l'équilibre sur un marché ?

6. Quel peut être l'impact d'une taxe sur l'offre et la demande sur un marché ?

7. Définissez le surplus du producteur et du consommateur.

8. Concernant les gains à l'échange, quel problème pose une régulation qui modifierait l'équilibre du marché ?

OBJECTIF BAC

7 Le modèle de marché concurrentiel • Raisonnement

1 h 20

Ce sujet vous donne l'occasion d'utiliser le modèle de marché concurrentiel pour construire un raisonnement s'appuyant sur un article économique. L'analyse du document doit vous permettre de repérer les agents économiques, les déterminants de leur comportement et d'expliquer l'évolution des prix.

LE SUJET

Vous expliquerez, à l'aide du modèle de marché concurrentiel, les mécanismes à l'œuvre sur le marché du pétrole.

Document **Pourquoi le prix du pétrole baisse-t-il ?**

Le prix du pétrole est orienté à la baisse. Le ralentissement très important de l'économie chinoise réduit la demande. La croissance de l'industrie y est inférieure à 7 % par an, de nombreuses branches industrielles (autos, acier, textile, électronique des ménages, électricité...) stagnent et, en conséquence, la consommation de pétrole en Chine ne progresse plus. Ceci réduit l'augmentation de la demande mondiale de pétrole de près d'un million de barils par jour, soit les deux tiers de la hausse attendue.

Du côté de l'offre, à une hausse plus rapide que prévu de la production de pétrole (non conventionnel) aux États-Unis s'ajoute le refus de l'Arabie Saoudite de baisser davantage sa production. Le royaume voudrait que les autres pays de l'OPEP, qui produisent tous à pleine capacité, réduisent eux aussi leur production ; ceux-ci ne le faisant pas, il ne veut pas jouer seul le rôle de variable d'ajustement. Au total, l'écart entre capacité de production mondiale et demande mondiale de pétrole est considérable (6 millions de barils par jour) et il ne va pas en se réduisant, ce qui tire les prix vers le bas.

Patrick Artus, « Pourquoi le prix du pétrole baisse », *Alternatives économiques*, n° 340, novembre 2014, www.alternatives-economiques.fr.

Méthode

Analyser un texte économique

Étape 1 Identifier le document

Le titre et la source donnent des indications sur la fiabilité du document mais aussi sur la période et le contexte.

Étape 2 Comprendre le texte

- Demandez-vous si la structure des paragraphes permet d'identifier les grandes idées du document.
- Ensuite, exploitez le document : repérez les informations importantes, qui définissent ou illustrent les notions à mobiliser.

Étape 3 Exploiter le texte pour répondre à la question posée

- Reliez les informations du document avec les notions et mécanismes du cours.
- Demandez-vous dans quelle mesure un modèle théorique ou un mécanisme économique permet de comprendre les faits d'actualité ou les phénomènes décrits.

Étape 4 Rédiger la réponse → MÉTHODE p. 50

▶▶▶ LA FEUILLE DE ROUTE

Étape 1 Identifier le document

Ici, le texte est simple, écrit par un analyste économique dans une revue économique généraliste.

Étape 2 Comprendre le texte

- Le document expose les déterminants de la demande de pétrole (1er paragraphe) et de l'offre (2e paragraphe), avant de conclure sur l'évolution du prix.
- La dernière phrase fait référence à la notion d'excédent, qui est ici un déséquilibre entre l'offre et la demande. Schématiquement, cela correspond à un niveau de prix supérieur au prix d'équilibre « théorique ». Le mécanisme d'ajustement oriente le prix à la baisse.

Étape 3 Exploiter le texte pour répondre à la question posée

Les modifications des conditions d'offre et de demande peuvent être visualisées par un déplacement des courbes vers la gauche ou la droite. Pour étudier l'impact d'un événement, on détermine la courbe affectée, la direction du déplacement et enfin la modification de la quantité et du prix d'équilibre que cela entraîne.

Étape 4 Rédiger la réponse

- Un premier paragraphe présentera les notions de marché d'offre, de demande, appliquées au cas du pétrole.
- Un deuxième paragraphe traduira les phénomènes économiques présentés dans l'article à l'aide du modèle de marché concurrentiel.
- Enfin, un dernier paragraphe apportera une réponse synthétique à la question, en insistant sur l'évolution des prix.

→ CORRIGÉS p. 25

CORRIGÉS

SE TESTER QUIZ

1 Un modèle d'échange entre offreurs et demandeurs

1. Réponse c. Lorsqu'ils se rencontrent, vendeurs et acheteurs se mettent d'accord sur la quantité échangée et sur le prix de la transaction.

2. Réponses a et b. Le marché est une institution et implique la mise en place de règles. Il n'est pas nécessairement un lieu de rencontre physique.

2 Le comportement des agents économiques

1. Réponse b. Il s'agit du mécanisme de « déplacement sur la courbe ». La demande est une fonction décroissante du prix.

2. Réponses a, b et c. Tous ces éléments constituent des « déterminants de l'offre ».

3 La formation d'un équilibre sur le marché concurrentiel

1. Réponse b. Dans le modèle de concurrence pure et parfaite, aucun agent n'est en mesure d'influencer la fixation du prix. Tous les agents sont « preneurs de prix ».

2. Réponse b. Il y a un déséquilibre, avec une demande insuffisante par rapport à l'offre. Le mécanisme autorégulateur du marché fait converger les positions des offreurs et demandeurs vers le point d'équilibre, à un niveau de prix plus bas.

4 Les gains à l'échange

Réponse b. L'affirmation a est fausse : il ne faut pas confondre surplus du producteur et bénéfice. Le surplus représente la différence entre le prix de consentement et le prix effectivement payé.

S'ENTRAÎNER

5 Comprendre le vocabulaire du cours

1. • Une automobile, 1 kg de pommes : marché des biens et services
• Le travail d'un ouvrier : marché du travail
• Une action d'entreprise cotée en Bourse : marché des capitaux
• Les dollars détenus par une entreprise internationale : marché des changes

2. • Lieux physiques : braderie de Lille et marché aux fleurs d'Aalsmeer.
• Lieux virtuels : marché du travail des ingénieurs informaticiens, marché aux fleurs d'Aalsmeer (nouvelles technologies), marchés du pétrole et du dollar.

6 Réviser le cours en 8 questions flash

1. Les quatre principaux marchés sont le marché des biens et services, le marché du travail, le marché des capitaux et le marché des changes.

2. Les cinq conditions de la concurrence pure et parfaite sont l'atomicité, l'homogénéité des produits, la transparence de l'information, la libre entrée ou sortie du marché, la libre circulation des facteurs de production.

3. Selon la loi de l'offre, lorsque le prix d'un bien augmente, la quantité offerte augmente. Selon la loi de la demande, lorsque le prix d'un bien augmente, la quantité demandée diminue.

4. Le producteur ne rentre sur le marché que dans la perspective de faire un profit, c'est-à-dire de pouvoir vendre son produit à un prix supérieur au coût de production.

5. La confrontation de l'offre et de la demande aboutit à la fixation d'un prix d'équilibre. Celui-ci correspond au croisement des courbes d'offre et de demande.

6. L'introduction d'une taxe perturbe l'équilibre de marché (augmentation des prix et réduction des quantités échangées). Cela se traduit sur le schéma par le décalage de la courbe concernée.

7. Le surplus du consommateur est la différence entre son consentement à payer et le prix d'équilibre. Le surplus du producteur est la différence entre le prix de marché et le prix auquel il serait prêt à vendre son produit.

8. Une régulation modifiant l'équilibre du marché a pour effet de diminuer le surplus de l'un des agents.

OBJECTIF BAC

7 Raisonnement

■ Le marché est un lieu réel ou virtuel où se confrontent une offre et une demande pour aboutir à des échanges caractérisés par un prix de marché. Sur le marché du pétrole, la demande est représentée par les secteurs industriels utilisant du pétrole. L'offre provient des pays producteurs détenant des ressources pétrolières. L'échange est organisé à l'échelle mondiale par des bourses où sont cotées les matières premières. Le prix du pétrole dépend de cette rencontre entre une demande et une offre, qui subissent des évolutions en fonction de la conjoncture économique.

■ Ainsi, le ralentissement économique (notamment en Chine) a un effet négatif sur la demande, ce qui se schématise par une réduction des quantités demandées (un déplacement de la courbe de demande vers la gauche). Dans le même temps, les capacités de production sont exploitées au maximum, ce qui augmente l'offre sur le marché (déplacement de la courbe d'offre vers la droite). Ces deux mécanismes engendrent un déséquilibre sur le marché (excédent d'offre). Il se régule par une baisse des prix.

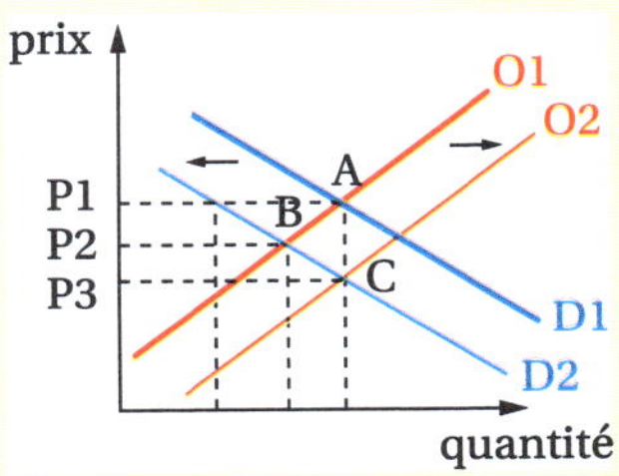

■ L'analyse des déterminants de l'offre et de la demande de pétrole (conjoncture économique, stratégie géopolitique des pays exportateurs, exploitation de nouveaux champs pétrolifères) permet d'expliquer, à l'aide du modèle de marché, l'évolution des prix à la baisse du pétrole en 2014.

5 Les structures de marché de la concurrence imparfaite

En bref *On parle de concurrence imparfaite quand une ou plusieurs conditions de la concurrence pure et parfaite ne sont pas respectées. On peut alors distinguer différentes structures de marché, c'est-à-dire différentes configurations de l'offre et de la demande : monopole, oligopole et concurrence monopolistique.*

I De la concurrence parfaite à la concurrence imparfaite

- La concurrence est dite pure et parfaite lorsque **cinq conditions** sont remplies : l'atomicité, l'homogénéité des produits, la libre entrée et sortie sur le marché, la libre circulation des facteurs de production et l'information parfaite. → FICHE 1
- Sur un marché parfaitement concurrentiel, les entreprises, nombreuses, n'ont pas le pouvoir d'agir sur les prix. Elles sont « **preneuses de prix** ».
- Dans la réalité, ces cinq conditions sont rarement respectées et un nombre limité d'entreprises se partage le marché en proposant des produits aux caractéristiques différentes. Elles acquièrent alors un **pouvoir de marché**, c'est-à-dire la capacité à influencer les prix. Elles deviennent « **faiseuses de prix** ».

II Des marchés sans atomicité : monopole et oligopole

- L'atomicité suppose un grand nombre d'offreurs et de demandeurs. Lorsqu'**un petit nombre d'offreurs** se partage le marché face à un grand nombre de demandeurs, on parle d'oligopole. Lorsqu'**un seul offreur** contrôle le marché face à de nombreux demandeurs, on parle de monopole.
- Les marchés oligopolistiques sont les plus fréquents. Dans ce cas de figure, les entreprises sont en mesure d'élaborer des **stratégies** pour tenter de renforcer leur pouvoir et gagner des parts de marché. Ces stratégies les poussent à chercher une plus grande **compétitivité**.
- Dans le cas d'un monopole, l'entreprise est en mesure de fixer un prix supérieur au prix de concurrence. Néanmoins, cette hausse du prix entraîne une diminution de la production (loi de la demande) préjudiciable aux consommateurs et au producteur. On assiste à une réduction du surplus de l'ensemble des agents : on parle de **perte sèche du monopole**.

MOT CLÉ
La **compétitivité** désigne la capacité d'une entreprise à conserver ou accroître ses parts de marché en baissant ses prix de vente (compétitivité prix) ou en jouant sur la qualité ou l'image (compétitivité hors-prix).

III Des marchés sans homogénéité des produits : la concurrence monopolistique

- L'homogénéité suppose que tous les produits sur un marché soient identiques et donc **substituables**. Le consommateur n'a alors pas de raison d'en préférer un en particulier et son seul critère de choix est le prix. Pourtant, les produits proposés sont rarement similaires et les consommateurs peuvent développer un attachement à certains d'entre eux.
- On parle alors de **concurrence monopolistique** pour désigner une situation où un plus ou moins grand nombre d'entreprises propose des produits différenciés. Cette structure de marché relève à la fois du **monopole** car l'entreprise tente de rendre son produit non remplaçable aux yeux du consommateur, et de la **concurrence** puisque l'entreprise est obligée de prendre en compte l'existence de concurrents potentiels.
- Dans ce cadre, les entreprises élaborent des stratégies de **différenciation** en jouant sur l'innovation et en utilisant la publicité pour se démarquer de la concurrence et limiter la substituabilité de leur produit. Elles peuvent alors fixer un **prix supérieur** au prix de concurrence, comme en situation de monopole, et accroître leurs profits.

MOT CLÉ
La **différenciation** consiste pour une entreprise à doter ses produits de caractéristiques objectives (apparence, labels, performances) ou subjectives (image de marque, réputation) particulières.

zoOm

Le marché des parfums de luxe

Le marché des parfums est un marché où règne la concurrence monopolistique. Chanel, numéro un du secteur, pour se démarquer de ses principaux concurrents Dior et Guerlain, différencie ses produits en jouant sur sa réputation et son image de marque prestigieuse. Chanel est ainsi parvenu à créer un produit « unique », ce qui lui permet de le vendre à un prix élevé.

6 Les origines du pouvoir de marché

En bref *En situation de monopole ou d'oligopole, les entreprises disposent d'un pouvoir de marché : leur poids significatif leur donne la possibilité de fixer un prix plus élevé qu'en situation de concurrence. Ce pouvoir provient de l'imperfection de l'information et de l'existence de différents types de barrières à l'entrée.*

I Des barrières structurelles

- Les barrières à l'entrée désignent des obstacles à l'arrivée de nouveaux concurrents sur un marché. Les barrières structurelles sont **dues aux caractéristiques du marché**. Elles sont liées aux conditions de production (existence d'économies d'échelles ou de réglementations).
- Lorsqu'il existe des **économies d'échelle**, les entreprises en place disposent d'un avantage : leur coût unitaire de production diminue lorsque la production augmente. Leur rentabilité est donc plus forte que celle de potentiels concurrents qui ne peuvent d'emblée réaliser un volume de production suffisant. En présence de fortes économies d'échelle, il peut ne subsister qu'une seule entreprise rentable : un **monopole dit « naturel »**.
- Les **barrières réglementaires** sont des barrières légales s'imposant aux entreprises. Il s'agit parfois de normes techniques coûteuses à mettre en place ou de règles d'implantation (ex. : nombre limité de taxis à Paris). Les **monopoles institutionnels ou légaux** résultent d'une volonté de l'État d'interdire l'entrée d'un concurrent sur le marché.

MOT CLÉ
Lorsque la production augmente, les coûts fixes n'augmentent pas, ce qui entraîne une diminution du coût unitaire de production. On observe ces **économies d'échelle** dans des activités qui nécessitent d'importants coûts fixes (transport ferroviaire, aéronautique…).

II Des barrières stratégiques

- Les barrières stratégiques sont **créées par les entreprises** elles-mêmes afin de dissuader d'éventuels concurrents.
- Les entreprises réalisent des dépenses de recherche et développement afin d'innover. Elles peuvent alors déposer des **brevets**. Ces barrières juridiques leur confèrent une situation temporaire de quasi-monopole en empêchant la concurrence d'exploiter leurs innovations. On parle de **monopole d'innovation**.
- Les **stratégies de prix** sont aussi utilisées. En vendant à bas prix, l'entreprise ou les entreprises (dans le cadre d'une entente → FICHE 7) peuvent rendre impossible l'accès au marché à de nouveaux concurrents. On parle de « guerre des prix » ou de « prix prédateurs ».

III Une information imparfaite

- L'information est dite imparfaite quand les agents économiques ne disposent pas rapidement et sans coût de toutes les informations sur les prix, les quantités et la qualité des produits vendus sur un marché. Ils ne sont pas non plus capables de prévoir les comportements des autres agents.
- Si les consommateurs ne sont pas suffisamment informés sur la qualité des nouveaux produits sur un marché, ils préféreront se diriger vers les produits connus dans lesquels ils ont confiance. C'est un **avantage pour les entreprises déjà implantées** sur le marché et une barrière à l'entrée de nouveaux concurrents.
- Les entreprises souhaitant entrer sur un marché ne disposent pas de suffisamment d'information sur la **capacité de réaction** des entreprises déjà en place. Elles peuvent alors renoncer à entrer sur le marché de peur de ne pouvoir y faire face.

MOT CLÉ
Les entreprises doivent prendre leurs décisions en prenant en compte les réactions des autres. La **capacité de réaction** des entreprises désigne leur capacité à mener une guerre des prix ou à inonder le marché de leurs produits en réponse à l'arrivée d'un nouveau concurrent.

zoOm

Une barrière stratégique : les brevets

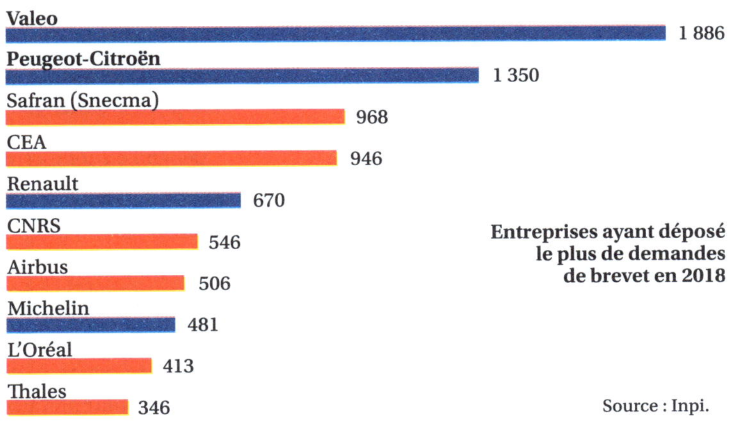

- Les brevets sont des droits de propriété qui garantissent l'exclusivité de l'exploitation d'une innovation à son inventeur. Déposer de nombreux brevets est une stratégie qui vise à créer des barrières à l'entrée de nouveaux concurrents.
- L'industrie automobile est particulièrement dynamique en matière de demandes de brevet : Valeo, Peugeot-Citroën, Michelin et Renault ont demandé à elles quatre 4 387 brevets en 2018.

7 Les stratégies des entreprises

En bref *En situation de concurrence imparfaite, les stratégies des entreprises correspondent à des actions qui visent à étendre leur pouvoir de marché et à dissuader de potentiels concurrents. Dans un oligopole, les entreprises peuvent choisir de s'entendre ou de s'affronter. Le monopole cherche à accroître son profit tout en maintenant sa position.*

I Les entreprises ont parfois intérêt à s'entendre

- Sur un marché oligopolistique, les entreprises peuvent avoir intérêt à former des ententes plutôt qu'à s'affronter. En s'entendant sur les prix, en se répartissant le marché ou encore en fixant des quotas, elles **réduisent la concurrence** et peuvent **augmenter leurs profits**.
- Elles peuvent aussi choisir de s'allier en fusionnant. Deux entreprises se réunissent alors pour en former une nouvelle. On parle de **fusion-acquisition**. Cette stratégie de concentration permet d'augmenter la taille des entreprises, de les rendre plus efficaces et rentables. Elles étendent leur pouvoir de marché.
- Mais la coopération peut être risquée : pour qu'elle soit bénéfique, il faut que toutes les entreprises concernées « jouent le jeu ». La **théorie des jeux** montre que si les entreprises ne sont pas certaines de pouvoir anticiper la réaction des autres, elles peuvent choisir de ne pas coopérer. La coopération serait la meilleure solution, mais ce n'est pas forcément la solution choisie.

MOT CLÉ

La **théorie des jeux** permet d'analyser le comportement d'agents rationnels qui doivent prendre des décisions stratégiques. Les agents sont en interaction : le comportement des uns dépend du comportement attendu des autres.

II Les entreprises choisissent souvent de s'affronter

- Les entreprises peuvent choisir de s'affronter en jouant sur les prix ou la nature des produits afin de gagner des parts de marché.
- Elles développent des stratégies de **prix prédateur**. En fixant temporairement leurs prix à un niveau inférieur à leur coût de production, elles espèrent faire disparaître les concurrents. Elles subissent dans un premier temps des pertes qui seront compensées par la suite.
- Elles mènent des stratégies de **différenciation** → FICHE 5. En dotant leurs produits de caractéristiques objectives ou subjectives originales, elles cherchent à se démarquer de la concurrence. Elles multiplient alors les dépenses de recherche et développement et de publicité. Elles déposent de nombreux brevets.

III Les stratégies des monopoles

■ En situation de monopole, une entreprise maximise son profit pour un **prix supérieur au prix d'équilibre** sur un marché concurrentiel. Elle est cependant contrainte de fixer son prix en tenant compte de l'**élasticité-prix de la demande** afin de ne pas entraîner une trop forte diminution des quantités demandées.

■ Le monopole peut chercher à accroître son profit en se rapprochant au plus près de la disposition à payer de chaque catégorie de consommateur. Pour cela, il pratique une stratégie de **discrimination par les prix** : il propose des prix différents en fonction des types de clientèle (ex. : tarifs différenciés proposés par la SNCF).

■ La discrimination est parfaite si l'entreprise parvient à faire payer à chaque consommateur le prix maximum qu'il était prêt à payer (son **prix de réserve**). Le monopole maximise alors son profit et capte la totalité du surplus du consommateur. Cette stratégie peut être bénéfique à certains consommateurs évincés jusque-là du marché car leur prix de réserve était inférieur au prix de marché.

MOT CLÉ

L'**élasticité-prix de la demande** désigne la sensibilité de la demande à la variation des prix. Plus cette élasticité est faible, plus le monopole accroîtra son profit : les consommateurs réagiront peu à un prix plus élevé.

zoOm

Théorie des jeux et mécanisme de décision

Entreprise B \ Entreprise A	maintient les prix	baisse les prix
maintient les prix	A : gain de 4 Md B : gain de 4 Md	A : gain de 6 Md B : gain de 0 Md
baisse les prix	A : gain de 0 Md B : gain de 6 Md	A : gain de 3 Md B : gain de 3 Md

■ Les entreprises A et B ont la possibilité de s'entendre pour maintenir les prix ou de s'affronter en baissant les prix. Le tableau des gains montre que la solution la plus intéressante est la coopération : l'entente pour maintenir les prix.

■ Cependant, sans certitude sur le comportement de l'entreprise concurrente, chacune choisit la baisse des prix, et obtient un gain moins important.

8 L'intervention des pouvoirs publics

En bref *Les pouvoirs publics interviennent de manière à éliminer tout comportement susceptible de limiter la concurrence. Cette politique de la concurrence a pour objectif de protéger les consommateurs.*

I Pourquoi les pouvoirs publics interviennent-ils ?

- Sur un marché imparfaitement concurrentiel, les entreprises ont le pouvoir de fixer les prix et cherchent à limiter l'entrée de nouveaux concurrents. Les **consommateurs** sont alors **pénalisés** car les prix sont élevés et leur choix réduit.
- Ainsi, l'absence de concurrence remet en cause la capacité du marché à garantir une **allocation optimale des ressources** → FICHE 4. Les mécanismes de marché qui permettent la sélection des entreprises efficaces et qui les poussent à innover sont remis en cause. L'augmentation du prix qui en résulte permet aux entreprises de capter une partie du surplus du consommateur.
- Les pouvoirs publics, au niveau national comme au niveau européen, interviennent pour garantir **une concurrence juste et équitable**, bénéfique à tous.

II Quels sont leurs domaines d'action ?

- Les pouvoirs publics luttent contre les **abus de position dominante**. Une entreprise en position dominante n'a pas le droit d'abuser de cette position pour affecter la concurrence au détriment des consommateurs (par exemple en pratiquant des ventes liées), de ses fournisseurs (à qui elle peut imposer des conditions d'achat défavorables) ou de ses concurrents (pratique de prix prédateurs).
- Ils luttent contre les **cartels** (entente de producteurs pour contrôler un marché). Le droit de la concurrence interdit les ententes anticoncurrentielles qui visent à accroître le profit de leurs membres au détriment des consommateurs et des entreprises concurrentes. Ces pratiques sont difficiles à détecter car menées en secret. Certaines ententes sont néanmoins autorisées si elles favorisent le progrès technique et bénéficient au consommateur.
- Ils contrôlent les **opérations de concentration**. Lorsque les entreprises fusionnent, leur taille augmente et leur nombre diminue. Ces opérations ne sont autorisées que si elles ne se traduisent pas par une trop forte diminution du degré de concurrence sur le marché. Pour prendre leur décision, les autorités de la concurrence délimitent le **marché pertinent**.

MOT CLÉ

Le **marché pertinent** est le périmètre sur lequel s'exerce la concurrence entre des entreprises concernées par un projet de concentration.

III Quels moyens utilisent-ils ?

■ La Commission européenne, mais aussi, au niveau national, la DGCCRF (Direction générale de la concurrence, de la consommation et de la répression des fraudes) et l'Autorité de la concurrence veillent au respect du droit de la concurrence.

■ En cas d'abus de position dominante ou d'entente illégale, les entreprises subissent des sanctions financières. Ces **amendes** doivent être suffisamment élevées pour être dissuasives mais ne peuvent dépasser 10 % du chiffre d'affaires mondial de l'entreprise. Ainsi, Google a été condamné en juillet 2018 par la Commission européenne à une amende record de 4,34 milliards d'euros pour pratique anticoncurrentielle. Aux États-Unis, ces amendes peuvent s'accompagner de peines de prison.

CHIFFRE CLÉ

Le montant des **amendes** augmente d'année en année : en 2017, le record, déjà détenu par Google, s'élevait à 2,4 milliards d'euros. En 2016, il était d'un milliard d'euros pour l'entreprise Intel.

■ Pour faciliter la détection des ententes, les autorités de la concurrence ont mis en place des politiques de clémence : les entreprises qui participent à une entente et qui la dénoncent échappent aux sanctions financières. C'est un outil particulièrement efficace pour mettre fin aux ententes.

zoOm

Le « cartel du yaourt »

■ En 2015, onze entreprises de l'industrie laitière française ont été condamnées pour entente illicite sur les prix et la répartition du marché. À l'exception de Yoplait, qui avait dénoncé l'entente, elles ont subi de lourdes sanctions financières : 192,7 millions d'euros, ramenés en 2017 à un total de 131,9 millions d'euros par la Cour d'appel de Paris.

■ Le secteur agroalimentaire a très souvent fait l'objet de sanctions (cartel des endives, des poulets, de la farine…).

SES HGGSP ANGLAIS LLCE/AMC

SE TESTER QUIZ

Vérifiez que vous avez bien compris les points clés des **fiches 5 à 8**.

1 Les structures de marché

→ FICHE 5

1. La structure de marché la plus fréquente est…

☐ **a.** le monopole ☐ **b.** la concurrence pure et parfaite ☐ **c.** l'oligopole

2. Quels sont les effets d'une stratégie de différenciation des produits ?

☐ **a.** Les produits sont substituables et les entreprises se concurrencent.
☐ **b.** Les entreprises se démarquent et peuvent augmenter leur prix.
☐ **c.** Les entreprises baissent leurs prix pour être plus compétitives.

2 Les origines du pouvoir de marché

→ FICHE 6

1. Qu'est-ce qu'une entreprise disposant d'un monopole naturel ?

☐ **a.** Une entreprise qui exploite une ressource naturelle
☐ **b.** Une entreprise qui bénéficie de fortes économies d'échelle
☐ **c.** Une entreprise qui s'impose grâce à l'innovation

2. Les brevets sont des barrières…

☐ **a.** structurelles ☐ **b.** normatives ☐ **c.** stratégiques

3 Les stratégies des entreprises

→ FICHE 7

1. Que montre la théorie des jeux ?

☐ **a.** Que lorsque la coopération est la meilleure stratégie, elle est toujours choisie par les entreprises.
☐ **b.** Que lorsque la coopération est la meilleure stratégie, elle n'est pas toujours choisie par les entreprises.
☐ **c.** Qu'il est préférable pour les entreprises de s'affronter.

2. Le monopole fixe un prix…

☐ **a.** le plus élevé possible
☐ **b.** tenant compte de l'élasticité de la demande et des différentes catégories de consommateur
☐ **c.** en cherchant à se rapprocher du prix de concurrence

4 L'intervention des pouvoirs publics

→ FICHE 8

Pourquoi les ententes sont-elles interdites ?

☐ **a.** Elles faussent la concurrence et nuisent aux consommateurs.
☐ **b.** Elles agissent en secret.
☐ **c.** Elles entraînent une fusion des entreprises.

S'ENTRAÎNER

5 Comprendre le vocabulaire du cours

→ FICHES 5 à 8

1. Associez chaque terme à sa définition.

oligopole •	• processus qui consiste à doter ses produits de caractéristiques originales
pouvoir de marché •	• marché comptant un petit nombre d'offreurs et une multitude de demandeurs
entente •	• capacité à fixer les prix
différenciation •	• accord entre entreprises pour fixer les prix ou se répartir le marché

2. À quel type de barrière à l'entrée les exemples suivants correspondent-ils ? Cochez la case correspondante.

	Barrière structurelle	Barrière stratégique
Fortes économies d'échelle		
Brevets		
Dépenses de publicité		
Normes techniques à respecter		
Prix prédateurs		

6 Réviser le cours en 8 questions flash

→ FICHES 5 à 8

1. Quelles conditions de la CPP sont remises en cause en situation de concurrence imparfaite ?
2. Quelles sont les trois structures de marché qui s'éloignent de la concurrence parfaite ?
3. Quels sont les différents types de barrières à l'entrée ?
4. Pourquoi l'imperfection de l'information limite-t-elle l'entrée de nouveaux concurrents sur le marché ?
5. Pourquoi les entreprises peuvent-elles choisir de s'entendre ?
6. Pourquoi le monopole élabore-t-il une stratégie de discrimination par les prix ?
7. Pourquoi les pouvoirs publics interviennent-ils pour réguler la concurrence ?
8. Quels sont les domaines d'action de la politique de la concurrence ?

OBJECTIF BAC

7 La concurrence imparfaite • Dissertation

30 min

Cet exercice est une préparation à la dissertation, qui sera travaillée en classe de terminale. Il vous donne l'occasion de questionner les termes du sujet et d'en soulever les enjeux, puis de dégager les axes de votre argumentation.

LE SUJET

Les barrières à l'entrée permettent-elles toujours aux entreprises de disposer d'un pouvoir de marché ? Vous ferez l'analyse de ce sujet et proposerez une problématique.

Méthode

Analyser un sujet et dégager une problématique

Étape 1 Analyser les termes du sujet

- Commencez par repérer toutes les notions clés du sujet. Entourez-les, puis notez leur **définition** au brouillon.
- Étudiez ensuite les autres mots du sujet : le verbe utilisé pour donner la consigne (« montrez », « analysez », « expliquez », etc.) et tous les mots qui peuvent vous guider dans votre analyse (« toujours », « nécessairement », etc.). Soyez attentifs aux mots de liaison et aux liens qu'ils établissent entre les notions.
- Relisez la **formulation** du sujet. Que vous demande-t-on de faire ? S'agit-il de présenter un phénomène ou de discuter une affirmation ?

Étape 2 Comprendre les enjeux du sujet

- Identifiez la **thématique** abordée par les notions clés du sujet.
- Cherchez dans le sujet ce qui peut faire débat ou être questionné : une **opposition** entre les notions clés, une **contradiction** entre la théorie et les faits, une tournure qui vient contredire un raisonnement spontané, etc.

Étape 3 Formuler une problématique

- La problématique est posée par une question qui **découle** du paradoxe présent dans l'énoncé du sujet. Elle doit montrer que vous avez **compris** le sujet et ses enjeux.
- Cette question soulève un débat. On ne peut simplement y répondre par oui ou par non.

▶▶▶ LA FEUILLE DE ROUTE

Étape 1 Analyser les termes du sujet

- Le sujet comprend deux notions importantes : « barrières à l'entrée » et « pouvoir de marché ». Interrogez-vous sur leur signification. Qu'est-ce qu'une barrière à l'entrée ? En existe-t-il de plusieurs sortes ? Qu'est-ce que disposer d'un pouvoir de marché ? Quel lien peut-on faire entre ces deux notions ?
- Prenez en compte les autres mots du sujet. Le verbe « permettre » et l'adverbe « toujours » guident l'analyse puisqu'ils vous conduisent à étudier la nature de la relation entre « barrières à l'entrée » et « pouvoir de marché ».
- La formulation du sujet vous invite à vous interroger. Cette relation est-elle toujours vérifiée ? Connaît-elle des limites ? Peut-elle être remise en cause ?

Étape 2 Comprendre les enjeux du sujet

- Quelles sont les différentes structures de marché que vous connaissez ? Qu'est-ce qui caractérise le comportement des entreprises ?
- Vous verrez apparaître un paradoxe lié à l'idée que les barrières à l'entrée ne permettent pas toujours à l'entreprise de disposer d'un pouvoir de marché.

Étape 3 Formuler une problématique

Vous devez soulever une question complexe qui interroge la relation entre « barrières à l'entrée » et « pouvoir de marché ».

→ CORRIGÉS p. 39

CORRIGÉS

SE TESTER QUIZ

1 Les structures de marché

1. Réponse c. La plupart des marchés se caractérisent par la présence d'une multitude de demandeurs et de quelques offreurs.

2. Réponse b. La différenciation suppose que les entreprises proposent des produits dotés de caractéristiques originales pour s'abstraire de la concurrence et fixer des prix plus élevés.

2 Les origines du pouvoir de marché

1. Réponse b. Un monopole naturel bénéficie de fortes économies d'échelle. Plus la production augmente, plus elle est rentable, ce qui empêche de nouvelles entreprises d'entrer sur le marché.

2. Réponse c. Les brevets sont des barrières stratégiques permettant aux entreprises d'exploiter seules leurs inventions. Certaines déposent de nombreux brevets pour se protéger de la concurrence.

3 Les stratégies des entreprises

1. **Réponse b.** La théorie des jeux montre que lorsque la coopération est la meilleure stratégie, elle n'est pas toujours choisie par les entreprises, qui ne peuvent pas prévoir les choix des autres entreprises.

2. **Réponse b.** La demande diminue quand le prix baisse et que des différents consommateurs ont des prix de réserve différents. Le monopole doit les prendre en compte quand il fixe les prix.

4 L'intervention des pouvoirs publics

Réponse a. L'existence d'ententes crée des barrières à l'entrée pour de nouveaux concurrents et se traduit par une hausse des prix pour les consommateurs.

S'ENTRAÎNER

5 Comprendre le vocabulaire du cours

1. • **oligopole** : marché comptant un petit nombre d'offreurs et une multitude de demandeurs
• **pouvoir de marché** : capacité à fixer les prix
• **entente** : accord entre entreprises pour fixer les prix ou se répartir le marché
• **différenciation** : processus qui consiste à doter ses produits de caractéristiques originales

2. **Barrières structurelles** : fortes économies d'échelle, normes techniques à respecter. **Barrières stratégiques** : brevets, dépenses de publicité, prix prédateurs.

6 Réviser le cours en 8 questions flash

1. L'**atomicité**, **l'homogénéité des produits** et **l'information parfaite** ne sont plus des conditions remplies en concurrence imparfaite.

2. On distingue des **oligopoles** (quelques offreurs), des **monopoles** (un seul offreur) et des marchés de **concurrence monopolistique** (les entreprises proposent des produits différenciés pour détenir un quasi-monopole).

3. Il existe des **barrières structurelles**, dites également naturelles, intrinsèquement liées aux caractéristiques du marché, et des **barrières stratégiques** qui résultent des choix des entreprises.

4. **L'imperfection de l'information** donne un avantage aux entreprises en place, mieux connues des consommateurs, et dissuade de nouveaux concurrents qui ne connaissent pas **la capacité de réaction** de ces entreprises.

5. Les entreprises peuvent choisir de s'entendre sur les prix ou de se répartir le marché pour limiter la concurrence et conserver des prix élevés. Elles peuvent ainsi conserver leurs parts de marché et augmenter leur profit.

6. Le monopole cherche à capter **le surplus du consommateur** en proposant à chaque catégorie de client un prix qui corresponde à son **prix de réserve**. Il peut ainsi augmenter son profit.

7. L'absence de concurrence conduit à une augmentation du prix et à une réduction du choix. Les pouvoirs publics agissent donc pour **protéger les consommateurs** et **permettre une allocation optimale des ressources.**

8. Les autorités de la concurrence agissent contre les **abus de position dominante**, contre **les ententes illicites** et contrôlent les **opérations de concentration.**

OBJECTIF BAC

7 Dissertation

Étape 1

- Les « barrières à l'entrée » désignent des obstacles à l'entrée de nouveaux concurrents sur le marché. Le « pouvoir de marché » est la capacité pour une entreprise à fixer les prix.
- Généralement, les entreprises cherchent à bénéficier des barrières à l'entrée en fixant leurs prix à un niveau plus élevé qu'en situation de concurrence.

Étape 2

- Les structures de marché les plus courantes en situation de concurrence imparfaite sont l'oligopole et la concurrence monopolistique. Les entreprises sont alors suffisamment puissantes pour élaborer des stratégies destinées à gagner des parts de marché. Ces stratégies les conduisent à élaborer ou à profiter de barrières à l'entrée de nouveaux concurrents pour fixer des prix élevés.
- Pourtant cette situation ne correspond pas à une absence totale de concurrence. On peut alors se demander si ces barrières permettent aux entreprises de fixer librement leurs prix à un niveau bien supérieur au prix de concurrence sans craindre une réaction des consommateurs ou de la concurrence.

Étape 3

Existe-il des limites à la capacité des entreprises à fixer leur prix dans le cadre de la concurrence imparfaite ?

Voici un plan possible pour répondre à cette problématique :

I. Des barrières structurelles et stratégiques confèrent un pouvoir de marché aux entreprises

- Des économies d'échelles et des réglementations mettent les entreprises à l'abri de la concurrence et leur permettent de fixer des prix élevés.
- Des stratégies de différenciation ou d'innovation leur permettent de se démarquer et de fixer les prix.

II. Mais ces entreprises doivent tenir compte de la réaction des consommateurs et des entreprises concurrentes

- Face à une hausse des prix, les consommateurs peuvent renoncer à consommer, au détriment des entreprises.
- La capacité de réaction des autres entreprises ou de potentiels concurrents peut remettre en cause ce pouvoir de marché.

9 Les externalités

En bref *Les externalités sont une défaillance du marché car elles ne font pas l'objet de transactions économiques. Ainsi, les externalités négatives ont des effets sur le marché et un coût difficile à mesurer.*

I Les externalités

1 La notion d'externalités

- On définit les externalités comme les effets de l'action d'un agent économique sur le **bien-être** d'autres agents non pris en compte par le marché.

> **MOT CLÉ**
> En économie, le **bien-être** mesure la satisfaction d'un individu ou d'une collectivité.

- Ces effets peuvent être positifs (externalités positives) lorsque ces externalités améliorent le bien-être d'un agent ou négatifs (externalités négatives) si le bien-être de l'agent s'en trouve diminué.

2 Exemples d'externalités négatives

- La **pollution** est un exemple d'externalité négative : son coût est supporté par les communautés qu'elle touche, non par l'entreprise qui l'a produite.
- On distingue plusieurs types de pollution. La pollution atmosphérique est liée au rejet de substances nocives dans l'air. La pollution de l'eau a des conséquences sur la faune, la flore et la qualité de l'eau. La pollution des sols est le plus souvent liée à l'utilisation d'engrais et de pesticides.
- La **consommation de certains produits** (tabac, alcool) peut être considérée comme une forme d'externalité négative (coût pour le système de santé).

II Les effets des externalités négatives

1 Externalités négatives et marché

- L'existence d'externalités négatives constitue une défaillance du marché car **le prix de marché ne constitue plus une information parfaite** pour les agents économiques, le coût de la production étant sous-estimé et le profit surestimé. Dès lors, l'équilibre de marché n'est plus optimal.

INFO + **Les coûts de la pollution en France**
- 42 000 à 45 000 décès prématurés par an
- Un coût de **3 milliards €** pour la Sécurité sociale
- Un coût non sanitaire (effets sur les rendements agricoles, la biodiversité, les bâtiments) d'au moins **4,3 milliards €**

Source : rapport au Sénat, 2015.

■ Dans une optique libérale, il est possible de réguler les externalités négatives par le marché. C'est le cas avec la création du **marché de quotas d'émission** de gaz à effet de serre (GES).

MOT CLÉ
Sur le **marché de quotas d'émission** de gaz à effet de serre, les entreprises s'échangent des droits d'émission de GES.

2 Les coûts des externalités négatives

■ Les externalités négatives font apparaître deux types de coûts : les coûts individuels et les coûts externes ; la somme de ces deux coûts est le coût social. Par exemple, le coût social de la pollution due aux transports comprend le coût privé supporté par l'usager du transport et le coût externe (pollution, accidents, etc.).

■ Il est difficile de mesurer le coût social des externalités négatives car le prix de marché ne permet pas de le faire. Cependant, pour la pollution, on peut estimer deux types de coûts : les coûts externes et l'impact sur les finances publiques.

■ Les coûts externes incluent les décès prématurés, les pertes de qualité de vie et les pertes de production. Les effets sur les finances publiques mesurent le coût des soins des malades, le coût des recherches publiques et de la prévention, et les économies attendues du fait du non-versement des retraites des personnes décédées. Cependant, les méthodes de mesure de ces coûts sont diverses et sujettes à débat.

zoOm

Les effets du réchauffement climatique à +2 °C

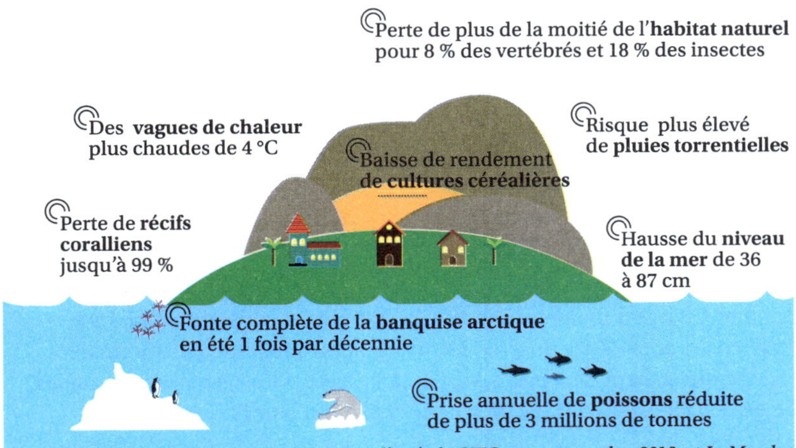

Source : d'après le GIEC, rapport octobre 2016, et *Le Monde*.

Selon un rapport spécial du Groupe d'experts intergouvernemental sur l'évolution du climat (GIEC), il est encore possible de limiter le réchauffement de la planète à 1,5 °C si des mesures draconiennes sont prises au niveau international, notamment en abandonnant l'exploitation des énergies fossiles.

10 Les biens collectifs et les biens communs

En bref *Dans une économie de marché, tous les biens produits ne peuvent être échangés sur le marché. C'est le cas des biens collectifs et des biens communs, dont les caractéristiques constituent des défaillances du marché.*

I Les biens collectifs

1 Les biens collectifs s'opposent aux biens privés

- L'économiste américain Paul Samuelson (1915-2009) distingue les biens selon deux critères : l'**exclusion** et la **rivalité**. L'utilisation de ces deux critères, reprise et complétée par d'autres économistes, permet de distinguer les différents types de biens. Ainsi, les biens privés sont excluables et rivaux.
- Selon la définition la plus courante, les biens collectifs sont des biens, mais également des services, qui bénéficient à tous. La consommation d'un tel type de bien par un individu n'empêche pas la consommation par un autre individu (**non-rivalité**), et personne ne peut être exclu de ce bien (**non-exclusion**). On peut prendre comme exemples la Défense nationale ou l'éclairage public.

2 Les biens collectifs, une défaillance du marché

- Un bien collectif est un bien **non divisible** : la quantité disponible de ce bien est entièrement consommée par chacun des consommateurs et un consommateur supplémentaire n'implique pas un coût supplémentaire : le **coût marginal** du bien collectif est nul.

> **MOT CLÉ**
> Le **coût marginal** est le coût supplémentaire induit par la production d'une unité supplémentaire d'un produit.

- Aucun consommateur d'un bien collectif ne peut être exclu. Ce principe d'indivisibilité d'usage implique qu'il n'y a **pas de compétition entre les consommateurs** pour utiliser le bien.
- L'indivisibilité d'usage d'un bien collectif n'oblige pas les consommateurs à révéler leurs préférences pour offrir un prix. Cette situation incite les consommateurs à adopter un comportement de « **passager clandestin** » car les agents économiques cherchent à bénéficier du bien collectif sans contribuer à leur financement.

II Les biens communs

1 Les caractéristiques des biens communs

- Un bien commun est **rival**, contrairement à un bien collectif, mais **non excluable**, à la différence d'un bien privé. Ainsi, les ressources naturelles telles que les ressources halieutiques (ressources vivantes des milieux aquatiques) sont des biens communs : chacun peut les utiliser (non-exclusion) mais leur consommation exclut d'autres consommateurs potentiels (rivalité).

- La notion de « bien commun » dépasse l'analyse économique. En effet, on parle de « commun » lorsqu'on s'intéresse à la façon d'utiliser une ressource et à la manière de la gérer par une communauté. Ainsi, la notion de « commun » est aussi **politique** qu'économique. C'est le cas de l'habitat participatif.

2 | Les biens communs et le marché

- En 1968, le biologiste américain Garrett Hardin (1915-2003) publie un article dans lequel il décrit un mécanisme social et écologique qu'il nomme la « **tragédie des communs** ». Sa conclusion est qu'un bien commun disparaît du fait de sa non excluabilité, sauf s'il est géré par l'État comme un bien collectif ou s'il est privatisé et régulé par le marché.
- La politologue Elinor Ostrom (1933-2012, prix Nobel d'économie en 2009) remet en cause les conclusions de Garrett Hardin. En analysant de nombreuses expériences dans le monde, elle montre que la surexploitation des biens communs peut être évitée **si les utilisateurs s'organisent** pour les gérer.

zoOm

Une coopérative d'habitation à Barcelone

La Borda est une coopérative d'habitation en cession d'usage à Barcelone. L'immeuble de 6 étages, réalisé uniquement avec du bois, est construit sur un terrain appartenant à la commune et géré par la coopérative. Les logements sont des logements sociaux gérés comme un bien commun.

11 L'asymétrie d'information

En bref *Sur le marché, le vendeur ou l'acheteur peut avoir une meilleure information dont il tire profit. On parle d'asymétrie d'information. Celle-ci se présente sous la forme de la sélection adverse ou de l'aléa moral.*

I La sélection adverse

1 La notion de sélection adverse : le cas des voitures d'occasion

- Il y a sélection adverse (ou antisélection) sur un marché lorsque l'asymétrie d'information conduit à éliminer les produits de meilleure qualité. L'acheteur ne connaît pas bien la qualité du produit qu'il veut acquérir et il peut ne pas l'acheter s'il considère que le **prix** n'est pas un bon indicateur de la qualité du produit.

> **MOT CLÉ**
> Le **prix** de marché est, en principe, un indicateur de qualité des produits échangés. Un prix élevé signifie que le produit vendu est de bonne qualité (et inversement).

- Pour illustrer le phénomène de sélection adverse, l'économiste George Akerlof prend l'exemple du marché des voitures d'occasion. L'acheteur peut douter de la qualité de la voiture vendue. Si le prix est trop élevé, il s'abstiendra, même si l'automobile est de bonne qualité. Dès lors, sur le marché, le prix moyen est trop faible pour inciter les vendeurs de voitures de bonne qualité à vendre leur bien.

2 La sélection adverse et l'équilibre de marché

- La situation de sélection adverse existe sur de nombreux marchés. Ceux-ci ne peuvent parvenir à un équilibre de marché satisfaisant car les « mauvais produits chassent les bons », incitant ainsi les acheteurs à se retirer du marché. Dès lors, le fonctionnement du marché conduit à une situation inefficace, ou même à la disparition du marché.
- Pour répondre à la sélection adverse, le vendeur et l'acheteur peuvent instaurer des moyens pour rétablir la confiance entre eux. Par exemple, le vendeur propose des garanties à l'acheteur, comme le service après-vente. Quant à l'acheteur, il peut s'informer, à partir de données observables, sur le produit vendu ou l'entreprise.

II L'aléa moral

1 La notion d'aléa moral : le cas de l'assurance

- L'aléa moral (ou hasard moral) est la situation d'un agent économique qui, sur le marché, prend un risque inconsidéré car il est certain d'être couvert contre ce risque. L'aléa moral se distingue de la sélection adverse car, au moment de l'échange, il n'y a pas d'asymétrie d'information.

■ L'aléa moral est d'abord apparu dans le domaine des assurances : un assuré pouvait augmenter sa prise de risque puisqu'il n'allait plus supporter entièrement les conséquences négatives de son comportement (comme l'assuré ne paie pas en cas de problème, il augmente sa prise de risque).

2 | Aléa moral et marché

■ Dans le cas de l'assurance, l'assureur ne peut contrôler les comportements des assurés, ce qui a pour effet d'accroître le prix de l'assurance. Celui-ci ne permet pas une situation d'équilibre optimale. Dans les cas extrêmes, l'aléa moral peut entraîner la disparition du marché.

■ L'aléa moral a joué un rôle central dans la crise financière de 2008. Aux États-Unis, les grandes banques ont pris des risques importants en accordant des prêts, dits « **subprimes** », à des ménages aux revenus peu élevés. Cette prise de risque des banques a été encouragée par le principe du « *too big to fail* » : jouant un rôle essentiel dans l'économie, elles étaient à peu près assurées d'être secourues par l'État si elles se retrouvaient au bord de la faillite.

MOT CLÉ
Les « ***subprimes*** » sont des prêts immobiliers bancaires accordés à des clients ayant de faibles revenus.

zoOm

La crise des « *subprimes* »

■ Le crédit immobilier *subprime* est un crédit hypothécaire, c'est-à-dire garanti par le logement acheté grâce à ce prêt, consenti à des ménages avec des revenus très faibles.

■ Lorsque les ménages endettés ne peuvent plus rembourser leur crédit *subprime*, ils doivent quitter leur logement. Au cours de l'année 2007, près de deux millions de ménages ont ainsi perdu le leur. Les *subprimes* illustrent l'aléa moral qui favorise la prise de risques par les banques.

12 L'intervention des pouvoirs publics

En bref *Les pouvoirs publics sont les institutions chargées de l'administration d'un État ou de collectivités locales. Ils interviennent pour faire face aux défaillances de marché principalement en internalisant les externalités et en fournissant des biens collectifs.*

I L'internalisation des externalités

1 La réglementation

- En présence d'externalités, notamment d'externalités négatives, l'État peut intervenir pour lutter contre leurs effets négatifs. Dans ce cas, l'État a une fonction d'allocation des ressources. → FICHE 4
- Afin de réduire les externalités négatives, les pouvoirs publics peuvent édicter des règles et définir les sanctions pour les faire respecter. C'est dans le cadre réglementaire que l'on a interdit les gaz CFC dans les produits aérosols et limité les émissions de CO_2 pour les automobiles.
- La réglementation peut améliorer l'information des agents économiques en cas d'asymétrie d'information. C'est le cas pour les différentes réglementations concernant la comptabilité ou les obligations de certification (par exemple les labels « agriculture biologique »).

2 La taxation

- La taxation représente une mesure fiscale qui a pour conséquence d'accroître le prix des produits polluants. La taxation renvoie au principe du pollueur-payeur permettant d'internaliser l'externalité négative que constitue la pollution.
- La **taxe carbone** répond à la logique du pollueur-payeur. C'est une taxe ajoutée au prix de vente de produits ou de services émettant des gaz à effet de serre comme le dioxyde carbone (CO_2). Elle touche les carburants fossiles (essence, gazole, gaz, charbon) et les activités qui les utilisent.

MOT CLÉ
Depuis la loi de 2014, la **taxe carbone** est appelée « contribution climat énergie » (CCE).

II La fourniture de biens collectifs

1 La production de biens et services

- Les biens collectifs sont à l'origine d'externalités positives : leur production a pour effet d'accroître le bien-être social. Le marché ne pouvant assurer un équilibre optimal dans la production de biens collectifs, c'est l'État qui prend en charge la production de ces biens.

- L'essentiel de la production de l'État concerne des **services non marchands**. Ces services sont soit gratuits (école), soit vendus à un prix inférieur à la moitié du coût de production (une crèche municipale par exemple).
- L'État dispose d'un pouvoir de contrainte et peut financer la production de biens collectifs par l'**impôt**, plutôt que par les prix.

2 Les partenariats public-privé (PPP)

- Le PPP est un mode de financement dans lequel une **autorité publique** (État, collectivités locales) fait appel à des **prestataires privés** pour financer et gérer un équipement qui assure un service public. Les PPP se sont multipliés au cours des années car ils permettent à des collectivités locales et à un État de plus en plus endettés de continuer à assumer des investissements et de nouvelles compétences, en les déléguant en pratique au privé.
- Si les gros investissements publics sont transférés au secteur privé sans que les collectivités voient leur endettement augmenter, celles-ci doivent pendant plusieurs années régler un **loyer** ou des frais à leur partenaire privé. Finalement, le coût total de l'investissement peut s'avérer plus élevé pour les collectivités publiques.

zoOm

Le prix de l'essence en France

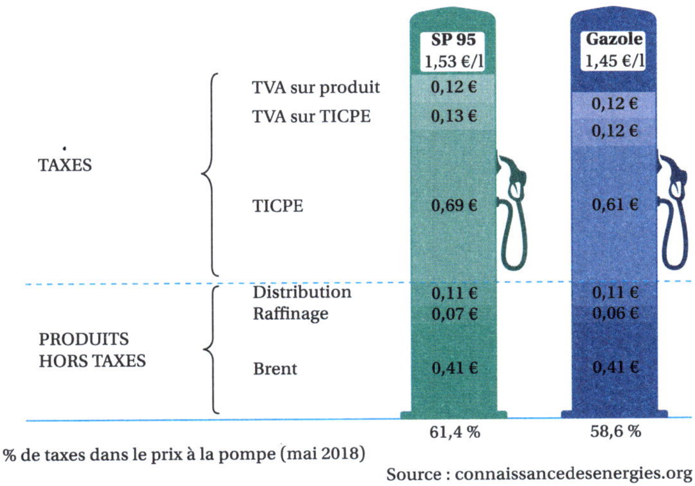

Source : connaissancedesenergies.org

- En mai 2018, pour un prix du litre de SP95 de 1,53 €, le montant des taxes s'élevait à 0,94 €, soit 61,4 %.
- La loi de finances de 2014 a institué la « contribution climat énergie » (CCE) afin de réduire les émissions de gaz à effet de serre. La CCE correspond à une taxe carbone intégrée dans la TICPE. En 2018, elle s'élevait à 44,60 € par tonne de CO_2 émise.

SE TESTER QUIZ

Vérifiez que vous avez bien compris les points clés des **fiches 9 à 12**.

1 Les externalités

→ FICHE 9

1. Parmi les affirmations suivantes, laquelle/lesquelles est/sont vraie(s) ?

☐ **a.** Une externalité peut améliorer le bien-être.
☐ **b.** Une externalité est toujours négative.
☐ **c.** Une externalité négative surestime le profit.

2. Le coût social d'une externalité négative est égal…

☐ **a.** au coût individuel de cette externalité.
☐ **b.** au coût externe de cette externalité.
☐ **c.** à la somme du coût individuel et du coût externe.

2 Les biens collectifs et les biens communs

→ FICHE 10

1. Quelle propriété un bien collectif possède-t-il ?

☐ **a.** Il est non rival. ☐ **b.** Il est excluable. ☐ **c.** Il a un prix de marché.

2. Qu'est-ce qui caractérise un bien commun ?

☐ **a.** Il doit être obligatoirement géré par l'État.
☐ **b.** Il est excluable.
☐ **c.** Il peut être géré par une communauté.

3 L'asymétrie d'information

→ FICHE 11

1. Quelle(s) conséquence(s) peut avoir la sélection adverse ?

☐ **a.** La disparition des produits de bonne qualité
☐ **b.** La disparition des produits de mauvaise qualité
☐ **c.** La disparition du marché

2. Que peut-on dire de l'aléa moral ?

☐ **a.** Il ne concerne que l'activité des assurances.
☐ **b.** Il désigne une asymétrie d'information au moment de l'échange.
☐ **c.** Il concerne des agents économiques certains d'être couverts contre des risques.

4 L'intervention des pouvoirs publics

→ FICHE 12

Qu'est-ce qui caractérise la taxe carbone ?

☐ **a.** Elle augmente le prix des produits polluants.
☐ **b.** Elle suit le principe du « pollueur-payeur ».
☐ **c.** Elle permet d'internaliser le coût de la pollution.

S'ENTRAÎNER

5 Comprendre le vocabulaire du cours

→ FICHES 9 à 12

Complétez le texte en utilisant les termes suivants :
externalités • bien commun • bien collectif • aléa moral • sélection adverse • taxe • défaillance du marché.

La .... est la situation dans laquelle la régulation par le marché est inadéquate ou impossible. Un .... est un bien non rival et non excluable alors qu'un .... est un bien non excluable mais rival. Si, sur un marché, le prix ne constitue pas une bonne information sur la qualité d'un bien, on parle de ...., alors que .... incite les agents économiques à prendre des risques inconsidérés. Les .... ont des effets sur le bien-être des agents économiques. Une .... peut réduire la pollution.

6 Calculer un taux de variation

→ FICHE 9

Document **Émissions mondiales de CO_2 et objectifs du GIEC**

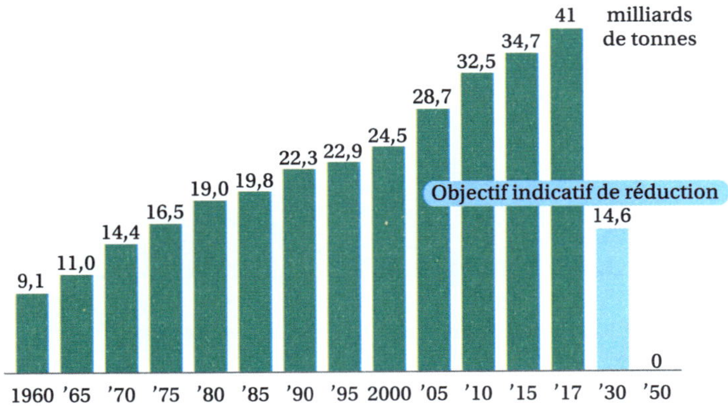

1. Faites une lecture de la donnée de 1960 (9,1).
2. Calculez la variation absolue de l'émission de CO_2 entre 2010 et 2015, puis entre 2015 et 2017.
3. Calculez les taux de variation mesurant les évolutions de l'émission de CO_2 entre 2010 et 2015, puis entre 2015 et 2017.

Savoir-faire

Calculer un taux de variation

Pour calculer un taux de variation, on effectue l'opération suivante :

$$\frac{(\text{valeur d'arrivée} - \text{valeur de départ})}{\text{valeur de départ}} \times 100$$

SES HGGSP ANGLAIS LLCE/AMC

OBJECTIF BAC

7 L'intervention de l'État pour favoriser l'éducation Raisonnement

1 h 20

L'exercice consiste à trouver des arguments, en les illustrant à l'aide d'un document statistique, pour construire un raisonnement. Le document proposé porte sur l'éducation, un exemple d'externalité positive nécessitant l'intervention de l'État.

LE SUJET

Montrez que l'éducation constitue une externalité positive.

Document Évolution de la dépense intérieure d'éducation et de sa part dans le PIB en France

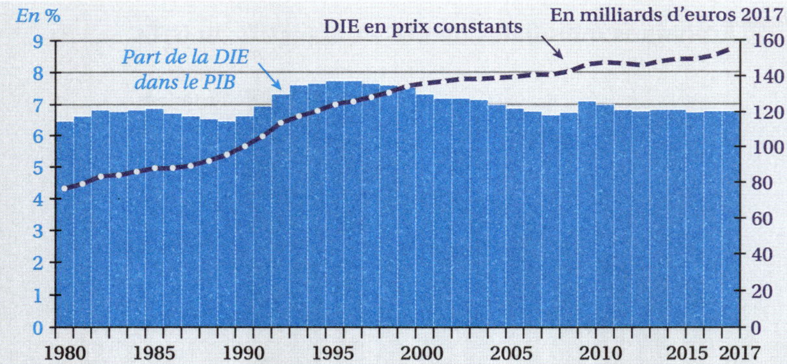

Lecture : en 2017, la DIE s'élève à 154,6 milliards d'euros (courbe avec échelle de droite), ce qui représente 6,7 % du PIB.

Source : ministère de l'Éducation nationale et de la Jeunesse.

Méthode

Construire un raisonnement

Étape 1 Analyser la consigne et les termes du sujet

- Repérez les notions du sujet et notez leur définition.
- Étudiez la formulation du sujet : vous demande-t-on de présenter un phénomène (sujet analytique) ou de discuter une affirmation (sujet dialectique) ?

Étape 2 Exploiter le(s) document(s)

- Identifiez et lisez attentivement chaque document. Repérez l'idée principale et reformulez-la avec vos propres mots.
- Reliez cette idée au sujet puis illustrez-la par une ou plusieurs données statistiques.

Étape 3 Mobiliser ses connaissances

Faites appel à vos connaissances. Sélectionnez celles qui seront utiles pour comprendre le phénomène analysé.

Étape 4 Définir les arguments

- Regroupez les éléments (informations tirées des documents, connaissances, exemples...) par thème.
- Classez-les selon une progression logique afin de construire un raisonnement en deux ou trois parties.

LA FEUILLE DE ROUTE

Étape 1 Analyser la consigne et les termes du sujet

- Le terme important du sujet est « externalité positive ». Les externalités sont les effets de l'action d'un agent économique sur le bien-être d'autres agents non pris en compte par le marché. Quand le bien-être augmente, on parle d'externalité positive.
- La formulation du sujet implique d'expliquer en quoi l'éducation doit être considérée comme une externalité positive.

Étape 2 Exploiter le document

Le document met en évidence une hausse de la dépense intérieure d'éducation (DIE). Cette hausse intervient alors que la part de la DIE dans le PIB tend à stagner. Calculez le taux de variation pour utiliser ces données statistiques.

Étape 3 Mobiliser ses connaissances

Les connaissances personnelles à mobiliser portent sur les externalités positives comme défaillance de marché.

Étape 4 Définir les arguments

- Argument 1 : l'éducation est une externalité positive car elle améliore le bien-être de la société.
- Argument 2 : l'État, par la dépense intérieure d'éducation (DIE), doit se substituer au marché car celui-ci ne prend pas suffisamment en compte les effets positifs de l'éducation. → CORRIGÉS p. 53

CORRIGÉS

SE TESTER QUIZ

1 Les externalités

1. **Réponses a et c.** La réponse **b** est fausse car il existe des externalités positives, qui améliorent le bien-être. Une externalité négative équivaut à une surestimation du profit puisque son coût n'est pas pris en compte.

2. **Réponse c.** Le coût social d'une externalité négative comprend la baisse du bien-être des personnes (coût individuel) et le coût externe pour les autres membres de la société.

2 Les biens collectifs et les biens communs

1. **Réponse a.** Un bien collectif est non rival car la consommation de ce bien par un individu n'empêche pas la consommation par un autre individu.

2. **Réponse c.** Un bien commun est non excluable car chacun peut l'utiliser.

3 L'asymétrie d'information

1. **Réponses a et c.** Dans la sélection adverse, le prix n'est pas un indicateur de qualité du produit : « les mauvais produits chassent les bons » et le marché peut disparaître.

2. **Réponse c.** Dans une situation d'aléa moral, les agents économiques sont certains d'être couverts. Cela concerne le secteur des assurances et des banques.

4 L'intervention des pouvoirs publics

Réponses a, b et c. La taxe carbone augmente les prix des produits polluants, suivant ainsi le principe du « pollueur-payeur » qui consiste à internaliser le coût de la production.

S'ENTRAÎNER

5 Comprendre le vocabulaire du cours

Les mots sont à placer dans l'ordre suivant : défaillance de marché, bien collectif, bien commun, sélection adverse, aléa moral, externalités, taxe.

6 Calculer un taux de variation

1. En 1960, l'émission mondiale de CO_2 était de 9,1 milliards de tonnes.

2. On calcule la différence entre les émissions de chaque année :

- entre 2010 et 2015 : 34,7 – 32,5 = **2,2 milliards de tonnes**
- entre 2015 et 2017 : 41 – 34,7 = **6,3 milliards de tonnes**

3. Les calculs à effectuer sont les suivants :

• Taux de variation entre 2010 et 2015 =
[(34,7 – 32,5) / 32,5] × 100 = **6,8 %**

• Taux de variation entre 2015 et 2017 =
[(41 – 34,7) / 34,7] × 100 = **18,2 %**

Le taux de variation exprime une **variation relative**.

CONSEIL
Distinguez bien variation absolue et variation relative.

OBJECTIF BAC

7 Raisonnement

■ L'éducation est une externalité positive car elle accroît le bien-être de la société.

■ L'État doit cependant intervenir en matière d'éducation, car le marché ne prend pas suffisamment en compte ses effets positifs. Ainsi, comme le montre le document, en 2017, la part de la dépense intérieure d'éducation (DIE) de l'État représente 7 % du produit intérieur brut (PIB) français. Cette DIE représente l'effort éducatif de l'État. Elle augmente surtout entre 1980 et 1996, de 60 % environ.

13 Qu'est-ce que le financement de l'économie ?

En bref *Les opérations économiques nécessitent un financement. Le financement de l'économie désigne donc l'action de mettre à la disposition des agents économiques les ressources nécessaires à leur réalisation.*

I Besoins et capacités de financement des agents économiques

1 Les besoins de financement des agents économiques

■ Certains agents économiques ne disposent pas des ressources financières suffisantes pour financer leurs projets.

■ On dit alors qu'ils ont un besoin de financement : le montant de leur épargne ne suffit pas à financer leur **investissement**. Ce besoin de financement correspond donc à la différence entre le montant de l'épargne et le montant des investissements envisagés.

■ Au niveau macroéconomique, les sociétés non financières (entreprises) ont un besoin de financement : le montant de l'épargne brute des entreprises résidentes ne couvre pas le montant de leurs investissements. L'État est également généralement en besoin de financement.

MOT CLÉ
Pour les entreprises, l'**investissement** désigne l'achat de biens de production, c'est-à-dire de biens durables utilisés pour produire (machines, ordinateurs, bâtiments…). Pour les ménages, il s'agit de l'achat d'un logement.

2 Les capacités de financement des agents économiques

■ Certains agents économiques disposent d'une épargne excédentaire : le montant de leur épargne dépasse celui de leurs investissements. Cette capacité de financement va être mise à la disposition d'autres agents économiques.

■ Au niveau macroéconomique, ce sont les ménages et les sociétés financières (banques, assurances) qui disposent généralement d'une capacité de financement.

■ La somme des besoins et capacités de financement des différents secteurs institutionnels permet de déterminer le besoin ou la capacité de financement de la nation. Si la nation a un besoin de financement, cela signifie que l'épargne nationale ne couvre pas les besoins de financement des agents résidents. Il faut faire appel à l'épargne étrangère pour couvrir ce besoin.

II Le système financier

1 Le système financier permet le financement de l'économie

■ Le système financier désigne l'ensemble des institutions et des activités financières qui contribuent à la création et aux échanges de capitaux. Il assure la rencontre entre des agents à besoin de financement et des agents à capacité de financement.

- Il vise à la fois à collecter l'épargne disponible et à transférer les ressources vers les agents à besoin de financement. Il favorise la circulation de l'information pour permettre une bonne allocation des capitaux financiers. Il est également à l'origine de la création monétaire.

2 Les acteurs et l'organisation du système financier

- Le système financier repose à la fois sur les **banques**, qui créent la monnaie et collectent l'épargne pour ensuite accorder des crédits, et sur les marchés financiers, qui permettent une rencontre directe entre les agents à besoin et à capacité de financement. Il est régulé par les pouvoirs publics, qui surveillent et fixent des règles encadrant les activités financières.

- Le système financier ne se limite pas aux frontières nationales. La globalisation financière a permis l'apparition d'un système financier mondial où les capitaux sont libres de circuler entre les différentes places et les différents agents.

MOT CLÉ

On distingue des **banques de dépôt,** qui collectent l'épargne de leurs clients pour la prêter à d'autres, et des **banques d'affaires**, qui interviennent auprès des entreprises pour les aider à se financer sur les marchés financiers.

zoOm

Les places financières au cœur du système financier

- Les places financières, comme New York ou Londres (photo, regroupent de nombreuses banques internationales et des places boursières.
- Par la confrontation des offres et des demandes, ces bourses assurent en continu le financement de l'économie en permettant la rencontre entre les agents économiques et la formation des prix des actifs financiers.

14 Les différents modes de financement de l'activité économique

En bref *Les entreprises et les ménages ont besoin de financement pour investir et consommer. Différentes possibilités s'offrent à eux selon qu'ils soient en capacité ou en besoin de financement.*

I Le financement interne ou autofinancement

1 Les capacités de financement des ménages

- Les ménages disposent de différents types de revenus : des revenus primaires (revenus du travail et du capital) et des revenus de transfert (prestations sociales). Lorsqu'on additionne ces revenus et que l'on en soustrait les prélèvements obligatoires (impôts et taxes) effectués par les administrations publiques, on obtient le revenu disponible des ménages.

- Ce revenu disponible est destiné en partie à la consommation. La part de ce revenu qui n'est pas consommée est consacrée à l'**épargne**. Cette épargne va leur servir à financer leurs investissements (achat de logement). Si le montant de leur épargne est au moins égal au montant de leur investissement, alors les ménages peuvent s'autofinancer.

> **MOT CLÉ**
> Le **taux d'épargne** des ménages correspond au rapport entre l'épargne et le revenu disponible. Il est d'autant plus important que le revenu est élevé.

2 Les capacités de financement des entreprises

- On mesure la richesse créée par les entreprises à l'aide de la valeur ajoutée (VA). Cette VA est en partie reversée aux salariés (salaires) et fait l'objet de prélèvements par l'État (impôts sur la production et les bénéfices).

- L'entreprise dégage un excédent brut d'exploitation (EBE) qui correspond à son bénéfice. Celui-ci est en partie reversé aux actionnaires (dividendes) et aux banques (intérêts) qui ont participé au financement de l'entreprise. Le bénéfice non distribué (épargne brute) va permettre de financer les investissements, c'est-à-dire de s'autofinancer. On parle d'un financement sur fonds propres.

- L'autofinancement de l'entreprise dépend donc de sa capacité à dégager des bénéfices. On peut ainsi mettre en relation son taux de marge (part de l'EBE dans la VA) et son taux d'autofinancement (part de l'épargne brute dans la FBCF).

II Le financement externe, indirect ou direct

1 Le financement externe indirect

- Les agents qui ne peuvent pas s'autofinancer doivent recourir à un financement externe, c'est-à-dire faire appel à l'épargne d'autres agents économiques.

- Les agents économiques peuvent recourir au **crédit bancaire**. Les banques jouent alors le rôle d'**intermédiaire** en collectant l'épargne des agents à capacité de financement et en accordant des crédits aux agents à besoin de financement. On parle de financement externe indirect ou intermédié.
- Ce mode de financement génère un endettement et a un coût : le **taux d'intérêt**. Il concerne en particulier les ménages et les petites et moyennes entreprises.

2 | Le financement externe direct

- Les agents économiques peuvent également se financer sur le marché des capitaux. Ils rencontrent alors directement les agents à capacité de financement, **sans intermédiaire** : on parle de financement externe direct. Le marché des capitaux permet la confrontation de l'offre et de la demande de financement.
- Les agents à besoin de financement émettent des **titres financiers** qui sont achetés par des agents à capacité de financement. Tous les agents économiques n'ont pas accès à ce mode de financement, qui concerne plus particulièrement les grandes entreprises.

MOT CLÉ
Les **titres financiers** peuvent être des actions ou des obligations, certifiant un droit de propriété ou une créance.

zoOm

Le *crowdfunding* : un nouveau mode de financement ?

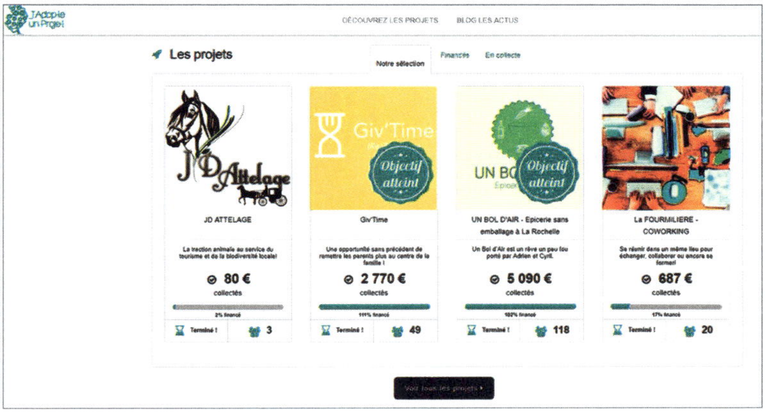

Page d'accueil du site jadopteunprojet.com

- Le *crowdfunding* (« financement par la foule ») est un mode de financement participatif : un porteur de projet lance une collecte de fonds auprès du public, sans passer par les banques ni les marchés financiers.
- Ce système repose sur l'utilisation d'une plateforme web qui permet la rencontre entre le porteur du projet et une multitude de particuliers qui peuvent recevoir une rétribution symbolique ou un cadeau selo leur contribution.

15 Le financement sur le marché des capitaux

En bref *Il existe plusieurs types de financement externe direct sur le marché des capitaux, qui assurent la rencontre des agents à besoin et à capacité de financement. On assiste au développement de ce mode de financement.*

I Le financement externe sur le marché monétaire

- Le marché monétaire est un compartiment du marché des capitaux qui assure le financement à court et moyen terme (de 24 heures à 7 ans) des agents à besoin de financement. Il est constitué du marché interbancaire, réservé aux banques pour leurs opérations de refinancement, et du marché des titres de créances négociables, ouvert à tous les agents.
- Sur ce marché s'échangent des billets de trésorerie émis par les entreprises à besoin de financement, mais aussi des bons du trésor émis par les États qui doivent financer leur déficit budgétaire. Ces titres sont achetés par des agents à capacité de financement, qui contribuent ainsi au financement de l'économie.

II Le financement externe sur le marché financier

1 Un financement de long terme

- Le marché financier est un autre compartiment du marché des capitaux qui assure le financement à long terme (plus de 7 ans) des agents à besoin de financement. On peut distinguer un marché primaire, sur lequel sont émis les nouveaux titres financiers, et un **marché secondaire**, sur lequel sont revendus les titres déjà émis.

> **MOT CLÉ**
> Le **marché secondaire** désigne en fait ce que l'on appelle couramment « la Bourse ».

- C'est donc le marché primaire qui contribue au financement de l'économie. Le marché secondaire assure la liquidité du marché primaire car il assure aux investisseurs qu'ils pourront revendre leurs titres s'ils le souhaitent.

2 L'émission de titres financiers

- Les entreprises constituées en société anonyme (SA) peuvent émettre des actions. Les actions représentent des titres de propriété du capital de l'entreprise. Leurs acheteurs deviennent actionnaires, c'est-à-dire propriétaires d'une partie du capital de l'entreprise, et pourront prétendre à des dividendes, qui représentent une part des bénéfices de l'entreprise. Pour l'entreprise émettrice, c'est un financement sur fonds propres puisque son capital s'accroît, sans endettement.
- Les titres émis peuvent aussi être des obligations. Les obligations sont des titres de dette émis par les entreprises ou les États qui ont besoin de se financer.

Les acheteurs deviennent leurs créanciers pour la durée de l'obligation. Ils ont le droit de toucher un intérêt fixe qui est la contrepartie du prêt accordé. Ce financement suscite donc un endettement.

III Le développement du marché des capitaux

- Depuis les années 1980, on assiste à un développement de la finance de marché au détriment du financement par crédit bancaire. On parle du passage d'une économie d'endettement à une économie de marchés financiers.
- Ce développement a été permis par une **libéralisation** de ces marchés, qui les a rendus plus accessibles et plus souples. La globalisation financière permet un accès facilité aux capitaux étrangers.
- La globalisation s'accompagne d'un mouvement de désintermédiation, c'est-à-dire d'un recul de l'activité bancaire traditionnelle consistant à octroyer des crédits pour financer l'économie. Cependant, la place des banques dans le financement de l'économie reste importante puisque toutes les entreprises n'ont pas accès au marché des capitaux. De plus, les banques sont devenues des acteurs majeurs des marchés financiers.

MOT CLÉ
La **libéralisation** signifie que les marchés financiers ont été décloisonnés pour effacer les frontières entre les différents marchés, et déréglementés, c'est-à-dire moins encadrés.

zoom

La bourse et la cotation des titres financiers

- La Bourse de New York (NYSE) est la première du monde. Elle a la particularité de ne pas être entièrement informatisée et de conserver un système de cotation à la criée. Son principal indice est le « NYSE composite ».
- Il existe de nombreux autres indices boursiers, comme le CAC 40, qui permet de suivre l'évolution du prix des actions des 40 plus grandes entreprises françaises en matière de capitalisation boursière.

16 Le rôle du crédit bancaire et des taux d'intérêt

En bref *Le financement externe indirect reste un mode de financement primordial pour l'économie. Il suscite un endettement et a un prix : le taux d'intérêt. Il peut représenter un risque pour le créancier.*

I Le financement par crédit bancaire

1 Un financement intermédié

- Les banques assurent le financement de l'économie en accordant des crédits aux ménages et aux entreprises. La banque met ainsi à la disposition de ces agents une **somme de monnaie pour une durée déterminée** et en échange d'une **rémunération** : le taux d'intérêt.

- Ces crédits peuvent être accordés, sous certaines conditions de **solvabilité**, sur la base des dépôts d'épargne collectés par les banques. Elles jouent alors un rôle d'intermédiaire entre les agents à capacité et les agents à besoin de financement. C'est un **financement externe indirect** ou intermédié.

> **MOT CLÉ**
> La **solvabilité** désigne la capacité d'un agent économique à faire face à ses engagements, c'est-à-dire sa capacité à rembourser son crédit.

2 Crédit bancaire et création monétaire

Ces crédits peuvent également être accordés par les banques à partir de rien, « ex nihilo ». Les banques, en accordant ce crédit et par simple jeu d'écriture, sont alors à l'origine d'une **création de monnaie**. Cette monnaie sera détruite lorsque le crédit sera remboursé. → FICHE 19

II Le coût du crédit : le taux d'intérêt

1 Les différents types de taux d'intérêt

Le taux d'intérêt est le **prix de l'endettement**. Il existe différents taux d'intérêt selon l'opération de financement : les taux d'intérêt fixés par les banques lors des opérations de crédit, les taux d'intérêt déterminés sur le marché financier lors de la vente d'obligations, le taux d'intérêt directeur fixé par la Banque centrale sur le marché monétaire interbancaire.

2 La détermination du taux d'intérêt

- Le taux d'intérê représente à la fois le **coût du crédit** pour l'emprunteur et la **rémunération du prêteur**. Il correspond à un pourcentage de la somme prêtée qui sera versée par l'emprunteur à son créancier durant toute la durée du prêt. Ce taux peut être déterminé à l'avance et fixe ou variable.

- Il varie en fonction de la somme prêtée, de la longueur du prêt accordé et du risque que présente le crédit pour le prêteur.

III Les prêteurs face au risque de crédit

- Le risque de crédit représente la probabilité qu'un emprunteur soit dans l'incapacité de faire face au remboursement du crédit accordé.
- Pour les ménages et les petites entreprises, ce risque de crédit est appréhendé à partir de l'analyse d'un dossier de crédit. Les ménages doivent faire la preuve de leur solvabilité en informant la banque du montant de leurs revenus, de leur situation professionnelle, de leur **taux d'endettement**. La banque s'assure alors que le ménage sera capable d'assumer financièrement ce crédit. Elle peut exiger des garanties, comme la souscription d'une assurance.

> **MOT CLÉ**
> Le **taux d'endettement** désigne la part que représente le remboursement des dettes dans le revenu des ménages. Il ne doit pas dépasser 30 %. Au-delà, la banque considère que le ménage présente un risque trop fort d'insolvabilité.

- Pour les crédits accordés aux grandes entreprises, les banques peuvent se fier aux notes accordées par les agences de notation, chargées d'évaluer le risque de défaut de paiement des entreprises et la qualité des titres qu'elles émettent pour se financer.

zoOm

Les agences de notation

Standard & Poors	Moody's	Fitch Ratings	
AAA	AAA	AAA	**Sécurité optimale**
AA+ A+ BBB+ AA A BBB AA– A– BBB–	AA1 A1 BAA1 AA2 A2 BAA2 AA3 A3 BAA3	AA+ A+ BBB+ AA A BBB AA– A– BBB–	**De bonne qualité à qualité moyenne inférieure**
BB+ B+ BB B BB– B–	BA1 B1 BA2 B2 BA3 B3	BB+ B+ BB B BB– B–	**Spéculatif**
CCC+ CCC CCC–	CAA CA C	CCC	**Extrêmement spéculatif**
D	/ / /	DDD DD D	**En défaut**

- Les agences de notation Standard & Poors, Moody's et Fitch Ratings attribuent des notes allant de A à D aux États et aux grandes entreprises, évaluant ainsi leur capacité de remboursement envers leurs créanciers.
- Cette note a une forte influence sur le taux d'intérêt : plus le risque est considéré comme important, plus le taux d'intérêt pratiqué sera élevé.

17 Le financement de l'État

En bref *L'État peut être en besoin de financement pour faire face à son déficit budgétaire. Il doit alors recourir à l'emprunt pour financer la dépense publique. Cette dépense a des effets sur l'économie.*

I Le besoin de financement de l'État

- Pour financer ses dépenses, l'État dispose de ressources : les prélèvements obligatoires. Les administrations publiques collectent en effet des impôts, des taxes et des cotisations sociales qui représentent chaque année les recettes fiscales de l'État. L'État dispose également de recettes non fiscales, telles que les dividendes versés par les entreprises dont l'État est actionnaire ou encore le produit des amendes de la circulation et du stationnement routier.
- Elles leur servent à financer la protection sociale (assurance maladie, chômage...), la production de biens et de services collectifs (Éducation, justice, défense nationale...) et le remboursement du service de la dette, qui représente environ 12 % des dépenses de l'État en 2018.
- Lorsque le montant des dépenses publiques excède le montant des recettes, on parle de **déficit budgétaire**. Le montant de ce déficit correspond au besoin de financement des administrations. En France, en 2018, le montant des dépenses publiques s'élève à 329,6 milliards d'euros et celui de des recettes à 242,9 milliards d'euros, soit un déficit de 86,7 milliards.

MOT CLÉ
Le solde budgétaire est la différence entre les recettes et les dépenses de l'État. S'il est négatif, on parle de **déficit budgétaire** ; s'il est positif, c'est un excédent budgétaire. S'il est nul, le budget est à l'équilibre : le montant des recettes est égal à celui des dépenses.

II Le financement de l'État par l'emprunt

- L'État se finance en réalisant des emprunts sur les marchés financiers. C'est le Trésor public qui se charge d'émettre des titres sur le marché obligataire. Par exemple, un bon du trésor est un titre émis par le trésor public, destiné à opérer un financement à court et moyen terme.
- Le taux d'intérêt des obligations d'État dépend du risque de crédit associé à cet État. Les agences de notation évaluent ce risque et notent les États. Cette note a une influence sur les taux d'intérêt exigés par les créanciers. Plus le risque est considéré comme élevé, plus le taux demandé sera important.
- Ces nouveaux emprunts font augmenter le montant de la dette des États, appelée dette souveraine, ainsi que le service de la dette, c'est-à-dire le montant annuel du remboursement des sommes empruntées et des intérêts. Ils pèsent sur les dépenses de l'État et sur le déficit budgétaire. Ils ont un caractère cumulatif : de nouveaux emprunts augmentent le service de la dette qui creuse le déficit budgétaire et nécessite de nouveaux emprunts pour le financer.

III Les effets de la dépense publique sur l'économie

Dans le cadre d'une **politique budgétaire** de relance, le déficit public peut être considéré comme un moyen de soutenir l'activité. L'accroissement des dépenses publiques permet de soutenir la demande globale : en investissant ou en augmentant les revenus de transfert des ménages, l'État favorise l'investissement des entreprises et la consommation, ce qui contribue à accroître la production et stimule l'emploi. Pour les économistes keynésiens, cette politique budgétaire est à l'origine d'un effet multiplicateur favorable à la croissance.

MOT CLÉ
La **politique budgétaire** est une politique économique conjoncturelle par laquelle l'État utilise le budget pour atteindre ses objectifs (ex. : relancer la croissance).

Pour les économistes libéraux, l'intervention de l'État dans l'économie a des effets néfastes. En finançant ses dépenses publiques par l'emprunt, l'État fait à la fois augmenter les taux d'intérêt (du fait de l'augmentation de la demande de capitaux) et assèche l'épargne disponible pour les agents économiques privés. L'investissement public se substitue à l'investissement privé, sans réel effet positif sur l'activité économique : on parle d'effet d'éviction.

zoOm

Risque de crédit et taux d'intérêt des obligations d'Etat

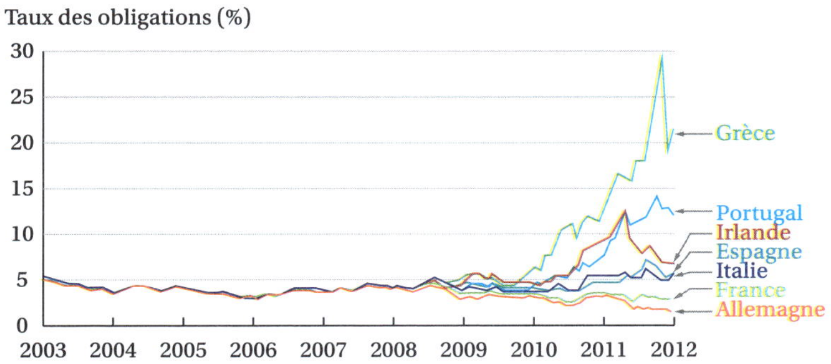

Source : Geocodia

- Le montant de la dette des États s'est accru pour faire face aux effets de la crise des *subprimes* à partir de 2008. Face à cela, les agences de notation dégradent la note de certains États et les marchés financiers augmentent les taux d'intérêt des obligations d'État.
- On constate que les taux pratiqués diffèrent selon les pays : plus de 16 % pour la Grèce en 2011 contre seulement 2,5 % pour l'Allemagne. Plus endetté, l'État grec représente un plus gros risque pour les investisseurs.

SE TESTER QUIZ

Vérifiez que vous avez bien compris les points clés des **fiches 13 à 17**.

1 Les différents modes de financement

→ FICHES **13** et **14**

1. Lorsque l'épargne d'un ménage est supérieure au montant de ses investissements, on dit qu'il a…

☐ **a.** une capacité de financement.
☐ **b.** un déficit budgétaire.
☐ **c.** un besoin de financement.

2. Qu'est-ce qui permet aux entreprises de financer elles-mêmes leur investissement ?

☐ **a.** Leur valeur ajoutée ☐ **b.** Leur EBE ☐ **c.** Le bénéfice non distribué

2 Le financement sur le marché des capitaux

→ FICHE **15**

1. Comment les agents économiques se financent-ils sur le marché financier ?

☐ **a.** En vendant des actions ou des obligations
☐ **b.** En émettant des actions ou des obligations
☐ **c.** En utilisant leur épargne.

2. Le marché primaire désigne…

☐ **a.** le marché où se revendent les titres déjà émis.
☐ **b.** la Bourse.
☐ **c.** le marché où sont émis les titres par les agents à besoin de financement.

3 Le rôle du crédit bancaire et des taux d'intérêt

→ FICHE **16**

Pour une banque, le risque de crédit d'un ménage représente…

☐ **a.** la probabilité qu'il ne puisse pas rembourser son crédit.
☐ **b.** le taux d'endettement du ménage.
☐ **c.** le risque que la banque ne puisse pas lui verser des intérêts.

4 Le financement de l'État

→ FICHE **17**

1. De quoi les recettes de l'État se composent-elles ?

☐ **a.** Des crédits que les banques lui accordent
☐ **b.** De prélèvements obligatoires
☐ **c.** De recettes non fiscales

2. Lorsqu'il est en besoin de financement, l'État se finance en…

☐ **a.** émettant de la monnaie.
☐ **b.** collectant l'épargne des ménages.
☐ **c.** empruntant sur les marchés financiers.

S'ENTRAÎNER

5 Distinguer taux d'intérêt réel et taux d'intérêt nominal

→ FICHE 16

Document Taux d'intérêt et inflation

	1985	2005	2013
Taux d'intérêt nominal*	9,9 %	2,1 %	0,15 %
Taux d'inflation moyen	5,8 %	1,9 %	0,3 %
Taux d'intérêt réel			

*Taux annuel moyen du marché monétaire.

Source : données France, Insee 2014.

MOTS CLÉS

En économie, on distingue valeur réelle et valeur nominale. Les grandeurs étudiées (PIB, dette publique...) sont souvent des données **nominales**, exprimées en valeur monétaire. Lorsque leur valeur augmente dans le temps, cette augmentation peut être due à l'inflation. Les données **réelles** sont calculées en gommant l'effet de la hausse des prix.

1. Que signifie le chiffre 5,8 % dans le tableau ?
2. Calculez, pour chaque année, le taux d'intérêt réel. (voir ci-dessous)
3. Que signifie un taux d'intérêt réel négatif ?

Savoir-faire

Lire et interpréter un taux d'intérêt réel et un taux d'intérêt nominal

- Le **taux d'intérêt nominal** correspond au taux observé d'un prêt ou d'un actif financier, sans tenir compte de l'inflation. Mais quand les prix augmentent (inflation) la valeur de la monnaie baisse et chaque euro remboursé a moins de valeur qu'au moment où il a été emprunté. Le **taux d'intérêt réel** correspond donc au taux d'intérêt qui sera réellement payé, compte tenu de l'inflation.
- Pour calculer une donnée réelle à partir d'une donnée nominale, on divise cette dernière par l'indice des prix. Cette opération s'appelle **déflater**.
- Il est également possible de calculer le taux d'intérêt réel **de manière approchée** en lui soustrayant le taux d'inflation.

OBJECTIF BAC

6 Les dépenses publiques • Raisonnement

1 h 20

Cet exercice vous amène à traiter le sujet proposé en développant un raisonnement structuré, sur la base de vos connaissances et du dossier documentaire.

LE SUJET

À l'aide de vos connaissances et du dossier documentaire, vous montrerez quels peuvent être les effets d'une hausse des dépenses publiques.

Document 1 Les effets bénéfiques d'une augmentation des dépenses publiques

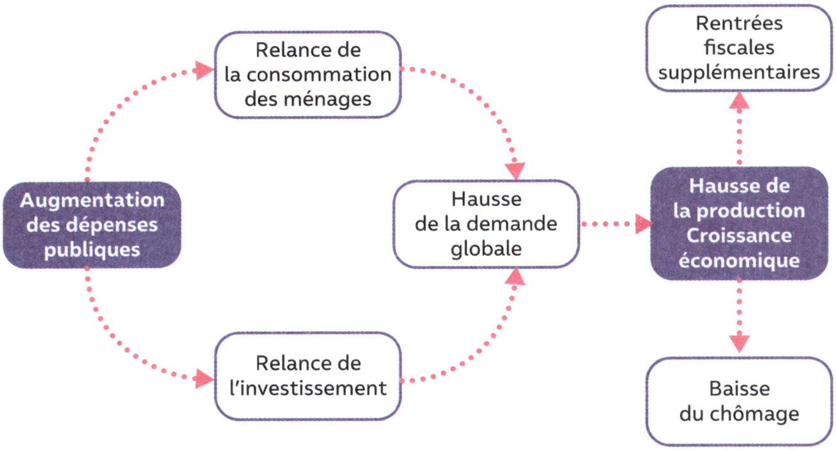

Document 2 Dépense publique et endettement de l'État

En % du PIB	2014	2015	2016	2017
Dette publique	94,9	95,6	96,6	97,0
Recette publique	53,3	53,2	53,2	53,9
Dépenses publiques	57,2	56,8	56,6	56,5
Prélèvements obligatoires	44,8	44,5	44,6	45,4
Évolution en %				
Dépenses publiques	1,5	1,5	1,0	2,5

Source : Insee conjoncture, n° 79, 26 mars 2018.

Méthode

Lire et interpréter un tableau à double entrée

Étape 1 Identifier le document

Repérez les informations qui permettent de contextualiser le tableau : le titre, la source, l'auteur, la date et le lieu.

Étape 2 Comprendre le tableau

- Commencez par lire l'intitulé des lignes et des colonnes, pour voir quelles variables sont mises en relation.
- Recherchez ensuite les unités des données. Attention : un tableau peut présenter des données exprimées en différentes unités. S'il s'agit de pourcentages, vous devez distinguer les pourcentages de répartition et les taux de variation. Si ce sont des indices, repérez la base.
- Enfin, assurez-vous que vous êtes capable de lire correctement une donnée du tableau.

Étape 3 Exploiter le tableau pour répondre à la question posée

- Mobilisez vos connaissances et faites le lien avec les informations figurant dans le tableau. Demandez-vous ce que celui-ci apporte, et sélectionnez les données pertinentes pour traiter le sujet.
- Mettez en relation des données du tableau en utilisant des outils mathématiques pour mesurer des écarts ou des évolutions.

Étape 4 Rédiger la réponse → MÉTHODE p. 63

▶▶▶ LA FEUILLE DE ROUTE

Étape 1 Identifier le document

Le document 2, établi à partir de données de l'Insee, est un tableau mettant en relation l'endettement de l'État et l'évolution de la dépense publique. Ici, il est associé à un autre document : un schéma montrant les effets bénéfiques d'une augmentation des dépenses publiques.

Étape 2 Comprendre le tableau

- Le tableau montre l'endettement de l'État entre 2014 et 2017 (en % du PIB) et l'évolution de la dépense publique (en %) sur la même période.
- Il mêle donc deux types de pourcentages : de répartition et de variation.

Étape 3 Exploiter le tableau pour répondre à la question posée

Le tableau à double entrée (document 2) permet d'établir un lien entre accroissement des dépenses publiques et montée de l'endettement : chaque année, les dépenses publiques augmentent ainsi que le poids de la dette dans le PIB. En 2017, les dépenses publiques augmentent de 2,5 % et la dette de 0,4 point de PIB.

Étape 4 Rédiger la réponse

On croise les informations du document 2 avec celles du document 1, qui rappelle que la hausse des dépenses publiques favorise la croissance car elle stimule la demande globale. On peut construire un raisonnement en trois paragraphes.

- L'augmentation des dépenses publiques peut être favorable à la croissance économique et à l'emploi (connaissances personnelles et document 1).
- La hausse des dépenses publiques contribue à alourdir la dette de l'État (connaissances personnelles et document 2).
- L'augmentation des dépenses publiques peut entraîner un effet d'éviction.

→ CORRIGÉS p. 88

CORRIGÉS

SE TESTER QUIZ

1 Les différents modes de financement

1. Réponse a. Il dispose d'une épargne suffisante pour financer ses investissements.
2. Réponse c. Le bénéfice non distribué est la part de l'EBE que conserve l'entreprise pour financer ses investissements.

2 Le financement sur le marché des capitaux

1. Réponse b. Les agents économiques en besoin de financement émettent des titres qui seront achetés par les agents à capacité de financement.
2. Réponse c. Le marché primaire est le marché où les entreprises émettent des titres pour se financer. Ils pourront ensuite être revendus sur le marché secondaire.

3 Le rôle du crédit bancaire et des taux d'intérêt

Réponse a. Le risque de crédit est le risque que le ménage soit insolvable et ne puisse rembourser la banque.

4 Le financement de l'État

1. Réponse b et c. L'État dispose de recettes fiscales, les prélèvements obligatoires (impôts, taxes et cotisations sociales) et de recettes non fiscales (amendes, dividendes…).
2. Réponse c. L'État émet des obligations qui représentent des titres de dette : il se finance en empruntant sur les marchés financiers.

5 Distinguer taux d'intérêt réel et taux d'intérêt nominal

1. Le niveau général des prix a augmenté de 5,8 % en 1985.
2. Taux d'intérêt réel :
- pour 1985 : 9,9 – 5,8 = **4,1 %** ;
- pour 2005 : 2,1 – 1,9 = **0,2 %** ;
- pour 2013 : 1,15 – 0,3 = **– 0,15 %**

3. Lorsque le taux d'intérêt réel est négatif, cela signifie que le taux d'inflation est supérieur au taux d'intérêt réel. Les sommes remboursées auront moins de valeur que lorsqu'elles ont été empruntées. Le coût des crédits est négatif.

CONSEIL
Lorsque vous présentez une donnée chiffrée extraite d'un tableau, évitez de recopier les intitulés des lignes et des colonnes. Reformulez pour montrer que vous en avez compris la signification.

OBJECTIF BAC

6 Raisonnement

■ L'augmentation des dépenses publiques peut avoir des **effets positifs sur la croissance économique et le chômage**. Les dépenses publiques soutiennent la consommation des ménages, ce qui pousse les entreprises à accroître leur production. De plus, en investissant, l'État fait appel à des entreprises privées qui embauchent de nouveaux travailleurs.

■ La hausse des dépenses publiques se traduit par une **augmentation de la dette publique**. En effet, en situation de déficit budgétaire, leur financement repose sur l'endettement. Ainsi en 2017, un accroissement des dépenses publiques de 2,5 % se traduit par une augmentation de 0,4 point de la dette publique.

■ Enfin, la hausse des dépenses publiques peut générer un **effet d'éviction** : en captant l'épargne disponible pour financer ses dépenses, l'État pénalise les agents économiques privés. L'investissement public se substitue à l'investissement privé.

18 Les fonctions et les formes de la monnaie

En bref *La monnaie est constituée de l'ensemble des moyens de paiement utilisés par les agents économiques. Plus précisément, elle est définie par ses fonctions et elle peut prendre des formes diverses.*

I Les fonctions de la monnaie

1 Les trois fonctions économiques

- En tant qu'unité de compte, la monnaie permet de fixer un prix. Grâce à la monnaie, il est possible d'établir une échelle de prix simple et unique, exprimée en unités monétaires.
- Comme intermédiaire des échanges, la monnaie est d'abord un « agent de circulation » : elle facilite et accélère les échanges, c'est une liquidité. C'est là sa fonction la plus courante.
- La monnaie est également réserve de valeur. L'agent qui détient de la monnaie n'est pas obligé de l'utiliser immédiatement. En tant que réserve de valeur, la monnaie permet de constituer une **épargne**.

MOT CLÉ
Pour un ménage, l'**épargne** est la part du revenu non immédiatement utilisée pour la consommation.

2 Les fonctions sociales et politiques

- L'existence d'une monnaie repose sur la confiance des agents économiques dans sa capacité à jouer son rôle. Elle crée un lien entre ces agents, constituant ainsi un instrument essentiel de la cohésion sociale.
- La monnaie a une dimension politique car elle est un instrument de pouvoir et de souveraineté. En imposant son monopole d'émission de la monnaie, le pouvoir unifie l'espace économique et impose son système de paiement à l'ensemble de la communauté politique.

II Les formes de la monnaie

1 Les formes actuelles de la monnaie

- La monnaie fiduciaire comprend la monnaie divisionnaire composée des pièces de monnaie et des billets émis par la Banque centrale. La monnaie fiduciaire est la seule monnaie ayant un « **pouvoir libératoire illimité** ». Elle repose sur la confiance des agents économiques dans les institutions qui émettent cette monnaie (fiduciaire vient du latin *fiducia* qui signifie confiance).

MOT CLÉ
Un **pouvoir libératoire illimité** signifie qu'elle est obligatoirement acceptée comme moyen de paiement.

- La monnaie scripturale est constituée par les dépôts à vue des agents économiques dans les banques. Cette monnaie est scripturale dans le sens où elle correspond à des écritures sur les livres de comptes des banques (scripturale vient du latin *scriptus* signifiant écrit). Elle représente aujourd'hui plus de 90 % de la monnaie totale.

- Il ne faut pas confondre monnaie scripturale et **moyens de règlement** des échanges, c'est-à-dire les instruments (chèques, cartes bancaires, virements) permettant de faire circuler cette monnaie.

2 La masse monétaire

- La masse monétaire représente la quantité de monnaie en circulation dans une économie. Plusieurs **agrégats monétaires** permettent de la mesurer en fonction de leur degré de liquidité :
– **M1**, agrégat le plus liquide, est composé des différents types de monnaie (fiduciaire, scripturale) ;
– **M2**, moins liquide que M1, inclut M1 et les comptes sur livret ;
– **M3**, agrégat le moins liquide, est composé de M2 ainsi que des placements à terme et créances négociables.

- À l'origine, la monnaie se présentait sous la forme de marchandises (bétail, céréales, fèves de cacao…). Elles ont été remplacées par des monnaies métalliques, puis fiduciaires et enfin scripturales. Cette évolution est qualifiée de **dématérialisation** de la monnaie.

zoOm

L'évolution des formes de la monnaie

- Les formes de la monnaie ont évolué au cours du temps. D'abord constituée d'une marchandise courante (pain, céréales), elle est ensuite devenue métallique (pièces de cuivre, d'argent ou d'or).
- Le développement des échanges, qui s'est accompagné de celui des banques, a permis la diffusion de la monnaie papier (billets) puis de la monnaie scripturale.

19 Le rôle du crédit bancaire dans la création monétaire

En bref *Intermédiaires financiers, les établissements de crédit jouent un rôle essentiel dans l'économie. Parmi ces établissements, les banques de dépôt créent de la monnaie scripturale en accordant des crédits, mais doivent respecter certaines limites.*

I La création de monnaie par les banques

1 Le rôle des banques dans l'économie

- Les banques ou établissements de crédit sont des établissements financiers qui collectent les **dépôts** du public (les dépôts à vue) et accordent des **crédits** aux entreprises et aux ménages. Les banques ont un rôle d'intermédiaire financier entre les agents économiques disposant d'une épargne (ou capacité de financement) et ceux ayant un besoin de financement.

- Le développement du **marché financier** depuis la fin des années 1970 a entraîné, pour les banques, une baisse de leur rôle d'intermédiaire financier. Cependant, les banques ont développé de nouvelles activités en assurant un rôle d'intermédiaire sur le marché financier, notamment en gérant le portefeuille de titres de leurs clients, ou en transformant des crédits en titres financiers.

2 Le crédit bancaire à l'origine de la création de monnaie scripturale

- Les banques créent de la monnaie scripturale en **monétisant** une créance. Lorsqu'une banque accorde un crédit à l'un de ses clients, elle inscrit sur le compte de ce client le montant du prêt accordé qui peut être utilisé comme moyen de paiement. Ainsi, la quantité de monnaie augmente dans l'économie.

- Lorsque le client de la banque rembourse son prêt, il y a **destruction** de monnaie : la quantité de monnaie dans l'économie diminue.

II Les limites de la création monétaire

1 L'obligation de convertir la monnaie scripturale en monnaie fiduciaire

- La création de monnaie scripturale par les banques n'est pas illimitée. Elles doivent assurer la conversion de la monnaie créée en monnaie fiduciaire, dont le monopole d'émission appartient à la **Banque centrale**.

- La demande de monnaie fiduciaire peut venir des clients de la banque mais également des autres banques dans les **opérations de compensation** car la monnaie créée peut servir à des règlements en direction de clients d'autres banques.

MOT CLÉ
Les **opérations de compensation** sont des opérations entre banques qui règlent les dettes et les créances entre ces banques.

2 Les contraintes institutionnelles

■ La création monétaire par les banques est limitée par des règles. Celles-ci peuvent émaner de la Banque centrale → FICHE 20 ou de la **réglementation prudentielle**. Celle-ci est définie par des représentants de banques centrales et des responsables du contrôle bancaire réunis dans le cadre du Comité de Bâle. L'objectif est de renforcer la solidité des banques afin d'éviter une nouvelle crise bancaire comme celle de 2008.

■ En décembre 2017, un nouvel accord est trouvé pour harmoniser les règles prudentielles qui encadrent l'activité des banques à travers le monde : cet accord est appelé « **Bâle III** ». Il définit un ratio de fonds propres (capital des banques et bénéfices non distribués) égal à 10,5 % des engagements (crédits accordés par les banques) des banques à partir de 2019.

MOT CLÉ

Le **comité de Bâle**, créé en 1988, a défini un premier ratio entre fonds propres et engagements, appelé ratio Cooke (Bâle I). Ce ratio a été modifié en 2004 (Bâle II) puis en 2017 (Bâle III).

zoOm

Le bilan des banques

Actif	Passif
Prêts interbancaires	Emprunts interbancaires
Crédits de la clientèle	Dépôts de la clientèle
Divers	Divers
Portefeuille de titres	Certificats de dépôts et obligations
Immobilisations	Fonds propres

Source : d'après lafinancepourtous.com

■ Un bilan est un document comptable qui décrit le patrimoine d'un agent économique avec ce qu'il possède (actif) et le financement de son actif (passif).

■ Les prêts et emprunts interbancaires correspondent à des prêts et emprunts de monnaie scripturale entre les banques. Les crédits à la clientèle impliquent la création de monnaie scripturale.

■ Les portefeuilles de titres, à l'actif, désignent les placements des banques sur le marché des capitaux. Au passif, les certificats de dépôts et obligations sont émis pour le refinancement des banques. Les valeurs immobilisées à l'actif sont les biens et valeurs constituant le patrimoine de la banque. Au passif, les fonds propres représentent le capital de la banque et ses bénéfices non distribués.

20 Le rôle de la Banque centrale

En bref *La Banque centrale est la « banque des banques » car elle gère le système monétaire. Elle dispose du monopole de la création de monnaie fiduciaire. Chargée de la politique monétaire, elle régule l'offre de monnaie.*

I Les fonctions de la Banque centrale

1 Gérer le système monétaire

- La Banque centrale, ou banque de « premier rang », joue le rôle de « banque des banques ». Toutes les banques commerciales, dites banques de « second rang », ont un compte à la Banque centrale sur lequel elles déposent leurs réserves en monnaie centrale. Ces comptes sont également utilisés pour les opérations de compensation → FICHE 19.
- La Banque centrale a le monopole de l'émission de monnaie fiduciaire (pièces et billets). Elle émet également de la monnaie scripturale, qui circule entre les détenteurs de comptes à la Banque centrale, c'est-à-dire les banques et le Trésor. L'ensemble de la monnaie émise par la Banque centrale constitue la monnaie centrale.

2 Réguler l'offre de monnaie

- La Banque centrale a pour mission de contrôler la quantité de monnaie en circulation dans l'économie afin de garantir le **pouvoir d'achat de la monnaie**. Dans ce cadre, la Banque centrale est chargée de mener la politique monétaire.

MOT CLÉ
Le **pouvoir d'achat de la monnaie** est la quantité de biens et de services qu'il est possible de se procurer avec une unité monétaire.

- Lors des crises financières, les banques peinent à acquérir de la monnaie centrale pour faire face à leurs engagements, notamment les retraits de leurs clients en monnaie fiduciaire. Pour éviter l'effondrement du système de paiement, la Banque centrale peut créer de la monnaie qui sera prêtée aux banques : c'est le rôle de prêteur en dernier ressort.

II Les instruments de la politique monétaire

1 Les taux d'intérêt

- La Banque centrale est l'institution chargée de mettre en œuvre la politique monétaire, soit pour lutter contre l'inflation, soit pour relancer la croissance économique. Elle agit sur le taux d'intérêt, qui représente le coût de l'emprunt d'un client auprès d'une banque ou le coût de refinancement des banques sur le marché monétaire. Ce dernier est le marché sur lequel il est possible de prêter ou emprunter de la monnaie.

- Pour les pays de la zone euro, c'est la Banque centrale européenne (BCE) qui conduit la politique monétaire. Cependant, les banques centrales nationales des pays de la zone euro n'ont pas disparu, elles constituent avec la BCE l'Eurosystème. Le principal objectif de la BCE est défini dans ses statuts : maintenir le taux d'inflation à des niveaux proches de 2 % à moyen terme.
- Lorsque les banques se refinancent directement auprès de la Banque centrale, celle-ci fixe un taux d'intérêt appelé taux directeur. L'évolution de ce taux directeur détermine l'évolution des taux d'intérêt pratiqués par les banques.
- La Banque centrale agit également sur le taux d'intérêt en offrant ou en demandant de la monnaie centrale sur le **marché interbancaire**.

MOT CLÉ
Le **marché interbancaire** est un compartiment du marché monétaire réservé aux opérations monétaires entre banques.

2 Les réserves obligatoires et les mesures exceptionnelles

- Chaque banque de dépôt possède de la monnaie fiduciaire déposée à la Banque centrale. Celle-ci peut imposer un minimum de dépôt non rémunéré : ce sont les réserves obligatoires. La Banque centrale fixe un taux de réserves obligatoires qui est un pourcentage exprimant le rapport entre le montant des réserves obligatoires et le montant des dépôts des clients de la banque.
- En situation de crise bancaire, la Banque centrale peut fournir de la monnaie centrale aux banques de manière quasiment illimitée à un taux d'intérêt très faible.

zoOm

BCE, Eurosystème et SEBC

- La Banque centrale européenne (BCE) est, depuis le 1er janvier 1999, la Banque centrale des pays ayant adopté l'euro comme monnaie unique. Indépendante du pouvoir politique, elle conduit la politique monétaire de la zone euro.
- L'Eurosystème comprend la BCE et les Banques centrales des 19 pays de la zone euro. Il coexiste avec le Système européen de banques centrales (SEBC), qui comprend la BCE et les banques centrales de tous les États de l'UE, qu'ils aient ou non adopté l'euro.

Siège de la BCE à Francfort (Allemagne).

21 Les effets des interventions de la Banque centrale

En bref *Les interventions de la Banque centrale consistent principalement à contrôler la masse monétaire. Les effets de ces interventions se font sentir sur l'inflation et sur l'activité économique.*

I Les effets sur l'inflation

1 Monnaie et inflation

- L'inflation est l'augmentation générale et durable des prix, ce qui se traduit par une perte du pouvoir d'achat de la monnaie. L'indice des prix à la consommation (IPC) permet de mesurer l'inflation, mais pour l'Insee (Institut national de la statistique et des études économiques), cette mesure est incomplète car l'inflation ne concerne pas seulement la consommation des ménages.

- L'analyse économique établit une relation entre inflation et quantité de monnaie en circulation. Dès lors, toute augmentation de la quantité de monnaie entraîne une hausse des prix. Pour certains économistes, l'inflation est un phénomène purement monétaire. Pour d'autres économistes, la hausse de la quantité de monnaie entraîne une hausse de la demande sur le marché, ce qui a pour conséquence une hausse des prix car la demande est supérieure à l'offre sur le marché des biens.

2 Taux d'intérêt et inflation

- L'inflation a des effets néfastes. Elle implique une baisse du pouvoir d'achat de la monnaie. Une inflation très élevée (on parle d'hyperinflation lorsque les prix augmentent de plus de 50 % par mois) entraîne un effondrement du système monétaire, plongeant les économies dans la crise. Ces effets de l'inflation nécessitent l'action de la Banque centrale.

- Lorsque l'inflation s'accélère, la Banque centrale augmente le **taux d'intérêt nominal** de telle manière que le **taux d'intérêt réel** augmente également. La hausse de ce dernier rend le crédit plus coûteux, ce qui tend à inciter les agents économiques à demander moins de crédits et à baisser leurs dépenses. Ainsi, la hausse du taux d'intérêt réel a pour effet une moindre création de monnaie et un retour à l'équilibre sur le marché avec moins d'inflation.

> **MOT CLÉ**
> Le **taux d'intérêt nominal** est le taux convenu entre le prêteur et l'emprunteur.
> Le **taux d'intérêt réel** est la différence entre le taux d'intérêt nominal et le taux d'inflation.

II Les effets sur l'activité économique

1 Monnaie et activité économique

MOT CLÉ
L'**activité économique** est définie par la production des biens et services qui vont satisfaire les besoins des agents membres de la société.

- La création de monnaie stimule les échanges et favorise la croissance de l'**activité économique**. Inversement, si la création de monnaie est limitée, cela risque de freiner la hausse de la production et la création d'emplois.
- En accordant des prêts, et donc en créant de la monnaie scripturale, les banques favorisent le développement de l'activité économique. Cependant, la Banque centrale doit mener une politique monétaire qui favorise cette création de monnaie scripturale.

2 Taux d'intérêt et activité économique

- Alors que la hausse du taux d'intérêt vise à limiter l'inflation, la baisse du taux d'intérêt permet à l'inverse de soutenir l'économie. Les agents économiques peuvent financer leur activité à un faible coût : les ménages consomment plus et les entreprises augmentent leurs investissements.
- Une politique monétaire accommodante est un ensemble de mesures prises par une Banque centrale consistant à augmenter la masse monétaire et à maintenir des taux d'intérêt faibles afin de soutenir l'économie. Cette politique est le contraire de celle visant à lutter contre l'inflation.

zoOm

L'évolution des taux directeurs de la BCE et de la Fed

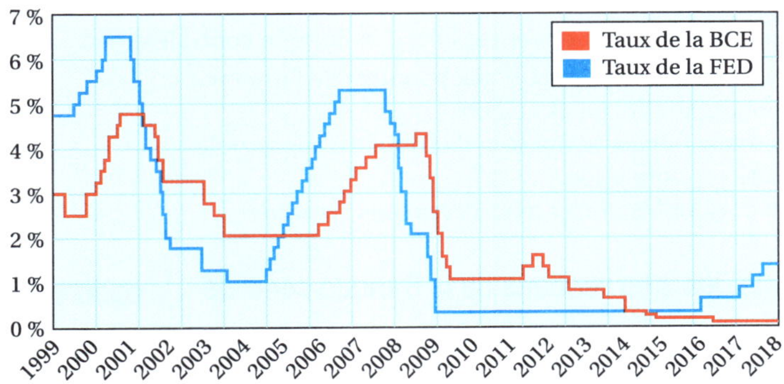

Source : France-inflation.com

- Lors de la crise financière de 2007-2008, la Banque centrale des États-Unis (*Federal Reserve System* ou Fed) a baissé son taux d'intérêt directeur plus rapidement – dès 2007 – que la BCE – fin 2008.
- Cela s'explique par les objectifs des deux banques centrales. La Fed peut choisir de limiter l'inflation ou de relancer l'activité économique, tandis que l'objectif quasi unique de la BCE est de lutter contre l'inflation.

SE TESTER QUIZ

Vérifiez que vous avez bien compris les points clés des **fiches 18 à 21**.

1 Les fonctions et les formes de la monnaie

→ FICHE 18

1. Parmi les affirmations suivantes, laquelle est vraie ?

☐ **a.** La monnaie est un simple instrument d'échange.
☐ **b.** La monnaie a une fonction sociale.
☐ **c.** La monnaie n'a aucun rôle politique.

2. Qu'est-ce qu'un chèque ?

☐ **a.** Un moyen de règlement des échanges
☐ **b.** De la monnaie fiduciaire
☐ **c.** De la monnaie scripturale

2 Le rôle du crédit bancaire

→ FICHE 19

Les banques créent de la monnaie…

☐ **a.** métallique (pièces). ☐ **b.** fiduciaire. ☐ **c.** scripturale.

3 Le rôle de la Banque centrale

→ FICHE 20

1. Que peut-on dire de la Banque centrale ?

☐ **a.** Elle ne crée pas de monnaie scripturale.
☐ **b.** Elle a le monopole de l'émission de monnaie fiduciaire.
☐ **c.** Elle est une banque de second rang.

2. En tant que « prêteur en dernier ressort », la Banque centrale émet…

☐ **a.** de la monnaie pour permettre aux banques de faire face à leurs engagements en cas de crise.
☐ **b.** de la monnaie fiduciaire qui sera distribuée à l'ensemble des agents économiques.
☐ **c.** des devises pour les prêter aux entreprises étrangères.

4 Les effets des interventions de la Banque centrale

→ FICHE 21

1. En principe, une augmentation de la quantité de monnaie en circulation dans l'économie entraîne …

☐ **a.** une hausse des prix.
☐ **b.** une baisse des prix.
☐ **c.** une baisse de l'activité économique.

2. Une baisse du taux directeur de la Banque centrale permet de…

☐ **a.** diminuer l'inflation.
☐ **b.** relancer l'activité économique.
☐ **c.** diminuer la masse monétaire.

S'ENTRAÎNER

5 Comprendre le vocabulaire du cours

→ FICHES 18 à 21

Associer les notions à leur définition.

Monnaie fiduciaire •	• Dépôt non rémunéré que chaque banque doit effectuer à la Banque centrale
Banque centrale •	• Billets et pièces de monnaie
Inflation •	• Fonction économique de la monnaie permettant l'épargne
Réserves obligatoires •	• Banque des banques
Réserve de valeur •	• Hausse générale et durable des prix

6 Comprendre le rôle du crédit bancaire dans la création monétaire

→ FICHE 18

Dans une économie, on considère qu'il n'existe qu'une seule banque ayant un seul client A. Le bilan de la banque est le suivant :

Actif	Passif
Caisse[1] : 100 €	Dépôts de A : 100 €

1. La caisse est composée de la monnaie fiduciaire détenue par la banque.

La banque accorde un prêt de 900 € à son client A.

1. Quelle est la quantité de monnaie que le client A peut utiliser avant que la banque ne lui accorde le prêt ?
2. Quel est le bilan de la banque après avoir accordé le prêt à son client ?
3. Quelle est la quantité de monnaie que le client A peut utiliser après le prêt accordé par la banque ?
4. Que peut-on en conclure ?

7 Calculer et interpréter un indice simple

→ FICHE 18

Document **Évolution de la masse monétaire dans la zone euro**

	2015	2018
Masse monétaire (milliards d'euros)	10 839	12 134

Source : Banque centrale européenne.

1. Calculez le taux de variation de la masse monétaire entre 2015 et 2018.
2. Calculez l'indice de la masse monétaire en 2018 en prenant comme année de référence l'année 2015 et faites une lecture du résultat.
3. Comment passe-t-on du taux de variation à l'indice ?

Savoir-faire

Calculer et interpréter un indice simple et un indice synthétique

- L'**indice simple** mesure l'évolution d'une grandeur à partir d'une valeur de référence, à laquelle on attribue l'indice 100. Il se calcule ainsi :

$$\frac{\text{valeur observée}}{\text{valeur de référence}} \times 100.$$

- L'**indice synthétique** est la somme de plusieurs indices simples qui sont pondérés en fonction de leur poids relatif. Un indice synthétique se calcule ainsi :

$$\sum (\text{indice simple} \times \text{coefficient de pondération})$$

OBJECTIF BAC

8 L'efficacité de la politique monétaire de la BCE Analyse de document

40 min

Ce sujet vous propose un entraînement sur un type de document fréquent en SES : une série chronologique.

LE SUJET

Montrez que la politique monétaire menée par la Banque centrale européenne est devenue moins efficace.

Document L'évolution du taux d'inflation en France

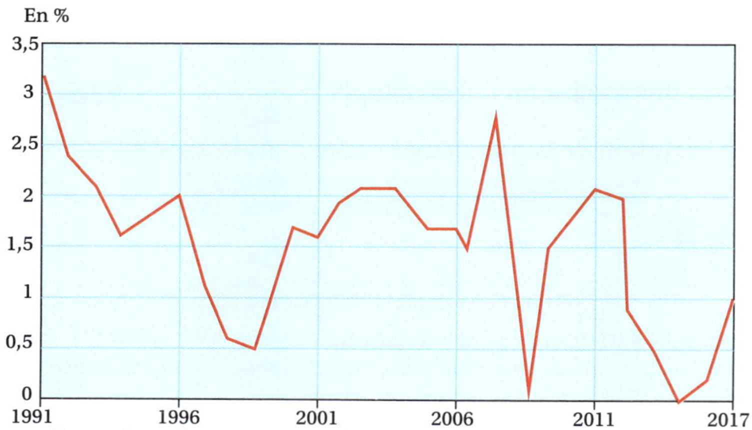

Champ : France hors Mayotte, ensemble des ménages.

Source : Insee, indices des prix à la consommation.

Méthode

Lire et interpréter une série chronologique

Une série chronologique permet de suivre l'évolution d'une variable au cours du temps. Il s'agit d'une courbe avec le temps en abscisses et l'unité de la variable en ordonnées. Plusieurs variables peuvent être représentées simultanément, ce qui permet de comparer leur évolution.

Étape 1 Identifier le document

- La présence d'une unité de temps (mois, années…) en abscisses signale que vous avez affaire à une série chronologique. Repérez ensuite la ou les variables en ordonnées, et leur unité.
- Lisez le titre du document et identifiez sa source. Notez le champ considéré.

Étape 2 Comprendre le graphique

- Repérez les limites chronologiques de la série. Dégagez la tendance générale, puis essayez de délimiter des périodes significatives en repérant des valeurs.
- S'il y a plusieurs variables, demandez-vous comment elles évoluent l'une par rapport à l'autre.

Étape 3 Exploiter le graphique pour répondre à la question posée

- Mobilisez vos connaissances : faites le lien avec les notions et mécanismes du cours pour comprendre le phénomène représenté.
- Sélectionnez les données qui font écho à la question qui vous est posée.

Étape 4 Rédiger la réponse

Votre réponse doit être structurée et répondre à la consigne en mettant en évidence la logique de votre raisonnement.

▶▶▶ LA FEUILLE DE ROUTE

Étape 1 Identifier le document

Le document, établi par l'Insee, est une série chronologique montrant l'évolution de l'inflation en France entre 1991 et 2017.

Étape 2 Comprendre le graphique

- D'après le document, l'inflation tend globalement à baisser.
- On peut cependant distinguer plusieurs périodes : certaines où l'inflation recule (1991-1999, 2008-2009, 2012-2015) et d'autres où elle repart à la hausse.

Étape 3 Exploiter le graphique pour répondre à la question posée

- Le sujet porte sur la politique de la BCE, créée en 1999. Il faut donc s'intéresser à la période 1999-2017 et lier les évolutions de l'inflation à l'objectif inscrit dans ses statuts : un taux d'inflation avoisinant les 2 %.
- Pour mener sa politique, la BCE utilise essentiellement l'instrument du taux d'intérêt, et plus particulièrement son taux directeur. Mais la BCE peut également mener une politique accommodante avec des taux d'intérêt très bas et en injectant de la monnaie dans l'économie.

Étape 4 Rédiger la réponse

→ CORRIGÉS p. 83

CORRIGÉS

SE TESTER QUIZ

1 Les fonctions et les formes de la monnaie

1. Réponse b. La monnaie n'est pas qu'un instrument d'échange : elle a une fonction sociale car elle repose sur la confiance et est un instrument de la cohésion sociale. Elle est également un instrument de pouvoir et de souveraineté.
2. Réponse a. Le chèque est un moyen de règlement des échanges qui permet la circulation de la monnaie scripturale.

2 Le rôle du crédit bancaire

Réponse c. Une banque crée de la monnaie scripturale en accordant un crédit dont le montant est inscrit sur le compte d'un client.

3 Le rôle de la Banque centrale

1. Réponse b. La Banque centrale, banque de premier rang et « banque des banques », a le monopole de l'émission de monnaie fiduciaire.
2. Réponse a. En cas de crise, la Banque centrale est la seule institution qui peut fournir des **liquidités** aux banques pour qu'elles remplissent leurs engagements.

MOT CLÉ
Les **liquidités** sont les moyens de paiement pouvant être utilisés dans les échanges.

4 Les effets des interventions de la Banque centrale

1. Réponse a. L'augmentation de la quantité de monnaie en circulation entraîne une hausse des prix si on considère que l'inflation est un phénomène purement monétaire.
2. Réponse b. La baisse du taux directeur permet de relancer l'activité économique car le coût des emprunts diminue et la demande augmente sur le marché.

S'ENTRAÎNER

5 Comprendre le vocabulaire du cours

- **Monnaie fiduciaire** : billets et pièces de monnaie.
- **Banque centrale** : « banque des banques » ou « banque de premier rang ».
- **Inflation** : hausse générale et durable des prix.
- **Réserves obligatoires** : dépôt non rémunéré que chaque banque doit effectuer à la Banque centrale.
- **Réserve de valeur** : fonction économique de la monnaie permettant l'épargne.

6 Comprendre le rôle du crédit bancaire dans la création monétaire

1. Avant le prêt, le client détient 100 € de monnaie scripturale.
2. Le bilan de la banque se présente de la manière suivante :

Actif	Passif
Caisse : 100 € Prêt (créance sur le client) : 900 €	Dépôts : 1 000 € (100 + 900)

3. Après le prêt, le client A détient 1 000 € de monnaie scripturale.
4. On en conclut que la banque a créé 900 € de monnaie scripturale en accordant ce prêt.

7 Calculer et interpréter un indice simple

1. Taux de variation de la masse monétaire de 2015 à 2018 :
[(12 134 – 10 839) / 10 839] × 100 = **11,9 %**
2. Calcul de l'indice : [12 134 / 10 839] × 100 = **111,9**. Selon la Banque centrale européenne, la masse monétaire est à l'indice 111,9 en 2018 pour un indice 100 en 2015, ce qui signifie que la masse monétaire a augmenté de 11,9 % entre 2015 et 2018.
3. Indice = taux de variation + 100.

> **INFO**
> Un indice n'a pas d'unité.

OBJECTIF BAC

8 Analyse de document

■ La politique monétaire consiste, pour la banque centrale, à **contrôler la quantité de monnaie** en circulation afin de garantir son pouvoir d'achat.

■ Depuis 1999, la Banque centrale européenne (BCE) est chargée de mener la politique monétaire des pays de la zone euro. L'objectif de cette politique est défini par les statuts de la BCE : **maintenir le taux d'inflation aux alentours de 2 %** à moyen terme.

■ Cependant, on remarque que la BCE rencontre des **difficultés** pour atteindre son objectif. En effet, en 2008 puis en 2015-2016, le taux d'inflation est resté quasiment nul et, malgré une politique monétaire accommodante, le taux d'inflation est de 1 % en 2017 (document).

22 Des comportements liés à l'environnement social et culturel

En bref *Il existe une grande variété de comportements humains, d'une société à l'autre mais aussi entre individus d'une même société. Ces comportements ne sont pas innés : ils sont le résultat de la socialisation, un processus d'apprentissage permettant à chacun d'appartenir à un groupe social et de s'intégrer à la société tout entière.*

I Des comportements variés entre individus

1 D'une société à une autre

> **MOT CLÉ**
> Un **comportement** désigne les manières d'agir, les actes réalisés par les individus ou les groupes d'individus, mais aussi les comportements sociaux, culturels ou religieux.

■ Des **comportements** variés sont observables **d'un pays à un autre**. Il en va ainsi, par exemple, pour les postures du corps : au Japon, il est courant de manger assis par terre, sur ses jambes repliées, alors que dans les pays occidentaux on s'assoit autour d'une table.

■ On relève également des différences entre individus d'une même société à **deux périodes différentes** : certains comportements acceptés par le passé ne le sont plus forcément aujourd'hui. C'est le cas des manières de table : lors des festins médiévaux, les convives partageaient un même plat dans lequel ils venaient tous prélever leur part à pleines mains et buvaient la soupe dans un même récipient. Aujourd'hui, dans de nombreuses sociétés, chacun mange dans son assiette, en utilisant toutes sortes de couverts.

2 À l'intérieur d'une même société

■ Certains comportements diffèrent **entre les hommes et les femmes**. Ces différences sont visibles dans le domaine des attitudes corporelles. Par exemple, s'asseoir les jambes croisées est une pratique très répandue chez les femmes et beaucoup moins chez les hommes.

■ Les comportements diffèrent aussi en fonction des **milieux sociaux**. Ainsi, le choix des produits alimentaires varie selon la position sociale. Les individus appartenant aux milieux populaires consomment davantage d'aliments gras et caloriques – souvent moins coûteux – et peu de légumes et de fruits frais, privilégiés dans l'alimentation des groupes sociaux disposant d'un niveau de vie plus élevé.

II Des comportements acquis

1 Le résultat d'un apprentissage…

■ En dehors des comportements relevant des réflexes (cligner des yeux en cas de forte lumière ou poser les mains par terre en cas de chute), les comportements humains dépendent de l'environnement culturel et social dans lequel naît et évolue l'individu. Ils sont liés à la culture du pays et à la culture de son groupe social.

- Les comportements ne sont donc pas innés, c'est-à-dire fixés dès la naissance. Les façons d'agir et de penser intériorisées sont acquises, et donc propres à l'environnement dans lequel l'individu grandit. Ce processus d'intériorisation s'appelle la **socialisation**.

MOT CLÉ
La **socialisation** est le processus au cours duquel l'individu intériorise les normes, les valeurs, les comportements et les façons de penser de son milieu social.

2 … qui permet aux individus d'être intégrés à la société

- Cette transmission favorise une certaine reproduction des comportements sociaux de génération en génération et une certaine stabilité des comportements humains dans le temps. Cette transmission permet aux individus d'être conformes aux attentes de leur milieu social et d'adopter les comportements attendus.
- Le partage de comportements communs permet donc aux individus d'être plus facilement acceptés par les autres et de s'intégrer.

zoOm

Porter des vêtements : un comportement qui s'apprend

- Porter des vêtements fait partie des règles de vie appliquées dans nos sociétés. Cela nous semble même naturel tellement nous l'avons intériorisé : nous le faisons sans nous poser de question.
- Or ce comportement s'acquiert dès le plus jeune âge. Au Japon, les *salarymen* portent tous un costume de couleur foncée avec une chemise blanche et une cravate. L'adhésion à cet uniforme professionnel est le fruit de la socialisation au port de l'uniforme scolaire dès l'enfance et l'adolescence.

23 L'enfance : une période de socialisation décisive

En bref *Dès sa naissance, l'individu intériorise les valeurs, les normes, les façons d'agir et de penser propre à son environnement. La famille joue donc un rôle essentiel dans la construction de l'individu. Son influence se réalise par de multiples canaux, parfois choisis par les parents mais le plus souvent inconscients.*

I La famille, premier acteur de la socialisation

1 Dès la naissance

■ Les parents transmettent à l'enfant dès son plus jeune âge un ensemble de normes sociales découlant de **valeurs**. Par ce mécanisme, appelé socialisation, l'enfant adopte des manières de faire, de penser et incorpore des manières d'être propre à son groupe social. Par le choix de ses vêtements et de leurs couleurs, par exemple, ou par les jeux qui lui sont proposés, l'enfant intériorise son futur rôle en tant que femme ou homme.

MOT CLÉ
Une **valeur** est un grand principe, un idéal qui oriente les actions et les comportements d'une société ou d'un groupe social.

■ La socialisation aboutit à ce que l'enfant fasse siennes les normes transmises, qu'il construise les bases de son identité sociale. C'est à cette période qu'il apprend à manger, à marcher et à parler de manière conforme à son groupe social.

2 L'enfant est particulièrement malléable

■ Cette socialisation dans l'enfance est d'autant plus aisée qu'à cette période, l'enfant est vierge de toute autre influence : il peut être assimilé à une pâte molle, sur laquelle l'adulte peut inscrire tous les contenus qu'il souhaite.

■ Il est aussi inconscient des mécanismes en jeu et croit que ce qu'il fait, dit et anticipe pour son avenir lui est propre, alors qu'il ne s'agit que du résultat de cet apprentissage. Par exemple, un enfant dont les parents sont cadres aura plus de facilités à se projeter professionnellement dans ce type de fonction qu'un enfant dont les parents sont ouvriers, car il sera familier de cet environnement et aura intégré sans s'en rendre compte l'ensemble des normes et valeurs attachées à ce statut social.

II La variété des mécanismes de socialisation

1 Une socialisation consciente : l'éducation

■ L'éducation est l'un des mécanismes mis en œuvre lors de cette transmission. C'est par une transmission explicite et volontaire des normes sociales par les parents que les façons de penser, d'agir et d'anticiper l'avenir seront intériorisées.

■ L'éducation est le noyau le plus visible de la **socialisation primaire**. Elle se fait aussi à l'école, où le respect des règles, les programmes scolaires et les interactions avec les équipes éducatives participent à la socialisation. Le non-respect de ces normes conduit à des sanctions formelles (punitions, réprimandes) ou informelles (moquerie ou rire).

MOT CLÉ
La **socialisation primaire** représente le processus d'apprentissage de normes et de valeurs qui se déroule pendant l'enfance.

2 Des mécanismes inconscients de socialisation

■ La socialisation explicite est accompagnée d'autres mécanismes qui opèrent au quotidien par imprégnation, sans que les parents s'en rendent compte. Par exemple, l'injonction « tiens-toi droit » n'est pas seulement corporelle, elle porte en elle l'intériorisation d'un rapport austère au corps et l'importance de la présentation de soi, tout en définissant la frontière entre la bonne tenue et le relâchement.

■ La socialisation se réalise par imitation et/ou interactions entre les parents et les enfants. C'est en regardant sa mère se maquiller qu'un enfant, souvent une fille, apprend les gestes du maquillage. C'est au cours des échanges verbaux ou non verbaux que les enfants incorporent aussi les règles de politesse.

zoOm

Vivre avec les autres : un apprentissage scolaire

■ À l'école, les apprentissages du vivre-ensemble participent à la socialisation des enfants en parallèle de ceux réalisés au sein des familles.

■ C'est par le rappel des règles de bonne conduite, de la politesse, des droits et des devoirs de chacun à la cantine ou dans la cour de récréation que les enfants apprennent à respecter les adultes, à se respecter les uns les autres et à se respecter eux-mêmes.

24 Des conditions de socialisation différentes selon les familles

En bref *La socialisation ne s'exerce pas de façon identique pour tous les enfants et dans toutes les familles. Ainsi, la composition du foyer, le groupe social, les modèles éducatifs ou encore le sexe de l'enfant influent sur les conditions et le résultat de la socialisation.*

I Le poids des configurations familiales

1 Les effets de la structure interne de la famille

- Les **configurations familiales** jouent un rôle essentiel. La famille ne se réduit pas au couple parental : la fratrie et le reste de la parenté participent à la socialisation. Par exemple, la présence d'une sœur étudiante chargée de surveiller les devoirs de son frère peut modifier le rapport à l'école et à la culture de ce dernier, notamment dans les familles de milieu populaire.
- Le couple parental ne forme pas un tout unifié : les parents peuvent venir de milieux sociaux différents et être porteurs de valeurs différentes, voire contradictoires.

MOT CLÉ
Les **configurations familiales** désignent les différentes formes de famille et leur composition : présence d'un ou de deux parents, de sexes différents ou de même sexe, nombre de frères et sœurs, rôle des grands-parents et des autres membres de la parenté.

2 L'influence des modèles éducatifs

- On distingue deux modèles théoriques. D'une part, le **modèle « autoritaire »**, qui repose sur un contrôle parental élevé, un usage fréquent des punitions et une relation asymétrique entre enfant et parents. D'autre part, le **modèle « permissif »**, reposant sur un contrôle faible, un recours limité à la punition et une relation d'égal à égal entre l'enfant et les adultes.
- Plusieurs enquêtes récentes ont montré que, dans la réalité, ces deux modèles se juxtaposent. Le modèle « autoritaire » favoriserait la transmission de valeurs telles que l'obéissance, tandis que le modèle « permissif » encouragerait le développement de l'autonomie, c'est-à-dire la liberté de choix de l'enfant.

II Des différences selon les sexes et les milieux sociaux

1 Une socialisation genrée

- Les filles et les garçons ne sont pas éduqués de la même manière, car les adultes ont des **représentations** de la façon dont ils doivent se comporter. Ainsi, dès la naissance, les réactions des parents face à leurs comportements sont différentes. Par exemple, les pleurs sont souvent moins tolérés chez les garçons, dont les adultes attendent davantage de force et de courage.

- De même, les **jouets** choisis pour l'enfant favorisent le développement, par exemple, de la motricité pour les garçons et de l'intérêt porté à soi pour les filles.

2 Une socialisation de classe

- Les **conditions de vie matérielle** induisent un rapport aux contraintes économiques et à l'espace qui diffère selon les milieux sociaux. Vivre dans un espace réduit peut être vécu comme de la « promiscuité » d'un point de vue bourgeois, mais interprété comme de la « solidarité familiale » dans les milieux populaires.
- L'**intériorisation** bourgeoise du contrôle de soi, qui se réalise dans la maîtrise des espaces, s'oppose à l'apprentissage de l'affrontement physique des milieux populaires. Ce dernier est transmis au travers du modèle des pères en accord avec l'idéal populaire de la virilité. L'origine sociale des parents est donc un facteur de **différenciation**.

MOT CLÉ
L'**intériorisation** est un mécanisme assurant l'intégration des normes et valeurs à la personnalité des individus.

zoOm

La lecture, une pratique liée au milieu social

N'ont pas lu de livre dans l'année (en %)

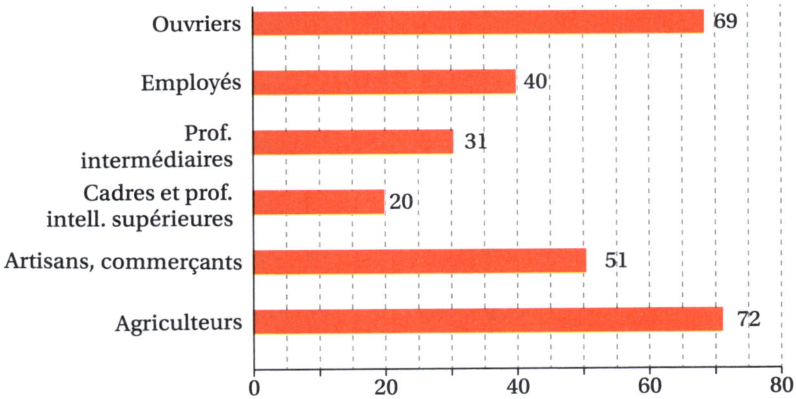

Source : Observatoire des inégalités (données pour 2012).

- La catégorie socioprofessionnelle d'appartenance est une des variables explicatives des différences de pratiques sociales et culturelles entre individus.
- La socialisation différenciée entre milieux sociaux influence en effet les comportements. Ainsi, la part des cadres déclarant n'avoir pas lu de livre dans l'année est nettement inférieure à celle des ouvriers ou des agriculteurs.

25 Une socialisation tout au long de la vie

En bref *La socialisation n'est pas achevée à la sortie de l'adolescence. D'autres instances de socialisation vont intervenir tout au long de la vie. Ainsi, toutes les expériences de socialisation vécues par l'individu vont s'ajouter aux premières en parfaite cohérence ou s'y opposer.*

I D'autres temps de socialisation et d'autres acteurs

1 L'enfance n'est pas la seule période de socialisation

- Pendant la phase de socialisation primaire, période forte de socialisation, se transmettent les **codes sociaux élémentaires**, mais le processus de socialisation ne prend pas fin une fois l'enfance terminée.
- L'individu est soumis à d'autres influences qui vont intervenir sur sa « personnalité de base » et cela tout au long de sa vie.

MOT CLÉ
Les **codes sociaux élémentaires** regroupent le langage, les normes et les valeurs qui permettent aux individus d'établir des relations sociales.

2 Les nouveaux acteurs à l'âge adulte

- En accédant au monde professionnel, les individus doivent se conformer à de nouvelles normes (manière de se vêtir, horaires de travail, règlement intérieur) et de nouvelles valeurs, comme la performance économique ou le service client dans les entreprises privées. Cette socialisation se nomme la socialisation professionnelle. Celle-ci opère par l'observation de nouveaux modèles ou par les interactions avec la hiérarchie ou les groupes de pairs.
- De même, les interactions au sein du couple vont agir comme moment de socialisation. Par les discussions et les expériences vécues en commun, les membres d'un couple vont agir sur le comportement et les opinions de l'un et de l'autre. C'est le cas par exemple du partage des tâches domestiques, qui est souvent l'objet de négociations constantes entre les partenaires et influe sur leurs attitudes. On parle de socialisation conjugale.
- Enfin, la fréquentation de syndicats, d'associations, de partis politiques peut avoir une incidence sur les comportements et opinions politiques des individus. Le rôle des pairs est ici fondamental : ce sont principalement les expériences partagées qui vont influer sur les pratiques politiques (manifester, voter, s'abstenir, signer une pétition).

II Renforcement ou opposition ?

1 La socialisation secondaire

- La socialisation secondaire intervient donc à un autre moment de la vie de l'individu et par le biais d'autres instances de socialisation.
- Parce que l'individu est déjà le fruit d'une première socialisation, il va filtrer les nouvelles normes et valeurs transmises lors de la **socialisation secondaire** pour percevoir le monde extérieur.

MOT CLÉ
La **socialisation secondaire** intervient après l'enfance des individus. Elle va compléter, prolonger ou transformer les apprentissages de la socialisation primaire.

2 Contradiction ou adéquation avec la socialisation primaire ?

- La socialisation secondaire peut renforcer la socialisation primaire : les normes et valeurs acquises pendant l'enfance permettent l'acquisition de nouveaux codes sociaux à l'âge adulte en cohérence avec celles déjà acquises. Les normes professionnelles s'appuient sur les résultats de la socialisation scolaire et familiale. La recherche de la performance dans le monde professionnel peut prendre appui sur la recherche de la performance scolaire par exemple.
- Parfois, la socialisation secondaire peut contredire les effets de la première et induire des transformations chez l'individu, car les valeurs et les normes transmises ne coïncident pas, voire s'opposent. C'est le cas d'un individu qui connaît un changement de statut social par rapport à celui de sa famille d'origine et qui doit s'adapter à ce nouvel environnement.

zoOm

La pluralité des temps de socialisation

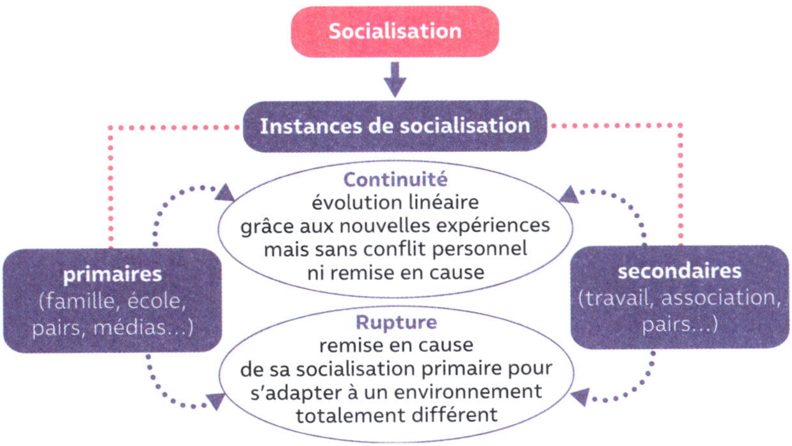

26 La socialisation n'est pas un simple conditionnement

En bref *Si le processus de socialisation débute au sein des familles, il se poursuit tout au long de la vie, permettant à l'individu d'agir sur ce qui lui est transmis. Cette socialisation plurielle peut expliquer des parcours individuels de réussite ou d'échec statistiquement improbables.*

I La socialisation plurielle

1 L'individu incorpore des modèles d'action différents

- Dans chacune des instances de socialisation, l'individu intègre des **dispositions** qui sont ou non utilisables dans un autre contexte social. Par exemple, l'acquisition de « l'effort et du dépassement de soi » dans un environnement sportif peut être à nouveau mobilisée ou non par l'individu à l'école ou dans un univers professionnel. Ainsi, chaque individu est porteur d'une **pluralité de dispositions** qui vont être, selon les contextes et les moments, mis en œuvre ou mis en veille.

MOT CLÉ
Les **dispositions** sont les manières de faire, de voir, de sentir, les inclinations à croire ou à agir intériorisées et mobilisées par un individu dans un contexte social.

- Cette pluralité des dispositions fait de l'individu un « **homme pluriel** », c'est-à-dire façonné par la multiplicité des expériences socialisatrices, qui peuvent agir de manières différentes, voire contradictoires selon l'instance de socialisation (école, famille, groupe de pairs…) et le domaine concerné (culture, politique, rapport aux autres…).

2 L'individu est un être réflexif

- Ce qui est vécu et intériorisé durant la socialisation primaire est la base à partir de laquelle est interprété et donc intériorisé ce qui intervient dans la socialisation secondaire.
- La socialisation n'est **pas un processus automatique**, plusieurs conditions sociales doivent être réunies pour qu'elle ait un effet. Pour que le capital culturel soit transmis, il faut que celui qui le détienne ait une légitimité à transmettre, qu'il soit présent régulièrement auprès de l'individu socialisé. Par exemple, il ne suffit pas d'avoir une bibliothèque bien fournie à la maison pour pratiquer la lecture.

II Trajectoires improbables et situations paradoxales

1 Le cas des transfuges de classe…

■ On parle de transfuge de classe lorsqu'un individu change de position sociale à l'âge adulte par rapport à ses parents. C'est le cas d'un fils d'ouvrier qui deviendrait chef d'entreprise. Dans cette situation, certains individus tentent parfois d'anticiper leur futur statut lors de la socialisation primaire en adoptant les règles de comportement du groupe social qu'ils souhaitent intégrer et qui devient à leurs yeux le **groupe de référence**. On parle alors de socialisation anticipatrice.

MOT CLÉ
Le **groupe de référence** est le groupe auquel l'individu s'identifie. Il peut être différent de son groupe d'appartenance (groupe auquel l'individu appartient en fonction de ses caractéristiques sociales objectives (âge, sexe, position sociale).

■ La persistance des produits de la socialisation du groupe social d'origine se traduit souvent par un sentiment de gêne ou de culpabilité pour les individus qui, dans certains cas, peut freiner les transformations ultérieures et, dans d'autres cas, obliger l'individu à réaliser un travail de mise en cohérence entre des prises de position souvent contradictoires.

2 … et celui des échecs improbables

On parle d'échec improbable dans le cas d'un individu qui connaît un déclassement social, c'est-à-dire qui occupe une position sociale inférieure à celle de ses parents. C'est le cas d'un enfant de cadres qui deviendrait employé.

zoOm

Un « transfuge de classe » : le sociologue Didier Eribon

■ Didier Eribon a longtemps été enseignant chercheur à la faculté de sciences humaines et sociales et philosophie de l'université d'Amiens. Issu d'un milieu populaire, il a dû adopter de nouveaux comportements pour s'adapter à son environnement scolaire puis professionnel.

■ Il est le produit d'une socialisation familiale en partie en opposition avec sa socialisation scolaire et professionnelle. Il témoigne dans ses travaux du renoncement et souvent de la honte de son milieu d'origine.

SE TESTER QUIZ

Vérifiez que vous avez bien compris les points clés des **fiches 22 à 26**.

1 Des comportements liés à l'environnement social et culturel

→ FICHE 22

Les comportements des individus sont-ils le fruit de facteurs biologiques ?

☐ **a.** Non, seuls les réflexes sont naturels.
☐ **b.** Oui, nos comportements sont déterminés par nos gènes.
☐ **c.** Non, les individus adoptent seulement des comportements sociaux.

2 Une socialisation primaire décisive

→ FICHES 23 et 24

1. Qu'est-ce que la socialisation ?

☐ **a.** La transmission d'une culture par la famille.
☐ **b.** Le processus au cours duquel l'individu intègre les normes, les valeurs et les comportements transmis par son environnement culturel et social.
☐ **c.** L'éducation des enfants par leurs parents.

2. Parmi les affirmations suivantes, laquelle est vraie ?

☐ **a.** Seuls les parents socialisent les enfants au sein de la famille.
☐ **b.** Les enfants sont tous socialisés de la même manière.
☐ **c.** Les conditions de socialisation sont influencées par la composition de la famille, le sexe de l'enfant et l'origine sociale des parents.

3 Une socialisation tout au long de la vie

→ FICHE 25

Les socialisations primaire et secondaire coïncident-elles toujours ?

☐ **a.** Oui, la socialisation secondaire renforce la socialisation primaire.
☐ **b.** Non, elles se superposent mais peuvent se renforcer ou se contredire.
☐ **c.** Non, la socialisation primaire s'efface pour laisser la place aux valeurs et normes transmises au cours de la socialisation secondaire.

4 La socialisation n'est pas un simple conditionnement

→ FICHE 26

1. Pourquoi dit-on que la socialisation est plurielle ?

☐ **a.** Il existe plusieurs acteurs de socialisation.
☐ **b.** Les instances de socialisation, nombreuses, ont des influences multiples.
☐ **c.** La socialisation est un processus automatique.

2. Peut-on écrire que l'individu est passif au cours de la socialisation ?

☐ **a.** Oui, car il n'intervient pas durant le processus de socialisation.
☐ **b.** Non, car il est socialisé par différentes instances.
☐ **c.** Non, car l'individu réinterprète et analyse les normes et les valeurs nouvellement incorporées grâce aux acquisitions antérieures.

S'ENTRAÎNER

5 Réviser le cours en 8 questions flash

→ FICHES 22 à 26

1. Pourquoi les comportements humains ne sont-ils pas les mêmes partout ?
2. Que nous transmettent nos parents à travers la socialisation ?
3. Quels sont les mécanismes conscients et inconscients de la socialisation ?
4. Quelle est l'influence de la configuration familiale sur la socialisation des enfants ?
5. Qu'est-ce qui distingue la socialisation primaire de la socialisation secondaire ?
6. Citez trois instances de socialisation à l'âge adulte.
7. Pourquoi peut-on dire que la socialisation est un processus pluriel ?
8. Comment la pluralité des influences socialisatrices peut-elle être à l'origine de trajectoires improbables ?

6 Comprendre un texte

→ FICHE 26

Document **De la socialisation plurielle à l'homme pluriel**

Chacune de ces dispositions prend place dans la mosaïque qui constitue l'individu et qui reflète l'histoire et la diversité de ses expériences sociales. Le dispositif méthodologique original de l'enquête ayant donné lieu à *Portraits sociologiques*[1] (six entretiens différents, portant sur des domaines pratiques différents, menés auprès d'une même personne) permet ainsi de faire apparaître que la multiplicité des dispositions au sein d'un même individu renvoie à la multiplicité des expériences socialisatrices qui l'ont formé, et ce de manière différente, voire divergente selon l'instance de socialisation ayant opéré (famille, école, amis...) et le domaine concerné (la culture, le rapport au corps, aux autres). Dans cette optique, c'est donc parce que la socialisation est plurielle que l'individu qu'elle façonne est un « homme pluriel ».

M. Daron, *La socialisation*, Armand Colin, 2008.

1. *Portraits sociologiques*, ouvrage du sociologue Bernard Lahire (2005).

1. a. Entourez dans le texte les différentes instances de socialisation primaire.
b. Expliquez l'expression soulignée (l. 1-2).
c. Dans le texte, surlignez la phrase qui montre que les instances de socialisation peuvent agir sur l'individu de plusieurs manières.
2. En vous appuyant sur le travail d'analyse précédent et sur vos connaissances, vous rédigerez un paragraphe argumenté d'une quinzaine de lignes pour expliquer qu'il existe une pluralité d'influences socialisatrices.

CONSEIL
Commencez par énoncer l'idée que vous allez démontrer (A). Puis présentez les différents acteurs de la socialisation (E) et terminez par un exemple (I).

OBJECTIF BAC

7 La socialisation et l'école • Raisonnement

1 h 20

Ce sujet vous donne l'occasion d'utiliser vos connaissances sur la socialisation pour construire un raisonnement à partir d'un texte sociologique. L'analyse de celui-ci doit vous permettre de repérer le rôle de la famille dans la réussite scolaire, puis d'expliquer les mécanismes de la socialisation de classe en jeu.

LE SUJET

À l'aide du texte proposé, montrez que la socialisation permet d'expliquer les inégalités de réussite scolaire.

Document **Socialisation de classe et réussite scolaire**

Les familles les plus démunies ne disposent ni des informations nécessaires sur le fonctionnement du système scolaire, ni des savoirs et savoir-faire culturels légitimes [c'est-à-dire attendus et valorisés dans le cadre scolaire], la langue qu'elles parlent et transmettent est scolairement disqualifiée [c'est-à-dire dévalorisée]. Selon Bourdieu et Passeron, « l'inégale distribution entre les différentes classes sociales du capital linguistique scolairement rentable constitue une des médiations [c'est-à-dire un des facteurs] les mieux cachées par lesquelles s'instaure la relation entre l'origine sociale et la réussite scolaire ».

Source : Gérard Mauger, *La sociologie de la délinquance juvénile*, Repères, La Découverte, 2009.

Méthode

Analyser un texte sociologique

Étape 1 Identifier le document

- Le titre et la source donnent des indications sur la fiabilité du document (s'agit-il d'un article de presse, d'un extrait de livre, d'une étude documentée ?), mais aussi sur la période et le contexte (la date permet de situer l'époque à laquelle le texte a été produit.)
- Repérez si le texte est descriptif (l'auteur présente des faits, analyse une notion) ou engagé (l'auteur défend un point de vue).

Étape 2 Comprendre le texte

- Soulignez les mots clés : notions, principaux arguments.
- Entourez les connecteurs logiques pour mettre en évidence les liens entre les idées.
- Relevez la phrase ou l'exemple qui résume l'idée générale en lien avec la question posée.

Étape 3 Exploiter le texte pour répondre à la question posée

- Expliquez en quelques phrases les mécanismes qu'il met en évidence.
- À quelle(s) notion(s) du chapitre ce texte peut-il être rattaché ?
- D'après votre cours, quels compléments ou éléments contradictoires pouvez-vous apporter ?

Étape 4 Rédiger la réponse → MÉTHODE p. 50

▶▶▶ LA FEUILLE DE ROUTE

Étape 1 Identifier le document

- Le titre vous indique le thème : la socialisation de classe. Le texte est extrait d'un livre du sociologue Gérard Mauger publié en 2009. Il étudie le lien que l'on peut établir entre l'origine sociale et la réussite scolaire.
- En décrivant les pratiques culturelles des familles les plus modestes et en s'appuyant sur la thèse de deux autres sociologues, l'auteur tente d'expliquer les raisons d'une moindre réussite scolaire dans les milieux populaires.

Étape 2 Comprendre le texte

- Les connecteurs logiques à repérer sont : « c'est-à-dire », qui permet à l'auteur de donner des précisions complémentaires sur l'idée qu'il vient d'énoncer, et « selon », qui permet à l'auteur d'introduire les thèses de deux sociologues.
- Deux phrases résument l'idée générale en lien avec la question posée :
  - « les familles les plus démunies… savoir-faire culturels légitimes » (l. 1-3)
  - « inégale distribution… scolairement rentable » (l. 5-6)

Étape 3 Exploiter le texte pour répondre à la question posée

- Ce texte renvoie à l'idée d'une différence des conditions de socialisation selon l'origine sociale. Il souligne le rôle du milieu social dans la réussite scolaire.
- Vous pouvez expliquer l'effet du milieu social d'origine sur la socialisation, les mécanismes de la socialisation de classe. Ainsi, dans les familles de milieu populaire, les normes et les valeurs transmises diffèrent de celles des milieux sociaux plus favorisés et s'éloignent plus de celles attendues par l'école.
- Pensez aussi à d'autres facteurs : composition de la famille, sexe de l'enfant, modèles éducatifs.

Étape 4 Rédiger la réponse

- Dans un premier temps, vous expliquerez que la socialisation familiale varie selon le milieu social, et que cela peut avoir un effet sur la réussite scolaire.
- Dans un second temps, vous montrerez que selon le milieu social, les normes et valeurs transmises sont plus ou moins proches de celles valorisées par l'école.

→ CORRIGÉS p. 99

CORRIGÉS

SE TESTER QUIZ

1 Des comportements liés à l'environnement social et culturel

Réponse a. Seuls les réflexes sont naturels, tous les autres comportements sont le résultat d'un apprentissage.

2 Une socialisation primaire décisive

1. Réponse b. La socialisation est le processus au cours duquel l'individu intègre les normes, les valeurs et les comportements transmis par son environnement.
2. Réponse c. Les conditions de socialisation sont influencées par la composition de la famille, le sexe de l'enfant et l'origine sociale des parents.

3 Une socialisation tout au long de la vie

Réponse b. Les normes et les valeurs peuvent soit s'inscrire dans une continuité soit se contredire, c'est-à-dire créer une rupture permettant à l'individu de s'adapter à son nouvel environnement.

4 La socialisation n'est pas un simple conditionnement

1. Réponse b. La socialisation est plurielle : les instances de socialisation sont nombreuses et ont des influences multiples.
2. Réponse c. L'individu réinterprète et analyse les normes et les valeurs nouvellement incorporées grâce aux acquisitions antérieures. En effet, ce qui est vécu et intériorisé durant la socialisation primaire est la base à partir de laquelle est interprété et donc intériorisé ce qui intervient dans la socialisation secondaire.

S'ENTRAÎNER

5 Réviser le cours en 8 questions flash

1. Les comportements humains ne sont pas les mêmes partout dans le monde car ils sont influencés par la culture du pays et de l'époque.
2. À travers la socialisation, nos parents nous transmettent principalement des normes et des valeurs.
3. Les mécanismes conscients de la socialisation relèvent de l'éducation : ils sont mis en place par les instances de socialisation. Les mécanismes inconscients, eux, reposent sur une transmission involontaire, comme l'imitation ou l'interaction.
4. La taille de la famille, sa composition, le sexe de l'enfant et le milieu social d'origine des parents.
5. La socialisation primaire commence dès la naissance et se poursuit pendant l'enfance ; les principaux acteurs sont la famille et l'école. La socialisation secondaire vient renforcer ou contredire des normes et des valeurs déjà installées ; le conjoint et le monde professionnel, par exemple, jouent alors un rôle important.

6. Trois instances de socialisation à l'âge adulte : l'entreprise, les associations, le couple.
7. La socialisation est un processus pluriel car **plusieurs instances de socialisation** interviennent tout au long de la vie d'un individu et participent à la construction de son identité. Chacune de ces instances a une influence particulière.
8. Lorsque les normes et les valeurs transmises s'opposent ou ne sont pas en cohérence, des phénomènes tels que les **transfuges de classe** ou le **déclassement social** peuvent être observés.

6 Comprendre un texte

1. a. Les mots à entourer dans le texte sont : « école », « famille », « amis » (l. 9).
b. Cette expression suggère que nos façons d'agir, de penser, de voir, de sentir se construisent à partir d'une multitude d'expériences de socialisation, issues de plusieurs instances de socialisation, pendant l'enfance et même à l'âge adulte.
c. La phrase à surligner est la suivante : « la multiplicité des expériences socialisatrices qui l'ont formé, et ce de manière différente, voire divergente selon l'instance de socialisation ayant opéré (famille, école, amis…) et le domaine concerné (la culture, le rapport au corps, aux autres) » (l. 7-10).
2. Il existe une pluralité d'influences socialisatrices, car **la socialisation n'est pas un processus uniforme** (A). De **nombreux acteurs** interviennent en même temps ou à des moments différents, et les normes et les valeurs transmises par ces instances de socialisation peuvent se renforcer ou se contredire. Lors de l'enfance, période de la socialisation primaire, ce sont la **famille** et l'**école** qui ont une place importante dans la construction de l'identité de l'individu (E). Ainsi, alors que dans certaines familles les femmes et les hommes n'ont pas les mêmes rôles ni les mêmes activités, l'école promeut l'égalité entre les sexes (I).

> **CONSEIL**
> La pluralité des instances de socialisation et des valeurs transmises doit constituer le cœur de votre explication (E). L'illustration (I) peut provenir du texte ou du cours.

OBJECTIF BAC

7 Raisonnement

- L'**origine sociale des parents** est une des conditions de socialisation différentes entre les familles, ce qui a des conséquences en termes de comportement, de mode de pensée et donc de réussite scolaire. De plus, les attendus de l'école sont souvent non explicités ou mettent plus longtemps à être intériorisés, ce qui freine la réussite scolaire.
- En effet, dans les familles de milieu populaire, les normes et les valeurs transmises diffèrent de celles des milieux sociaux plus favorisés, et sont **moins proches de celles valorisées par l'école**. Ainsi comme le souligne Gérard Mauger dans *La sociologie de la délinquance juvénile*, « les familles les plus démunies ne disposent ni des informations nécessaires sur le fonctionnement du système scolaire, ni des savoirs et savoir-faire culturels légitimes ». C'est le cas par exemple de la langue et de ses registres, moins bien maîtrisés dans les milieux populaires, où le franc-parler est valorisé.

27 Des liens sociaux diversifiés

En bref *Les liens sociaux désignent l'ensemble des relations concrètes et abstraites qui relient les individus d'un groupe social ou d'une société, créant un sentiment d'appartenance et de reconnaissance entre les membres du groupe et lui donnant une cohésion.*

I Des liens au sein de multiples groupes

Un groupe social en sociologie n'est pas une simple catégorie statistique ou un agrégat d'individus mais désigne un ensemble de personnes liées par des éléments objectifs (des conditions d'existence semblables par exemple) et subjectifs (un sentiment d'appartenance).

1 Au sein de groupes primaires…

- Au sein des groupes primaires, le nombre d'individus est réduit, les relations sont interpersonnelles et marquées par un degré d'intimité plus ou moins fort.
- Les liens de parenté, unissant les membres d'une même famille, dépendent d'une relation d'alliance (l'union d'un père et d'une mère le plus souvent) et d'une relation de filiation (entre parents et enfants). Ces liens ont également une nature juridique : chaque personne a un état civil, l'enfant a un représentant légal, les époux sont liés par un contrat de mariage…
- Les liens électifs unissent des personnes qui se choisissent et s'exercent notamment au sein de groupes de pairs : amis, collègues, membres d'une équipe sportive.

MOT CLÉ
Un **groupe de pairs** désigne un groupe d'individus partageant des caractéristiques, des valeurs et des normes semblables, exerçant un rôle socialisateur sur ses membres.

2 …et au sein de groupes secondaires

- Les individus appartiennent également à des groupes secondaires au sein desquels les relations apparaissent moins denses et moins stables dans le temps. Ceux-ci apparaissent plus étendus et les relations entre individus y sont plus impersonnelles.
- Ces liens s'exercent notamment au sein du monde du travail, dans lequel les individus nouent des relations de nature horizontale avec des collègues de travail et verticale avec leurs supérieurs hiérarchiques ou leurs subordonnés.
- Les organisations (associations, partis politiques, syndicats) constituent d'autres collectifs au sein desquels les personnes peuvent communiquer et agir ensemble, pour défendre des intérêts ou une cause, partager une pratique culturelle ou sportive.
- Au niveau d'un pays, les individus sont liés par une même citoyenneté, partageant une appartenance à une nationalité, l'attachement aux valeurs, aux symboles, à la culture d'un pays.

II Des liens sociaux concrets de différente nature

1 Les relations de sociabilité

- La sociabilité désigne les relations concrètes que les individus entretiennent au sein de leur environnement. Ces relations directes, d'interconnaissance, prennent diverses formes : parler avec sa famille ou avec ses voisins, se rendre visite ou échanger au téléphone, s'apporter soutien moral ou financier, se rendre des services, offrir des cadeaux, communiquer via les réseaux sociaux numériques.
- Les groupes d'amis jouent un rôle particulièrement important au moment de l'adolescence, générant une forte sociabilité extérieure au cercle familial.

2 L'appartenance à des réseaux sociaux

- Les individus sont insérés dans des **réseaux** constitués de personnes elles-mêmes reliées à leurs propres réseaux. Ces réseaux constituent une ressource, par exemple pour rechercher un emploi.

MOT CLÉ
En sociologie, un **réseau social** désigne l'ensemble des relations directes et indirectes qui relient des individus entre eux.

- La « force des liens faibles » désigne le fait qu'avoir un réseau très étendu, et donc des relations de faible intensité avec de nombreuses personnes, permet d'élargir les opportunités et d'accéder à un emploi de meilleure qualité.

zoOm

Une typologie des liens sociaux

Types de lien	Formes de protection	Formes de reconnaissance
Lien de filiation	rapprochée	affective
Lien de participation élective (entre conjoints, amis...)	rapprochée	affective
Lien de participation organique (entre acteurs de la vie professionnelle)	garantie par un contrat de travail	sociale (liée au travail)
Lien de citoyenneté	juridique (droits civils, politiques et sociaux)	Reconnaissance de l'individu souverain

Source : d'après Serge Paugam, *Le Lien social*, PUF, Que sais-je, 2008.

Le sociologue Serge Paugam distingue quatre grands types de lien qui apportent aux individus deux éléments majeurs :
– la protection, pour faire face aux aléas de la vie (« compter sur... ») ;
– la reconnaissance, pour la valorisation et l'estime de soi (« compter pour... »).

28 Les professions et catégories socioprofessionnelles

En bref *Les PCS constituent un outil statistique pour décrire la structure sociale en cherchant à classer les individus à partir de leur situation professionnelle. Comment ces catégories sont-elles construites et sur quels critères sont-elles fondées ? Quels en sont les usages ?*

I Enjeux et principes de construction des PCS

1 Enjeux et évolutions

■ La **nomenclature** des professions et catégories socioprofessionnelles (PCS), établie par l'Insee (Institut national de la statistique et des études économiques) à partir des recensements de population et des enquêtes-emploi, permet de décrire la structure sociale.

MOT CLÉ
Une **nomenclature** est une liste de catégories visant à classer une population dans des ensembles homogènes sur la base d'un ou de plusieurs critères.

■ La classification en PCS aujourd'hui en vigueur a remplacé en 1982 la classification en CSP (catégories socioprofessionnelles), créée en 1954, afin de s'adapter aux évolutions de la structure des emplois.

2 Les principes de construction

■ La nomenclature des PCS comporte quatre niveaux d'agrégation emboîtés. Le niveau le plus détaillé comprend 497 professions. Le plus agrégé est composé de 8 groupes socioprofessionnels : 6 groupes d'actifs et 2 groupes d'inactifs.

■ Le classement s'effectue à partir du croisement de plusieurs critères :
– concernant la personne elle-même : profession, statut (indépendant ou salarié), classification professionnelle (liée au niveau de qualification), fonction exercée ;
– concernant son employeur : activité, nombre de salariés, statut public ou privé.

■ Deux actifs exerçant le même métier ne sont pas nécessairement classés dans la même PCS. Par exemple, un plombier à son compte est classé dans le groupe « artisans, commerçants, chefs d'entreprise », tandis qu'un plombier exerçant comme salarié dans une entreprise de plomberie sera classé dans le groupe « ouvriers ».

INFO + **Les chiffres clés (2017)**
- Les 12,9 millions d'ouvriers et d'employés représentent 48 % de la population active.
- La part des cadres parmi les actifs est de 20,6 % chez les hommes et 15,2 % chez les femmes.
- L'espérance de vie des cadres est de 6 ans supérieure à celle des ouvriers.

II Les usages de la nomenclature des PCS

1 Décrire la structure sociale et ses évolutions

- Les PCS mettent en évidence les mutations de la structure sociale française depuis les années 1950, marquées par le déclin du secteur primaire, le développement du salariat, la désindustrialisation et la tertiarisation.
- Les PCS qui ont le plus progressé au cours des dernières décennies sont les cadres et les professions intermédiaires, tandis que celles qui ont le plus diminué sont les agriculteurs et les ouvriers.

2 Mettre en évidence les inégalités économiques et sociales

- La classification en PCS permet de montrer des inégalités économiques, en matière de revenu et de patrimoine. Ainsi, le niveau de vie des cadres est en moyenne deux fois supérieur à celui des ouvriers.
- Cette classification met aussi en évidence des inégalités sociales et culturelles, en matière d'espérance de vie, de pratiques de loisir ou d'accès aux études supérieures, pour ne citer que quelques exemples.

zoOm

Progrès technique et évolution des PCS

- Le progrès technique transforme les PCS. Si l'emploi ouvrier augmente jusqu'aux années 1970 avec la production de masse permise par le travail à la chaîne (comme ci-dessus dans une usine Citroën) et une demande croissante, l'emploi agricole recule avec la mécanisation.
- Aujourd'hui, la robotisation fait disparaître des emplois d'ouvriers tandis que les emplois intermédiaires et d'encadrement progressent.

29 Individualisation et évolution des formes de la solidarité

En bref *Avec la société industrielle qui émerge au XIXe siècle, l'individu devient progressivement plus autonome (individualisation) et ses liens avec les autres se transforment (d'une solidarité mécanique à une solidarité organique).*

I Le processus d'individualisation

1 Des individus plus autonomes

- L'**individualisation** est un processus historique long qui conduit l'individu à **s'émanciper progressivement** de diverses tutelles (église, communauté, famille) et des modèles de comportement qu'elles imposent.

> **MOT CLÉ**
> **Individualisation** et individualisme désignent, pour les sociologues, une caractéristique majeure des sociétés occidentales modernes marquées par le primat de l'individu, qui devient l'unité de référence pour la société et pour lui-même.

- Cette transformation rend possible le **choix** de son avenir professionnel, de ses croyances et de ses opinions. De la même façon, les individus ne se voient plus imposer le mariage ou le choix de leur conjoint.
- L'autonomisation des individus ne les affranchit pas de toutes normes juridiques et sociales, mais celles-ci s'imposent moins du dehors sur les individus et reposent davantage sur l'autocontrainte, c'est-à-dire des normes intériorisées.

2 Des liens à la fois plus forts et plus fragiles

- L'individualisation conduit à tisser des liens davantage **choisis**, donc plus forts, mais aussi **plus nombreux**, les individus multipliant leurs appartenances à des groupes divers. Ces liens apparaissent néanmoins plus **fragiles** car les individus peuvent les rompre plus facilement.
- Au sein de la famille, par exemple, les relations se sont profondément transformées : l'union conjugale ne se conçoit plus pour la vie entière et les relations entre les membres de la famille garantissent l'autonomie de chacun.

II L'évolution des formes de solidarité

1 La solidarité mécanique

- La solidarité des sociétés traditionnelles est une solidarité mécanique (ou par **similitude**) : les individus sont peu différenciés, partagent les mêmes croyances et adhèrent aux mêmes valeurs. La tradition joue un rôle prépondérant et s'impose à tous. Tous les aspects de la vie sont réglementés par des prescriptions organisant la façon de manger, de s'habiller, les rites religieux, le choix des conjoints…

- La cohérence de la société naît de la similitude de ses membres et de la parfaite adéquation entre les consciences individuelles et la **conscience collective**.
- Ce type de solidarité persiste au sein des groupes primaires (familles, groupes de pairs) dans lesquels les individus nouent des liens entre personnes semblables.

> **MOT CLÉ**
> Pour Émile Durkheim, la **conscience collective** désigne l'ensemble des croyances et des sentiments communs partagés par les membres d'un groupe, d'une société.

2 La solidarité organique

- Selon Durkheim, les sociétés modernes sont caractérisées par un processus de différenciation des individus qui crée une nouvelle forme de solidarité fondée sur la complémentarité. Il qualifie cette solidarité d'organique, par analogie avec les organes de l'être vivant remplissant chacun une fonction propre mais indispensable les uns aux autres.
- Cette différenciation est due à la division du travail qui se développe au sein des sociétés industrielles. En spécialisant les individus, la division du travail les rend tout à la fois autonomes et interdépendants.
- Dans les sociétés où domine la solidarité organique, la conscience collective laisse un espace aux consciences individuelles et une autonomie dans l'interprétation des normes à suivre. La solidarité organique ne fait cependant pas complètement disparaître la solidarité mécanique.

zoom
Une persistance de la solidarité mécanique ?

Les supporters qui viennent soutenir leur équipe dans les stades, dans les bars ou sur les réseaux sociaux, ne sont qu'un exemple parmi d'autres du besoin exprimé dans de multiples sphères de la vie sociale de se réunir entre semblables pour partager une même passion ou une cause commune.

30 De nouvelles sociabilités numériques

En bref *Avec le développement des nouvelles technologies de l'information et de la communication, de nouvelles formes de sociabilité se développent, qui s'ajoutent ou parfois se substituent aux formes plus traditionnelles. L'effet de cette transformation sur le lien social et la cohésion de la société est donc à nuancer.*

I Le rôle des technologies numériques

- Avec l'usage des téléphones mobiles multifonction et des **réseaux sociaux numériques**, les individus utilisent de nouvelles modalités de communication et d'échanges qui transforment la sociabilité.
- L'envoi de SMS et de messages via les messageries instantanées, de courriels, la participation aux réseaux sociaux (Facebook, Twitter) sont devenus des vecteurs courants de communication, dans un cadre privé, professionnel ou public.
- La **sociabilité en ligne** peut conduire à créer une **sociabilité physique**, c'est même dans certains cas sa fonction essentielle. Les sites de rencontres via Internet constituent par exemple un mode de constitution des couples qui progresse fortement.

II Divers types de liens renforcés

- Avec les technologies numériques, les individus peuvent intensifier les liens avec leurs connaissances (familles, amis). Plus qu'elle ne se substitue à la sociabilité physique, la sociabilité numérique vient la compléter et l'enrichir, en nourrissant **liens forts et affinitaires** → FICHE 27 au sein de collectifs de personnes qui se connaissent.
- Les pratiques de sociabilité en ligne permettent d'étendre le **réseau relationnel**, développant des liens entre individus éloignés et qui ne se connaissent que virtuellement. Cela permet d'étendre le réseau de « **liens faibles** » → FICHE 27 que chacun peut mobiliser en cas de besoin, créant des ponts entre des réseaux d'individus.

INFO + **Les chiffres clés en 2018**

- 75 % des plus de 12 ans (35 % en 2011) et 98 % des 18-24 ans possèdent un smartphone.
- 53 % des plus de 12 ans envoient des messages par messagerie instantanée, 41 % quotidiennement.
- 93 % des 18-24 ans sont présents sur les réseaux sociaux.

- Les outils de communication numérique créent les conditions d'un monde rapproché, un « **effet petit monde** », étudié par Milgram à la fin des années 1960, qui se renforce.

MOT CLÉ
Le phénomène du « **petit monde** » est issu d'une expérience du psycho-sociologue américain Stanley Milgram (1933-1984) montrant que deux individus pris au hasard sont reliés en moyenne par 6 chaînes de relations.

III Des effets de cohésion à nuancer

- Les pratiques de sociabilité sur les réseaux sociaux numériques renforcent la solidarité mécanique → FICHE 29 et des liens de nature élective et horizontale → FICHE 27. Elles exercent aussi des effets de contrôle social forts → FICHE 32 conduisant à exclure ceux qui ne partagent pas les normes, les valeurs et les croyances de la communauté.
- Ces collectifs, rapidement mobilisables grâce aux outils de communication numériques pour défendre des causes, exprimer ou soutenir des revendications, sont aussi influençables et soumis à des discours ou à des fausses informations qui cherchent à les manipuler.
- La sociabilité en ligne, quand elle se substitue à la sociabilité physique, est propice à favoriser des situations d'isolement, les liens numériques étant plus fragiles et moins aisés à mobiliser que les liens physiques de proximité.

zoOm

Un accès inégal aux outils de sociabilité numérique

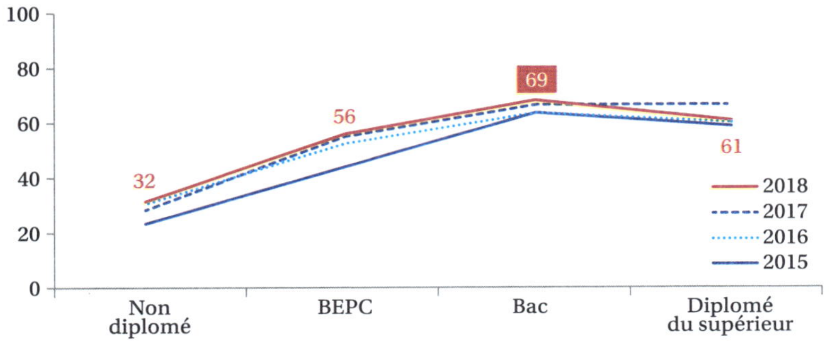

Source : Baromètre du numérique 2018.

Ce graphique montre la proportion d'individus présents sur des réseaux sociaux numériques au cours des 12 derniers mois (en % de la population de 12 ans et plus). Si cette pratique est banalisée chez les plus jeunes, ce n'est pas le cas pour les plus âgés et pour les moins diplômés, notamment, dont la participation est beaucoup plus faible. Ces inégalités se retrouvent entre PCS et entre territoires.

31 La fragilisation des liens sociaux

En bref *Les liens qui relient les individus entre eux et avec la société sont plus fragiles. Les communautés d'appartenance n'apportent plus la protection dont ont besoin les individus et les institutions visant à pallier les effets négatifs de l'individualisme sont en crise.*

I Des liens fragilisés par l'individualisme

1 Une atomisation de la société…

- Dans les sociétés marquées par le développement de la solidarité organique → FICHE 29 et l'affaiblissement de la solidarité mécanique, la cohésion sociale peut être mise en difficulté selon Émile Durkheim. On observe alors des pathologies qui mettent en cause la solidarité et les liens sociaux entre les individus.
- Durkheim évoque en particulier deux types de suicide dans l'étude qu'il mène en 1897, qui sont des signes d'un défaut de solidarité : les « suicides égoïstes » résultent d'un défaut d'intégration à la société, tandis que les « suicides anomiques » sont liés à un manque de règles et de repères pour orienter les comportements, situation qu'il qualifie d'anomie.

2 … qui fragilise l'intégration sociale

- L'affaiblissement des solidarités traditionnelles de proximité conduit les individus à se détacher des collectifs d'appartenance (le village, la communauté religieuse, la corporation professionnelle…). S'ils gagnent en autonomie et en libre choix de leur destin, les individus perdent en sécurité et en protection.
- Si l'institution familiale reste un collectif d'ancrage important pour les individus, les transformations qui la touchent depuis les années 1970 fragilisent son rôle protecteur. La rupture des liens familiaux est souvent un élément décisif dans le processus d'exclusion sociale.

II Les transformations de la société salariale

1 Un affaiblissement des protections juridiques et sociales

- Robert Castel (1933-2013) met en évidence le processus de désaffiliation qui touche une partie de la société à partir des années 1980, c'est-à-dire la rupture progressive des liens sociaux par perte des protections attachées au statut du salarié qui se sont construites avec l'**État-providence** et l'avènement des droits sociaux.

MOT CLÉ
On appelle **État-providence** l'ensemble des institutions qui visent à établir une protection sociale pour protéger les individus des risques sociaux (maladie, chômage, vieillesse…).

■ Cette rupture commence souvent par l'enchaînement d'**emplois précaires**, c'est-à-dire de contrats de travail de courte durée alternant avec des périodes de **chômage**, puis se poursuit avec la perte durable d'emploi et un chômage de longue durée. Cette situation conduit à la **disparition des protections**, des droits sociaux et des revenus stables attachés à l'emploi. Le processus mène à la **rupture des liens** familiaux et amicaux, facteur d'isolement relationnel.

2 | Un processus d'exclusion

■ Serge Paugam évoque un processus d'affaiblissement ou de rupture des liens sociaux par la perte des protections et des reconnaissances qui lient l'individu à la société. Il distingue trois phases dans le processus de **disqualification sociale** qui conduisent de la fragilité sociale d'un individu à sa dépendance à un système d'assistance → FICHE 45 et à la rupture qui le marginalise au sein de la société.

■ La pauvreté joue un rôle important dans ce processus. Les revenus insuffisants (**pauvreté monétaire**) ne permettent plus à l'individu de faire face à ses besoins de base (s'alimenter, se soigner, se loger...), l'excluent de la société de consommation, et conduisent à une **pauvreté en conditions de vie**.

zoOm

La rupture des liens sociaux

Types de lien	Déficit de protection	Déni de reconnaissance
Lien de filiation	Impossibilité de compter sur sa famille en cas de difficulté	Sentiment de ne pas compter pour sa famille
Lien de participation élective	Isolement relationnel	Rejet par les pairs
Lien de participation organique	Perte des droits et protections garantis par l'emploi	Sentiment d'inutilité
Lien de citoyenneté	Éloignement des institutions (école, santé, administrations...)	Sentiment de ne pas être représenté ni considéré, désintérêt à l'égard des institutions politiques

Source : d'après Serge Paugam, *Le Lien social*, *op. cit.*

Pour chacun des types de lien social → FICHE 27, Serge Paugam montre en quoi leur rupture s'explique par deux catégories de critères (protection/reconnaissance) :
– dans le cas d'un déficit de protection, l'individu ne peut plus « compter sur » sa famille, ses collègues, les institutions...
– dans le cas d'un déficit de reconnaissance, il ne « compte » plus pour son entourage et les institutions de la société, ou se considère comme tel.

SES
HGGSP
ANGLAIS LLCE/AMC

SE TESTER QUIZ

Vérifiez que vous avez bien compris les points clés des **fiches 27 à 31**.

1 Des liens sociaux diversifiés • Les PCS

→ FICHES **27** et **28**

1. Comment désigne-t-on les liens entre personnes qui se choisissent ?

☐ **a.** Les liens de sociabilité ☐ **b.** Les liens électifs ☐ **c.** Les liens de pairs

2. Que représente la sociabilité d'un individu ?

☐ **a.** L'ensemble des liens qui le relient à la société
☐ **b.** L'intériorisation des valeurs et des normes de la société
☐ **c.** L'ensemble des liens concrets qu'il a avec autrui

3. Quel critère n'est pas pris en compte dans le classement des PCS ?

☐ **a.** Le niveau de salaire ☐ **b.** Le statut du salarié ☐ **c.** La qualification

2 Individualisation et évolution des formes de la solidarité

→ FICHE **29**

1. Qu'est-ce qu'une société individualiste ?

☐ **a.** Une société caractérisée par l'égoïsme et le chacun pour soi
☐ **b.** Une société marquée par un processus d'autonomisation des individus
☐ **c.** Une société sans solidarité

2. Quelle affirmation est fausse concernant la solidarité organique ?

☐ **a.** Elle est issue du développement de la division du travail.
☐ **b.** Les individus sont reliés par leurs différences.
☐ **c.** Elle fait disparaître la conscience collective.

3 De nouvelles sociabilités numériques

→ FICHE **30**

Quel est l'effet de la sociabilité numérique sur le lien social ?

☐ **a.** Elle renforce la solidarité organique.
☐ **b.** Elle réduit les liens faibles.
☐ **c.** Elle renforce le contrôle social par les pairs.

4 La fragilisation des liens sociaux

→ FICHE **31**

1. Qu'est-ce que l'anomie ?

☐ **a.** La perte de valeurs et de normes communes
☐ **b.** Le manque d'intégration dans la société
☐ **c.** Le manque de solidarité dans la société

2. La désaffiliation est la perte des liens sociaux due à…

☐ **a.** l'individualisme qui se développe dans la société.
☐ **b.** la perte des protections et des droits liés au salariat.
☐ **c.** la rupture avec sa famille.

S'ENTRAÎNER

5 Comprendre le vocabulaire du cours

→ FICHES 27 à 31

1. Illustrez chacune des notions suivantes par un exemple.

Lien de filiation	Mère-fille
Lien électif	
Lien de citoyenneté	
Sociabilité physique	Se parler au téléphone
Sociabilité numérique	
Lien faible	
Solidarité organique	
État-providence	

2. Complétez le tableau suivant en indiquant l'intensité de chaque caractéristique : forte, faible, étendue, réduite.

	Solidarité mécanique	Solidarité organique
Degré de différenciation des individus		
Conscience collective		
Conscience individuelle		
Division du travail		

6 Se repérer sur un schéma

→ FICHE 27

Document **Représenter un réseau d'individus**

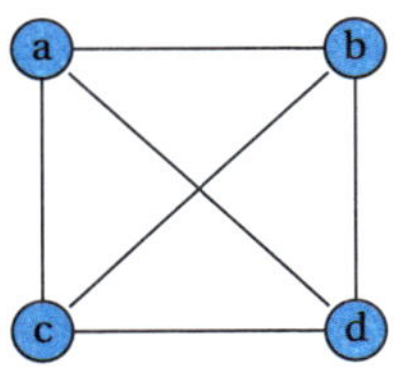

Réseau 1

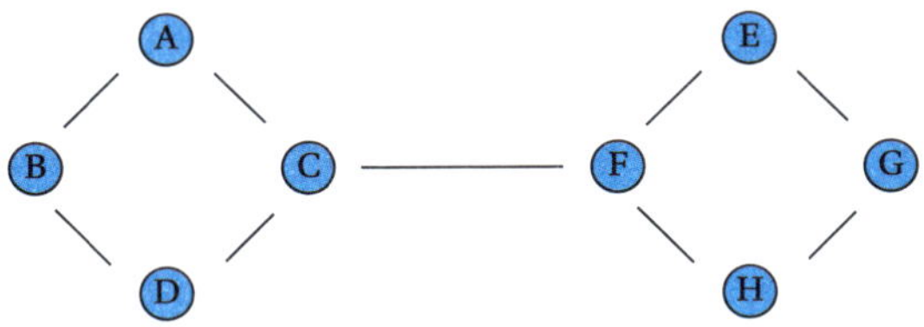

Réseau 2

1. Que représente F dans le réseau 2 ?
2. À qui s'adresse l'individu d s'il a besoin d'aide ? et l'individu D ?
3. Quelle est la particularité de C dans le réseau 2 ?
4. Comment les individus A et E peuvent-ils entrer en contact ?
5. Montrer que les réseaux 1 et 2 ne sont pas équivalents et n'apportent pas les mêmes ressources aux individus.

OBJECTIF BAC

7 La solidarité mécanique • Analyse de document

40 min

L'objectif de cet exercice est d'exploiter un graphique de façon appropriée afin de répondre à la question posée.

LE SUJET

Vous interrogerez la persistance de la solidarité mécanique dans les sociétés contemporaines.

Document **La participation associative des jeunes de 18 à 30 ans en 2018 (en %)**

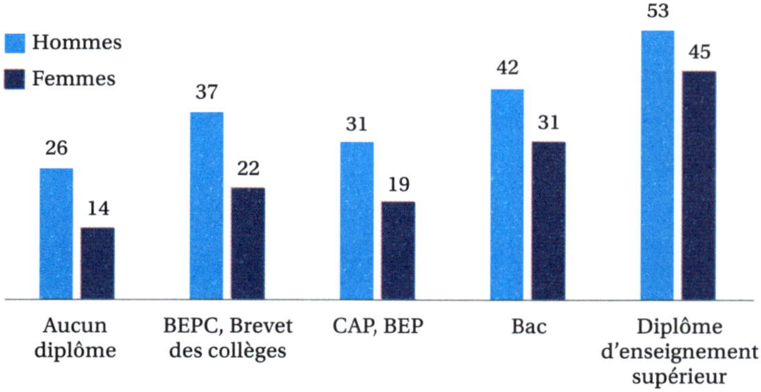

Source : INJEP, notes et rapports, Baromètre DJEPVA sur la jeunesse 2018.

Méthode

Lire et analyser un graphique

Étape 1 Identifier le graphique

- Le titre et la source donnent des indications sur la fiabilité du document, mais aussi sur la période et le contexte.
- Repérez la date (quand ?), le territoire (où ?), le champ (qui ?).

Étape 2 Comprendre le graphique

- Identifiez le type de graphique dont il s'agit, puis ses deux axes (abscisses, ordonnées) pour repérer la nature et l'unité des données.
- Cherchez le mode de lecture du graphique.

Étape 3 Exploiter le graphique

- Dégagez les principales informations du graphique.
- Identifiez les informations utiles par rapport au sujet.
- Sélectionnez les données les plus pertinentes.

Étape 4 Rédiger la réponse

Votre réponse doit être structurée. Chaque paragraphe doit apporter un élément de réponse à la consigne donnée par le sujet.

LA FEUILLE DE ROUTE

Étape 1 Identifier le graphique

- Ce graphique porte sur l'implication des jeunes de 18 à 30 ans dans les associations. La source est l'Institut national de la jeunesse et de l'éducation populaire (INJEP), organisme qui publie régulièrement un ensemble de données sur la jeunesse.
- Ces données, publiées en 2018, concernent la France.

Étape 2 Comprendre le graphique

- Ce graphique est un diagramme en bâtons qui a en axe des abscisses le niveau de diplôme des jeunes, en distinguant hommes et femmes, et en axe des ordonnées les parts exprimées en pourcentage.
- En 2018, 45 % des jeunes femmes de 18 à 30 ans titulaires d'un diplôme d'enseignement supérieur participent à des associations.

Étape 3 Exploiter le graphique

- La participation associative des jeunes augmente avec le diplôme ; elle est plus élevée pour les hommes.
- On peut montrer la persistance de la solidarité mécanique au travers de l'engagement associatif mais aussi la nuancer en fonction du diplôme et du genre.
- Relevez les données pertinentes : 53 % des jeunes hommes et 45 % des jeunes femmes diplômés de l'enseignement supérieur ont un engagement associatif en 2018, mais seulement 26 % des jeunes hommes sans diplôme et 14 % des jeunes femmes sans diplôme.

Étape 4 Rédiger la réponse

- Un premier paragraphe présentera le lien positif entre niveau de diplôme et taux de participation associative.
- Un deuxième paragraphe permettra de souligner tout en la nuançant la persistance de la solidarité mécanique.
- Un dernier paragraphe apportera des illustrations chiffrées.

→ CORRIGÉS p. 115

CORRIGÉS

SE TESTER QUIZ

1 Des liens sociaux diversifiés • Les PCS

1. Réponse b. Les liens entre personnes qui se choisissent sont dits électifs, par opposition à des liens subis ou imposés par la société.

2. Réponse c. La sociabilité d'un individu est l'ensemble des liens concrets qu'il entretient avec les personnes avec lesquelles il est en relation.

3. Réponse a. Le salaire n'est pas un critère de classement des PCS.

2 Individualisation et évolution des formes de la solidarité

1. Réponse b. Une société individualiste est une société marquée par un processus d'autonomisation des individus.

2. Réponse c. La solidarité organique ne fait pas disparaître la conscience collective qui coexiste avec les consciences individuelles, même si sa place diminue.

3 De nouvelles sociabilités numériques

Réponse c. La sociabilité numérique renforce le contrôle social par les pairs.

4 La fragilisation des liens sociaux

1. Réponse a. L'anomie désigne la perte de valeurs et de normes communes. Les propositions b et c peuvent être des conséquences de l'anomie.

2. Réponse b. La désaffiliation est la perte des liens sociaux causée par la perte des protections et des droits liés au salariat.

S'ENTRAÎNER

5 Comprendre le vocabulaire du cours

1.

Lien de filiation	Lien petit-fils-grand-père
Lien électif	Lien entre amis, entre conjoints
Lien de citoyenneté	Carte nationale d'identité
Sociabilité physique	Se rencontrer dans un café
Sociabilité numérique	Échanger via l'application Skype
Lien faible	Les connaissances de mes amis
Solidarité organique	Entre médecin et pharmacien
État-providence	La Sécurité sociale

2.

	Solidarité mécanique	Solidarité organique
Degré de différenciation des individus	faible	fort
Conscience collective	étendue	réduite
Conscience individuelle	réduite	étendue
Division du travail	faible	forte

6 Se repérer sur un schéma

1. F est un individu relié à C, E et H.
2. L'individu d s'adresse à ses connaissances a, b ou c s'il a besoin d'aide. L'individu D peut s'adresser à B ou à C.
3. C est connecté à F. Il fait donc le lien entre deux parties du réseau.
4. A et E peuvent entrer en contact en passant par C et F.
5. Le réseau 1 est constitué exclusivement de liens forts (chacun a des liens directs avec les 3 autres). Le réseau 2 est constitué de liens forts mais aussi de liens faibles, c'est-à-dire indirects, qui peuvent procurer des ressources mobilisables.

OBJECTIF BAC

7 Analyse de document

- La participation associative des jeunes augmente avec le niveau de diplôme. Par ailleurs, elle est plus élevée pour les hommes, quel que soit le niveau de diplôme.
- Le graphique illustre la persistance de la solidarité mécanique au travers de l'engagement associatif qui conduit des personnes à partager des activités, pratiques ou valeurs communes. Cet engagement est cependant plus faible lorsque les niveaux de diplôme sont plus bas et pour les femmes.
- Parmi les diplômés du supérieur, 53 % des jeunes hommes et 45 % des jeunes femmes ont un engagement associatif en 2018. Cette part tombe à 26 % pour les jeunes hommes sans diplôme et 14 % pour les jeunes femmes sans diplôme.

32 Le contrôle social, garant du respect des règles

En bref *Au cours de la socialisation, les individus intègrent un ensemble de normes, qui peuvent être sociales ou juridiques. Le respect de ces règles est favorisé par le contrôle social, dont les formes sont diverses.*

I Des règles de formes variées

1 Les normes sociales

- Les **normes** sociales sont l'ensemble des règles et des usages socialement prescrits caractérisant les pratiques d'une collectivité ou d'un groupe. Leur **intériorisation** au cours du processus de socialisation garantit à l'individu son intégration sociale et assure la cohésion du groupe ou de la société.

> **MOT CLÉ**
> Une **norme** est une règle, un usage de la vie en société que les individus doivent intégrer et respecter. Elle peut être de nature juridique ou sociale.

- Ces normes peuvent se présenter sous la forme de **conduites** « allant de soi » (règles de politesse, code vestimentaire) ou de **prescriptions**, voire d'obligations sociales (la virginité des jeunes filles au mariage il y a quelques décennies).

2 Les normes juridiques

- Les normes juridiques sont liées aux **règles légales** (lois, règlements édictés par les pouvoirs publics). Leur respect est donc une obligation inscrite dans la loi. Par exemple, depuis 2004, le port de signes religieux distinctifs à l'école est interdit dans l'enceinte des établissements scolaires publics ; ce rappel à la loi est inscrit dans chaque règlement intérieur.
- Les normes juridiques sont donc **explicitées et codifiées par le droit** et sont associées à des **sanctions pénales** en cas de non-respect. Cela peut aller par exemple de l'amende à l'emprisonnement.

II Diverses formes de contrôle social

1 Un contrôle social extérieur ou intériorisé

- Le **contrôle social** est réalisé **par le groupe ou par les autorités** qui rappellent l'individu à l'ordre. C'est le cas des groupes de pairs dans la cour d'école qui dictent et s'assurent que chacun des élèves se conforme aux codes de comportement, ou bien d'un surveillant qui rappelle à l'ordre un groupe d'élèves qui chahute dans la file d'attente de la cantine.

> **MOT CLÉ**
> Le **contrôle social** désigne l'ensemble des dispositifs, formels ou non, intériorisés ou non, qui assurent que l'individu se conforme aux normes de la société dans laquelle il vit.

- Le contrôle social peut être si efficace que **l'individu finit par s'autocontrôler**. Les normes et leur respect sont tellement intériorisés que l'individu fait en sorte de s'y conformer. Par exemple, les hommes et les femmes ayant intériorisé depuis leur enfance qu'il faut se vêtir pour sortir dans la rue, il est peu probable de rencontrer quelqu'un se promenant nu.

2 Un contrôle social extérieur formel ou informel

- La prédominance des relations de face-à-face fait que le contrôle social a longtemps été assuré de manière **informelle** (souvent préventive) et très étroite par la **famille**, le **voisinage** ou le **groupe de pairs**. Ce contrôle social se réalise alors de manière diffuse et continue au cours des interactions de la vie quotidienne. Il peut se matérialiser par des regards désobligeants lorsque la sanction est négative ou donner lieu à un sourire si elle est positive.

- Lorsque les relations sociales deviennent plus impersonnelles, le contrôle social devient **formel**, c'est-à-dire que les activités sociales sont régulées par des **instances spécialisées** (justice, école, église). Les sanctions correspondantes peuvent être morales (avertissement, félicitation, augmentation de salaire), religieuses (excommunication) ou juridiques (versement de dommages et intérêts, amendes, peines de prison).

zoOm

Le port de la ceinture, une norme juridique et sociale ?

- En voiture, le port de la ceinture sécurité n'a pas toujours été la norme en vigueur. Avant 1970, peu de véhicules étant équipés, son usage est rare.
- Pour que cette pratique devienne une norme sociale, il a fallu l'inscrire dans le Code de la route, l'accompagner de sanctions pénales et la promouvoir par des campagnes de sensibilisation. Aujourd'hui, le respect de cette norme est donc le fruit d'un contrôle social à la fois formel et informel.

33 La déviance : la transgression d'une norme

En bref *Le contrôle social n'empêche pas les individus d'enfreindre les règles sociales. On parle de déviance pour désigner les actes de transgression des normes en vigueur. La délinquance est l'une de ses formes ; elle appelle un certain type de sanction.*

I Les formes variées de la déviance

1 D'une société à une autre

- La définition de la **déviance** est liée aux normes de chaque société. Ainsi, le statut de l'homosexualité n'est pas le même d'un pays à un autre : au Soudan, par exemple, elle est passible de la peine de mort, tandis que de nombreux pays occidentaux autorisent le mariage entre personnes du même sexe.

MOT CLÉ
La **déviance** est l'ensemble des pratiques sociales qui transgressent les normes communément admises par une société à un moment donné.

- De même, les normes et les valeurs d'une même société se transforment au fil du temps. Selon les époques, une pratique peut être qualifiée de déviante puis faire partie de la norme. Ainsi, en France, l'avortement était passible de la peine capitale sous le gouvernement de Vichy, puis d'une peine de prison jusqu'en 1975, date à laquelle il fut légalisé.

2 Au sein d'une même société

- Chaque groupe social détermine les normes et les valeurs légitimes auxquelles ses membres doivent se conformer. Un acte conforme au sein d'un groupe peut être perçu comme déviant pour un autre. Par exemple, un punk trouvera normal d'avoir les cheveux en crête, des épingles à nourrice en guise de boucles d'oreilles. Mais il pourra être vu comme déviant par le reste de la société.
- Au sein d'une même société, entre groupes sociaux d'âges différents, les comportements déviants peuvent prendre des formes variées. Ainsi, en ce qui concerne l'alcool, la consommation quotidienne est plus fréquente chez les 61-75 ans, tandis que les 15-30 ans s'adonnent plutôt à une consommation ponctuelle mais importante à l'occasion de fêtes.

II Déviance et délinquance

1 La délinquance : une forme spécifique de déviance…

- La déviance doit être distinguée de la délinquance. La première renvoie à une transgression des normes sociales, la seconde à celle des normes juridiques. Ainsi, sortir de table avant la fin du repas peut être considéré comme une pratique déviante, mais n'est pas sanctionné par la loi.

■ Il existe **plusieurs types de délinquance** : les contraventions (jugées devant les tribunaux de police), les délits (jugés devant les tribunaux correctionnels) et les crimes (jugés devant les cours d'assises).

2 … passible de sanctions particulières

■ La délinquance n'implique pas les mêmes **sanctions** que la déviance : pour cette dernière, les sanctions sont généralement diffuses et informelles, tandis que la transgression des normes juridiques appelle une **réponse institutionnalisée et codifiée par la société**.

■ Les sanctions pénales sont **hiérarchisées**. Les contrevenants sont soumis à des peines d'amendes de 1 500 euros maximum et passibles d'un ou deux jours d'emprisonnement. Les délits donnent lieu à des peines maximales allant de l'amende de plus de 1 500 euros à l'emprisonnement de deux à cinq ans, voire vingt ans pour les délits les plus graves. Pour les crimes, la peine encourue est une peine de prison allant de cinq ans à la perpétuité.

MOT CLÉ
Une **sanction** est une réponse à un comportement. Elle peut être positive quand le comportement est conforme aux attentes (sourire, éloges, félicitation, cadeaux) ou négative quand elle y déroge (de la réprobation à la sanction par la loi).

zoOm

La fessée, d'une pratique admise à une interdiction légale

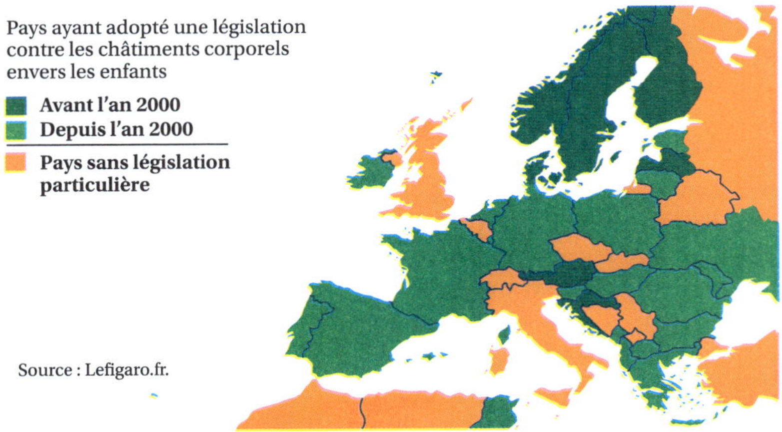

Source : Lefigaro.fr.

■ Au niveau européen, l'interdiction de la fessée fait figure de norme puisque 23 États membres ont légiféré en ce sens.

■ En France, depuis le 30 novembre 2018, les châtiments corporels infligés aux enfants par leurs parents ne sont plus considérés comme un acte déviant, mais comme une forme de délinquance sanctionnée par la loi. Les châtiments corporels, autrefois acceptés ou tolérés, sont aujourd'hui interdits.

34 La déviance, produit de processus sociaux

En bref *La déviance est une construction sociale : sans norme partagée, il n'y aurait pas de transgression et donc pas d'acte déviant. Fruit d'un travail d'élaboration de la part de groupes sociaux déterminés à faire reconnaître leurs valeurs comme légitimes, la déviance est aussi le résultat de processus sociaux multiples pouvant conduire à une carrière de déviant.*

I La déviance : une construction sociale

1 Les normes créent les actes déviants

- La déviance se définit par rapport à une norme sociale collectivement adoptée. Le déviant est donc celui qui la transgresse. Il se peut qu'il néglige la norme car elle est trop éloignée de celles qu'il connaît. Par exemple, la déviance peut naître dans les espaces urbains marqués par l'isolement économique et culturel. Dans ces quartiers, le déficit d'intériorisation des normes sociales dominantes serait à l'origine de comportements déviants, tel que celui des jeunes des gangs.
- La déviance peut aussi être analysée comme le résultat d'un affaiblissement des normes qui se traduit par un moindre contrôle social, de sorte que les individus ne savent plus comment orienter leur conduite. Ce type de déviance survient principalement dans les périodes de crise économique ou de forte et rapide prospérité. On observe par exemple que le taux de suicide augmente en cas de crise économique prolongée.

2 Le rôle clé des entrepreneurs de morale

- Les normes sociales sont le produit d'une construction sociale : elles sont définies par des individus qui vont chercher à les faire respecter et à désigner comme déviants ceux qui ne s'y conforment pas.
- Ces individus, appelés **entrepreneurs de morale**, établissent la norme. Pour cela, ils cherchent à participer à l'élaboration de la loi ou à attirer l'attention des médias sur un sujet qu'ils considèrent comme un problème social.

MOT CLÉ
Les **entrepreneurs de morale** sont les individus ou groupes d'individus cherchant à influencer un groupe social afin de lui faire adopter ou maintenir une norme.

II La carrière déviante

1 L'entrée dans la carrière déviante : processus d'étiquetage et stigmatisation

- La déviance n'est pas définie par ceux qui transgressent la norme, mais par ceux qui désignent le comportement comme déviant. C'est par l'étiquetage que l'individu fait son entrée dans la déviance.

■ L'étiquetage peut devenir de la **stigmatisation** lorsqu'un individu est désigné comme déviant en raison d'une caractéristique qui le rend différent. Ce qui conditionne le jugement porté n'est pas ce que l'individu fait ou est, mais ce que les autres pensent de lui au regard de cet attribut distinctif. C'est le cas des personnes tatouées au Japon qui sont perçues comme des yakuzas et n'ont pas accès à certains lieux publics comme les piscines.

MOT CLÉ

La **stigmatisation** désigne la mise à l'écart d'un individu en raison de son comportement ou de ses caractéristiques.

2 | L'appropriation d'une sous-culture

■ Lorsque l'individu est désigné comme appartenant à un groupe déviant, il en adopte les règles et les codes de comportement, ce qui lui donne un sentiment d'appartenance. Par exemple, les jeunes des gangs trouvent dans leur groupe un refuge leur fournissant un cadre et des règles structurant leur nouvelle identité.

■ Cet étiquetage (ou stigmatisation) est le résultat d'une série d'interactions sociales. L'individu est désigné comme déviant, il va alors s'approprier l'identité déviante qu'on lui assigne, ce qui peut le conduire à rentrer dans une « carrière déviante ». Dans ce cas, c'est le contrôle social qui crée la déviance.

zoOm

La pénalisation de l'usage du cannabis aux États-Unis

■ L'interdiction de la consommation de marijuana aux États-Unis est le résultat de l'action d'un entrepreneur de morale : le Federal Bureau of Narcotics.

■ Chargé de faire respecter la loi sur l'interdiction des drogues opiacées, celui-ci se lance dans la dénonciation de la marijuana en mobilisant les médias et l'opinion publique sur ses dangers. En 1937, il parvient à faire adopter une loi interdisant la consommation de cette substance.

35 La mesure de la délinquance

En bref *Différents outils permettent de mesurer la délinquance et son évolution. Pour pallier les limites des statistiques officielles, d'autres dispositifs ont progressivement été mis en place, comme les enquêtes de victimation ou de délinquance autodéclarée.*

I Les statistiques officielles

1 Les sources et les modes de comptabilisation

■ Les statistiques judiciaires constituent la première source et la plus ancienne. Elles sont réalisées par le Compte général de l'administration de la justice criminelle et sont composées des condamnations prononcées et des personnes emprisonnées.

■ La seconde source est l'ensemble des statistiques policières communiquées par le ministère de l'Intérieur et l'Observatoire de la délinquance, à partir des plaintes enregistrées et des interpellations réalisées. Elles sont devenues la principale source de mesure de la délinquance.

2 Leurs limites

■ Ces outils mesurent la **délinquance observée** et non réelle. En effet, toutes les infractions ne donnent pas lieu à une plainte. Par exemple, si le nombre de plaintes pour agression sexuelle a fortement augmenté depuis l'affaire Weinstein et le mouvement « Me too », c'est parce que les personnes victimes de ces violences ont davantage porté plainte.

■ Les statistiques policières sont par ailleurs très sensibles à l'évolution de la législation. Par exemple, les lois adoptées depuis 2010 en matière de fraude fiscale ont mécaniquement fait augmenter le nombre de délinquants fiscaux.

■ Enfin, les statistiques sont sensibles à l'intensité de l'activité policière : le nombre de faits constatés et d'interpellations est d'autant plus important que l'activité policière est zélée.

MOT CLÉ
Il y a une différence entre la **délinquance observée**, c'est-à-dire mesurée par les statistiques officielles, et la délinquance réelle, qui s'est effectivement produite. Cette différence est désignée par ce que l'on appelle le « chiffre noir de la délinquance ».

II D'autres mesures de la délinquance

1 Les enquêtes de victimation

■ Pour pallier les limites des statistiques officielles, dues au fait que certaines victimes hésitent à porter plainte, plusieurs outils ont été construits. Ce sont tout d'abord les **enquêtes de victimation**, qui consistent à interroger les individus sur les infractions dont ils se sentent victimes.

- Ces enquêtes mettent en évidence les infractions sous-représentées dans les statistiques officielles, telles que les agressions sexuelles. Elles mettent aussi en lumière ce qui est lié à l'activité policière et ce qui relève de pratiques délinquantes.
- Cependant, elles ne reflètent pas l'étendue des activités délinquantes : elles sont sujettes aux rétentions d'information ou aux difficultés de qualification des actes par la victime et ne sont utilisables que pour les infractions pour lesquelles il y a une victime.

MOT CLÉ
Les **enquêtes de victimation** consistent à demander aux enquêtés s'ils ont été victimes d'actes délinquants dans une période donnée, de quel type d'acte et de combien d'actes. Les témoignages permettent de reconstruire le niveau de délinquance subie.

2 La délinquance autodéclarée

- Cet outil consiste à interroger les membres d'un échantillon sur les actes délinquants qu'ils ont commis. Il est utilisé par exemple dans le cas de la délinquance juvénile.
- Il a aussi des limites, car il suppose une relation de confiance entre l'enquêté-délinquant et l'enquêteur. Or celle-ci est difficile à mettre en place au travers d'un simple questionnaire.

zoom

Une enquête de victimation sur les cambriolages

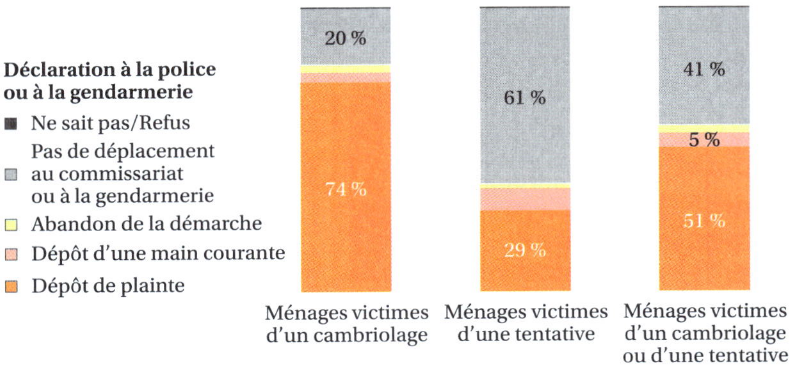

Source : Rapport d'enquête cadre de vie et sécurité 2018 – Interstats.

- Cette enquête de victimation portant sur la période 2015-2017 montre qu'une partie des cambriolages ne fait pas l'objet d'un dépôt de plainte.
- Sur la période considérée, 20 % des ménages victimes de cambriolage ne se sont pas déplacés au commissariat ou à la gendarmerie. Il y a bien un écart entre la délinquance observée et la délinquance réelle.

SE TESTER QUIZ

Vérifiez que vous avez bien compris les points clés des **fiches 32 à 35**.

1 Le contrôle social, garant du respect des règles

→ FICHE 32

Lorsque le contrôle social est extérieur, cela signifie que…

☐ **a.** le respect des règles est assuré par l'individu lui-même.

☐ **b.** le contrôle social est formel.

☐ **c.** le contrôle social est réalisé par le groupe ou les autorités de manière formelle ou informelle.

2 La déviance : la transgression d'une norme

→ FICHE 33

1. Qu'est-ce que la délinquance ?

☐ **a.** Une forme de déviance particulière

☐ **b.** La même chose que la déviance

☐ **c.** La transgression de normes sociales

2. Parmi les affirmations suivantes, laquelle est vraie ?

☐ **a.** Seules les normes sociales font l'objet de sanctions.

☐ **b.** Les formes de déviance sont multiples car liées aux normes sociales en vigueur dans la société et au sein de chaque groupe.

☐ **c.** La déviance est la transgression de normes juridiques.

3 La déviance, produit de processus sociaux

→ FICHE 34

Pourquoi dit-on que la déviance est une construction sociale ?

☐ **a.** Parce qu'elle est le produit d'un travail de socialisation.

☐ **b.** Parce qu'elle n'existe que s'il y a transgression de normes sociales construites et légitimées par certains groupes sociaux.

☐ **c.** Parce qu'elle est le reflet de la société.

4 La mesure de la délinquance

→ FICHE 35

1. La délinquance observée est mesurée par…

☐ **a.** les enquêtes de victimation.

☐ **b.** les enquêtes de délinquance autoproclamée.

☐ **c.** les statistiques judiciaires et policières.

2. Parmi les affirmations suivantes, laquelle/lesquelles est/sont vraie(s) ?

☐ **a.** La délinquance est parfaitement mesurée par les statistiques officielles.

☐ **b.** Les enquêtes de victimation donnent une mesure de la délinquance toujours plus élevée que les statistiques officielles.

☐ **c.** Les statistiques officielles utilisées donnent une mesure de la délinquance limitée.

S'ENTRAÎNER

5 Se repérer sur un graphique statistique

→ FICHES 33 à 35

Document **Évolution des contraventions et délits liés en matière de sécurité routière**

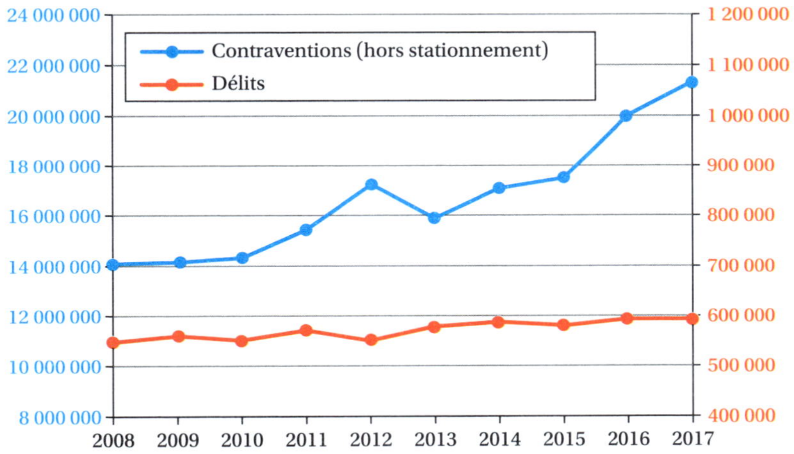

Source : Observatoire national interministériel de la sécurité routière, 2017.

1. Quelle est la nature de ce document statistique ?
2. Quel axe permet de mesurer le nombre de délits au Code de la route en 2008 et en 2017 ?
3. Comment le nombre de délits évolue-t-il entre 2008 et 2017 ? Est-il en augmentation ou est-il stable ?
4. Quels constats pouvez-vous faire quant à l'évolution des deux types de délinquance routière entre 2008 et 2017 ?
5. Vous justifierez votre réponse par le calcul puis la lecture du coefficient multiplicateur pour chaque évolution.

Savoir-faire

Calculer un coefficient multiplicateur

- Le coefficient multiplicateur (CM) permet de mesurer une variation entre deux données.
- Pour calculer un CM, on divise la valeur d'arrivée d'une variable (A) par la valeur de départ (B).
- Si le CM est supérieur à 1, cela signifie que la valeur augmente. Inversement, si le CM est inférieur à 1, elle diminue.

OBJECTIF BAC

6 Les processus sociaux de la déviance • Raisonnement

1 h 20

Cet exercice vous donne l'occasion d'utiliser vos connaissances pour traiter un sujet sur la déviance. L'analyse des documents vous fournira les arguments ou illustrations utiles pour rédiger un raisonnement.

LE SUJET

À l'aide des documents proposés, vous expliquerez les processus sociaux qui peuvent conduire à la déviance.

Document 1 Les processus sociaux de la déviance

La déviance n'est pas une chose en soi, qui trouverait son origine chez la personne déviante, mais plutôt une catégorie construite au cours des interactions entre ceux que l'on qualifie de déviants, les gens qu'ils fréquentent, ceux qui se chargent de faire respecter les normes (qu'elles soient légales ou culturelles). En un mot, « les groupes sociaux créent la déviance en instituant des normes dont la transgression constitue la déviance, en appliquant ces normes à certains individus et en les étiquetant comme des déviants ». L'alcoolisme, par exemple, n'est pas une déviance par nature. Les seuils à partir desquels on considère la consommation d'alcool comme une maladie changent selon les contextes [...]. La déviance n'est pas un état mais un processus. Ceux qui apprennent à fumer la marijuana ne savent pas, au début, comment tirer plaisir de cette activité, puisque cela requiert de savoir fumer. La carrière du fumeur comporte donc plusieurs étapes : apprendre la technique qui permet de planer, savoir reconnaître les effets de la marijuana (on peut « planer » sans savoir que l'on plane) et, enfin, prendre plaisir à ces effets. Cet apprentissage se fait au contact des fumeurs expérimentés, qui guident le novice dans sa carrière.

Xavier Molénat, « Outsiders », *Sciences humaines*, hors-série, n° 42, 2003, www.scienceshumaines.com

Document 2 Jugements reçus en tant que mineur et récidive à l'âge adulte

	Nombre de jugements en tant que mineur				Moyenne
	1	2	3	4 et plus	
Récidive à l'âge adulte	20 %	34 %	49 %	64 %	26 %

Source : d'après OFS, 2018.

Méthode

Rédiger un paragraphe argumenté (AEI)

Pour traiter un sujet de raisonnement, vous devez construire une démonstration organisée en plusieurs paragraphes structurés. Chacun de ces paragraphes peut être construit selon le principe « AEI ».

Étape 1 Formuler une affirmation (A)

L'affirmation doit répondre à la question posée dans le sujet.

Étape 2 Expliquer en mobilisant les connaissances (E)

Vous devez faire appel à des notions, des faits, des mécanismes qui permettent de justifier, de défendre votre affirmation.

Étape 3 Illustrer à l'aide d'un exemple (I)

Choisissez de préférence, comme exemple, une donnée chiffrée, un élément d'actualité ou un exemple factuel tiré du ou des documents proposés.

LA FEUILLE DE ROUTE

Étape 1 Formuler une affirmation (A)

Les affirmations suivantes peuvent faire l'objet de quatre paragraphes argumentés.

- **Affirmation 1.** La déviance est le produit d'une transgression des normes sociales.
- **Affirmation 2.** Des mécanismes d'étiquetage et de stigmatisation peuvent se mettre en place.
- **Affirmation 3.** Ils peuvent aboutir à une « carrière de déviant ».
- **Affirmation 4.** Mais cette transgression des normes est aussi le fruit d'une construction sociale de la part des entrepreneurs de morale.

Étape 2 Expliquer en mobilisant les connaissances (E)

Voici quelques suggestions de termes ou mécanismes à développer.

- **Explication 1.** Définition de norme sociale ; déficit d'intériorisation.
- **Explication 2.** Processus d'étiquetage et de stigmatisation.
- **Explication 3.** Appropriation d'une sous-culture déviante ; mécanismes qui font que la déviance est créée par le contrôle social lui-même.
- **Explication 4.** Définition des entrepreneurs de morale ; leur rôle.

Étape 3 Illustrer à l'aide d'un exemple (I)

Donnez des exemples issus de tous les documents proposés, sans paraphrase.

- **Illustration 1.** Lecture de la moyenne issue du tableau statistique (document 2).
- **Illustration 2.** Exemple à prélever dans le texte (document 1).
- **Illustration 3.** Lecture de données au choix du tableau (document 2).
- **Illustration 4.** Exemple à prélever dans le texte (document 1).

→ CORRIGÉS p. 172

CORRIGÉS

SE TESTER QUIZ

1 Le contrôle social, garant du respect des règles

Réponse c. Le contrôle social est extérieur lorsqu'il est réalisé par le groupe ou par les autorités, de manière formelle ou informelle, et non par l'individu lui-même.

2 La déviance : la transgression d'une norme

1. **Réponse a.** La délinquance est une forme de déviance particulière, qui correspond à la transgression des normes juridiques.

2. **Réponse b.** La proposition a est fausse car les normes juridiques font elles aussi l'objet de sanctions (amendes, peines de prison). La proposition c est fausse car elle confond déviance (transgression de normes sociales) et délinquance (transgression de normes juridiques).

3 La déviance, produit de processus sociaux

Réponse b. La déviance est une construction sociale, parce qu'elle n'existe que s'il y a transgression de normes sociales construites et légitimées par certains groupes sociaux.

> **INFO**
> La déviance n'existe pas « en soi », elle est le produit de la culture et d'interactions sociales multiples.

4 La mesure de la délinquance

1. **Réponse c.** Les statistiques judiciaires et policières rassemblent les données statistiques issues des condamnations judiciaires et des dépôts de plaintes et interpellations policières.

2. **Réponses b et c.** La proposition a est fausse car les statistiques officielles ne recensent que les actes ayant donné lieu à un dépôt de plainte.

S'ENTRAÎNER

5 Se repérer sur un graphique statistique

1. Ce document est un graphique statistique à double entrée : il contient deux courbes et deux axes des ordonnées. Il faut donc être vigilant lors de sa lecture.

2. L'axe qui permet de mesurer le nombre de délits au Code de la route en 2008 et en 2017 est l'axe des ordonnées situé à droite, en rouge.

3. Entre 2008 et 2017, le nombre de délits au Code de la route augmente. On peut mesurer cette augmentation en valeur absolue ou en valeur relative.

- En valeur absolue : en 2017, 50 000 délits supplémentaires ont été commis par rapport à 2008.
- En valeur relative : les délits ont augmenté de 9 % entre 2008 et 2017.

4. On observe que, si les infractions au Code la route sont en augmentation (+ 9 %) entre 2008 et 2017, les contraventions augmentent plus rapidement (+ 55,7 %).

5. • Calcul du coefficient multiplicateur pour les **délits** :

600 000 / 550 000 = 1,09.

• Calcul du coefficient multiplicateur pour les **contraventions** :

21 800 000 / 14 000 000 = 1,56.

Entre 2008 et 2017, le nombre de délits a été multiplié par 1,09 tandis que le nombre de contraventions a été multiplié par 1,56.

OBJECTIF BAC

6 Raisonnement

Dans ce corrigé, nous vous proposons un exemple de rédaction pour l'affirmation 4.

[A] L'un des processus sociaux qui produit de la déviance est le contrôle social effectué par certains groupes d'individus ou par la société. Parmi ces groupes, les **entrepreneurs de morale** jouent un rôle particulier. **[E]** En effet, ce sont eux qui fixent les normes à respecter et considérées comme légitimes en **exerçant une influence** directe sur la rédaction et l'adoption de la loi, ou indirecte par l'intermédiaire des médias. La transgression de celles-ci est donc perçue comme une déviance, comme **[I]** l'écrit Xavier Molénat dans cet extrait du magazine *Sciences humaines* : « les groupes sociaux **créent la déviance** en instituant des normes dont la transgression constitue la déviance, en appliquant ces normes à certains individus et en les étiquetant comme des déviants » (doc. 1).

36 Opinion publique et démocratie

En bref *La notion d'opinion publique qui se construit avec la société démocratique n'est pas aisée à définir, présentant plusieurs dimensions et relevant d'une pluralité d'approches parfois opposées.*

I Une notion polysémique, évolutive, débattue…

1 Les contours de l'opinion publique

- Dans son sens courant, l'opinion publique est l'**ensemble des jugements partagés** par une communauté d'individus sur des questions d'intérêt général.
- Pour les sociologues, elle est une **construction sociale**, produit des croyances, des représentations collectives et d'interactions avec des institutions.
- Qu'elle désigne le sens commun, constitué en partie de préjugés, ou des jugements éclairés, issus de la **délibération rationnelle au sein de l'espace public**, elle produit elle-même des effets en orientant la décision publique par le vote ou par la **mise à l'agenda politique** de certaines questions.

MOT CLÉ
La **mise à l'agenda politique** d'une question désigne le fait qu'une « question » (économique, sociale, etc.) entre dans le débat public et devient l'objet d'une action ou d'une décision des institutions politiques.

2 L'évolution d'une notion

- Pour le philosophe allemand Habermas, l'opinion publique naît au XVIIIe siècle au sein de la bourgeoisie à l'initiative de certaines **élites** éloignées du pouvoir royal et le soumettant à la critique. Elle apparaît alors comme un **contre-pouvoir** et un intermédiaire entre le peuple et le pouvoir royal.
- Avec le développement des sondages d'opinion, la notion d'opinion publique prend une acception nouvelle et devient le résultat de l'**agrégation des opinions individuelles**, qu'on cherche à mesurer et à influencer.
- Les **médias** jouent un rôle de premier plan dans la construction d'une opinion publique en diffusant des informations et des points de vue au plus grand nombre, permettant d'orienter le jugement et de s'en faire l'écho.

II … et liée à l'avènement de la démocratie

1 Opinion publique et place de l'individu dans la société

- La notion d'opinion publique est indissociable de la société individualiste et démocratique qui donne une place centrale à l'individu et à ses facultés de jugement. Celles-ci s'incarnent dans des institutions où se posent, se discutent, se tranchent des **opinions individuelles** auxquelles on reconnaît une **valeur égale**.

■ L'opinion publique, son expression et sa mesure deviennent des éléments centraux des démocraties. Les institutions représentatives dont il faut sélectionner les représentants reposent en partie sur le **vote**. Celui-ci est un **mode d'expression de l'opinion publique**, créant une opinion majoritaire au travers des bulletins que chacun dépose dans l'urne.

2 Un rôle ambivalent

■ Alexis de Tocqueville dans *De la démocratie en Amérique* (1835) met en évidence certaines contradictions de l'opinion publique. Si une opinion publique éclairée est nécessaire pour limiter le « despotisme de l'État », lui donner une place excessive peut lui conférer un pouvoir tyrannique **non respectueux des opinions minoritaires**.

■ Les **corps intermédiaires** tels que la presse et les associations jouent alors un rôle essentiel pour permettre l'expression d'une opinion publique éclairée et développer des contre-pouvoirs.

MOT CLÉ
Les **corps intermédiaires** désignent les institutions et organisations qui font le lien entre la base de la société et son sommet, créant une médiation entre les individus et l'État.

■ Cette ambivalence de la notion d'opinion publique est toujours vive dans les sociétés contemporaines, partagées entre le souci de favoriser son expression et les dangers d'une « **démocratie d'opinion** ». → FICHE 38

zoOm
L'Assemblée nationale, expression de l'opinion publique ?

■ Dans une démocratie représentative, les élus représentent en principe le peuple, expriment et relaient la diversité des opinions, délibèrent pour prendre des décisions au nom du peuple souverain.

■ Aujourd'hui, les démocraties sont en crise et apparaissent de moins en moins légitimes pour parler au nom de l'opinion publique, dans un contexte de montée de l'abstention et de faible diversité sociale des élus.

37 Sonder l'opinion publique

En bref *Censés répondre à certaines limites de la démocratie représentative, les sondages se développent à partir des années 1960 en s'appuyant sur l'apport des techniques statistiques. Mais l'outil est fortement critiqué par certains sociologues.*

I Pourquoi sonder les opinions ?

- George Gallup s'appuie sur une critique de la démocratie représentative et de ses intermédiaires, éloignés de la population et influencés par les lobbies et les groupes d'intérêt, pour justifier l'instauration des **sondages**, censés refléter « l'opinion publique réelle ».
- Les sondages apparaissent comme relevant d'une forme de démocratie directe, permettant de connaître les points de vue et les aspirations des sondés de façon plus régulière et précise que lors des échéances électorales.

MOT CLÉ
Inventés par le statisticien George Gallup (1908-1934), les **sondages** cherchent à connaître les caractéristiques ou les opinions d'une population en s'appuyant sur des enquêtes par questionnaire.

- Informés par les médias, les citoyens peuvent trancher les débats en connaissance de cause et apporter de façon directe leur consentement aux gouvernants, qui mettront alors en œuvre une politique conforme à leurs souhaits.

II Principes et techniques des sondages d'opinion

- Les sondages consistent à poser à des individus sélectionnés des questions généralement fermées (appelant des réponses de type oui ou non), aisées à traiter statistiquement. Celles-ci portent sur des avis, des représentations ou des pratiques ; elles sont complétées par des questions sur les caractéristiques sociodémographiques (âge, sexe, CSP...) des personnes interrogées.
- Deux méthodes permettent de construire l'**échantillon** interrogé. La méthode aléatoire se fonde sur le tirage au sort. Plus grand est le nombre d'individus interrogés, plus la probabilité que l'échantillon reflète la **population-mère** est forte. La méthode des quotas repose sur le respect des critères sociodémographiques de la population-mère, l'échantillon devant avoir la même structure que celle-ci (même pourcentage de femmes, de jeunes, d'ouvriers...).

MOT CLÉ
La caractéristique essentielle d'un **échantillon** est d'être représentatif de la **population-mère**, c'est-à-dire d'avoir les mêmes caractéristiques sociodémographiques.

- La difficulté posée par l'échantillonnage tient à la complexité de la structure sociale qui, pour être fidèlement représentée, suppose un échantillon suffisamment vaste. Par exemple, tenir compte de la diversité du monde des agriculteurs est difficile quand ceux-ci ne représentent que 0,8 % de la population des plus de 15 ans en 2017.

III Les critiques à l'encontre des sondages d'opinion

1 L'opinion publique : une construction

■ La critique la plus radicale des sondages d'opinion a été initiée par le sociologue français **Pierre Bourdieu** (1930-2002) dans son article « L'opinion publique n'existe pas » (1973). Il conteste les présupposés des sondages d'opinion dont la fonction est « d'imposer l'illusion qu'il existe une opinion publique ».

■ Il conteste notamment l'**injonction à avoir une opinion**, l'occultation des non-réponses, les opinions considérées comme équivalentes alors que tous les sondés n'ont pas la même **culture politique**.

> **MOT CLÉ**
> La **culture politique** désigne un ensemble de connaissances et de compétences permettant de comprendre les décisions et les débats politiques et leurs enjeux.

2 Des réponses sous influence

■ La **formulation des questions** est une autre critique souvent mise en avant, celle-ci pouvant induire les réponses ou renvoyer à des problèmes qui ne font pas sens pour les sondés (on parle d'« imposition de problématique »).

■ Les sondages représentent ainsi une addition d'opinions individuelles érigées en opinion publique afin de servir des projets d'action politique.

zoOm

Deux exemples d'« imposition de problématique »

■ Ces dessins de presse de Xavier Gorce illustrent une des critiques portées à l'encontre des sondages d'opinion : orienter la réponse des sondés.

■ Le sondage d'opinion apparaît alors comme un instrument d'action politique qui cherche à s'appuyer sur une opinion publique « construite » au travers des sondages.

38 Ce que les sondages font à la démocratie

En bref *Les sondages d'opinion sont devenus un instrument essentiel des démocraties contemporaines, sur lesquels les personnalités politiques et certains médias cherchent à s'appuyer pour défendre leurs intérêts. Ils contribuent ainsi à transformer la démocratie représentative en démocratie d'opinion.*

I Les sondages influencent l'opinion publique…

- Dès l'introduction des sondages d'opinion, la question de leur **usage par les acteurs politiques** a été posée. Ces derniers peuvent y voir un moyen d'influencer ou de contrôler l'opinion publique, en lui substituant l'opinion des sondés.
- Dans la même logique, s'appuyer sur les sondages d'opinion peut être une façon de mettre en avant la « **majorité silencieuse** » contre les « minorités agissantes » et mobilisées dont on souhaite remettre en cause la légitimité de l'action.
- Cette **instrumentalisation** des sondages s'appuie sur les médias, indispensables pour leur donner un impact. Elle peut aussi être le fait des **groupes mobilisés** eux-mêmes, qui cherchent ainsi une approbation de leurs actions.

II … modifient le comportement des électeurs…

Les sondages électoraux peuvent avoir une incidence sur le comportement électoral, avec des effets de mobilisation ou au contraire de démobilisation.

1 L'effet de mobilisation

L'effet « bandwagon » désigne l'effet de **mimétisme** des électeurs incités à voter pour le candidat que les sondages annoncent gagnant. L'effet « underdog » désigne au contraire l'effet de **mobilisation** en faveur du candidat en retard dans les sondages.

2 L'effet de démobilisation

Les sondages peuvent aussi avoir des effets de **démobilisation** des électeurs : des pronostics établis (qu'ils soient très favorables ou très défavorables), induisant l'idée que « les jeux sont faits », peuvent inciter à ne pas aller voter et contribuer au phénomène d'**abstention**.

MOT CLÉ

L'**abstention** désigne le fait pour un électeur inscrit sur les listes électorales de ne pas aller voter lors d'une élection. Elle désigne par extension le phénomène dans son ensemble, mesuré par le taux d'abstention.

III … et transforment les institutions politiques

- La généralisation des sondages d'opinion conduit à **réduire la place des partis politiques** dans l'organisation de la vie politique, ceux-ci devenant de simples machines électorales au service des candidats.
- Les candidats aux élections les plus médiatisées tendent à être **sélectionnés par les sondages avant de l'être par leur parti**, éventuellement au travers de **primaires**. Les médias jouent un rôle majeur dans ce phénomène.

> **MOT CLÉ**
> Une **élection primaire** consiste à désigner au travers d'un vote le candidat d'un parti ou d'une coalition de partis pour une élection.

- Les personnalités politiques (et leurs services de communication) s'appuient également sur les sondages relayés par les médias pour **se faire connaître et construire leur légitimité**, ou celle de leurs idées, auprès de l'opinion publique.
- À la démocratie représentative succède ainsi une « **démocratie d'opinion** » ou « démocratie du public ». La délibération démocratique s'exerce de plus en plus au sein des médias (Internet et réseaux sociaux), influencés par les sondages et le travail des communicants politiques.

zoOm

Un exemple de sondage d'opinion

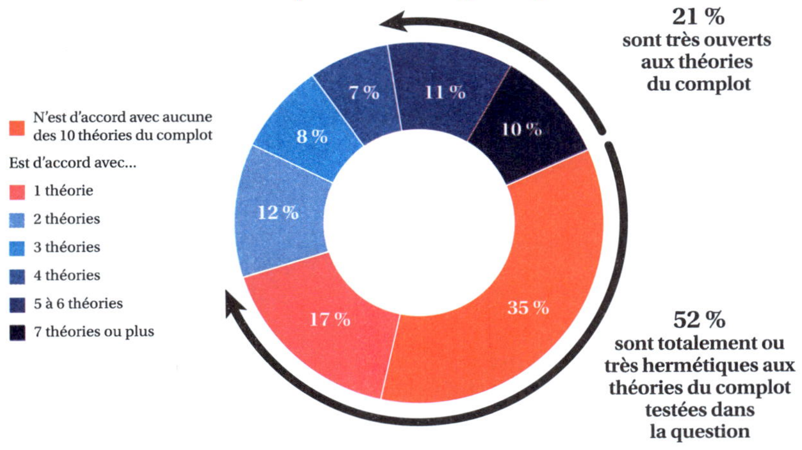

- Ce diagramme circulaire présente la proportion, en pourcentage des personnes interrogées, de ceux qui sont considérés comme hermétiques ou au contraire ouverts aux théories du complot.
- On a ici une illustration de plusieurs des critiques adressées aux sondages : la complexité de certaines questions posées, l'agrégation de questions relevant de registres différents et de réponses graduées ou encore la non-prise en compte des « Ne sait pas » (de 16 à 39 % selon les questions).

SE TESTER QUIZ

Vérifiez que vous avez bien compris les points clés des **fiches 36 à 38**.

1 Opinion publique et démocratie

→ FICHE 36

1. Qu'est-ce qu'une opinion publique ?

☐ **a.** Une opinion personnelle affirmée publiquement.
☐ **b.** La somme des opinions privées.
☐ **c.** Un jugement collectif sur une question politique, sociale ou sociétale.

2. Quels sont les risques de la démocratie selon Tocqueville ?

☐ **a.** L'excès de pouvoir des gouvernants.
☐ **b.** Le développement excessif des corps intermédiaires.
☐ **c.** Le désintérêt des gouvernés à l'égard de la chose publique.

2 Sonder l'opinion publique

→ FICHE 37

1. Dans un sondage, qu'appelle-t-on la « population-mère » ?

☐ **a.** La population qui est interrogée.
☐ **b.** La population dont on veut connaître les opinions.
☐ **c.** L'échantillon.

2. Parmi les questions suivantes, quelle est la question ouverte ?

☐ **a.** Pour quel candidat figurant dans cette liste allez-vous voter au 1er tour ?
☐ **b.** Êtes-vous pour ou contre la réduction des vacances scolaires d'été ?
☐ **c.** Que pensez-vous des sondages ?

3. Si les ouvriers représentent 12,1 % de la population de plus de 15 ans, combien faut-il en interroger au sein d'un échantillon de 800 personnes ?

☐ **a.** 97 ☐ **b.** 152 ☐ **c.** 121

3 Ce que les sondages font à la démocratie

→ FICHE 38

1. Pour quel(s) acteur(s) le sondage peut-il être un outil stratégique ?

☐ **a.** Pour les médias.
☐ **b.** Pour les personnalités politiques.
☐ **c.** Pour les groupes de citoyens mobilisés.

2. Quel comportement électoral met en évidence l'effet « bandwagon » ?

☐ **a.** Le fait de voter pour le candidat le plus bas dans les sondages.
☐ **b.** Le fait de ne pas voter car les sondages indiquent que tout est joué.
☐ **c.** Le fait de voter pour le candidat donné gagnant dans les sondages.

3. Qu'appelle-t-on démocratie d'opinion ?

☐ **a.** Une démocratie où chacun donne son opinion.
☐ **b.** Une démocratie dont les institutions sont soumises aux sondages.
☐ **c.** Une démocratie où le pouvoir se soumet aux désirs du peuple.

S'ENTRAÎNER

4 Comprendre le vocabulaire du cours

→ FICHES 36 à 38

Complétez le tableau ci-dessous en indiquant à quel type de démocratie renvoie principalement l'affirmation :

	Démocratie représentative	Démocratie d'opinion
Les citoyens ne se sentent pas représentés		X
La sélection des candidats se fait dans le cadre de primaires ouvertes		
La presse écrite est le média d'opinion le plus influent	X	
Les électeurs sont volatils		
Les réseaux sociaux sont un média influent		
La cote de popularité des gouvernants est observée à la loupe		
Le taux d'abstention est faible		
Sélection des candidats par les partis		

OBJECTIF BAC

5 La démocratie d'opinion • Raisonnement

1 h 20

Ce sujet vous permet de vous entraîner à bien utiliser les documents pour traiter un sujet de raisonnement.

LE SUJET

Vous montrerez comment les sondages modifient l'exercice de la démocratie représentative.

Document 1 Les sondages et la sélection des candidats socialistes

À partir des années 1980, les sondages pèsent de plus en plus sur le processus de sélection présidentielle : ils contribuent à façonner les profils d'éligibles légitimes, à consacrer certains candidats plus que d'autres, à hiérarchiser les prétendants et à structurer les anticipations, à peser sur le vote des adhérents… L'accumulation d'un capital médiatique et sondagier devient essentielle dans la construction des carrières politiques et des ambitions présidentielles. En

SES HGGSP ANGLAIS LLCE/AMC

1995, la difficile succession de François Mitterrand et le vide laissé par la non-candidature de Jacques Delors, pourtant adoubé par les sondages, conduisent à la première primaire fermée (réservée aux adhérents) qui oppose Henri Emmanuelli, premier secrétaire en place, à Lionel Jospin. Ce dernier l'emporte en s'appuyant notamment sur la meilleure « présidentiabilité » que lui confèrent les sondages. [...] L'élection présidentielle de 2007 marque un glissement net vers l'affirmation des logiques d'opinion. Consacrée comme la seule capable de battre Nicolas Sarkozy, Ségolène Royal s'impose dans l'opinion avant d'être investie par les adhérents qui avalisent le verdict des sondages. La primaire socialiste de 2006, toujours fermée, conduit [les militants à choisir] la porte-parole qui optimise le mieux leurs chances collectives de victoire et non celle qui incarne leur préférence programmatique ou idéologique.

Rémi Lefebvre, « Les primaires : triomphe de la démocratie d'opinion ? », in *Pouvoirs*, n° 154, « Les primaires », septembre 2015, p. 111-123 (en accès libre sur Revue-Pouvoirs.fr).

Document 2 **La cote de confiance des présidents de la République**

	1er mois	2e mois	3e mois	4e mois	5e mois
Jacques Chirac (1995-2002)	64 %	63 %	56 %	54 %	41 %
Jacques Chirac (2002-2007)	50 %	47 %	54 %	47 %	50 %
Nicolas Sarkozy (2007-2012)	63 %	65 %	64 %	64 %	57 %
François Hollande (2012-2017)	55 %	55 %	52 %	50 %	41 %
Emmanuel Macron (2017-)	57 %	54 %	54 % (Ifop)	41 %	-

Source : observatoire-des-sondages.org

Méthode

Exploiter un dossier documentaire

Les sujets de raisonnement sont toujours accompagnés de deux documents de nature différente : vous devez donc apprendre à les exploiter correctement.

Étape 1 Identifier les documents

- Déterminez la nature et la source de chaque document, lisez leur titre et leur date.
- S'il y a lieu, identifiez la nature et l'unité des données.

Étape 2 Comprendre les documents et les mettre en relation

- Quelles sont les informations apportées par chacun des documents ?

- Quels liens peut-on établir entre les documents ? Est-ce qu'ils se complètent, s'opposent ?

Étape 3 Exploiter les documents pour répondre à la question posée

- Relevez, pour chacun des documents, les éléments de réponse utiles pour traiter le sujet.
- Mobilisez vos connaissances pour y apporter des compléments et des éléments d'explication. Cherchez également des illustrations, des exemples.

Étape 4 Rédiger la réponse

Votre réponse doit être organisée en deux ou trois paragraphes qui répondent à la question posée. Vous y répartirez vos éléments de réponse, tirés des documents et de vos connaissances, et penserez à les illustrer.

LA FEUILLE DE ROUTE

Étape 1 Identifier les documents

- Le document 1 est un article sur la **sélection des candidats** du PS à l'élection présidentielle.
- Le document 2 est un tableau qui présente les sondages mesurant la **cote de confiance** des présidents de la République au début de leur mandat.

Étape 2 Comprendre les documents et les mettre en relation

- Depuis les années 1990, le choix des candidats du PS à l'élection présidentielle est fortement **influencé par les sondages**. On observe aussi que, pour 4 présidents sur 5, la cote de confiance s'érode plus ou moins fortement dès les premiers mois.
- La mesure des cotes de confiance est un des éléments de la **démocratie d'opinion**, qui soumet de façon continue l'image et l'action politique au jugement des sondés. Ces sondages constituent des **outils de sélection et de légitimation** des acteurs politiques.

Étape 3 Exploiter les documents pour répondre à la question posée

- Depuis les années 1990, le choix des candidats du PS aux élections présidentielles est fortement influencé par les sondages. Le système des **primaires** consacre ce rôle (document 1).
- Pour 4 présidents sur 5, la cote de confiance **s'érode** plus ou moins fortement dès les premiers mois. L'action des présidents se fait sous le regard permanent de l'opinion mesurée via les sondages (document 2).
- La mesure des cotes de confiance et de popularité des acteurs politiques est un des éléments de la démocratie d'opinion qui soumet de façon continue l'image et l'action politique au **jugement des sondés**. Ces sondages constituent des outils de sélection et de légitimation des acteurs politiques (documents 1 et 2).

Étape 4 Rédiger la réponse

- Dans un premier paragraphe, on montrera que les sondages modifient les modes de sélection des gouvernants.
- Dans un second paragraphe, on soulignera que les sondages modifient l'exercice de l'action des gouvernants
- Dans chacun de ces paragraphes, on comparera la situation qui prévaut dans une démocratie représentative, et celle qui se met en place dans une démocratie d'opinion.

→ CORRIGÉS p. 141

CORRIGÉS

SE TESTER QUIZ

1 Opinion publique et démocratie

1. Réponse c. Dans son acception courante, l'opinion publique correspond à un jugement largement partagé sur des questions à enjeu politique.

2. Réponses a et c. Pour Tocqueville, les corps intermédiaires sont nécessaires pour permettre aux individus de débattre et pour qu'existent des contre-pouvoirs.

2 Sonder l'opinion publique

1. Réponse b. La population-mère est la population de référence à partir de laquelle on construit l'échantillon qui sera sondé.

2. Réponse c. Les questions a et b sont fermées car elles appellent des réponses directes, facilement quantifiables, ce qui n'est pas le cas de la question c.

3. Réponse a. Il est nécessaire d'interroger 97 ouvriers ($800 \times 12{,}1/100$).

3 Ce que les sondages font à la démocratie

1. Réponses a, b et c. Le sondage peut être un outil stratégique pour les médias d'opinion, les personnalités politiques et les groupes mobilisés qui souhaitent orienter le jugement de la population en leur faveur.

2. Réponse c. L'effet « bandwagon » désigne la mobilisation par mimétisme, en faveur du candidat donné gagnant dans les sondages.

3. Réponse b. On appelle démocratie d'opinion une démocratie dont le fonctionnement (élections, institutions…) est de plus en plus soumis à l'influence des sondages d'opinion.

S'ENTRAÎNER

4 Comprendre le vocabulaire du cours

• **Démocratie représentative** : la presse écrite est le média d'opinion le plus influent ; le taux d'abstention est faible ; les candidats sont sélectionnés par les partis.
• **Démocratie d'opinion** : les citoyens ne se sentent pas représentés ; la sélection des candidats se fait dans le cadre de primaires ouvertes ; les électeurs sont volatils ; les réseaux sociaux sont un média influent ; la cote de popularité des gouvernants est observée à la loupe.

OBJECTIF BAC

5 Raisonnement

■ Les sondages modifient les modes de sélection des gouvernants. Dans une **démocratie représentative**, les partis politiques ont pour fonction de sélectionner les candidats aux élections au travers d'une procédure propre à chaque parti et de les soumettre au suffrage des électeurs. Si les médias jouent un rôle dans ce processus, celui-ci est essentiellement interne aux partis et le rôle des médias consiste à faire connaître les candidats et leurs programmes aux électeurs. Dans une **démocratie d'opinion**, les sondages jouent un rôle majeur dans la désignation des candidats, leur donnant ou non la légitimité nécessaire.

CONSEIL
Partez des principes de la démocratie représentative : elle repose sur des représentants choisis par leur parti et élus le plus souvent au suffrage universel.

■ Les sondages modifient l'exercice de l'action des gouvernants. Dans une **démocratie représentative**, les représentants élus sont soumis à un programme, construit par leur parti, qui oriente les politiques qu'ils vont mettre en œuvre. Les électeurs jugent leur capacité à mettre en œuvre ce programme de façon efficace à l'occasion de chaque élection. Dans une **démocratie d'opinion**, les politiques menées sont soumises aux perceptions mesurées en temps réel par les sondages, notamment les cotes de confiance accordées au président de la République. À l'exception du président Chirac en 2002-2007, les cotes de confiance de chacun des derniers présidents français ont très vite fléchi, perdant par exemple au cours des cinq premiers mois 23 points pour le président Chirac (1995-2002) et 14 points pour le président Hollande (2012-2017). Ces présidents ont ainsi été incités à modifier le programme sur lequel ils avaient été élus.

39 La participation électorale

En bref *Dans une démocratie représentative, le vote est un acte essentiel de la participation politique. Cependant, la participation électorale comprend plusieurs dimensions et dépend de plusieurs facteurs.*

I Les dimensions de la participation électorale

1 L'inscription sur les listes électorales

- Pour pouvoir voter, les citoyens doivent être inscrits sur les listes électorales de leur commune de résidence. Pour être inscrit, en France, il faut être âgé d'au moins 18 ans, avoir la nationalité française (les citoyens européens peuvent être inscrits sur des listes complémentaires pour participer aux élections municipales ou européennes), et jouir de ses droits civils et politiques.
- Depuis 1997, les jeunes de 18 ans ayant participé au recensement sont inscrits automatiquement sur les listes électorales. Si ce n'est pas le cas, ils doivent effectuer une démarche volontaire, notamment pour ceux qui ont déménagé ou qui ont acquis la nationalité française.

2 Participation électorale et abstention

- Le vote est l'expression de la participation électorale. En France, voter n'est pas une obligation et les citoyens inscrits sur les listes électorales ont la possibilité de s'abstenir. On peut donc définir l'**abstention** comme le refus volontaire de participer à une élection.

MOT CLÉ
Il faut distinguer le vote blanc, qui est un suffrage non exprimé, et l'**abstention**. Ni le vote blanc ni l'abstention ne sont pris en compte dans les résultats de l'élection.

- Le taux d'abstention mesure la part des inscrits sur les listes électorales n'ayant pas voté lors d'une élection. Ce taux complète le taux d'inscription sur les listes pour mesurer la participation électorale.

II Les déterminants de la participation électorale

1 Les déterminants de l'inscription électorale

- Si le taux d'inscription électorale reste à peu près stable (proche de 90 %), on peut cependant mettre en évidence des déterminants sociaux expliquant la non-inscription. Si on excepte les non-inscrits volontaires, le plus souvent on retrouve des populations mal intégrées dans la société ou indifférentes à la politique, surtout des jeunes et des personnes culturellement ou scolairement défavorisées.
- En principe, l'inscription sur les listes électorales est obligatoire mais la non-inscription n'est pas sanctionnée. Cependant, s'inscrire résulte d'une démarche

volontaire auprès des services administratifs. Cette démarche peut avoir un coût pour des populations éloignées des lieux d'inscription.

- Si les procédures d'inscription ont été facilitées depuis la fin des années 1990, il existe toujours un certain taux de mauvaise inscription qui empêche les citoyens de voter. C'est le cas pour les changements de résidence ou pour les personnes venant d'acquérir la nationalité française.

2 Les déterminants de l'abstention

- L'abstention peut être analysée comme le signe d'une mauvaise intégration dans la société. Elle est aussi corrélée à l'intérêt pour la politique et au sentiment de compétence politique, ce que le sociologue Daniel Gaxie a qualifié de « cens caché ».

MOT CLÉ
En France, au XIXe siècle, le **cens** était un seuil d'imposition qui permettait à un citoyen d'être électeur.

- Depuis les années 1970, la progression de l'abstention concerne surtout l'abstention intermittente. Les électeurs s'abstiennent en fonction du contexte de l'élection (national, local, européen) et de la personnalité des candidats. Les abstentionnistes intermittents sont plutôt bien intégrés socialement et politisés.

zoOm

Le droit de vote des femmes

- En France, les femmes ont obtenu le droit de vote en 1944, soit assez tardivement en comparaison avec d'autres pays (1893 en Nouvelle-Zélande, 1901 en Australie, 1928 au Royaume-Uni).
- On peut l'expliquer par les réticences des partis politiques : à « droite », on considérait que ce n'était pas le rôle des femmes ; à « gauche », on craignait que le vote des femmes avantage les partis de droite.

40 Les déterminants du vote

En bref *Si voter apparaît comme un acte purement individuel, l'étude des déterminants du vote par la sociologie électorale montre que les comportements électoraux répondent à des logiques complexes : le vote peut également être considéré comme un acte collectif.*

I Le vote, un acte collectif

1 La sociologie électorale

- À l'origine de la sociologie électorale, on trouve les travaux d'André Siegfried en France au début du XXe siècle. Son approche est qualifiée d'« écologique » car elle établit des **relations entre l'environnement de l'électeur et son vote**. Une autre approche « historique » insiste sur le **rôle des événements historiques** (la Révolution française par exemple).
- À partir des années 1940, la sociologie électorale se développe aux États-Unis, notamment en introduisant la méthode d'enquêtes par interviews. Au début des années 1960, des sociologues américains proposent un modèle en établissant des corrélations entre comportement électoral et **caractéristiques sociologiques** des électeurs.

2 Les variables du comportement électoral

- Depuis les années 1960, les études sur le **comportement électoral** se sont multipliées. On peut l'expliquer par la demande sociale émanant des acteurs politiques (élus, partis politiques) et des médias, avec la multiplication des **sondages** en période électorale. Ces études ont permis de mettre en évidence des variables lourdes du comportement électoral.

> **MOT CLÉ**
> Le **comportement électoral** désigne le choix d'un électeur lors d'une élection (voter ou non, voter pour tel ou tel parti).

- Les variables lourdes du comportement électoral correspondent à des variables **démographiques** (âge, sexe), **socio-économiques** (catégorie socioprofessionnelle) et **culturelles** (instruction, appartenance religieuse). Ces dernières apparaissent comme les plus prédictives.

II Le vote, un acte individuel

1 L'approche économique du comportement électoral

- La sociologie électorale distingue **trois approches théoriques** du comportement électoral. Les deux premières (écologique, psychosociologique) font du vote un acte collectif. Une troisième, l'approche économique, insiste sur le caractère individualiste du vote.

■ Dans le modèle économique, l'électeur se conduit comme un *homo œconomicus* : il veut **maximiser l'utilité** de son vote et raisonne en fonction du coût et des bénéfices qu'il associe à celui-ci. Cette théorie postule que les électeurs agissent, avant tout, en fonction de leurs intérêts individuels et non en fonction de leur sentiment d'appartenance à un groupe ou leur attachement à un parti.

2 Les facteurs conjoncturels du vote

■ Des facteurs conjoncturels peuvent influencer le choix des électeurs à court terme. C'est le cas du « **vote sur enjeu** ». Ce dernier recouvre des choix électoraux qui dépendent principalement de problèmes qui jouent un rôle important dans le débat politique à un moment donné.

■ L'électeur peut adopter un **comportement de stratège**, notamment dans le cadre du **scrutin majoritaire à deux tours** comme l'élection présidentielle. On peut définir l'électeur stratège comme un électeur qui renonce à voter pour son candidat préféré et en choisit un autre de manière à accroître l'efficacité de son vote. Cette stratégie consiste à voter « utile » pour le candidat qui a le plus de chance de l'emporter au second tour.

MOT CLÉ
L'élection présidentielle en France est un **scrutin majoritaire à deux tours** : seuls les deux candidats arrivés en tête au premier tour peuvent se présenter au second tour.

zoOm

Sociologie des votes Macron et Le Pen en 2017

Variables socio-économiques	Part des suffrages exprimés (%) au 1er tour en faveur de... E. Macron	M. Le Pen
Hommes	23	24
Femmes	25	20
25-34 ans	28	24
35-49 ans	21	29
Cadre	33	14
Ouvrier	16	37
Total	24	21,3

Source : Ipsos/Sopra Steria.

■ Ce tableau, établi à partir des résultats officiels du premier tour de l'élection présidentielle de 2017, détaille le vote pour deux candidats selon plusieurs variables socio-économiques. Il montre, par exemple, que 25 % des femmes ayant exprimé un vote l'ont fait en faveur d'Emmanuel Macron.

■ Ce document permet de définir le profil de l'électeur-type d'Emmanuel Macron et de Marine Le Pen lors de cette élection : pour le premier, il s'agit d'une femme âgée de 25 à 34 ans, cadre du secteur privé ; pour la seconde, c'est un homme âgé de 35 à 49 ans, ouvrier.

41 La volatilité électorale

En bref *L'analyse du vote depuis quelques années met en évidence une érosion des déterminants sociaux du vote et une plus grande volatilité électorale. Pour être expliqué, ce phénomène doit d'abord être défini.*

I La notion de volatilité électorale

1 Définition et mesure de la volatilité électorale

- Depuis les années 1980, on observe, en France, une instabilité de plus en plus importante des comportements électoraux. C'est cette instabilité dans le vote ou la participation électorale que l'on qualifie de volatilité électorale.
- La volatilité électorale est difficile à mesurer car elle ne peut s'expliquer uniquement par des changements dans les choix politiques. Par exemple, l'évolution de l'offre politique peut favoriser l'abstention intermittente → FICHE 39.
- L'indice de volatilité électorale permet de mesurer la volatilité électorale. On peut le calculer en reconstituant les itinéraires de vote entre plusieurs élections. On peut également déterminer le moment où l'électeur décide de son choix. Plus ce moment est proche de l'élection, plus l'instabilité électorale est forte.

2 Les formes de la volatilité électorale

- On distingue plusieurs formes de volatilité électorale. La plus significative concerne le passage du vote à l'abstention et inversement, ce qui correspond à l'abstentionnisme intermittent. Celui-ci est la principale cause des **alternances** politiques.

> **MOT CLÉ**
> L'**alternance** politique est le changement de majorité politique d'une élection à l'autre.

- Deux autres formes de volatilité électorale concernent un changement partisan. Celui-ci peut s'opérer au sein de la même famille politique (la gauche ou la droite), le vote se déplaçant d'un parti à un autre. La volatilité peut aussi concerner le passage d'une famille à une autre (de la gauche vers la droite par exemple). Cette mobilité « transgressive » est la moins importante.

II Les raisons de la volatilité électorale

1 L'effritement du vote de classe

- Les enquêtes électorales montrent que, depuis les années 1970, les caractéristiques socio-économiques jouent un rôle de moins en moins important dans le vote. Mais, si on constate que le vote de classe est moins prononcé, il n'a toutefois pas totalement disparu. Ainsi, le clivage entre le vote des indépendants et celui des salariés reste important.

■ Pour expliquer le déclin du **vote de classe**, notamment celui de la classe ouvrière, un certain nombre d'explications ont été avancées. Les premières insistent sur les transformations de la classe ouvrière. Celle-ci, mieux éduquée et bénéficiant d'une certaine mobilité sociale ascendante, aurait le sentiment d'appartenir davantage à la classe moyenne qu'à la classe ouvrière.

MOT CLÉ
On parle de **vote de classe** pour désigner la tendance à voter selon son appartenance à une classe ou à une catégorie sociale.

2 Les effets de contexte et de l'offre politique

■ La volatilité électorale dépend en grande partie de la nature de l'élection. Ainsi, le niveau d'abstention est le plus faible pour l'élection présidentielle et les élections municipales. À l'inverse, les élections européennes ou régionales mobilisent moins d'électeurs. Ces différences s'expliquent principalement par la perception qu'ont les électeurs des enjeux de l'élection.

■ Un facteur de la volatilité électorale est lié à la moindre polarisation des débats politiques. Depuis les années 1980, en France, les alternances se sont succédé alors que les divergences dans les politiques menées se sont atténuées. Ainsi, la réduction des différences entre les programmes des partis a fait perdre au vote sa dimension collective.

zoOm

Alternances politiques et cohabitation

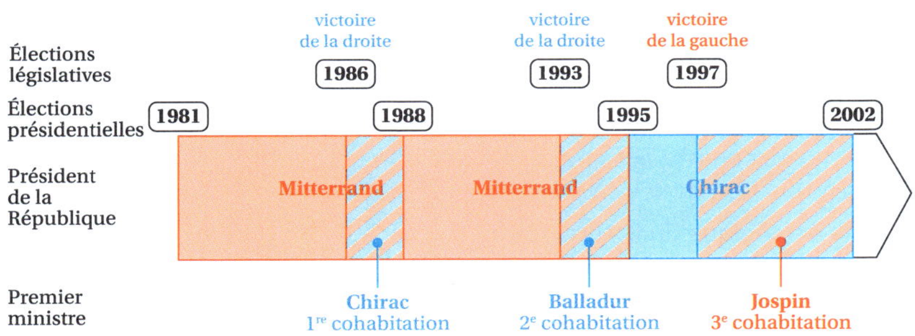

■ L'élection de François Mitterrand à la présidence de la République en 1981 est la première alternance de la Ve République. Depuis, les alternances sont devenues fréquentes, et s'accompagnent parfois d'une cohabitation entre le président de la République et le Premier ministre d'un autre bord politique.

■ Les alternances peuvent s'expliquer par les déceptions que suscitent les différents gouvernements. Plus généralement, elles expriment un doute sur la capacité de la politique à agir sur le réel.

SE TESTER QUIZ

Vérifiez que vous avez bien compris les points clés des **fiches 39 à 41**.

1 La participation électorale

→ FICHE 39

1. Parmi les affirmations suivantes, laquelle est vraie ?

☐ **a.** L'inscription sur les listes électorales est automatique.
☐ **b.** L'inscription sur les listes électorales est obligatoire.
☐ **c.** L'inscription sur les listes électorales concerne uniquement les jeunes âgés de 18 ans.

2. En France, on considère comme abstentionnistes les personnes…

☐ **a.** âgées de plus de 18 ans et non inscrites sur les listes électorales.
☐ **b.** qui refusent volontairement de ne pas participer à un vote.
☐ **c.** qui ont perdu leurs droits politiques.

3. Que mesure le taux d'abstention ?

☐ **a.** La part de la population totale n'ayant pas voté.
☐ **b.** La part des inscrits sur les listes électorales n'ayant pas voté.

2 Les déterminants du vote

→ FICHE 40

1. Qu'étudie la sociologie électorale ?

☐ **a.** Les corrélations entre comportement électoral et variables socioéconomiques.
☐ **b.** Le déterminisme social du comportement électoral.
☐ **c.** La position sociale des électeurs.

2. Comment se détermine un électeur dit « rationnel » ?

☐ **a.** Il vote en fonction de son intérêt personnel.
☐ **b.** Il ne tient pas compte des enjeux de l'élection.
☐ **c.** Il vote en fonction de ses croyances religieuses.

3. L'approche écologique du vote s'intéresse…

☐ **a.** au caractère individuel du vote.
☐ **b.** au caractère économique du vote.
☐ **c.** aux effets de l'environnement sur le vote.

3 La volatilité électorale

→ FICHE 41

1. La forme la plus développée de la volatilité électorale concerne…

☐ **a.** le passage du vote à l'abstention et inversement.
☐ **b.** le changement partisan au sein d'une même famille politique.
☐ **c.** le changement de famille politique.

2. En France, l'abstention est la moins élevée pour les élections…

☐ **a.** européennes. ☐ **b.** législatives. ☐ **c.** présidentielles.

S'ENTRAÎNER

4 Comprendre le vocabulaire du cours

→ FICHES 39 à 41

1. Complétez le texte en utilisant les termes suivants :
intérêts individuels • les listes électorales • variables lourdes • l'abstentionnisme intermittent • voter • la volatilité électorale

Pour pouvoir......................., il faut s'inscrire sur........................ Les études de sociologie électorale ont montré que le vote dépendait de......................., comme l'appartenance sociale ou l'appartenance religieuse. Cependant, les électeurs peuvent se prononcer en fonction de leurs........................ Depuis quelques années, ... tend à augmenter. On l'explique principalement par ...., mais également par le déplacement du vote d'un parti à un autre.

2. Associer les notions à leur définition.

Vote blanc •	• Électeur qui vote en fonction de l'efficacité de son vote
Abstention intermittente •	• Instabilité dans le vote ou la participation électorale
Approche écologique du vote •	• Suffrage non exprimé
Électeur stratège •	• Mise en relation entre le vote et l'environnement de l'électeur
Volatilité électorale •	• Changement de majorité politique d'une élection à une autre
Alternance •	• Abstention en fonction du contexte de l'élection

5 Réviser le cours en 6 questions flash

→ FICHES 39 à 41

1. Quelles sont les conditions pour s'inscrire sur les listes électorales pour toutes les élections en France ?

2. Quel type d'abstention est en progression depuis les années 1970 ?

3. À quoi correspondent les variables lourdes du comportement électoral ?

4. Qu'est-ce que l'approche économique du comportement électoral ?

5. Quel indicateur mesure la volatilité électorale ?

6. Le vote de classe a-t-il complètement disparu ?

OBJECTIF BAC

6 La volatilité électorale • Analyse de document

40 min

Ce sujet vous donne l'occasion de lire et interpréter un diagramme de répartition, puis de construire une argumentation en faisant le lien entre les informations issues du document et vos connaissances personnelles.

LE SUJET

Montrez que la volatilité électorale repose en partie sur l'indécision des électeurs.

Document **Le moment du choix électoral**

Ce document est le résultat d'un sondage réalisé auprès des électeurs français. Les personnes interrogées lors de ce sondage répondent à la question : « À quel moment avez-vous fait votre choix lors de l'élection présidentielle de 2007 ? »

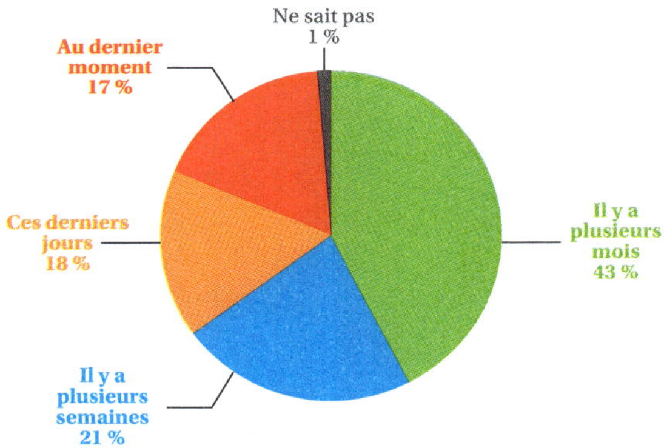

Source : opinionpublique.wordpress.com, 2012.

Méthode

Lire et interpréter un diagramme de répartition

Étape 1 Identifier le document

- Précisez la forme du diagramme.
- Notez le titre et la source : ils vous renseignent sur la période et le contexte.

Étape 2 Comprendre le document

- Un diagramme de répartition utilise généralement des pourcentages. Demandez-vous quel est l'ensemble considéré : ensemble de la population, échantillon statistique, répondants à un questionnaire, etc.
- Repérez les valeurs significatives : les proportions les plus importantes et les plus faibles. Estimez les rapports de grandeur et essayez de faire des regroupements pour dégager du sens.

Étape 3 Exploiter le document pour répondre à la question posée
Dégagez les principales informations données par le document et sélectionnez celles qui sont utiles pour répondre à la question posée.

Étape 4 Rédiger la réponse
Construisez votre raisonnement en utilisant vos connaissances et les informations tirées du document.

▶▶▶ LA FEUILLE DE ROUTE

Étape 1 Identifier le document

Le document est un diagramme circulaire permettant d'étudier la répartition d'un phénomène : le moment du choix électoral. La source est le site opinionpublique.wordpress.com. Les données statistiques sont exprimées en pourcentage.

Étape 2 Comprendre le document

- D'après le document, sur 100 personnes interrogées sur le moment où elles ont choisi le candidat pour lequel elles allaient voter lors de l'élection présidentielle de 2007, 43 se sont décidées plusieurs mois auparavant, 18 quelques jours avant et 17 au dernier moment.
- Ainsi, 35 sont restées indécises jusque dans les derniers jours avant le vote.

Étape 3 Exploiter le document pour répondre à la question posée

- La volatilité électorale prend plusieurs formes : allers-retours entre vote et abstention, changement de parti dans une même famille politique ou, plus rarement, changement de famille politique.

- L'indécision des électeurs peut constituer un signe de volatilité électorale. En produisant des données, le document montre l'importance de ce phénomène.

Étape 4 Rédiger la réponse → CORRIGÉS p. 153

CORRIGÉS

SE TESTER QUIZ

1 La participation électorale

1. **Réponse b.** L'inscription sur les listes électorales est obligatoire pour voter. Seuls les jeunes bénéficient d'une inscription automatique à leur majorité.
2. **Réponse b.** Les abstentionnistes sont les personnes inscrites sur les listes électorales et qui choisissent néanmoins de ne pas aller voter.
3. **Réponse b.** Le taux d'abstention est la part des inscrits n'ayant pas voté (toute la population n'est pas inscrite).

2 Les déterminants du vote

1. **Réponse a.** La sociologie électorale met en évidence des corrélations entre un certain nombre de variables (sociales, économiques, culturelles), mais on ne peut néanmoins pas en déduire un strict déterminisme du vote.
2. **Réponse a.** L'électeur rationnel se détermine en fonction de son intérêt. Il cherche à maximiser son vote par un calcul coût/avantage.
3. **Réponse c.** L'approche écologique s'intéresse à l'environnement de l'électeur.

3 La volatilité électorale

1. **Réponse a.** Le passage du vote à l'abstention, et inversement, correspond le plus souvent à l'abstention intermittente.
2. **Réponse c.** L'élection présidentielle est, pour les électeurs français, l'élection pour laquelle l'enjeu est le plus important.

S'ENTRAÎNER

4 Comprendre le vocabulaire du cours

1. Les mots sont à placer dans l'ordre suivant : voter, listes électorales, variables lourdes, intérêts individuels, la volatilité électorale, l'abstentionnisme intermittent.
2. **Vote blanc** : suffrage non exprimé, non pris en compte dans le résultat final.

Abstention intermittente : abstention en fonction du contexte de l'élection.
Approche écologique du vote : approche de sociologie électorale qui met en relation le vote et l'environnement de l'électeur.
Électeur stratège : électeur qui vote en fonction de l'efficacité de son vote.
Volatilité électorale : instabilité dans le vote ou la participation électorale.
Alternance : changement de majorité politique d'une élection à une autre.

5 Réviser le cours en 6 questions flash

1. Pour s'inscrire sur les listes électorales et voter à toutes les élections en France, il faut être âgé d'**au moins 18 ans**, disposer de ses **droits civiques** et avoir la **nationalité française**.

2. Depuis les années 1970, c'est surtout l'abstention intermittente qui progresse, car le vote dépend du contexte de l'élection (présidentielle, municipale, législative, etc.) et de la personnalité des candidats.
3. Les variables lourdes du comportement électoral sont des variables démographiques (âge, sexe) socio-économiques (catégories socioprofessionnelles) et culturelles (instruction, appartenance religieuse).
4. Selon l'approche économique du comportement électoral, l'électeur veut maximiser son utilité en fonction du coût et des bénéfices qu'il peut tirer de son vote. Il se comporte comme un *homo œconomicus*.
5. L'indice de volatilité électorale mesure la volatilité électorale, c'est-à-dire l'instabilité dans le vote (d'un parti à un autre ou d'une famille politique à une autre) ou la participation électorale.
6. Le vote de classe n'a pas complètement disparu. La différence de vote entre les indépendants et les salariés reste importante : les premiers votent plutôt à droite, les seconds plutôt à gauche.

OBJECTIF BAC

6 Analyse de document

- La volatilité électorale met en évidence l'instabilité des comportements électoraux. Elle peut prendre plusieurs formes : passage du vote à l'abstention, et inversement, changement de parti au sein d'une même famille politique, voire changement de famille politique.

- Cette volatilité électorale s'accentue au fil des élections. En effet, on peut mettre en évidence une corrélation entre volatilité électorale et indécision des électeurs. Pour mesurer cette corrélation, des électeurs ont été interrogés sur le moment où ils ont fait leur choix : voter ou s'abstenir, voter pour tel candidat ou tel parti.

- Pour l'élection présidentielle de 2007, 35 % des personnes interrogées ont fait leur choix au dernier moment ou quelques jours seulement avant le vote. Ce constat relativise la pertinence des sondages portant sur les intentions de vote, surtout quand ils sont publiés plusieurs semaines voire plusieurs mois avant un scrutin. Il amène aussi à s'interroger sur le rôle que jouent les sondages dans le choix final des électeurs et dans la volatilité électorale.

42 Les individus confrontés à des risques économiques et sociaux

En bref *Les individus sont confrontés à différents risques tout au long de leur vie. Mais tous les groupes sociaux ne sont pas touchés de la même manière : on peut mettre en évidence des inégalités d'exposition et de comportement face à la survenue de ces risques.*

I Des risques économiques et sociaux divers…

1 Du risque individuel au risque social

- Perdre son emploi, avoir un accident ou encore tomber malade sont des événements, plus ou moins prévisibles, qui peuvent affecter les individus au cours de leur existence. On parle alors de risque pour évoquer la probabilité d'y être confronté. Le risque est estimable et se distingue de l'incertitude.

- Pour les individus, la survenue du risque peut entraîner une privation de revenus ou des dépenses supplémentaires. Quant à la société, elle va se trouver privée de ressources productives et verra les inégalités augmenter, creusant ainsi l'écart entre les individus ayant des difficultés à faire face aux risques et le reste de la population. L'avènement d'un **État-providence** a permis de prendre progressivement en charge la plupart de ces risques, appelés risques sociaux.

MOT CLÉ
En France, l'**État-providence** désigne un État qui intervient largement dans la sphère économique et sociale, notamment en prenant en charge les risques sociaux.

2 Les principaux risques sociaux

- La maladie comme l'accident nécessitent des soins qui se traduisent par l'achat de biens ou de services de santé. Ils peuvent également signifier une baisse de revenus résultant d'une incapacité à travailler.

- La vieillesse est un risque social lié, d'une part, au fait de devenir trop âgé pour pouvoir occuper un emploi et, d'autre part, à celui de devoir faire face à des dépenses supplémentaires pour se soigner ou rester en bonne santé.

- La perte d'emploi suite à un licenciement est également synonyme de perte de revenus et considérée à ce titre comme un risque social dans la plupart des économies développées.

II … qui frappent inégalement les individus

1 Des inégalités d'exposition au risque selon les groupes sociaux

- Face à la maladie, les populations à risque sont les personnes âgées et les personnes fragilisées par des modes de vie qui peuvent favoriser l'apparition de problèmes de santé.

- Les actifs sont inégalement exposés au risque de perte d'emploi : les **non qualifiés** et les **jeunes** connaissent les **taux de chômage** les plus élevés.
- Les **ouvriers de sexe masculin** sont particulièrement exposés au risque d'accident du travail : leurs conditions de travail sont dangereuses ou pénibles.

MOT CLÉ
Selon l'Insee, le **taux de chômage** est le pourcentage des chômeurs dans la population active. Les chômeurs sont des actifs sans emploi à la recherche d'un emploi.

2 Des attitudes différenciées face au risque

- La majorité des individus a une **aversion au risque** : ils sont prêts à payer pour être assurés et se montrent **prudents**, à l'inverse des individus dits **neutres** au risque. L'aversion au risque augmente avec l'âge.
- Face au risque, les **hommes** et les **femmes** ont des comportements différents, qui sont le résultat d'une **socialisation différenciée** → FICHE 24. Les conduites à risque (usage du tabac, excès de vitesse...) sont en effet valorisées chez les hommes car associées de manière stéréotypée à des comportements virils.
- Malgré le développement de l'**État-providence**, on assiste paradoxalement à un sentiment d'insécurité croissant. Les individus développent une aversion au risque qui se traduit par une plus grande demande de protection.

zoOm

Les inégalités d'espérance de vie

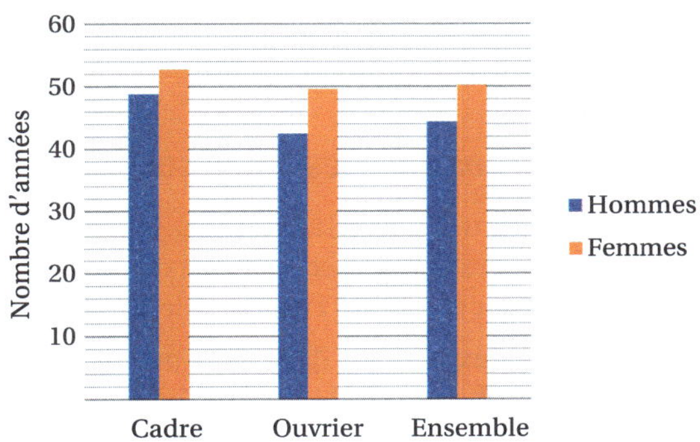

Source : Insee (données pour 2009-2013).

- Ce document présente les inégalités d'espérance de vie à 35 ans en France métropolitaine selon le sexe et la catégorie sociale.
- À l'âge de 35 ans, on constate environ 6 ans d'écart entre les hommes et les femmes dans l'ensemble de la population ainsi qu'entre les cadres et les ouvriers de sexe masculin. Ces inégalités résultent d'expositions et d'attitudes différenciées face aux risques sociaux.

43 Effets positifs et négatifs du partage des risques

En bref *Partager les risques peut se justifier économiquement et socialement, tant au niveau individuel qu'au niveau de la société tout entière. Mais la prise en charge des risques n'a pas que des avantages, elle a également des effets pervers en raison de problèmes d'asymétries d'information.*

I Les effets positifs du partage des risques

1 Capital humain et incitation à innover

- La couverture de risques liés à la maladie ou aux accidents va favoriser un meilleur niveau de santé de la population. Cela va permettre de contribuer au **capital humain**, c'est-à-dire à l'ensemble des capacités productives d'une économie. De son côté, la couverture du risque **chômage** en limite la dépréciation : les individus ne sont pas obligés d'accepter un nouvel emploi pour lequel ils seraient trop qualifiés.
- La hausse du capital humain crée des **externalités positives** : même sans en avoir payé directement le prix, les producteurs bénéficient d'une main-d'œuvre plus productive et plus apte à innover. Or, à l'échelle macroéconomique, les **innovations** sont une source importante de **croissance économique**.

> **MOT CLÉ**
> Les **innovations** englobent les nouveaux produits mis sur le marché, la mise en place de nouvelles méthodes de production et de distribution ou encore de nouvelles organisations du travail.

2 Le bien-être et la cohésion sociale : des effets sociaux positifs

- Les aléas de la vie peuvent constituer un véritable choc. C'est notamment le cas pour les individus les plus vulnérables, qui sont plus exposés aux risques et disposeraient de peu de moyens d'y faire face en l'absence de partage des risques.
- Se savoir protégé des **risques sociaux** majeurs → FICHE 42 procure aux individus une certaine **sécurité économique,** facteur de **bien-être**. Les individus peuvent faire des projets d'avenir sans crainte d'être confrontés à une baisse brutale de leurs revenus ou sans obligation d'accepter un emploi moins bien rémunéré.
- Au niveau de la société, le partage des risques favorise la **cohésion sociale**. Un État-providence produit de la **solidarité** collective : en France, par exemple, il repose sur des systèmes de **protection sociale** → FICHE 45 qui rendent les individus interdépendants.

II Les effets négatifs du partage des risques

1 L'existence d'asymétries d'information

- La gestion des risques nécessite de collecter des informations pour les estimer.
- Mais, à l'instar du marché des assurances, ceux qui protègent contre le risque et ceux qui sont protégés ne disposent pas des mêmes informations. On parle alors d'**asymétries d'information**. Contrairement à un marché de concurrence pure et parfaite → FICHE 1, l'absence d'information parfaite peut créer des dysfonctionnements.

MOT CLÉ

On appelle **asymétries d'information** les situations dans lesquelles, lors d'un échange ou d'un contrat, l'une des parties dispose d'informations que l'autre partie ignore.

2 La présence d'un effet pervers de gestion des risques : l'aléa moral

- La couverture des risques peut générer une situation particulière d'asymétrie d'information appelée aléa moral. L'individu peut changer de comportement : il peut adopter une conduite plus risquée que s'il n'était pas couvert, n'ayant pas à supporter les coûts additionnels liés à son manque d'effort ou d'attention.
- Dans le domaine de la santé, par exemple, un individu assuré peut multiplier les visites chez le médecin. Cela génère une surconsommation de soins contribuant à une perte de bien-être et entraînant une hausse des dépenses à la charge de la collectivité.
- Les pouvoirs publics sont conduits à prendre des mesures incitatives en parallèle de la gestion des risques. Par exemple, l'instauration d'un délai de carence avant de percevoir des indemnités en cas de maladie, la dégressivité des indemnités chômage ou le remboursement partiel des médicaments.

zoOm

Couverture du risque et aléa moral

- Cette affiche met en évidence les bienfaits de la prise en charge du risque maladie avec le slogan « La Sécu, c'est bien ».
- Mais l'affirmation « en abuser, ça craint » met en lumière un effet pervers : l'aléa moral. Se sachant remboursés, les patients peuvent « surconsommer » des médicaments et demander aux médecins d'augmenter la quantité de médicaments prescrits.

Affiche de la Sécurité sociale (années 1980).

44 Principes et institutions permettant la gestion des risques

En bref *La reconnaissance de risques sociaux nécessite une gestion collective : de la prévention à leur prise en charge, plusieurs institutions vont jouer un rôle complémentaire. Parmi elles, les pouvoirs publics ont une place privilégiée dans les économies développées.*

I Les principes d'une gestion collective

1 La prévention des risques

- La prévention consiste à prendre des **mesures pour éviter la survenue du risque** et à en réduire la gravité s'il survient. Cela nécessite en amont d'évaluer les risques en s'appuyant sur l'expérience de dommages déjà réalisés.
- Des **politiques de santé publique** sont ainsi mises en œuvre : actions d'information et d'éducation pour la santé, réglementations visant à changer les comportements (ex. : interdiction de fumer dans les lieux publics), campagnes de dépistage de maladies ou de vaccination, etc.
- Pour prévenir le risque de chômage, des dispositifs cherchent à augmenter l'**employabilité** et la **productivité** des actifs, en favorisant par exemple l'accès à la **formation initiale et continue**.

> **MOT CLÉ**
> La **formation initiale** désigne la formation des enfants et des étudiants. La **formation continue** est destinée aux salariés actifs.

2 La mutualisation et la diversification des risques

- Mutualiser les risques consiste à **transférer un risque individuel à un groupe** d'agents d'économiques potentiellement exposés au même risque. Par exemple, quand une population d'individus souscrit une couverture maladie, la somme de leurs contributions est globalisée pour financer la prise en charge éventuelle des individus de cette population.
- Diversifier les risques correspond à l'adage populaire « ne pas mettre ses œufs dans le même panier ». Face au risque de chômage, un couple peut choisir deux emplois inégalement exposés, par exemple entrepreneur et fonctionnaire. Les sociétés d'assurance couvrent des **risques indépendants** afin de mieux les gérer.

II La variété des institutions impliquées

1 La famille

- Traditionnellement, la famille est perçue comme un lieu de **solidarités**, par exemple en termes d'assistance entre générations. Les transformations familiales et la précarité croissante tendent cependant à fragiliser cette fonction.

■ L'épargne, dite de précaution, peut permettre à une famille de se constituer une réserve pour faire face ultérieurement à un risque. Cette épargne a un coût d'opportunité : elle conduit à renoncer à une consommation actuelle.

2 | Les pouvoirs publics

■ Les pouvoirs publics proposent une couverture collective de base et obligatoire. En France, la Sécurité sociale, encadrée par l'État mais gérée par des **partenaires sociaux**, joue ce rôle.

> **MOT CLÉ**
> Les **partenaires sociaux** regroupent les représentants des syndicats de salariés et des organisations patronales.

■ Enfin, dans une logique d'assistance → FICHE 45, des collectivités locales et l'État peuvent directement intervenir lorsque le système de base ne suffit pas.

3 | Les sociétés et mutuelles d'assurance

■ Une mutuelle est un organisme de droit privé à but non lucratif qui gère les risques auxquels sont soumis ses adhérents : chacun paie une cotisation indépendamment du risque pour se constituer un filet de sécurité complémentaire.

■ Les sociétés d'assurance, à but lucratif, sélectionnent les risques à assurer, contrairement aux mutuelles. Elles offrent des protections à tout client ayant payé sa prime d'assurance, calculée en fonction de la couverture souhaitée et de la probabilité du risque.

zoOm

L'accident : un risque majeur mutualisé

■ L'accident de la route, pendant les trajets domicile-travail ou lors d'une mission, est la première cause de décès par accident au travail. Plusieurs actions de prévention ont pour objectif de réduire ce risque (ex. : campagnes de sensibilisation).

■ En France, les accidents du travail ont été les premiers risques sociaux mutualisés. La Sécurité sociale, en obligeant tous les employeurs à cotiser, organise le partage des risques à grande échelle.

45 La protection sociale en France : des logiques d'assurance et d'assistance

En bref *La plupart des économies développées ont instauré un système de couverture des risques sociaux qui crée de la solidarité collective. Si, historiquement, elles ont des systèmes de protection sociale différents, elles s'appuient sur deux logiques principales : l'assurance ou l'assistance.*

I Les systèmes de protection sociale

1 La protection sociale : un système de couverture collective…

- La protection sociale désigne l'ensemble des dispositifs mis en place par les pouvoirs publics pour permettre aux ménages de faire face aux conséquences financières des risques sociaux (maladie, chômage, vieillesse…).
- En France, les pouvoirs publics, par le biais de différentes institutions → FICHE 44, versent des **prestations sociales** aux ménages, soit en espèces (pension de retraite ou indemnités chômage par exemple), soit en nature (remboursement de médicaments).

MOT CLÉ
Les **prestations sociales** sont les revenus de transfert versés aux ménages afin de réduire la charge financière que représente la protection contre les risques sociaux.

2 … qui est le produit d'une histoire

- Au XIXe siècle, quelques grandes entreprises animées d'un esprit « paternaliste » protègent leurs ouvriers tandis qu'apparaissent les sociétés de secours mutuel, ancêtres des mutuelles → FICHE 44. Mais seule une minorité de la population est protégée. Les accidents du travail, à partir de 1898, sont les premiers risques sociaux reconnus.
- En Allemagne, à la même époque, le chancelier Bismarck instaure un système d'assurance obligatoire pour les travailleurs, pour « acheter » la paix sociale. En 1942, le britannique Beveridge expose un autre système, élargi à l'ensemble des citoyens. En France, il faut attendre la naissance de la Sécurité sociale en 1945 pour véritablement parler d'État-providence → FICHE 42.
- Tout au long du XXe siècle, les pays développés vont élargir leur système de couverture des risques sociaux, s'inspirant de Bismarck et/ou de Beveridge. La volonté de créer une forme de solidarité collective va progressivement s'affirmer.

II Des mécanismes de solidarité collective

1 La logique de l'assurance

- Elle repose sur un principe assurantiel obligatoire : seuls sont couverts ceux qui ont contribué à son financement, c'est-à-dire les actifs.

- Les pensions de retraite, le remboursement des soins médicaux et les indemnités chômage obéissent à cette logique : ces prestations sont financées grâce aux **cotisations sociales** prélevées sur les revenus des salariés et des employeurs.
- Mécaniquement, la **mutualisation du risque** instaure une **solidarité** entre ceux qui cotisent et ceux qui sont confrontés au risque (ex. : les actifs financent les retraites). On parle de **redistribution horizontale**.

2 La logique de l'assistance

- Le principe d'assistance n'est pas contributif : les individus confrontés à des risques sociaux vont recevoir une protection **sans contrepartie**, grâce à un financement par l'**impôt**. Les bénéficiaires ne doivent pas dépasser un plafond de ressources : on parle de prestations attribuées sous conditions de revenu.

> **MOT CLÉ**
> Il existe deux formes de prélèvements obligatoires : les **impôts**, prélevés par l'État et les collectivités locales, et les **cotisations sociales**, prélevées par les administrations de Sécurité sociale.

- Il s'agit de protéger les individus en leur procurant des **prestations uniformes**, dès qu'ils en ont besoin (ex. : minimum vieillesse, RSA).
- Le versement de prestations sociales aux personnes les plus vulnérables, d'un côté, et leur financement par les impôts, de l'autre, instaure de fait de la **solidarité** entre des individus au niveau de revenu très différents. Il s'agit d'une forme de **redistribution** dite **verticale**.

zoOm

Les ressources de la protection sociale

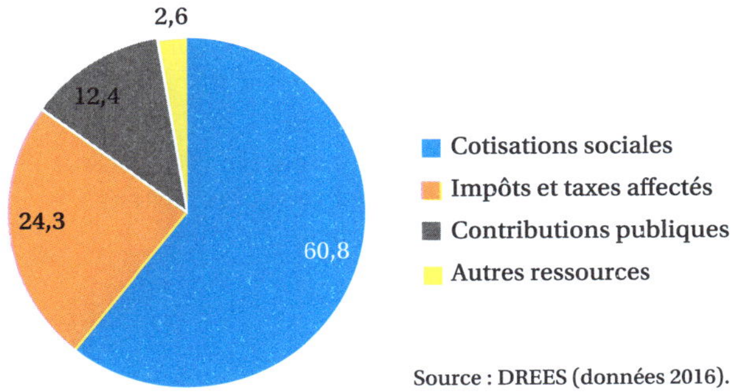

Source : DREES (données 2016).

- En France, la logique assurantielle reste dominante : les cotisations sociales financent en effet 60 % de la protection sociale.
- Cependant, la protection sociale a également une logique d'assistance : les impôts et taxes en constituent le quart des ressources.

SE TESTER QUIZ

Vérifiez que vous avez bien compris les points clés des **fiches 42 à 45**.

1 Les individus confrontés à des risques

→ FICHE 42

1. Pourquoi la perte d'emploi est-elle considérée comme un risque social ?

☐ **a.** Parce que le chômage est pris en charge par la société.
☐ **b.** Parce qu'il frappe une part croissante de la population.
☐ **c.** Parce qu'il se traduit par une baisse de revenus.

2. Parmi les affirmations suivantes, laquelle est vraie ?

☐ **a.** Les risques sociaux sont les mêmes depuis 1945.
☐ **b.** Les risques sociaux frappent inégalement les individus.
☐ **c.** Les risques sociaux sont pris en charge dans tous les pays.

2 Effets positifs et négatifs du partage des risques

→ FICHE 43

1. Le partage des risques a des effets économiques…

☐ **a.** uniquement négatifs.
☐ **b.** positifs et négatifs.

2. Qu'est-ce que l'aléa moral dans un système d'assurance maladie ?

☐ **a.** Un comportement des assurés.
☐ **b.** Un moyen pour les assurés de ne plus tomber malade.
☐ **c.** Un comportement aux conséquences financières lourdes.

3 Principes et institutions

→ FICHE 44

1. Que peut-on dire à propos de la mutualisation des risques ?

☐ **a.** Elle ne peut être pratiquée que par les mutuelles.
☐ **b.** Elle correspond au principe de l'assurance.
☐ **c.** Elle coûte cher.

2. Qui gère la Sécurité sociale en France ?

☐ **a.** L'État
☐ **b.** Les partenaires sociaux
☐ **c.** L'État et les partenaires sociaux

4 La protection sociale en France

→ FICHE 45

1. Le système français de protection sociale s'inspire surtout…

☐ **a.** du système allemand créé par Bismarck.
☐ **b.** du système anglais créé par Beveridge.

2. Dans une logique d'assistance, on peut recevoir des prestations…

☐ **a.** sous condition de revenus.
☐ **b.** si on a cotisé au préalable.
☐ **c.** sans conditions.

OBJECTIF BAC

5 Les pouvoirs publics et la gestion des risques • Dissertation

2 h

Cet exercice vous donne l'occasion de construire un plan détaillé puis de rédiger une sous-partie en mobilisant les connaissances acquises dans ce chapitre.

LE SUJET

Comment les pouvoirs publics peuvent-ils contribuer à la gestion des risques dans les sociétés développées ? Vous élaborerez un plan (parties et sous-parties) puis rédigerez entièrement une sous-partie.

Document 1 Répartition des prestations sociales et part dans la richesse nationale en 2014 (en %)

	Prestations sociales par groupe de fonctions (en % du total des prestations)							Dépenses de protection sociale (en % du PIB)
	Maladie, soins de santé	Invalidité	Vieillesse	Survie	Famille, enfants	Chômage	Logement, exclusion sociale	
Allemagne	34,8	8,1	32,4	6,8	11,3	3,9	2,8	27,8
Danemark	20,0	12,9	37,3	7,0	11,2	5,2	6,5	32,2
Finlande	24,0	10,9	38,9	2,8	10,4	8,2	4,8	31,1
France	28,4	6,6	39,9	5,5	7,8	6,2	5,5	32,2
Grèce	19,6	6,5	55,0	10,0	4,4	4,3	0,2	25,5
Irlande	34,6	6,0	27,6	2,2	13,1	13,8	2,7	19,3
Italie	23,5	5,9	49,3	9,3	5,4	5,8	0,8	28,8
Lituanie	29,4	9,7	44,6	3,1	7,8	2,4	3,1	14,0
UE à 28	**29,2**	**7,3**	**40,2**	**5,7**	**8,5**	**5,1**	**4,0**	**27,6**

Source : d'après Eurostat, 2017.

SES

HGGSP

ANGLAIS LLCE/AMC

Document 2

1. Toute personne a droit à un niveau de vie suffisant pour assurer sa santé, son bien-être et ceux de sa famille, notamment pour l'alimentation, l'habillement, le logement, les soins médicaux ainsi que pour les services sociaux nécessaires ; elle a droit à la sécurité en cas de chômage, de maladie, d'invalidité, de veuvage, de vieillesse ou dans les autres cas de perte de ses moyens de subsistance par suite de circonstances indépendantes de sa volonté.
2. La maternité et l'enfance ont droit à une aide et à une assistance spéciales. Tous les enfants, qu'ils soient nés dans le mariage ou hors mariage, jouissent de la même protection sociale.

Source : Article 25, Déclaration universelle des droits de l'homme (1948), ONU.

Document 3 **Financement des dépenses de prévention dans le domaine de la santé en France (en %)**

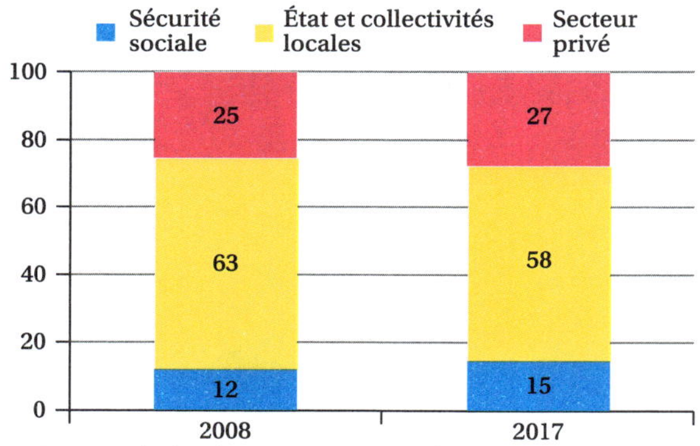

Source : Résultat des comptes de la santé, La Documentation française, 2018.

Méthode

Construire un plan de dissertation

Étape 1 Analyser les termes du sujet → MÉTHODE p. 36

Étape 2 Rassembler ses connaissances et exploiter les documents

- Notez au brouillon toutes les connaissances à mobiliser.
- Le dossier documentaire ne contenant que des éléments factuels, ce sont vos connaissances qui vont vous permettre de faire le lien entre le sujet et les informations. Les informations contenues dans les documents ne doivent cependant pas borner la réflexion.

Étape 3 Dégager deux ou trois axes constituant les parties du plan

- Une dissertation est composée d'un développement composé de deux ou trois parties équilibrées constituant des axes de réflexion.
- Au brouillon, rédigez une « phrase-titre » pour chaque axe : vous pourrez vous en servir plus tard pour rédiger les introductions partielles.

Étape 4 Découper chaque partie en deux ou trois sous-parties

- Définissez l'organisation interne de chaque partie en deux ou trois sous-parties. Chacune reprendra un argument permettant d'expliciter et de développer l'axe de réflexion de chaque partie.

LA FEUILLE DE ROUTE

Étape 1 Analyser les termes du sujet

- Le sujet comprend plusieurs notions importantes : « pouvoirs publics » et « gestion des risques ». Quelle est leur signification ?
- La consigne « comment… » indique qu'il s'agit d'un **sujet de type analytique**. Vous devez donc montrer que les pouvoirs publics disposent de moyens pour gérer les risques.

Étape 2 Rassembler ses connaissances et exploiter les documents

- Le **document 1** permet de mettre en évidence l'inégale couverture des risques sociaux selon les pays, des moins protecteurs (Lituanie et Irlande) aux plus protecteurs (pays du Nord de l'Europe).
- Le **document 2** présente les risques sociaux considérés comme prioritaires dans les sociétés développées (perte d'emploi, maladie, vieillesse…).
- Dans le **document 3**, on constate que, si la contribution des institutions privées a augmenté par rapport à 2008, ce sont en France les pouvoirs publics (l'État, les collectivités locales et la Sécurité sociale) qui assurent les trois quarts du financement global des actions de prévention de santé.

Étape 3 Dégager deux ou trois axes constituant les parties du plan

Le sujet n'implique pas de plan type. Chaque axe doit cependant mettre en évidence des moyens à la disposition des pouvoirs publics pour gérer collectivement les risques sociaux. On peut donc faire un plan en deux parties :

- **1re partie.** Les pouvoirs publics organisent la prévention et la mutualisation de risques sociaux.
- **2e partie.** Les systèmes de protection sociale mis en place par les pouvoirs publics permettent de couvrir les risques sociaux en créant de la solidarité collective.

Étape 4 Découper chaque partie en deux ou trois sous-parties

→ CORRIGÉS p. 167

CORRIGÉS

SE TESTER QUIZ

1 Les individus confrontés à des risques

1. Réponses a et c. Les actifs au chômage qui ont déjà travaillé perçoivent des indemnités afin de compenser la baisse de revenus.

2. Réponse b. Les individus ne sont pas égaux face au risque. Par exemple, certaines catégories socioprofessionnelles sont plus exposées aux accidents du travail.

2 Effets positifs et négatifs du partage des risques

1. Réponse b. Le partage des risques a des effets économiques positifs sur le capital humain et la croissance, mais aussi des effets négatifs (aléa moral).

2. Réponses a et c. Dans un système d'assurance maladie, un aléa moral change le comportement des assurés : se sachant protégés, ils peuvent devenir moins attentifs au risque, ce qui peut avoir de lourdes conséquences financières.

3 Principes et institutions

1. Réponse b. La mutualisation des risques renvoie à l'assurance : chaque assuré verse une prime et les montants collectés sont mis en commun.

2. Réponse c. La Sécurité sociale est gérée par les syndicats de salariés et d'employeurs (partenaires sociaux) et encadrée par l'État.

4 La protection sociale en France

1. Réponse a. Le système français de protection sociale, financé principalement par des cotisations sociales, s'inspire surtout du système créé par Bismarck.

2. Réponse a. La logique d'assistance de la protection sociale permet de recevoir des prestations, sous condition de revenus, mais sans avoir cotisé au préalable.

OBJECTIF BAC

9 Dissertation

Voici le plan détaillé que nous vous proposons.

I Les pouvoirs publics organisent la prévention et la mutualisation de risques sociaux

1. Les actions de prévention des risques sociaux par les pouvoirs publics
2. Les dispositifs de mutualisation des risques initiés par les pouvoirs publics

II Les systèmes de protection sociale permettent de couvrir les risques sociaux en créant de la solidarité collective

1. La logique d'assurance de la protection sociale
2. La logique d'assistance de la protection sociale

Voici la rédaction que nous vous proposons pour la première sous-partie.

■ Les pouvoirs publics cherchent à limiter la survenue des risques sociaux ayant des coûts économiques et sociaux importants, comme la perte d'emploi, la maladie ou encore les accidents du travail.

■ Face au chômage, les pouvoirs publics peuvent développer la formation initiale et encourager la formation continue, tant pour les salariés que pour les demandeurs d'emploi. Il s'agit de favoriser leur employabilité.

■ Dans le domaine de la santé, les pouvoirs publics financent les trois quarts des dépenses de prévention (document 3). Il s'agit par exemple de campagnes d'information, de vaccination et de dépistage de maladies présentant des risques majeurs. Des réglementations, comme l'interdiction du tabac dans les lieux publics ou l'obligation de réunir un CHSCT (Comité d'hygiène, de sécurité et des conditions de travail) dans les établissements de plus de 50 salariés, sont d'autres formes de prévention des risques.

46 La vie d'une entreprise et les étapes de son développement

En bref *Les entreprises connaissent au cours de leur existence de nombreuses évolutions que l'on peut schématiser par un cycle de vie et qui s'expliquent notamment par des décisions stratégiques dès la création de l'entreprise.*

I Le cycle de vie de l'entreprise

1 De la création à la maturité

- Dans la phase de **création**, l'entreprise rassemble les différentes ressources financières et humaines dont elle a besoin. Durant cette phase, les entrepreneurs se consacrent principalement au développement des produits et/ou services. Il est obligatoire de doter l'entreprise d'un **statut juridique** lors de sa création.
- L'étape suivante est une phase de développement de l'entreprise avec une **croissance** des ventes et des effectifs.
- La phase de **maturité** correspond à une période d'optimisation de l'entreprise. Les produits et/ou services que l'entreprise propose ont atteint leur seuil de maturité. L'entreprise est rentable mais a besoin de s'adapter aux nouvelles tendances du marché.

MOT CLÉ

Le **statut juridique** détermine les règles de droit qui encadrent la création de l'entreprise, la fiscalité, les formalités comptables et administratives mais aussi les prises de décision au sein de l'entreprise.

2 Poursuite du développement ou déclin

- Pour éviter un déclin (dû à des erreurs stratégiques ou à une forte concurrence par exemple), l'entreprise doit engager une **nouvelle dynamique** en s'appuyant sur le développement de nouveaux produits ou par l'entrée sur de nouveaux marchés.
- L'entreprise, en cas d'**échec**, peut connaître des pertes financières, faire faillite ou être rachetée par une autre entreprise.

INFO + **Le cycle de vie de l'entreprise**

- 600 000 créations d'entreprises par an
- 60 000 défaillances d'entreprises par an
- Âge moyen des créateurs d'entreprises individuelles : 36 ans
- 4 entreprises individuelles sur 10 sont créées par des femmes

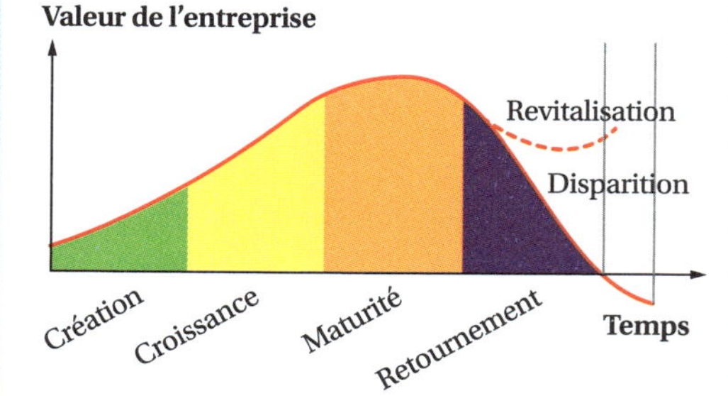

II Les facteurs de développement d'une entreprise

1 L'importance du business plan et de la définition de la stratégie

- En amont de la création, il est nécessaire de réaliser un **business plan** qui présente la stratégie de développement de l'entreprise.
- En effet, la croissance de l'entreprise peut nécessiter de changer d'organisation interne ou de forme juridique (besoin de nouveaux associés). Elle peut faire face à une pression concurrentielle ou à des évolutions technologiques ou réglementaires, qui nécessitent de rechercher des capitaux pour investir, recruter, lancer de nouveaux produits, racheter des concurrents, etc.

MOT CLÉ
Un **business plan** est un document présentant les objectifs et l'organisation de l'entreprise ainsi que l'analyse du marché faite par le créateur de l'entreprise.

2 D'autres facteurs prépondérants

- Si le statut juridique est prépondérant pour la pérennité des entreprises, l'importance du secteur d'activité reste notable. Dans le secteur de l'enseignement, de la santé ou de la finance, près des trois quarts des projets lancés en 2010 sont encore actifs cinq ans plus tard.
- La survie de l'entreprise est d'autant plus élevée que le montant investi à la création est important. Elle dépend également beaucoup de l'expérience professionnelle du créateur d'entreprise.

zoOm

La pérennité des entreprises

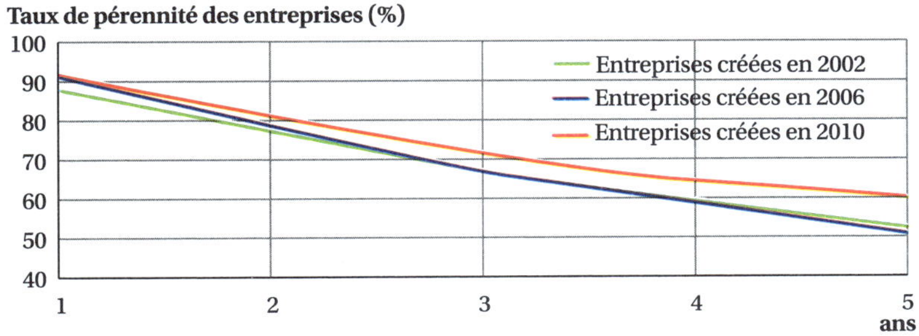

- 60 % des entreprises créées au premier semestre 2010, hors régime « micro-entrepreneur » → FICHE 47, sont encore actives après cinq ans.
- L'écart par rapport à la cohorte des entreprises créées en 2002 s'explique en partie par une proportion plus importante de créations de sociétés en 2010, plus durables que le statut d'entreprises individuelles, et par une conjoncture plus favorable que pour la génération 2006.

47 La diversité des figures de l'entrepreneur

En bref *D'abord forgée autour de la notion de risque et d'innovation, la figure de l'entrepreneur a évolué avec les mutations des économies capitalistes : elle intègre désormais des dimensions managériales, financières et juridiques.*

I Un créateur d'entreprise qui engage sa responsabilité

D'un point de vue juridique, lorsqu'il crée une entreprise, l'entrepreneur peut la créer comme entreprise individuelle (propriété du seul entrepreneur) ou sous la forme d'une société (comprenant éventuellement des associés au capital).

1 Une responsabilité juridique et financière

- L'entrepreneur, s'il est chef d'entreprise, possède le pouvoir d'agir au nom et pour le compte de l'entreprise. Sa responsabilité civile ou pénale peut ainsi être engagée en cas de préjudice ou d'infraction.
- La responsabilité financière de l'entrepreneur s'applique lorsque l'entreprise est incapable de faire face à ses créances. Ainsi, dans le cas d'une entreprise individuelle, l'entrepreneur est lui-même responsable des dettes de façon illimitée (le patrimoine personnel peut être saisi). Dans les autres cas, la responsabilité est limitée à ce que l'entrepreneur a apporté au sein de la société.

2 Une responsabilité fiscale et sociale

- Lorsqu'il crée son activité, l'entrepreneur choisit également un **régime fiscal et social** (ex. : régime micro-entrepreneur, pour les entreprises individuelles).
- L'entrepreneur, en tant que chef d'entreprise, a des responsabilités envers ses salariés (respect du droit du travail), ses partenaires (respect des contrats) et plus largement la société (éthique et respect de l'environnement par exemple).

MOT CLÉ

Un **régime fiscal et/ou social** est le système de fiscalité et de protection sociale auquel est soumis un travailleur (paiement des cotisations et des impôts, remboursement des prestations sociales).

II Les rôles de l'entrepreneur dans l'économie

1 L'innovateur (XIXe s.)

- Selon l'économiste Joseph Schumpeter, l'entrepreneur est l'agent économique qui introduit le changement technique et industriel dans l'économie, grâce à la mise en œuvre de nouvelles combinaisons productives. En cela, il incarne le capitalisme industriel du XIXe siècle.

- L'**innovation**, certes rémunérée par le profit, récompense surtout l'esprit d'aventure et le dynamisme de l'entrepreneur.

MOT CLÉ
Une **innovation** désigne l'application réussie d'une invention dans le domaine économique et commercial (nouveaux procédés techniques, nouveaux produits, nouvelles formes d'organisation).

2 Entrepreneurs *vs* managers (XXe s.)

- Selon d'autres conceptions, l'entrepreneur est également un organisateur coordonnant et optimisant les moyens de production. Schumpeter avait d'ailleurs prédit l'avènement de grandes entreprises marquées par la dissociation entre la propriété (actionnaires) et la gestion de l'entreprise (managers).
- Au XXe siècle, le pouvoir économique est transféré au manager, considéré comme plus apte que l'entrepreneur à générer de l'innovation et du profit.

3 Un renouveau à la fin du XXe siècle

- Depuis la fin du XXe siècle, l'entrepreneur retrouve sa place dans le capitalisme actionnarial. C'est le cas notamment avec le développement des technologies de l'information et de la communication et l'intervention d'investisseurs financiers dans des entreprises naissantes à fort potentiel de croissance (« start-up »).
- Ces différentes figures de l'entrepreneur se mêlent : si l'entrepreneur peut être manager et actionnaire, la réciproque n'est pas forcément vraie.

zoOm

Xavier Niel : un entrepreneur emblématique

- Xavier Niel est un entrepreneur touche-à-tout, ayant très tôt exploité le potentiel du minitel en France avant de fonder l'opérateur télécom Free et d'inventer un équipement novateur : la Freebox.
- Il a ensuite créé un fonds d'investissement et un campus, tous deux spécialisés dans le financement et le développement de start-ups. Il a aussi ouvert une école de programmation en informatique gratuite et accessible à tous.

48 La prise de décision au sein de l'entreprise

En bref *L'existence et le développement de l'entreprise représentent des enjeux différents pour un ensemble hétérogène d'acteurs. En interne, la prise de décision obéit à des règles de gouvernance et dépend des relations de pouvoir et d'autorité entre les acteurs au sein de l'entreprise.*

I Des acteurs aux intérêts différents

Le fonctionnement et la performance de l'entreprise représentent des enjeux différents pour ses « **parties prenantes** ».

> **MOT CLÉ**
> Les **parties prenantes** désignent les acteurs concernés par le fonctionnement de l'entreprise et pouvant influencer ou être affectés directement ou indirectement par les stratégies de celle-ci.

1 Des acteurs internes à l'entreprise

- Les propriétaires de l'entreprise, en tant que détenteurs du capital, sont intéressés aux résultats et exercent un droit de regard sur les prises de décision.
- Les salariés assurent la production au sein de l'entreprise et, par l'intermédiaire de leurs représentants et des syndicats, veillent au bon respect de leurs droits (emploi, salaire, conditions de travail).
- Les managers sont des salariés responsables de la gestion de l'entreprise. Les dirigeants peuvent avoir le statut de salariés ou de propriétaires.

2 Des acteurs externes à l'entreprise

- Les partenaires de l'organisation (fournisseurs, banques) et les clients expriment des exigences ou des contraintes que l'entreprise doit intégrer dans ses décisions.
- Des groupements professionnels (de salariés ou d'entreprises) ou les institutions étatiques peuvent limiter le pouvoir des dirigeants avec des normes juridiques à respecter. Enfin, les médias et l'opinion publique influencent les politiques économiques, sociales et environnementales de l'entreprise.
- Toutes ces « parties prenantes » ont généralement intérêt à ce que l'entreprise fonctionne conformément à leurs propres objectifs. Elles peuvent avoir un rôle de partenariat, de surveillance, voire de contrôle de l'activité.

II Les modalités d'exercice du pouvoir

1 La gouvernance d'entreprise

- La gouvernance d'entreprise désigne l'ensemble des règles qui régissent la manière dont les entreprises sont contrôlées et dirigées, notamment les droits et les obligations des actionnaires et des cadres dirigeants.

- La gouvernance se concrétise dans l'entreprise par des **instances** (assemblée générale, conseil d'administration, comité sur les rémunérations des dirigeants) et des **procédures** de prise de décision (nomination des dirigeants, contrôle de la performance).

2 La répartition du pouvoir de décision au sein de l'entreprise

- La **centralisation** consiste à regrouper et/ou transférer le pouvoir de décision aux niveaux hiérarchiques les plus élevés de l'**organigramme**.
- La **décentralisation** peut se justifier par la complexité de l'environnement, qui empêche les individus de calculer parfaitement les conséquences de leurs décisions.

MOT CLÉ
L'**organigramme** est une formalisation des dispositifs par lesquels une entreprise organise, répartit, coordonne et contrôle ses activités.

3 L'exercice de l'autorité

- La sociologie des organisations propose d'étudier l'autorité comme le résultat des **interactions** entre des subordonnés et des supérieurs hiérarchiques. → FICHE 49
- L'autorité est certes un pouvoir légitimé par des règles bureaucratiques. Mais il s'appuie autant sur les **compétences techniques** du supérieur hiérarchique que sur son comportement managérial.

zoOm
Le pouvoir des salariés dans la gouvernance des entreprises

- Le plan d'action pour la croissance et la transformation des entreprises (PACTE) comprend des mesures visant à développer l'actionnariat salarié dans les entreprises et à renforcer la représentation des salariés dans les conseils d'administration.
- L'actionnariat salarié, supposé rentable pour ce dernier, est une source de stabilité pour l'entreprise. Aujourd'hui, en France, près de 4 % du capital des entreprises est détenu par les salariés et 44 % des salariés sont actionnaires.

49 Les relations sociales au sein de l'entreprise

En bref *Les relations sociales au sein de l'entreprise dépassent les rapports hiérarchiques. Elles sont marquées par des comportements de coopération aussi bien que par des conflits, résolus par des négociations sociales.*

I L'organisation de la coopération

La coopération désigne la collaboration entre plusieurs individus au sein de l'entreprise dans le but de réaliser des objectifs communs en dépassant les intérêts à court terme de chacun. L'entreprise recherche cette coopération pour améliorer ses performances et la qualité de sa production, et fidéliser la main-d'œuvre.

1 La relation hiérarchique et la culture d'entreprise

- La **hiérarchie** est un mode de coordination des acteurs mais elle réduit la coopération à un travail d'exécution dans le cadre d'un contrat de travail.
- La coopération peut être **favorisée** par la voie hiérarchique avec la mise en place de certaines formes d'organisation du travail, de pratiques managériales ou d'incitations. Celles-ci visent à donner plus d'initiative aux salariés, à les faire participer aux décisions et à les motiver : fixation d'objectifs, primes de résultat, participation aux bénéfices, etc.

> **MOT CLÉ**
> La **hiérarchie** est une structure de pouvoir organisée fixant des positions de supériorité et d'infériorité.
> Elle engendre des rapports de direction et d'autorité (ordres, récompenses, sanctions).

- La **culture d'entreprise**, en tant qu'ensemble de règles et de valeurs partagées, joue également un rôle dans la fidélisation et la motivation des employés au sein de l'entreprise.

2 Le cadre réglementaire et contractuel

- La coopération dans l'entreprise dépend de la **qualité du dialogue social** entre les représentants des salariés (dont les syndicats) et les employeurs : négociations, consultations, partage d'informations, etc.
- La signature d'un **contrat de travail** lors du recrutement engage les deux parties signataires (l'employeur et l'employé) à coopérer pour le bon fonctionnement de l'entreprise.

II Des conflits à résoudre

Compte tenu des enjeux différents des parties prenantes de l'entreprise (à propos des finalités de l'entreprise ou des modes de fonctionnement) → FICHE 48, la prise de décision dans l'entreprise est inévitablement source de conflits.

1 Une diversité de formes et de motifs de conflits

- On désigne par conflit une opposition entre des individus ou des groupes défendant des valeurs ou des intérêts divergents, et cherchant à instaurer un rapport de force en leur faveur. Les conflits peuvent prendre une forme individuelle (ex. : désaccord entre employeur et employé) ou collective.
- Les conflits collectifs ont pour origine des inégalités au sein de l'entreprise ou des mutations de l'environnement économique. Ils portent sur la défense de l'emploi, les revendications salariales ou les conditions de travail.
- Les conflits sociaux prennent différentes formes de protestation : arrêt de travail (débrayage ou grève), occupation des locaux, pétition, manifestation,...

2 L'importance des négociations sociales

- La résolution des conflits s'effectue dans le cadre d'un dialogue social réglementé par les pouvoirs publics (avec l'aide des syndicats d'employeurs et de salariés). Elle passe par la mise en place de négociations collectives au niveau des entreprises ou d'une branche d'activité.

MOT CLÉ
Un **syndicat** est une association de défense des intérêts professionnels communs de ses membres.

- Ces actions peuvent déboucher sur un nouvel équilibre des relations sociales, permettant de restaurer la coopération au sein de l'entreprise.

zoOm

Un recul du syndicalisme ?

Manifestation de soutien aux salariés de l'usine Ford de Blanquefort, mars 2018.

- Les syndicats jouent un rôle essentiel dans le dialogue social. Avec des adhésions en baisse (5 % des salariés du secteur privé), ils souffrent cependant d'une faible représentativité.
- Ce recul s'explique par des facteurs structurels (désindustrialisation, flexibilité du travail), culturels (nouvelles formes de management, individualisme) et institutionnels (fonctionnement bureaucratique des syndicats).

SE TESTER QUIZ

Vérifiez que vous avez bien compris les points clés des **fiches 46 à 49**.

1 La vie d'une entreprise et les étapes de son développement

→ FICHE 46

Quelles caractéristiques de l'entreprise influencent sa pérennité ?

☐ **a.** Le statut juridique ☐ **b.** Le secteur d'activité ☐ **c.** L'âge du créateur

2 La diversité des figures de l'entrepreneur

→ FICHE 47

Le patrimoine personnel de l'entrepreneur peut-il être saisi en cas de faillite ?

☐ **a.** Obligatoirement
☐ **b.** Jamais
☐ **c.** Cela dépend du statut juridique de l'entreprise

3 La prise de décision au sein de l'entreprise

→ FICHE 48

Quelles sont les parties prenantes internes à l'entreprise ?

☐ **a.** Les salariés, les dirigeants, les fournisseurs
☐ **b.** Les salariés et leurs représentants, les propriétaires et les clients
☐ **c.** Les salariés, leurs représentants, les dirigeants et propriétaires de l'entreprise

4 Les relations sociales au sein de l'entreprise

→ FICHE 49

Parmi les affirmations suivantes, laquelle/lesquelles est/sont vraie(s) ?

☐ **a.** La hiérarchie est basée sur l'autorité et le respect de règles.
☐ **b.** Le dialogue social est réglementé par les pouvoirs publics.
☐ **c.** La relation hiérarchique ne permet pas de motiver les salariés.

OBJECTIF BAC

5 Les relations sociales au sein de l'entreprise • Dissertation

2 h

LE SUJET

L'entreprise est-elle nécessairement un lieu de conflit ? Vous rédigerez l'introduction et la conclusion de ce sujet de dissertation, et proposerez un plan (parties et sous-parties).

Document 1

La relation de travail qui lie un salarié et son employeur est régie par un ensemble de normes, articulées entre elles. Elles sont multiples et proviennent de la loi, de règlements, de conventions et d'accords collectifs mais aussi d'usages, de règlements intérieurs ou du contrat de travail lui-même. Les salariés ont un droit à la négociation collective de l'ensemble de leurs conditions d'emploi, de formation professionnelle et de travail, ainsi que de leurs garanties sociales (art. L. 2221-1 du Code du travail). Les conventions et accords collectifs sont le résultat concret de ce droit à la négociation. Les conventions et accords collectifs peuvent être conclus à plusieurs niveaux, comme par exemple : au niveau national interprofessionnel, au niveau national pour une branche, ou au niveau régional pour une branche. Des accords peuvent également être conclus au niveau d'une entreprise, d'un établissement.

Source : CFDT, 7/05/2018, www.cfdt.fr

Document 2 **Évolution des motifs des conflits collectifs de travail selon les représentants du personnel (en % des établissements)**

Motifs de conflit	Salaires, primes	Temps de travail	Climat des relations de travail	Emploi, licenciements	Conditions de travail
2002-2004	58	41	30	27	34
2008-2010	55	35	36	29	44

Source : M.-T. Pignoni, E. Raynaud, « Les relations professionnelles au début des années 2010 », *DARES Analyses*, n° 26, avril 2013.

Document 3 **Évolution des pratiques salariales (en % des établissements)**

	Cadres		Non-cadres	
	1998	2010	1998	2010
Pratiques salariales non réversibles	**70,9**	**77,2**	**87,4**	**90,7**
Augmentations générales	46,7	52,0	67,5	73,3
Augmentations individualisées	54,9	58,4	69,5	66,1
Pratiques salariales réversibles	**58,7**	**69,4**	**65,0**	**70,0**
Primes liées à la performance collective	33,3	49,8	34,9	50,8
Primes liées à la performance individuelle	49,6	58,8	52,4	51,4
Aucune augmentation, ni prime	**20,1**	**13,5**	**7,0**	**6,1**

Source : D. Demailly, F. Toutlemonde, « Les pratiques salariales des entreprises », *DARES Analyses*, n° 92, décembre 2014.

Champ : établissements de 20 salariés ou plus du secteur marchand non agricole.

Méthode

Rédiger l'introduction d'une dissertation

Une fois que vous avez dégagé une problématique et construit un plan, rédigez intégralement au brouillon l'introduction et la conclusion.

Étape 1 Présenter le sujet

- Commencez par une phrase d'accroche à partir d'un fait d'actualité, d'une citation ou d'un chiffre significatif, ou en soulignant un paradoxe entre des faits et une théorie.
- Ensuite, mettez en évidence les enjeux et l'intérêt du sujet en reliant cette accroche à une définition des notions et au cadrage du sujet.

Étape 2 Amener la problématique

- La problématique est le résultat de la « mise en crise du sujet », c'est-à-dire une reformulation des contradictions du sujet ou l'énoncé d'un débat. → MÉTHODE p. 36
- Vous pouvez rédiger votre problématique sous la forme interrogative directe (une question) ou indirecte (« il s'agit de… »).

Étape 3 Annoncer le plan

- Le plan découle de l'analyse du sujet et de la problématique. → MÉTHODE p. 164
- L'annonce du plan doit guider le lecteur dans votre réflexion. Elle présente donc les grandes étapes (= parties) de votre argumentation.

Rédiger la conclusion d'une dissertation

Les trois paragraphes de la conclusion sont un « miroir inversé » de l'introduction : accroche / analyse / plan ont pour équivalent résumé / réponse / ouverture.

Étape 4 Récapituler les idées du développement

- Rappelez brièvement la manière dont le raisonnement a progressé.
- Puis, apportez une réponse à la question posée dans le sujet.

Étape 5 Proposer une ouverture

L'ouverture permet de donner des perspectives de réflexion sur un problème lié, sur des conséquences non abordées dans le développement, sur un autre ancrage spatial ou historique, etc.

LA FEUILLE DE ROUTE

Étape 1 Présenter le sujet
Sur le thème du conflit dans l'entreprise, l'actualité économique peut fournir de nombreuses illustrations.

Étape 2 Amener la problématique
La définition de la **notion d'entreprise** est source d'ambiguïté et permet d'amener la problématique. Le terme « **nécessairement** » renvoie à un sujet-débat avec une discussion autour de la notion de conflit et de coopération : « Comment expliquer que, dans une logique de conflictualité, des moments de coopération peuvent apparaître ? »

Étape 3 Annoncer le plan
- C'est un **sujet-débat** : utilisez des connecteurs logiques montrant la restriction, l'opposition, la nuance (« d'une part… d'autre part », « cependant », etc.).
- L'ordre des parties doit suivre un raisonnement logique : le sujet invite d'abord à traiter l'**angle conflictuel** des relations sociales (1re partie) puis à étudier les **modes de coopération** (2e partie).

Étape 4 Récapituler les idées du développement
Pour la conclusion, le plus difficile est d'éviter les lourdeurs et les répétitions. Repartez des phrases clés des parties et sous-parties de votre développement.

Étape 5 Proposer une ouverture
Le prolongement de la réflexion peut porter sur l'évolution du rapport de forces entre les acteurs. Une comparaison internationale est également envisageable.

→ CORRIGÉS p. 248

CORRIGÉS

SE TESTER QUIZ

1 La vie d'une entreprise et les étapes de son développement

Réponses a et b. Le statut juridique et le secteur d'activité jouent un rôle dans la pérennité de l'entreprise. L'expérience de l'entrepreneur – et non son âge – est elle aussi primordiale.

2 La diversité des figures de l'entrepreneur

Réponse c. Dans le cas d'une entreprise individuelle, le patrimoine personnel est confondu avec le patrimoine de l'entreprise, donc peut être saisi en cas de faillite.

3 La prise de décision au sein de l'entreprise

Réponse c. Clients et fournisseurs sont des acteurs externes. Les propriétaires, sans travailler dans l'entreprise, sont considérés comme partie prenante interne.

4 Les relations sociales au sein de l'entreprise

Réponses a et b. L'affirmation c est fausse car il est possible de récompenser les salariés avec des primes de résultat si les objectifs fixés par la hiérarchie sont atteints.

OBJECTIF BAC

5 Dissertation

Introduction

[accroche] Manifestation pour la sauvegarde des emplois de l'usine Ford en Gironde, grève des salariés de Bic en réponse à une délocalisation... **[présentation du sujet]** L'actualité sociale est souvent marquée par des oppositions qui peuvent être violentes entre salariés et employeurs. Si l'entreprise a une fonction économique de production, elle est aussi une institution dans laquelle des règles formelles et informelles structurent les rapports des hommes et des femmes au travail.

[problématisation] Ainsi, la pluralité des intérêts nourrit le conflit. Pourtant, dès lors que l'entreprise est une organisation portant un projet économique, une adhésion minimale de ses participants ne serait-elle pas nécessaire ? Il s'agit donc de démontrer en quoi le fonctionnement de l'entreprise implique des formes de coopération malgré les divergences d'intérêts. **[annonce du plan]** Il s'agit d'abord de rechercher comment les relations sociales sont nécessairement marquées par une opposition entre différents acteurs aux intérêts divergents **[I]**, puis d'étudier l'existence de rapports non conflictuels voire coopératifs **[II]**.

I. Des relations sociales conflictuelles

Pour cette 1re partie, nous proposons un plan analytique.

1. Des divergences d'intérêts entre les parties prenantes (causes)
2. Une diversité de conflits au sein de l'entreprise (constats)
3. Des conflits encadrés et résolus par le dialogue social (conséquences)

[transition] Le dialogue social implique une collaboration autour d'objectifs communs, ce que l'on appelle « coopération ».

II. L'organisation d'une coopération au sein de l'entreprise

Pour cette 2de partie, nous proposons un plan thématique.

1... par l'instauration d'un cadre réglementaire et contractuel
2... par l'utilisation de mesures incitatives dans le cadre d'une relation hiérarchique
3... par la recherche d'une adhésion à une culture d'entreprise

Conclusion

[résumé] Si les conflits sont inhérents au fonctionnement des entreprises, celles-ci ont toutefois développé des outils pour réguler les relations sociales et maintenir une activité productive générant du profit. **[réponse]** Les relations sociales au sein de l'entreprise sont donc marquées par une coopération qui ne va pas forcément de soi et une conflictualité régulée par un dialogue social. **[ouverture]** La question de l'action des pouvoirs publics pour résoudre les conflits se pose aujourd'hui, tout comme la question du modèle social en vigueur en France avec l'affaiblissement des syndicats et le développement de la participation des salariés dans la gouvernance d'entreprise.

HGGSP

TOUT LE PROGRAMME

- Le cours en 44 fiches
- Exercices et sujets corrigés

SOMMAIRE

Quand vous avez révisé un chapitre, cochez la case ☐ correspondante !

Comprendre un régime politique : la démocratie

1. Comprendre un régime politique : la démocratie

2. L'Union européenne et la démocratie

Analyser les dynamiques des puissances internationales

3. Analyser les dynamiques des puissances internationales

4. La puissance des États-Unis aujourd'hui

SOMMAIRE

Étudier les divisions politiques du monde : les frontières

5. Étudier les divisions politiques du monde : les frontières

6. Les frontières internes et externes de l'Union européenne

S'informer : un regard critique sur les sources et modes de communication

7. S'informer : sources et modes de communication

8. L'information à l'heure d'Internet

Quand vous avez révisé un chapitre, cochez la case ☐ correspondante !

Analyser les relations entre États et religions

9. Analyser les relations entre États et religions

10. État et religions en Inde

1 Vivre en démocratie aujourd'hui

En bref *Si l'on définit la démocratie comme « le pouvoir du peuple, par le peuple, pour le peuple », ce pouvoir est exercé par des représentants dans les démocraties modernes. Cette forme de régime politique a des principes et des caractéristiques communs.*

I Les principes de la démocratie

1 La souveraineté du peuple

- Aujourd'hui, dans le cadre d'États-nations au territoire étendu, il est pratiquement impossible que le peuple exerce directement le pouvoir. C'est principalement pour cette raison que les démocraties modernes sont des démocraties représentatives → FICHE 4.
- S'il n'exerce pas directement le pouvoir, c'est néanmoins le peuple qui décide en dernier ressort par l'intermédiaire de ses représentants élus ou directement par voie de **référendum** : c'est le principe de souveraineté du peuple.
- Dans la République française, le peuple est considéré comme un corps politique collectif indivisible dans le cadre de la Nation. Ainsi, la souveraineté du peuple s'apparente à la souveraineté nationale.

MOT CLÉ
Un **référendum** est un vote permettant de consulter directement les électeurs sur une question ou un texte proposé par le pouvoir exécutif.

2 État de droit et séparation des pouvoirs

- L'État dans une démocratie est un État de droit car le pouvoir ne peut s'exercer d'une manière arbitraire en dehors de la loi, dont les sources sont multiples.
- On distingue trois types de pouvoir : la fonction législative qui consiste à édicter des règles, la fonction exécutive qui a pour rôle d'appliquer ces règles, la fonction judiciaire qui règle les différends.
- Le principe de séparation des pouvoirs, dans les démocraties, implique qu'une même autorité ne peut exercer ces trois fonctions. Il a pour but de limiter le pouvoir détenu par une personne ou une institution.

INFO + **Les sources de la loi en France**

- La Constitution est la norme supérieure. Toutes les lois doivent y être conformes.
- Les lois nationales doivent également respecter les traités internationaux signés par le pays.
- Les règlements permettent l'application de la loi.

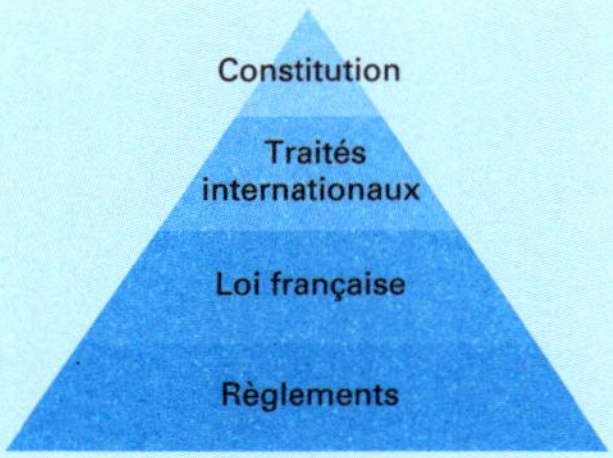

II Les caractéristiques de la démocratie

1 Liberté et égalité

■ La liberté est une caractéristique fondamentale de la démocratie. En France, elle est garantie par la Déclaration des droits de l'homme et du citoyen de 1789. Elle recouvre la liberté d'opinion, d'expression, de réunion, d'association, etc.

■ L'égalité constitue une autre caractéristique fondamentale de la démocratie, reconnue par la **Déclaration universelle des droits de l'homme**. Ainsi, tous les citoyens d'une démocratie ont les mêmes droits → FICHE 4.

■ Dans une démocratie, liberté et égalité peuvent apparaître contradictoires. La liberté peut amener à des inégalités, et l'égalité restreindre les libertés. L'État de droit et la séparation des pouvoirs sont un moyen de concilier les deux.

MOT CLÉ

La **Déclaration universelle des droits de l'homme** a été adoptée par les Nations unies en 1948. Elle proclame que « tous les êtres humains naissent libres et égaux en dignité et en droits ».

2 Le pluralisme politique

■ La représentation dans les démocraties repose sur l'élection, libre et respectueuse du pluralisme politique. Celui-ci reconnaît la diversité des opinions et des partis politiques.

■ Le pluralisme rend possible les alternances, c'est-à-dire les changements de majorité d'une élection à l'autre, garantes d'une vie politique démocratique.

zoOm

Les trois pouvoirs dans une démocratie

Pouvoir législatif	Pouvoir exécutif	Pouvoir judiciaire
Vote les lois	Exécute les lois adoptées par le Parlement	Fait respecter les lois
Parlement	Gouvernement	Tribunaux

■ C'est le philosophe français Montesquieu qui développe la distinction entre les trois pouvoirs. Ainsi, dans *De l'esprit des lois* (1748), il écrit : « Pour qu'on ne puisse pas abuser du pouvoir, il faut que [...] le pouvoir arrête le pouvoir. »

■ Ce principe avait pour objectif de remettre en cause la monarchie absolue au pouvoir en France, et plus généralement en Europe, au XVIIIe siècle.

2 Contre la démocratie : les régimes autoritaires

En bref *Les régimes autoritaires se distinguent des démocraties par un refus de l'expression de désaccords politiques en leur sein. Leurs caractéristiques s'opposent ainsi à celles des démocraties. Cependant, il faut distinguer plusieurs types de régime autoritaire.*

I Les caractéristiques d'un régime autoritaire

1 Un pluralisme politique limité

- Si le pouvoir constitue toujours une autorité, dans les démocraties celle-ci est limitée et contrôlée par le pluralisme politique et la séparation des pouvoirs → FICHE 1. Les régimes autoritaires se caractérisent par **une forme de gouvernement interdisant l'expression publique de désaccords**. On parle d'autoritarisme.
- Dans ce cadre, **le pouvoir des gouvernants ne peut être remis en cause** par des alternances politiques régulières. Quand il existe, le pluralisme est très limité. Certains régimes organisent ainsi des élections truquées ou mettent en place un système de parti unique, comme l'Espagne franquiste → FICHE 6.

2 Des libertés restreintes

- Dans les régimes autoritaires, les pouvoirs législatif, exécutif et judiciaire sont peu, mal ou pas séparés, et aux mains d'**une minorité**. Peut s'exercer alors un **contrôle étroit de la vie politique**. La liberté d'opinion et d'expression se trouve restreinte, autorisée dans certains domaines seulement comme la religion ou la culture.

> **MOT CLÉ**
> Le **contrôle de la vie politique** signifie la mainmise des structures étatiques, la censure des médias ainsi que la surveillance de la population.

- Du fait de l'absence d'institutions pouvant servir d'intermédiaires, le pouvoir a recours à la **violence politique** face aux contestations. Lors des « printemps arabes » de 2011, les régimes autoritaires ont ainsi utilisé la force armée et la répression face aux manifestations populaires, notamment en Égypte.

II Les différents types de régime autoritaire

1 L'autoritarisme traditionnel

- L'autoritarisme traditionnel se retrouve dans les **monarchies absolues**. Celles-ci s'organisent autour de la personne du roi qui bénéficie d'une légitimité « naturelle » et dispose de presque tous les pouvoirs. Ce fut le cas en France sous l'Ancien Régime. Aujourd'hui, cette forme d'autoritarisme est en vigueur en Arabie saoudite, et plus généralement dans les monarchies du Golfe.

■ Les **dictatures** constituent également des régimes autoritaires traditionnels au sein desquels le pouvoir n'est pas partagé. L'une des différences avec les monarchies absolues tient au fait que l'accession au pouvoir du dictateur est le plus souvent le résultat d'un coup d'État, à l'instar de celui du général Pinochet en 1973 au Chili → FICHE 5.

2 | L'autoritarisme populaire

■ Dans l'autoritarisme populaire, le pouvoir n'a en fait pas de véritable légitimité populaire, mais il définit sa principale finalité comme le « bien du peuple ». On retrouve cet autoritarisme avec le « **despotisme éclairé** » qui cherche à moderniser un pays pour améliorer le sort de sa population. C'est le cas de Frédéric II de Prusse au XVIIIe siècle, ou d'Habib Bourguiba en Tunisie dans la seconde moitié du XXe siècle.

■ Le **bonapartisme** constitue une autre forme d'autoritarisme populaire. À l'image de Napoléon Bonaparte après 1799, il est incarné par un leader charismatique qui prend le pouvoir par la force et s'appuie sur le peuple par des **plébiscites**. Le Venezuela dirigé par Hugo Chavez au début du XXIe siècle est très proche du bonapartisme.

MOT CLÉ
Un **plébiscite** est une forme de référendum consistant à faire confirmer par le peuple une décision prise par le pouvoir exécutif.

zoOm

L'indice de démocratie (2019)

Rang	Pays	Score général	Catégorie
1	Norvège	9,87	Démocratie pleine
20	Costa Rica	8,07	Démocratie pleine
21	Corée du Sud	8	Démocratie imparfaite
29	France	7,8	Démocratie imparfaite
76	Albanie	5,98	Régime hybride
114	Irak	4,06	Régime hybride
115	Jordanie	3,93	Régime autoritaire
167	Corée du Nord	1,08	Régime autoritaire

Source : The Economist Intelligence Unit

■ Un consortium de médias mené par le journal britannique *The Economist* calcule, depuis 2006, un indice de démocratie. Cet indice prend en compte **cinq types de données** : processus électoraux et pluralisme, fonctionnement du gouvernement, participation à la politique, culture politique démocratique et libertés civiles.

■ L'indice, noté sur 10, permet de classer les pays en **quatre groupes** : les démocraties pleines, les démocraties imparfaites, les régimes hybrides, les régimes autoritaires, qui ont un indice inférieur à 4.

3 Être citoyen à Athènes au Vᵉ siècle avant J.-C.

En bref *Athènes est l'une des plus importantes cités grecques de l'âge classique (Vᵉ-IVᵉ s. av. J.-C.). Outre son rayonnement culturel, elle doit sa renommée au fait d'avoir inventé un régime nouveau : la démocratie. Une démocratie directe, mais limitée.*

I Athènes et l'invention de la démocratie

1 La cité athénienne, lieu de naissance de la démocratie

- C'est en Grèce que naît une construction politique originale : la *polis*, ou cité-État. Installée sur un territoire (*chôra*) comportant une ville et la campagne environnante, la cité est avant tout une communauté de citoyens, c'est-à-dire un ensemble d'hommes partageant les mêmes lois.

- Dans la cité d'Athènes, au cœur de l'Attique, le tyran Hippias est renversé en - 510. Après une lutte qui oppose les citoyens les plus riches au peuple, la **démocratie** est instaurée en - 508/507 par les réformes de Clisthène.

> **MOT CLÉ**
> Le terme **démocratie** est composé des mots grecs *demos* qui signifie le peuple, et *cratos* qui désigne le pouvoir, l'autorité.

- Ces réformes mettent en place une répartition des citoyens en dix groupes appelés tribus. Chaque tribu rassemble des citoyens de différentes conditions sociales et des différentes parties de la *chôra*, ceci afin d'assurer l'*isonomia*, c'est-à-dire l'accès égal pour tous aux fonctions de pouvoir.

2 Une démocratie directe

- Dans chaque tribu, cinquante citoyens sont tirés au sort pour composer la Boulè, chargée d'étudier les projets de lois et de vérifier les comptes des magistrats, détenteurs d'une autorité.

- Les citoyens siègent dans une assemblée, l'Ecclésia. Ils élisent les dix plus hauts magistrats, les stratèges, et votent les lois, les déclarations de guerre ou encore l'exil (ou ostracisme) des ennemis de la cité.

- Les citoyens doivent se battre en cas de guerre. Ils participent à la religion civique autour du culte d'Athéna, déesse protectrice de la cité. Ils sont également tirés au sort pour siéger au tribunal du peuple, l'Héliée.

INFO + **La population d'Athènes (Vᵉ s. av. J.-C.)**

- Sur 310 000 habitants, seuls 40 000 sont citoyens.
- 500 citoyens sont tirés au sort pour la Boulè.
- L'Ecclésia réunit environ 4 000 citoyens lors de ses sessions.
- 6 000 citoyens sont jurés au tribunal de l'Héliée.

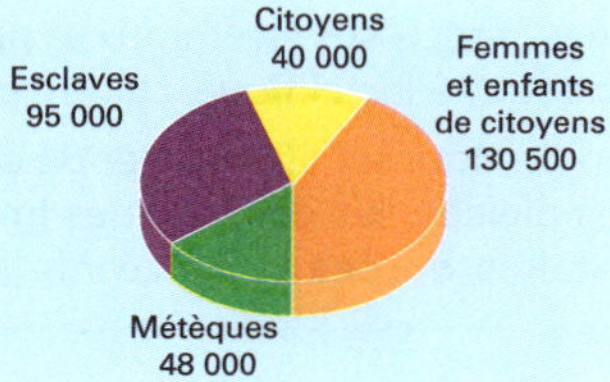

II Une démocratie limitée et inégalitaire

1 Le *demos* : une élite civique

- À l'apogée d'Athènes, on compte environ 40 000 citoyens (13 % de la population). Au sein de ce *demos*, seuls les plus riches peuvent devenir stratèges.
- Après la victoire de Salamine contre les Perses en -480, acquise grâce aux rameurs des galères de guerre, les plus modestes voient leur rôle s'accroître. **Périclès** leur octroie vers -450 une rémunération pour participer à la vie publique, le *misthos*.
- Mais dans le même temps, l'accès à la citoyenneté est limité aux enfants de parents athéniens.

MINI BIO
Élu stratège à quinze reprises, **Périclès** (vers 495-429 av. J.-C.) étend la puissance d'Athènes sur le monde grec et décide la construction des monuments de l'Acropole.

2 Les exclus de la démocratie politique

- Les femmes athéniennes ne participent pas à la vie politique. Elles ont cependant des droits économiques et sociaux. Elles peuvent engager un procès à condition d'être représentées par un homme.
- Les métèques sont les étrangers qui vivent à Athènes. Payant des impôts et pouvant être mobilisés dans l'armée, ils ne sont pas reconnus comme citoyens.
- Même si leurs conditions de vie peuvent considérablement varier selon les cas, les esclaves ne disposent quant à eux officiellement d'aucun droit.

zoOm

La phalange hoplitique et l'idéal démocratique

- Le vase Chigi (v. 640 av. J.-C.) offre la première représentation d'une phalange d'hoplites, unité grecque de fantassins lourds.
- La phalange, dans laquelle les citoyens combattent côte à côte, quel que soit leur rang social, peut être considérée comme l'une des matrices de la démocratie.

SES HGGSP ANGLAIS LLCE/AMC

4 Formes et limites de la démocratie d'après Constant et Tocqueville

En bref *Dans une France qui connaît de nombreux soubresauts politiques après 1789, Benjamin Constant et Alexis de Tocqueville représentent une tradition libérale. Tous deux s'attachent à penser le système politique, en plaçant en son cœur le respect des libertés.*

I Constant : participer ou être représenté ?

1 Homme de lettres et théoricien du libéralisme

- Benjamin Constant (1767-1830) est né à Lausanne dans une famille protestante. Arrivé à Paris en 1795, il participe à la vie intellectuelle de son temps.
- Constant mène une riche carrière politique, il est présent dans nombre d'assemblées après la Révolution. Il y défend le principe de liberté → FICHE 1.
- De son parcours naît une œuvre à la fois littéraire (*Adophe*, 1816) et politique (*De l'esprit de conquête de l'usurpation*, 1814 ; *Principes de politique*, 1815).

2 Une société politique fondée sur la liberté privée

- Dans la conférence intitulée « De la liberté des Anciens comparée à celle des Modernes » (1819), Constant analyse les cités antiques et la société politique de son temps.
- Selon lui, la supériorité des Modernes repose sur la liberté individuelle qui permet à chacun d'entreprendre. Si les citoyens antiques participaient aux affaires politiques → FICHE 3, ils n'avaient en revanche que peu de libertés privées.

3 Le refus de la démocratie directe

- Dès lors, les citoyens des sociétés modernes, trop absorbés par leurs activités privées, n'ont pas le temps de se consacrer à la vie publique, d'où la nécessité selon Constant d'un **régime représentatif**.

MOT CLÉ
Dans un **régime représentatif**, le peuple souverain élit des représentants (députés) qui votent la loi en son nom.

- Constant est par ailleurs favorable à un régime réservant aux élites sociales la direction des affaires politiques. Il prône ainsi le suffrage censitaire, faisant dépendre le droit de vote des conditions de fortune.

II Tocqueville : de la démocratie à la tyrannie ?

1 Un grand penseur de la démocratie libérale

- Alexis-Charles-Henri Clérel, comte de Tocqueville (1805-1859) est issu d'une des plus grandes familles de la noblesse normande. Il mène une brillante carrière : juge, député, académicien, ministre des Affaires étrangères.

■ Juriste et théoricien politique, Tocqueville est l'auteur de **deux ouvrages majeurs** : *De la démocratie en Amérique* (1835-1840) et *L'Ancien Régime et la Révolution* (1856) qui replace 1789 dans une continuité historique.

2 | L'égalité en démocratie

■ Pour Tocqueville, l'égalité est la **« passion » politique** de son temps. Il la voit à l'œuvre dans la **démocratie américaine** fondée en 1787 et croit à son avènement en Europe.

■ L'**égalité** n'est pas de nature économique pour lui, mais **juridique et politique**. Il s'oppose donc à la société d'ordres et prône le suffrage universel, à la différence de Constant.

> **MOT CLÉ**
> La **démocratie américaine** repose sur la Constitution proclamée en 1787 et fondant un régime républicain fédéral avec séparation des pouvoirs exécutif, législatif et judiciaire.

3 | Le risque du despotisme démocratique

■ Pour Tocqueville, l'égalité ne va pas forcément de pair avec la liberté et pourrait même accoucher d'une **forme nouvelle de despotisme**. Dans un système basé sur l'élection, l'égalité peut en effet aboutir à la « **tyrannie de la majorité** ». Les citoyens peuvent se désintéresser des affaires publiques, donc renoncer à leur liberté, et **s'en remettre à un chef**, élu, mais tout-puissant.

■ Face à ce danger, Tocqueville en appelle à une **citoyenneté active**, par l'instruction publique, une presse libre et des partis politiques démocratiques.

zoOm

De la démocratie en Amérique

■ Alexis de Tocqueville réalise en 1831-1832 un voyage d'étude aux États-Unis. Il en tire l'une des œuvres majeures de la philosophie politique : *De la démocratie en Amérique*, dont le premier tome est publié en 1835 et le second en 1840.

■ À partir d'une observation minutieuse des institutions mais également des mœurs américaines, il dresse une analyse de la situation politique et sociale des États-Unis. Il en arrive à la conclusion que la marche vers la démocratie est inéluctable.

Alexis de Tocqueville par Théodore Chassériau, huile sur toile, 1850, musée national du château de Versailles

5 Crise et fin de la démocratie : le Chili de 1970 à 1973

En bref *La présidence de Salvador Allende offre l'exemple singulier d'une expérience socialiste dans un cadre démocratique. Celle-ci suscite des tensions sociales et politiques qui aboutissent au renversement de la démocratie par l'armée.*

I La « voie chilienne vers le socialisme »

1 1970 : la victoire électorale de l'Unité populaire

- Depuis les années 1940, le Chili connaît une réelle **stabilité politique** dans un cadre démocratique. Mais le pays est également marqué par de **très fortes inégalités sociales** : 10 % de propriétaires possèdent 86 % des terres fertiles.
- C'est dans ce contexte que, le 4 septembre 1970, est élu président le leader de gauche **Salvador Allende**. Celui-ci est parvenu à réunir les partis socialiste et communiste au sein d'une alliance électorale, **l'Unité populaire** (UP).
- Son programme prévoit des **nationalisations** et une accélération de la **réforme agraire** lancée par son prédécesseur démocrate-chrétien.

MOTS CLÉS
Une **nationalisation** consiste à faire passer sous le contrôle de l'État des entreprises privées. Une **réforme agraire** est une politique visant à répartir les terres agricoles de manière plus équitable.

2 La politique économique et sociale de l'Unité populaire

- En 1971, conformément à son programme électoral, l'UP **nationalise** les industries de base, les banques, les mines, en particulier celles de cuivre, minerai qui constitue la première ressource du pays.
- De grands domaines agricoles (*latifundios*) sont **saisis et répartis** entre les paysans. L'UP procède également à d'importantes **hausses de salaires**.
- Ces réformes entraînent une augmentation importante de la production. Mais elles sont également à l'origine d'une **pénurie** croissante des biens alimentaires et d'une très forte **inflation**. Cette mauvaise situation économique, ajoutée aux occupations d'usines et de terres, **mécontente les classes moyennes**.

INFO + **Le Chili, un pays d'Amérique latine**

- Superficie : 741 767 km²
- Capitale : Santiago du Chili
- Population : 7 800 000 habitants (1967)
- Langue : espagnol

II La montée des périls

1 Des oppositions multiples

- Par crainte d'une contagion socialiste en Amérique latine, **les États-Unis utilisent l'arme économique** contre l'UP. Les compagnies américaines présentes au Chili s'opposent aux nationalisations, financent l'opposition et les grèves.
- À l'**extrême gauche**, certains poussent vers une révolution communiste de type **castriste** et rêvent d'armer les masses.
- À **droite**, d'autres pensent aussi à un coup d'État. La démocratie chrétienne, quant à elle, glisse vers une opposition frontale. En décembre 1971 est organisée à Santiago une « marche des casseroles vides » contre les pénuries.

> **MOT CLÉ**
> Le **castrisme** désigne le mouvement mené par Fidel Castro. En 1959, celui-ci prend le pouvoir à Cuba et y instaure une dictature communiste.

2 La chute d'Allende

- La grève lancée par la droite en octobre 1972 échoue tandis que les **législatives de mars 1973** donnent 44 % des suffrages à l'UP. Ce résultat traduit la bipolarisation de la société chilienne.
- L'**armée** est également fortement divisée. Le 29 juin 1973, Allende résiste, grâce au soutien du général Carlos Prats, à une tentative de putsch militaire.
- Mais, le 11 septembre 1973, le **coup d'État du général Augusto Pinochet** entraîne la chute de la République et la mise en place d'une **dictature** qui dure jusqu'en 1990.

zoOm

Salvador Allende Gossens (1908-1973)

- Issu de la moyenne bourgeoisie, Salvador Allende suit des études de médecine au cours desquelles il se convertit au marxisme. Il est l'un des fondateurs du Parti socialiste chilien en 1933.
- Battu aux élections présidentielles de 1952, 1958 et 1964, il est finalement élu en 1970. Il souhaite alors réaliser son projet de « voie chilienne vers le socialisme » tout en respectant les libertés publiques.
- Salvador Allende se suicide lors de l'attaque par les militaires putchistes du palais présidentiel de la Moneda, le 11 septembre 1973.

Affiche électorale de l'UP, 1970

6 Transition démocratique au Portugal et en Espagne (1974-1982)

En bref *L'Espagne et le Portugal ont des trajectoires politiques proches. États ruraux ancrés dans le souvenir d'un passé glorieux, ils subissent la dictature avant de s'ouvrir à la démocratie dans les années 1970.*

I Deux dictatures traditionalistes

1 Le Portugal de Salazar (1932-1974)

■ En 1932, António de Oliveira Salazar, professeur d'économie à l'université de Coimbra, devient le chef du gouvernement portugais.

■ Mélange de nationalisme et de traditionalisme catholique, la dictature → FICHE 2 salazariste, appelée *Estado Novo* (État nouveau), maintient le Portugal dans le sous-développement. Le multipartisme est interdit, la presse censurée et les opposants pourchassés par la police politique.

2 L'Espagne de Franco (1939-1975)

■ Vainqueur de la **guerre d'Espagne** (1936-1939), le général Francisco Franco met en place une dictature, particulièrement meurtrière dans ses premières années. Elle s'appuie sur l'armée et l'Église.

■ À la fin des années 1950, Franco engage l'Espagne dans un début de modernisation économique. Les années 1960 sont ainsi marquées par une remarquable croissance et une hausse importante du niveau de vie.

MOT CLÉ

La **guerre d'Espagne** oppose les républicains, soutenus par l'URSS, aux nationalistes de Franco, qui bénéficient de l'appui de l'Italie fasciste et de l'Allemagne nazie.

II Le retour de la démocratie

1 Le Portugal et la « révolution des Œillets » (25 avril 1974)

■ Dans les années 1960, Salazar engage le Portugal dans de coûteuses et traumatisantes guerres coloniales en Angola, Guinée et Mozambique. En 1968, malade, il cède la place à Marcello Caetano.

■ C'est finalement l'armée qui va renverser le régime lors de la « révolution des Œillets », le 25 avril 1974, sans violence. Les militaires, réunis dans le Mouvement des forces armées (MFA), annoncent le retour à la démocratie.

2 La transition démocratique en Espagne

■ Désigné comme successeur par Franco, Juan Carlos de Bourbon devient roi à la mort du dictateur en 1975. En 1976, il nomme Adolfo Suárez chef du gouvernement. Malgré l'opposition des nostalgiques du franquisme, celui-ci autorise le multipartisme, les syndicats, rétablit l'autonomie de la Catalogne et du Pays basque.

■ En contrepartie du rétablissement de la démocratie, Suárez obtient du socialiste Felipe González et du communiste Santiago Carrillo qu'ils acceptent la monarchie constitutionnelle comme régime légitime.

III Vers une normalisation démocratique

1 Le Portugal : une difficile transition vers la démocratie

■ En 1974, le climat politique est tendu dans le pays et plusieurs tentatives de coup d'État ont lieu, y compris après les élections législatives d'avril 1975. Celles-ci voient le Parti socialiste portugais (PSP) de Mário Soares arriver en tête.

■ La Constitution de la IIIe République, votée en avril 1976, instaure un **régime semi-présidentiel**, avec une place importante accordée à l'armée. Cette tutelle ne disparaît qu'avec la réforme constitutionnelle de 1982.

MOT CLÉ
Un **régime semi-présidentiel** est un régime qui accorde de larges pouvoirs au président mais dont le gouvernement est responsable devant le parlement. C'est le cas de la Ve République en France.

2 L'Espagne : un lent processus vers l'alternance politique

■ Les premières élections libres ont lieu le 15 juin 1977. Les Cortès (l'assemblée) votent la Constitution en 1978, ratifiée par près de 90 % des Espagnols.

■ Mais la jeune démocratie doit faire face à une tentative de coup d'État militaire en 1981. Un an après, la victoire des socialistes de Felipe Gonzáles aux législatives marque la première alternance pacifique du pays.

zoOm

Un roi garant de la démocratie

■ Né en 1938, Juan Carlos de Bourbon est désigné comme héritier par Francisco Franco en 1969. Il est proclamé roi le 22 novembre 1975. Par son prestige, il contraint les milieux les plus conservateurs à accepter la démocratie.

■ La Constitution de 1978 fait de lui le chef de l'État, mais sans réel pouvoir dans le cadre d'une monarchie parlementaire. En 1981, se présentant comme le garant des institutions, il fait échouer le putsch du colonel Tejero.

Adolfo Suárez et Juan Carlos, 1979

SE TESTER QUIZ

Vérifiez que vous avez bien compris les points clés des **fiches 1 à 6**.

1 Démocraties et régimes autoritaires

→ FICHES 1 et 2

1. Dans une démocratie, l'élection des représentants implique…

☐ **a.** le pluralisme politique.
☐ **b.** l'existence du référendum.
☐ **c.** la limitation du nombre de partis politiques.

2. Dans un régime politique, l'autoritarisme est caractérisé par…

☐ **a.** un gouvernement interdisant l'expression publique de désaccords.
☐ **b.** l'absence de tout pluralisme politique.
☐ **c.** l'absence de liberté d'opinion dans les domaines culturel et religieux.

2 Être citoyen à Athènes au ve siècle avant J.-C.

→ FICHE 3

1. Quelle est l'institution fondamentale de la démocratie athénienne ?

☐ **a.** L'Ecclésia ☐ **b.** la Boulè ☐ **c.** l'Héliée

2. La participation politique des plus modestes est favorisée par…

☐ **a.** la victoire de Salamine.
☐ **b.** l'instauration du *misthos*.
☐ **c.** les réformes de Clisthène.

3 La démocratie d'après Constant et Tocqueville

→ FICHE 4

1. Pour Benjamin Constant, la supériorité des Modernes repose sur…

☐ **a.** la participation de la vie publique.
☐ **b.** la Révolution industrielle.
☐ **c.** la liberté individuelle.

2. De quel type de régime politique Alexis de Tocqueville est-il partisan ?

☐ **a.** La monarchie absolue
☐ **b.** La démocratie libérale
☐ **c.** Le despotisme éclairé

4 Avancées et reculs de la démocratie

→ FICHES 5 et 6

1. Au Chili, quelle institution cause la chute de la démocratie en 1973 ?

☐ **a.** L'administration ☐ **b.** L'armée ☐ **c.** L'Église

2. Quels sont les acteurs de la transition démocratique en Espagne ?

☐ **a.** Francisco Franco ☐ **b.** Adolfo Suárez ☐ **c.** Felipe Gonzáles

S'ENTRAÎNER

5 Comprendre le vocabulaire du cours

→ FICHES 1 et 2

Complétez le texte en utilisant les expressions suivantes :

régimes autoritaires • démocraties représentatives • État de droit • autoritarisme populaire • pluralisme politique.

Les démocraties modernes sont des .... car le peuple exerce le pouvoir d'une manière indirecte. Mais le pouvoir des représentants élus ne peut s'exercer d'une manière arbitraire car l'État est un .... entraînant la séparation des pouvoirs. À l'inverse, les .... interdisent tout désaccord politique et limitent le .... Ce type de régime ne s'exerce pas obligatoirement sous la forme d'une dictature mais peut prendre la forme d'un ....

6 Se repérer dans le temps

→ FICHES 3 à 6

Reliez chaque événement à la date qui lui correspond.

Révolution des Œillets •	• 480 av. J.-C.
Publication de *La Démocratie en Amérique* •	• 1974
Réformes de Clisthène •	• 1973
Bataille de Salamine •	• 1975
Coup d'État du général Pinochet •	• 508/507 av. J.-C.
Mort de Franco •	• 1835-1840

7 Organiser ses idées pour une composition

→ FICHE 3

Sujet : « La démocratie athénienne au Vᵉ siècle : une démocratie limitée ? »

1. a. Interrogez le sujet à l'aide de questions simples : où ? quand ? quoi ? qui ? comment ?

b. Déterminez une problématique.

2. a. D'après vos réponses précédentes, proposez un plan répondant au sujet.

b. Rassemblez dans un tableau les connaissances pour chacune de ces trois parties.

> **CONSEIL**
> Un sujet conceptuel comme celui-ci est particulièrement propice à un plan analytique → MÉTHODE p. 240 en trois parties.

Parties	Contenu mobilisable
I. .... II. .... III.	• .... • .... • ....

OBJECTIF BAC

8 La transition démocratique en Espagne (1975-1982) Composition

2 h

L'une des principales difficultés du sujet consiste, d'une part à définir le concept de transition démocratique, dont l'Espagne constitue un exemple singulier, et d'autre part à organiser et sélectionner vos connaissances. Vous devez être attentif aux bornes chronologiques afin de définir à quoi elles correspondent.

LE SUJET

Rédigez une composition sur le sujet suivant : « La transition démocratique en Espagne (1975-1982). »

Méthode

Analyser un sujet de composition

Étape 1 Déterminer les bornes chronologiques et spatiales du sujet

Vous ne devez traiter que les événements compris **entre les bornes chronologiques et spatiales** du sujet. Toute partie ne respectant pas cette contrainte serait hors sujet.

Étape 2 Définir les mots clés du sujet

Chaque terme du sujet doit être pris en compte. Il faut en identifier les mots clés et les **définir précisément**.

Étape 3 Rassembler ses connaissances

Au brouillon, listez les connaissances qui vous semblent correspondre au sujet. Vous pouvez distinguer les **acteurs**, les **événements** et **dates clés**, les **notions**.

LA FEUILLE DE ROUTE

Étape 1 Déterminer les bornes chronologiques et spatiales

- Le sujet proposé renvoie à un espace géographique précis : l'Espagne.
- Une période chronologique est explicitement indiquée. 1975, c'est la mort du général Franco ; 1982, c'est la victoire du parti socialiste aux élections législatives.

Étape 2 Définir les notions

- Dans le sujet, la notion centrale est celle de transition démocratique. Elle désigne le passage d'une dictature à un État de droit démocratique.
- En Espagne, ce processus a pris du temps : il a duré plusieurs années, de 1975 à 1982.

Étape 3 Rassembler ses connaissances

- Les acteurs : le général Francisco Franco, le roi Juan Carlos, le Premier ministre Adolfo Suárez, le socialiste Felipe Gonzáles.
- Les événements : la mort de Franco en 1975, les élections de 1977 et 1982, la Constitution de 1978, la tentative de coup d'État de 1981.
- Les notions : dictature, transition démocratique, multipartisme, monarchie constitutionnelle, démocratie.

→ CORRIGÉ p. 34

CORRIGÉS

SE TESTER QUIZ

1 Démocraties et régimes autoritaires

1. Réponse a. Dans une démocratie, l'élection des représentants nécessite le pluralisme politique, c'est-à-dire la diversité des opinions et des partis lors des élections.

2. Réponse a. L'autoritarisme est une forme de gouvernement qui interdit l'expression publique des désaccords. Pluralisme politique et liberté d'opinion peuvent subsister sous des formes restreintes.

2 Être citoyen à Athènes

1. Réponse a. L'institution où s'exprime par le vote la souveraineté du *demos* est d'abord l'Ecclésia. La Boulè est le conseil où se préparent les lois, l'Héliée est le tribunal du peuple.

2. Réponses a et b. La participation politique des citoyens les plus modestes à Athènes est favorisée par la victoire de Salamine où ils ont joué un rôle essentiel, ainsi que par l'attribution d'une rémunération, le *misthos*.

3 La démocratie d'après Constant et Tocqueville

1. Réponse c. Selon Constant, la supériorité des Modernes repose sur leur liberté individuelle, contrairement aux cités antiques où était mise en avant la participation à la vie publique.

2. Réponse b. Tocqueville est partisan de la démocratie libérale et s'oppose tant à ceux qui voudraient un retour à l'Ancien Régime qu'à ceux qui, comme Constant, voudraient réserver les droits politiques à l'élite sociale.

4 Avancées et reculs de la démocratie

1. **Réponse b.** L'armée chilienne joue un rôle ambivalent. Si certains officiers furent les meilleurs soutiens de Salvador Allende, c'est finalement le général Pinochet qui renversa la démocratie.

2. **Réponses b et c.** C'est l'entente du centre droit démocratique d'Adolfo Suárez et de l'opposition de gauche, socialiste de Felipe Gonzáles et communiste, qui a rendu possible la transition démocratique.

S'ENTRAÎNER

5 Comprendre le vocabulaire du cours

Les expressions sont à placer dans l'ordre suivant : démocraties représentatives • État de droit • régimes autoritaires • pluralisme politique • autoritarisme populaire.

6 Se repérer dans le temps

- **Révolution des Œillets :** 1974 (25 avril)
- **Publication de *La Démocratie en Amérique* :** 1835-1840
- **Réformes de Clisthène :** 508/507 av. J.-C.
- **Bataille de Salamine :** 480 av. J.-C.
- **Coup d'État du général Pinochet :** 1973 (11 septembre)
- **Mort de Franco :** 1975 (20 novembre)

7 Organiser ses idées pour une composition

1. a. **Où ?** Athènes. **Quand ?** au Ve siècle avant J.-C. **Quoi ?** la démocratie. **Qui ?** les citoyens. **Comment ?** les mécanismes de limitation de la démocratie.

b. La problématique pourrait consister en la question suivante : Pourquoi peut-on dire que la démocratie athénienne est une démocratie limitée ?

2. a. et b. *Voici une proposition de plan et les principales connaissances nécessaires pour chaque partie.*

Parties	Contenu mobilisable
I. Une démocratie directe	À Athènes, c'est le citoyen qui **vote les lois** et élit les principaux magistrats de la cité. Il siège aussi à la Boulè et à l'Héliée.
II. Les citoyens : une élite civique	Les **citoyens**, qui doivent être **de parents athéniens**, sont **une minorité** : à peine plus de 10 % de la population de la cité.
III. Les exclus de la démocratie	Les **femmes** et les métèques, qui ont des droits économiques et sociaux, ainsi que les **esclaves** sont exclus de la vie démocratique athénienne.

OBJECTIF BAC

8 Composition

Le corrigé vous propose une introduction et une conclusion rédigées ainsi qu'un plan détaillé.

Introduction

[Définition du sujet] La mort de Francisco Franco en 1975 ouvre la voie à un processus qui va conduire l'Espagne à la démocratie. Cette période, qui se clôt avec les élections législatives de 1982, première alternance politique pacifique de l'histoire du pays, est désignée par le concept de « transition démocratique ».

[Problématique] Comment s'est déroulé le passage de la dictature à la démocratie dans l'Espagne des années 1975-1982 ?

[Annonce du plan] C'est ce que nous allons essayer de montrer en identifiant d'abord les acteurs de la transition démocratique espagnole [I]. Nous verrons ensuite les raisons qui rendirent celle-ci possible [II]. Nous analyserons, enfin, comment ce processus a fait entrer l'Espagne dans la normalité démocratique [III].

I. Les acteurs de la transition

1. Le roi et Adolfo Suárez

2. Le rôle de l'opposition socialiste et communiste

II. Les raisons de la transition

1. L'Espagne de Franco : une « anomalie » dans l'Europe démocratique

2. La mort du dictateur et la fin du franquisme

III. La normalisation démocratique

1. Les étapes de la démocratisation

2. Les législatives de 1982 : aboutissement de la transition

Conclusion

[Reprise de la démonstration] La transition démocratique de l'Espagne est un processus qui s'étend de 1975 à 1982. Il fut l'objet de conflits et de compromis, aboutissant à une monarchie constitutionnelle.

[Ouverture] L'oubli relatif du passé franquiste marqué par la loi d'amnistie de 1977 a été la condition de la réussite de cette transition. Mais, alors que la démocratie a plus de quarante ans d'existence, le passé franquiste n'en est pas pour autant enterré, comme en témoignent les récents débats autour de la dépouille du dictateur, enterré depuis 1975 dans la Valle de los Caídos.

CONSEIL

L'ouverture à la fin d'une composition, par exemple avec une référence à l'actualité, est un plus apprécié des correcteurs.

7 Le fonctionnement de l'Union européenne

En bref *Le traité de Maastricht en 1992 a créé, formellement, l'Union européenne (UE). Celle-ci représente une association volontaire d'États démocratiques. Cependant, l'UE modifie le fonctionnement de la démocratie représentative et institue une forme de démocratie déléguée.*

I Union européenne et démocratie représentative

1 Les institutions de l'Union européenne

■ En l'absence de Constitution, ce sont les traités européens, notamment celui de **Lisbonne (2007)**, qui définissent le cadre du système politique de l'UE. On y retrouve les trois pouvoirs : exécutif, législatif et judiciaire → FICHE 1.

■ Le **pouvoir exécutif** est représenté par deux institutions. Le **Conseil européen** réunit les chefs d'État ou de gouvernement des pays membres de l'UE, le président de la Commission européenne et le haut représentant pour les Affaires étrangères et la politique de sécurité. La **Commission européenne** est composée de commissaires désignés par les pays membres de l'UE.

■ Le **pouvoir législatif** de l'UE est partagé entre le Conseil européen, la Commission européenne et le **Parlement européen**, dont les membres sont élus.

■ La Cour de justice de l'Union européenne est l'**autorité judiciaire** de l'UE. Ses juges, nommés par les États, veillent, en collaboration avec les juridictions nationales, à l'application et à l'interprétation uniforme du droit de l'Union.

2 Le Parlement européen, institution représentative

■ Les députés européens sont les **représentants des citoyens** de l'UE. Ils sont élus au suffrage universel, selon un **scrutin proportionnel plurinominal**, pour un mandat de cinq ans.

■ Le Parlement européen participe à l'**élaboration de la législation** de l'UE. C'est également lui qui **vote le budget** européen. Enfin, il **investit la Commission européenne** et, par une motion de censure, peut l'obliger à démissionner.

MOT CLÉ
Dans le **scrutin proportionnel plurinominal,** les électeurs votent pour des listes de candidats, lesquelles obtiennent un nombre d'élus proportionnel au total des suffrages obtenus.

INFO + Les chiffres clés de l'Union européenne

- 751 députés européens (mai 2019)
- 28 commissaires européens
- 56 juges à la Cour de justice de l'UE
- Plus de 300 millions d'électeurs

II L'Union européenne, une démocratie déléguée

1 Union européenne et États, des compétences partagées

- L'UE est une institution supranationale bénéficiant d'un transfert de certains pouvoirs et compétences de la part de ses États membres.
- Au sein de l'UE, on distingue les compétences exclusives de l'UE (politique monétaire, accords commerciaux, etc.), les compétences partagées entre l'UE et les États (aménagement du territoire, politique sociale, etc.) et enfin les compétences dont les États conservent l'exclusivité (sécurité intérieure, fiscalité, etc.).

2 Le principe de subsidiarité

- Le principe de subsidiarité, défini par le traité de Maastricht, touche à la répartition des compétences. Celles-ci doivent être transférées au niveau le plus efficace et le plus proche des citoyens, aboutissant à une gouvernance multiniveaux.

MOT CLÉ
La **gouvernance multiniveaux** désigne un mode de gestion et d'administration à différentes échelles, ici régionale, étatique et européenne.

- L'UE ne peut donc exercer une compétence que si elle est plus efficace que les États. La répartition des compétences signifie ainsi que les États délèguent à l'UE une partie de leur pouvoir dans un cadre qui reste démocratique.

zoOm

Élections et nominations européennes

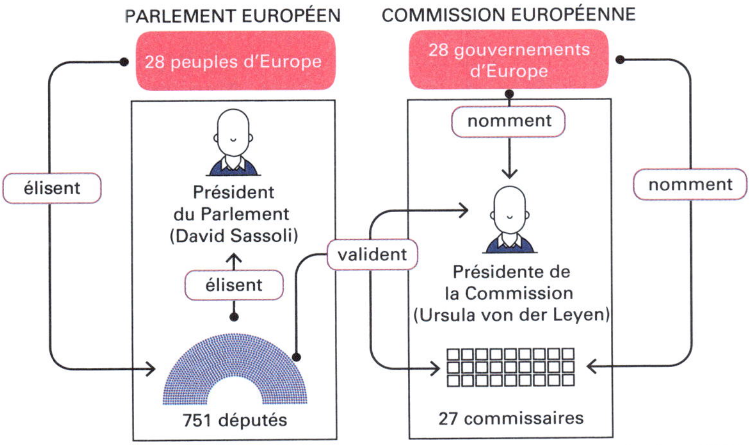

Source : D'après *Le Monde*, mai 2019.

Après l'élection du nouveau Parlement européen en mai 2019, les gouvernements des États membres se sont mis d'accord pour proposer une candidate à la présidence de la Commission européenne, Ursula von der Leyen. Ensuite, les députés européens ont voté pour valider cette nomination.

8 L'Union européenne face aux citoyens et aux États

En bref *La construction européenne repose sur l'idée d'une association de pays souverains partageant des valeurs communes : la démocratie, la volonté de vivre en paix, la supériorité de l'économie de marché. Or, cette union fait face, depuis 1992, à des remises en question.*

I Union européenne et souveraineté des États

1 Intégration européenne et souveraineté nationale

- Institution supranationale → FICHE 7, l'UE a pour objectif de renforcer l'intégration de l'Europe tout en respectant la souveraineté nationale de ses membres.
- En 1992, la création d'une monnaie unique, entérinée par le traité de Maastricht, est rejetée à ce titre par certains États : ils refusent de perdre leur pouvoir monétaire, élément essentiel de souveraineté nationale. Des **clauses d'exemption**, ou de retrait, sont alors négociées.

> **MOT CLÉ**
> Une **clause d'exemption** permet à un État membre de l'UE de ne pas appliquer le droit communautaire en vigueur. En 1992, le Royaume-Uni, le Danemark et la Suède refusent ainsi d'adhérer à la zone euro.

- Néanmoins, l'UE connaît aussi des avancées en termes de souveraineté partagée : en 2001, le traité de Nice prévoit ainsi le vote à la majorité qualifiée, et non plus à l'unanimité, au Conseil européen.

2 Le repli souverainiste

- Face aux crises, les États de l'UE sont tentés également de privilégier leurs intérêts nationaux au détriment de la solidarité européenne. Ainsi, en 2003, ils se divisent face à l'intervention américaine en Irak. La crise financière de 2007 puis celle de la dette en 2010 mettent à mal l'unité de l'UE.
- À partir de la seconde moitié des années 2000, avec l'arrivée au pouvoir de forces politiques conservatrices et nationalistes en Europe centrale puis en Italie, certains principes de la démocratie libérale semblent remis en cause : contrôle du pouvoir judiciaire par le pouvoir exécutif, limitation de la liberté d'expression, non-respect du droit d'asile → FICHE 24.

II Une remise en cause par les citoyens

1 Entre défiance et rejets

- En 1992, les débats sur le traité de Maastricht révèlent un revirement des opinions publiques : la part des citoyens considérant que l'UE est bénéfique tend à baisser. Le traité est même refusé par les Danois.

■ Symptomatique de cette remise en cause croissante de l'UE, le projet d'une Constitution européenne est rejeté en 2005 par les électeurs français et néerlandais.

■ Cet **euroscepticisme** se manifeste plus fortement encore avec le Brexit : en 2016, appelés à se prononcer par référendum, 51,9 % des Britanniques choisissent de quitter l'UE.

MOT CLÉ

L'**euroscepticisme** désigne les formes de défiance des citoyens vis-à-vis de la construction européenne. L'**europhobie** renvoie quant à elle à une opposition plus radicale à l'UE.

2 Une crise de légitimité

■ Les citoyens reprochent à l'UE son déficit démocratique. La Commission européenne, non élue, apparaît ainsi comme une instance prenant des décisions à la place des gouvernements démocratiquement élus, ces décisions pouvant aller à l'encontre des intérêts des peuples.

■ Les politiques européennes sont par ailleurs remises en cause. Sont ainsi décriées les mesures d'austérité mises en place dans certains pays après la crise financière de 2007, mais également l'incapacité de l'UE à traiter la question migratoire depuis 2015.

■ Cependant, cette défiance touche inégalement les pays : elle est plus importante dans le sud de l'Europe. Surtout la confiance des citoyens européens dans l'UE reste élevée : en 2018, 43 % d'entre eux en ont une image positive.

zoOm

Le Brexit

Manifestation en faveur du Brexit, novembre 2016

■ En juin 2016, les citoyens du Royaume-Uni votaient par référendum en faveur de la sortie de l'UE. Londres avait toujours maintenu une certaine distance avec la construction européenne : refus d'adhérer à la monnaie unique, non-signature des accords de Schengen.

■ Le Brexit n'en est pas moins susceptible d'avoir des effets négatifs pour l'UE, au plan politique – il pourrait servir d'exemple à d'autres pays – ou économique du fait des échanges entre le Royaume-Uni et l'UE.

SE TESTER QUIZ

Vérifiez que vous avez bien compris les points clés des **fiches 7 et 8.**

1 Le fonctionnement de l'Union européenne

→ FICHE 7

1. En quelle année est signé le traité de Lisbonne ?

☐ **a.** 1957
☐ **b.** 1992
☐ **c.** 2007

2. La Commission européenne est composée…

☐ **a.** des chefs d'État ou de gouvernement des pays membres de l'UE.
☐ **b.** de commissaires élus au suffrage universel.
☐ **c.** de commissaires désignés par les pays membres de l'UE.

3. Les députés du Parlement européen sont élus pour…

☐ **a.** 3 ans.
☐ **b.** 5 ans.
☐ **c.** 7 ans.

4. Quel traité européen définit le principe de subsidiarité ?

☐ **a.** Le traité de Rome
☐ **b.** Le traité de Maastricht
☐ **c.** Le traité de Lisbonne

2 L'Union européenne face aux citoyens et aux États

→ FICHE 8

1. Quel est le principal apport du traité de Maastricht ?

☐ **a.** La création d'une monnaie unique
☐ **b.** L'élargissement de l'UE aux pays de l'Est
☐ **c.** La fin de la souveraineté nationale pour les États membres de l'UE

2. Le Brexit désigne…

☐ **a.** le refus du Royaume-Uni de participer à la zone euro.
☐ **b.** la sortie du Royaume-Uni de l'UE.
☐ **c.** la non-participation du Royaume-Uni à l'espace Schengen.

3. Quels sont les reproches adressés par les citoyens à l'UE depuis la mise en place de la monnaie unique ?

☐ **a.** Son déficit démocratique
☐ **b.** Sa politique trop favorable aux petits États membres
☐ **c.** Sa politique trop favorable à l'immigration

4. La défiance envers l'UE touche surtout…

☐ **a.** les plus petits États membres de l'UE.
☐ **b.** les États du Nord de l'UE.
☐ **c.** les États du Sud de l'UE.

S'ENTRAÎNER

3 Analyser un sujet de composition

→ FICHES 7 et 8

Sujet : Dans quelle mesure l'Union européenne est-elle démocratique ?

1. Définissez les notions du sujet.
2. Quel sens l'expression dans « quelle mesure » donne au sujet ?
3. Quels sont les arguments permettant de répondre au sujet ?
4. Faites un plan en deux parties et deux sous-parties répondant au sujet.

OBJECTIF BAC

4 L'Europe face au défi démocratique Étude critique de document

1 h

Cet exercice vous propose de vous pencher sur une étape préalable indispensable à tout travail sur un document : sa présentation. Celle-ci implique de s'interroger sur la nature, la source, l'auteur ou encore la date du document.

LE SUJET

Situez le document dans son contexte et montrez en quoi il met en avant le caractère démocratique de l'Union européenne.

Document Le Parlement européen, une institution essentielle

En mai, des centaines de millions de citoyens se rendront aux urnes pour élire un nouveau Parlement européen.

L'Union européenne, projet commun et unique en son genre fondé sur la coopération pacifique, est menacée par des forces qui souhaitent voir réduit à néant tout ce que nous avons accompli ensemble.

Cela contraste avec les résultats d'enquêtes récentes qui montrent pourtant que l'opinion publique est de plus en plus favorable à l'Union européenne. 48 % des citoyens européens estiment que leur voix compte dans l'UE. Même si ce taux varie d'un État membre à l'autre, cela n'en représente pas moins une hausse globale de 10 % sur les dix dernières années.

Toutefois, il reste encore beaucoup à faire.

Nous devons changer l'Europe et la rendre plus efficace, en répondant aux attentes des citoyens et en capitalisant sur nos réussites passées.

Au cours des prochains mois, nos citoyens vont scruter de très près ce que l'Union européenne fait [...]. Ils vont exiger des réponses à leurs préoccupations relatives aux flux migratoires, à la sécurité, à l'environnement et à l'emploi. [...]

Depuis 2017, nous avons placé le Parlement européen – seule institution de l'UE élue au suffrage direct – au cœur du débat sur l'avenir de l'Europe. Les dirigeants de tous les pays d'Europe ont pris l'habitude de venir s'exprimer régulièrement devant le Parlement européen pour y évoquer leur vision d'avenir. Les débats animés qui en résultent nous serviront de base pour améliorer le projet européen.

Antonio Tajani (président du Parlement européen), 18 avril 2019, www.europarl.europa.eu.

Méthode

Présenter un document

Étape 1 Identifier la nature et la source du document

- La première observation à faire tient à la **nature du document** : texte, photographie, carte, document statistique, etc.
- La **source du document** vous aide ensuite à préciser sa nature. S'il s'agit d'un texte : extrait d'un ouvrage, article d'un journal, témoignage, etc.

Étape 2 Identifier et situer l'auteur

- Dans la source, le titre mais également le document lui-même, relevez les informations permettant d'identifier l'auteur : un journaliste, un représentant politique, un chercheur, etc.
- L'identité de l'auteur est importante car elle **influe sur l'orientation** et le contenu du document, et donc sur la manière dont vous devez l'aborder

Étape 3 Repérer la date et le contexte

La date du document permet de déterminer le contexte dans lequel il s'inscrit, et donc de saisir ses enjeux.

Étape 4 Dégager l'idée principale du document

- L'idée principale du document apparaît souvent dans le **titre** et par la **source** de celui-ci. Dans le texte, il vous faut relever les **mots clés** qui la précisent.
- Les thèmes ainsi relevés vous permettront de savoir comment le document pourra être utilisé pour **répondre au sujet**.

LA FEUILLE DE ROUTE

Étape 1 Identifier la nature et la source du document

- Le document est un texte publié sur le site internet du Parlement européen. Il est donc de nature officielle.
- Le texte n'est cependant pas neutre. Le site Internet du Parlement a également vocation à publier des prises de position afin de justifier l'action de l'institution.

Étape 2 Identifier et situer l'auteur

- L'auteur du document est Antonio Tajani, président du Parlement européen de 2017 à 2019 et membre du Parti populaire européen (PPE).
- On peut s'attendre à ce que l'auteur, en tant que président du Parlement européen, défende l'action et l'importance de ce dernier.

Étape 3 Repérer la date et le contexte

- Le texte date d'avril 2019, c'est-à-dire un mois avant les élections européennes qui se sont tenues en mai 2019.
- Ce contexte est donc celui d'une campagne électorale. Sa date ainsi que l'identité de son auteur tendent à suggérer que le texte vise à mobiliser les électeurs.

Étape 4 Dégager l'idée principale du document → CORRIGÉ p. 48

CORRIGÉS

SE TESTER QUIZ

1 Le fonctionnement de l'Union européenne

1. Réponse c. Le traité de Lisbonne a été signé en 2007. Il fixe le cadre du système politique de l'UE.

2. Réponse c. La Commission européenne est composée de commissaires désignés par les États membres de l'Union européenne. Elle est ensuite investie par le Parlement européen.

INFO
La Commission européenne partage avec le Conseil européen, qui réunit les chefs d'État ou de gouvernement des pays membres, le pouvoir exécutif au sein de l'UE.

3. Réponse b. Les députés du Parlement européen sont élus pour cinq ans.

4. Réponse b. Le principe de subsidiarité a été défini par le traité de Maastricht en 1992. Il concerne la répartition des compétences entre l'UE et les États membres.

2 L'Union européenne face aux citoyens et aux États

1. Réponse a. Le traité de Maastricht institue la zone euro et fait de l'euro la monnaie unique. C'est une nouvelle étape de la construction économique de l'UE.

2. Réponse b. Le Brexit désigne la sortie du Royaume-Uni de l'UE, décidée par les électeurs britanniques en 2016.

3. Réponse a. Depuis la mise en place de la monnaie unique, les citoyens reprochent à l'UE son déficit démocratique, notamment les décisions de la Commission européenne non élue.

4. Réponse c. La défiance envers l'UE touche surtout les États du Sud de l'Europe qui sont les plus touchés par la crise financière de 2007.

S'ENTRAÎNER

3 Analyser un sujet de composition

1. • L'**Union européenne** (UE) est une association volontaire d'États démocratiques souverains partageant des valeurs communes.
• La **démocratie** implique que le pouvoir est exercé au nom du peuple par des représentants librement élus, qui prennent des décisions dans l'intérêt du peuple.

2. « Dans quelle mesure » implique de montrer en quoi l'UE est effectivement démocratique mais également de préciser les limites de cette forme de démocratie.

3. • Une première série d'arguments permet de montrer que **l'Union européenne est démocratique** : les États membres sont des démocraties ; la souveraineté populaire est préservée avec l'élection du Parlement européen.
• Une seconde série d'arguments **remet en cause le caractère démocratique de l'Union européenne** : des institutions supranationales sont désignées de manière peu démocratique, comme la Commission européenne ; les décisions de l'UE sont perçues par les populations européennes comme allant à l'encontre de leurs intérêts.

4. *Voici une proposition de plan en deux parties.*

I. Le caractère démocratique de l'Union européenne

1. L'adhésion à l'UE implique de partager des valeurs démocratiques

2. Le Parlement européen, une institution représentative

II. Les limites du caractère démocratique de l'Union européenne

1. Le pouvoir de la Commission européenne, une instance désignée de manière peu démocratique

2. Des décisions qui peuvent être contraires à l'intérêt des peuples

OBJECTIF BAC

4 Étude critique de document

■ Le 26 mai 2019 se sont déroulées des élections dans tous les pays membres de l'Union européenne (UE) visant à renouveler les membres du Parlement européen. Dans le cadre de la campagne électorale qui a précédé le scrutin, son président, l'Italien Antonio Tajani, publie sur le site internet de l'institution un texte rappelant l'importance de ces élections.

■ En effet, l'UE doit faire face à de nombreux dangers et critiques. Ainsi il lui est souvent reproché son caractère non démocratique. Certaines de ses institutions, comme la Commission européenne, ne sont pas élues par les citoyens européens et leurs décisions ne correspondraient pas à la volonté populaire.

■ Or, le Parlement européen, lui, est élu « au suffrage direct » (l. 19) rappelle Antonio Tajani : il s'agit donc d'une institution démocratique et représentative. Plus encore, le Parlement européen est « au cœur du débat sur l'avenir de l'Europe » (l. 19).

■ Ainsi, le Parlement, seule institution européenne véritablement représentative, a un rôle essentiel dans l'UE, renforçant son caractère démocratique.

9 Les caractéristiques de la puissance

En bref *La puissance est à la fois la capacité pour un État à faire respecter ses propres décisions et l'aptitude à imposer sa volonté à autrui. Dans cette perspective, afin de s'imposer et d'influencer, il est fait recours au* hard power *et au* soft power.

I L'évolution des fondements de la puissance

1 L'importance du territoire et d'une population nombreuse

- Depuis l'**Antiquité**, la puissance est traditionnellement l'apanage des pays disposant d'un vaste territoire et d'une population nombreuse.
- Ces deux atouts permettent de disposer d'une **armée puissante** grâce à laquelle est possible la conquête d'immenses espaces → FICHE 10.

2 De nouvelles caractéristiques de la puissance

- Mais la Révolution industrielle, qui débute en Angleterre à la fin du XVIIIe siècle, redéfinit les fondements de la puissance. La **maîtrise des techniques** (machine à vapeur, puis électricité, chimie, etc.) et de l'économie devient essentielle pour dominer.
- Ainsi, **à partir de 1850**, le **Royaume-Uni** s'impose comme première puissance mondiale grâce à sa flotte militaire et marchande.

II Le *hard power* ou une puissance dure

1 Des moyens militaires…

- Le ***hard power*** s'appuie sur la **force militaire**. Traditionnellement, celle-ci repose sur le nombre de soldats et la capacité à utiliser des armes les plus destructrices possible. Ainsi, depuis 1945, la puissance militaire appartient avant tout à celui qui détient un **arsenal nucléaire**.

> **MOT CLÉ**
> Le ***hard power*** est la capacité d'un État à imposer sa volonté à un autre État par la contrainte.

- La puissance militaire correspond également à la **capacité à mener la guerre à l'extérieur** du territoire national. **Porte-avions** et **bases militaires** à l'étranger permettent aujourd'hui cette projection → FICHE 17.

2 … associés à une mainmise économique et financière

- La puissance économique dépend de la capacité de certains pays à **produire plus de richesses** que les autres, et donc à imposer leurs intérêts financiers. Elle se mesure notamment par les investissements directs étrangers (IDE) qui permettent de **contrôler les échanges internationaux**, à l'instar de la récente stratégie chinoise → FICHE 14.

■ Certains États disposent également d'un moyen de pression grâce à leur monnaie. C'est le cas des États-Unis avec le dollar → FICHE 15.

III Le *soft power* ou une puissance douce

1 Des dimensions linguistique et culturelle

■ Le ***soft power*** d'un État peut être véhiculé à travers une culture diffusée grâce au cinéma et la télévision. L'*American way of life* en est l'exemple le plus célèbre.

MOT CLÉ
Le ***soft power*** est la capacité d'influence et de persuasion d'un État.

■ Certains pays tentent de véhiculer une image positive en organisant des événements sportifs internationaux, par exemple la Coupe du monde de football en Russie en 2018 → FICHE 11.

■ Le *soft power* d'un État s'exprime également au travers de la langue dont il s'agit de promouvoir l'usage → FICHE 12.

2 Au-delà de la sphère étatique

■ Les États affirment aussi leur pouvoir de persuasion à travers les institutions internationales, tout particulièrement les cinq membres permanents du Conseil de sécurité de l'Organisation des Nations unies (ONU).

■ Enfin certaines firmes transnationales, en particulier dans le domaine des nouvelles technologies, exercent une influence de plus en plus grande → FICHE 13.

zoOm

Le *smart power*

■ Dans les années 2000 est apparu le concept de *smart power*. Il s'agit de l'utilisation raisonnée du *hard power* et du *soft power*, entre maniement de la force et recherche de partenariats.

■ La politique internationale du président américain Barack Obama (2008-2016) l'illustre. Celui-ci aurait ainsi autorisé l'utilisation d'un virus informatique pour détruire les centrales nucléaires iraniennes tout en négociant parallèlement un accord mettant fin aux sanctions économiques contre Téhéran.

Le secrétaire d'État américain, John Kerry, et le ministre des Affaires étrangères iranien, Mohammad Javad Zarif, en 2016

10 L'Empire ottoman, de l'essor au déclin

En bref *Fondé en 1299, l'Empire ottoman se distingue tant par sa longévité que par son territoire sur trois continents et son organisation politique. Mais la naissance de l'idéologie nationale au début du XIXe siècle remet en cause cet ensemble multi-ethnique qui disparaît en 1923.*

I Les fondements de la puissance ottomane

- Autour de 1300, des **tribus turques nomades**, les Ottomans, installées au sud-est de la mer de Marmara, s'imposent militairement face aux Byzantins et à un autre clan turc, celui des Seldjoukides, en Orient.
- Leurs descendants poursuivent les **conquêtes**, notamment le sultan Mourad Ier (1362-1389) dans les Balkans. Son successeur Bayezid Ier (1389-1402) parvient **jusqu'à la rive droite du Danube**.
- L'**idéologie musulmane de conquête** (*djihad*) inspire les Ottomans. En 1516-1517, Sélim Ier place ainsi les villes saintes de l'islam sous la tutelle ottomane.

II Les caractéristiques de la puissance ottomane

- Mehmet II (1444-1481) installe un **conseil impérial**, le *divan*, dirigé par un vizir qu'il peut révoquer. Le chef de l'Empire ottoman concentre **tous les pouvoirs**. Il est **calife**, commandant des musulmans en tant que successeur du prophète de l'islam Mohamed. Il est aussi **sultan**, c'est-à-dire chef politique et militaire → FICHE 39.
- Pour **unifier** son empire, **Soliman Ier**, sultan de 1520 à 1566, cherche à regrouper les **textes de lois** et à les faire appliquer sur tout le territoire.
- Dans un empire composé de populations diverses, les sultans accordent une **grande autonomie aux régions conquises**, s'appuyant notamment sur les notables locaux.
- Les **juifs** et les **chrétiens** sont placés dans une situation d'infériorité juridique, mais bénéficient de la protection du souverain.

BIO
Soliman Ier, dit le Magnifique, « sultan des sultans du monde », représente l'âge d'or des Ottomans au XVIe siècle.

INFO + **L'Empire ottoman au XVIe siècle**
- superficie : 5 200 000 km²
- capitale : Istanbul depuis 1453
- population : 22 millions d'habitants (4 % de la population mondiale de l'époque)
- 26 000 familles chrétiennes et plus de 8 000 familles juives à Istanbul

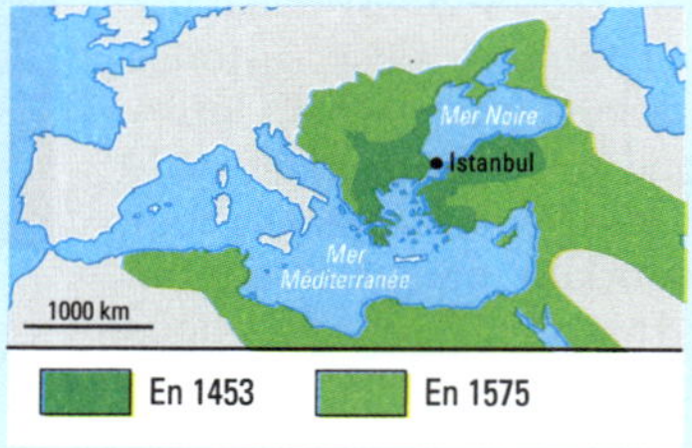

III Le déclin de l'empire (1770-1923)

1 Un empire face aux nationalismes

- Au début du XIXe siècle, l'Empire ottoman se voit concurrencer par les **puissances européennes**. En Europe, les **mouvements nationalistes** conduisent à l'indépendance de la Grèce, à l'autonomie de la Serbie et de la Roumanie.
- L'empire se voit amputer de nombreuses provinces et d'un cinquième de sa population à la suite de la **guerre de 1877-1878 contre la Russie**.

2 Des réformes qui sapent la puissance ottomane

- La réorganisation (ou *tanzimat*) du sultan Abdülmecid Ier (1839-1861) tente de **moderniser l'empire** en centralisant la collecte de l'impôt et en unifiant le statut des habitants.
- S'inspirant des nationalismes européens, le **mouvement Jeune-Turc**, né en 1908, veut réformer l'Empire ottoman en s'appuyant sur la population de langue turque, d'où une **politique d'élimination des minorités ethniques et religieuses**, aboutissant à un **génocide**.

> **MOT CLÉ**
> En 1915-1916, les chrétiens arméniens de l'Empire ottoman sont victimes d'un **génocide** qui fait 1,5 million de victimes.

- Mais, **vaincu** en 1918, **démembré** par le traité de Sèvres de 1920, l'Empire ottoman cède la place en 1923 à une **république** nationaliste, laïque et centralisatrice fondée par Mustafa Kemal → FICHE 40.

zoOm

Les janissaires

- Créé sous le règne de Mourad Ier (1362-1389), le corps des janissaires est constitué d'esclaves enlevés dès leur plus jeune âge à leurs familles. Membres de la garde personnelle du sultan, ils sont la **base de la puissance militaire des Ottomans**.
- Mais c'est une puissance qui **peut se révéler indocile**. En 1807, ils renversent le sultan Sélim III. En 1826, Mahmoud II abolit le corps des janissaires et leurs réseaux d'influence sont **démantelés**.

Recrutement des janissaires (miniature turque, 1558)

11 La Russie depuis 1991 : une puissance en reconstruction

En bref *Dans les années 1970, l'Union soviétique disposait d'une économie compétitive et de la première armée du monde. Les révolutions de 1989-1991 sonnent le glas de cette hégémonie. Depuis, la Russie tente de reconstruire sa puissance perdue.*

I La perte du *hard power*

1 La fin d'un empire

- À la suite des accords de Minsk du 8 décembre 1991, l'**URSS** cesse d'être une puissance territoriale. La Russie, l'Ukraine et la Biélorussie forment la Communauté des États indépendants (CEI).

MOT CLÉ
L'**Union des républiques socialistes soviétiques**, créée en 1922 était le plus vaste État et la deuxième puissance économique du monde après la Seconde Guerre mondiale.

- Les États baltes deviennent membres de l'Union européenne en 2004, tandis que les États du Caucase (Géorgie, Arménie) se rapprochent de l'Organisation du traité de l'Atlantique nord (OTAN), sous contrôle des États-Unis.
- La perte d'influence de la Russie se manifeste également sur le plan militaire : son armée s'enlise ainsi dans un long et meurtrier conflit en Tchétchénie en 1994-1996 et en 1999-2000.

2 Une puissance économique sur le déclin

- Le président Boris Eltsine (1991-1999) transforme l'économie communiste de la Russie en un système libéral. Il privatise largement les entreprises d'État et les services publics. Cette « thérapie de choc » provoque un chômage massif et un appauvrissement de la plupart des Russes.
- L'économie russe n'est donc plus celle d'une grande puissance. Elle produit peu : les hydrocarbures représentent 63 % des exportations totales, ce qui place le pays dans une situation critique lorsque les cours du pétrole chutent.

II Des stratégies de puissance innovantes

1 Un *soft power* autoritaire

- Au pouvoir depuis 1999, Vladimir Poutine entend restaurer la grandeur perdue de son pays. Face au libéralisme occidental, il met en avant un conservatisme et un nationalisme exacerbés.
- La Russie cherche à imposer cette idéologie à l'étranger, grâce à l'agence de presse Sputnik et la chaîne de télévision RT diffusée en cinq langues.
- Vladimir Poutine utilise aussi le sport pour donner une image positive du pays : JO de Sotchi en 2014, Coupe du monde de football en 2018.

2 Une guerre hybride

- N'ayant plus les moyens de se lancer dans une guerre classique, la Russie mène une guerre hybride, utilisant des méthodes non conventionnelles afin d'induire l'ennemi en erreur. En janvier 2018, des bombardiers russes ont ainsi sillonné l'espace aérien britannique pour entretenir l'idée d'une menace.

- Depuis les années 2000, la Russie investit dans un *sharp power*, s'appuyant sur des armes intelligentes. Des hackers russes mettent au point des virus capables de pénétrer les serveurs informatiques des ministères des pays européens ou du parti démocrate américain lors de l'élection présidentielle de 2016.

MOT CLÉ
Le ***sharp power*** désigne la capacité d'un régime autoritaire à manipuler l'opinion, avec une intention délibérée de tromper, afin d'imposer ses vues.

3 Des interventions militaires ciblées

- La Russie a toujours tenu à conserver une influence dans ses anciennes républiques (« étranger proche »). En 2014, elle s'oppose au gouvernement ukrainien porté au pouvoir par les révolutionnaires de Maidan et en profite pour annexer la Crimée.

- Depuis 2015, la Russie soutient militairement le président syrien Bachar Al-Assad, seul rempart selon Moscou face aux groupes islamistes.

zoOm

Le Runet

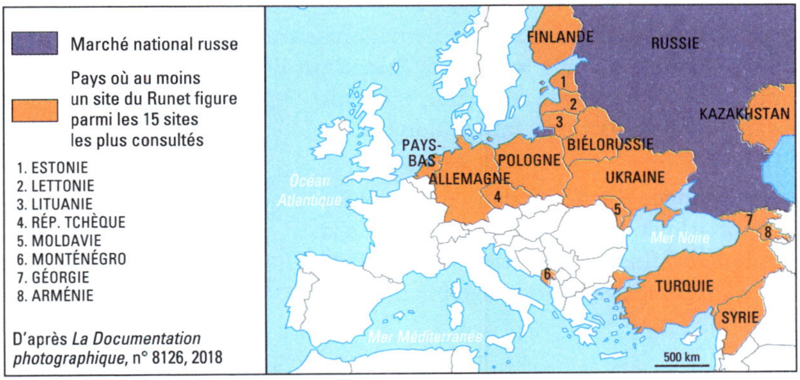

D'après *La Documentation photographique*, n° 8126, 2018

- La Russie dispose d'un ensemble de plateformes Internet (réseaux sociaux, moteurs de recherche), administrées directement dans le pays. C'est le Runet, contraction des mots « Russie » et « Internet ».

- Cette maîtrise technologique permet à Moscou de conserver sa souveraineté en matière d'information mais également d'influencer les internautes.

12 L'enjeu de la langue

En bref *On estime que sept mille langues sont actuellement parlées dans le monde. Mais seules une dizaine d'entre elles sont utilisées à l'échelle mondiale, manifestation de la puissance de certains États et vecteur de l'affirmation de leur* soft power → FICHE 9.

I La langue, manifestation de la puissance

1 L'importance historique du français

- À partir de la fin du XVIIe siècle, le français devient la langue de la diplomatie. Son omniprésence illustre alors le rôle majeur de la France dans le domaine politique, diplomatique et culturel, en particulier pendant le règne de Louis XIV (1661-1715).
- Malgré les défaites de Napoléon, le congrès de Vienne en 1815 se déroule en français. Mais un siècle plus tard, lors du traité de Versailles en 1919, cette suprématie est révolue au profit de l'anglais.
- En 1945, la France obtient que l'une des six langues de travail des Nations unies soit le français. Mais son influence décline : en 1966, 43 délégations s'y exprimaient en français ; elles ne sont plus que 21 en 2000.

2 L'omniprésence contemporaine de l'anglais

- C'est au cours du XIXe siècle que l'anglais s'impose comme une langue internationale. Le Royaume-Uni est alors le premier empire colonial.
- L'utilisation de l'anglais comme langue internationale s'accentue au lendemain de la Seconde Guerre mondiale lorsque les États-Unis deviennent la première puissance militaire et économique du monde. L'anglais est utilisé dans les organisations internationales les plus importantes.
- L'anglais est la langue privilégiée dans le monde des affaires, du spectacle et des sciences. Ainsi, plus de la moitié des contenus diffusés sur Internet est en anglais alors qu'un quart des internautes est anglophone.

CHIFFRES CLÉS
On estime aujourd'hui que l'anglais est parlé par **1,132 milliard** d'individus, en tant que langue maternelle et seconde langue, contre **1,116 milliard** pour le chinois.

II La langue, outil de puissance et d'influence

1 Le modèle de la francophonie

- Afin de résister à cette vague anglophone, la France a institutionnalisé les relations entre pays francophones, représentant 280 millions de locuteurs. En 1970 est ainsi créée l'Agence de coopération culturelle et technique (ACCT).

■ Devenue en 2005 l'**Organisation internationale de la francophonie** (OIF), cette structure est vue par ses détracteurs comme un outil de puissance au service de la France, notamment dans le cadre de ses relations avec ses anciennes colonies africaines.

■ Sur le modèle de l'OIF, ont été créés la Communauté des pays de langue portugaise (CPLC) ou encore le Conseil turcique qui regroupe cinq États turcophones.

MOT CLÉ
Composée de 88 membres, l'**Organisation internationale de la francophonie** a des objectifs larges : promouvoir la langue française, favoriser la paix et la démocratie, appuyer l'éducation.

2 Les instituts de langue

■ Promouvoir une langue passe également par son apprentissage. Les États ont ainsi créé des centres de langue répartis dans le monde entier. Les instituts Goethe, par exemple, diffusent l'allemand depuis 1951.

■ En 2004, le gouvernement chinois met en place le réseau des instituts Confucius. Il en existe près de 500 aujourd'hui. Dispensant des cours et délivrant des diplômes, ils participent de la diffusion de la culture chinoise dans le monde. Pour certains, ils relèvent d'une stratégie de *sharp power* → FICHE 11.

zoOm

Des langues en voie d'extinction

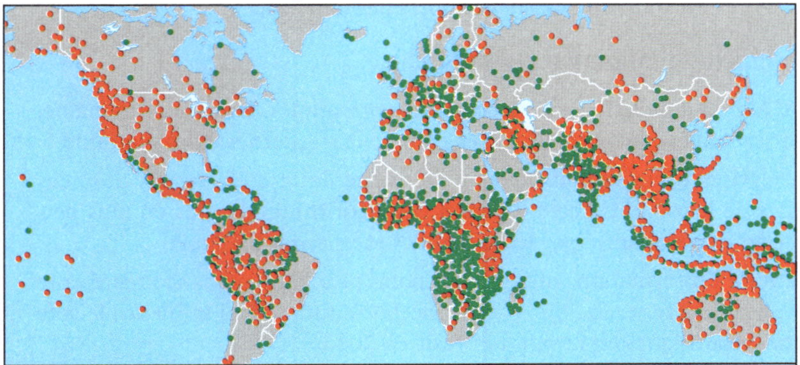

■ On estime aujourd'hui qu'environ 3 000 langues sont en danger. Une langue disparaît lorsque ses locuteurs se mettent à parler une autre langue, en général sous la pression militaire, économique ou culturelle d'un État plus fort.

■ Reflet de ce rapport de puissance, c'est dans les régions les plus pauvres (Mélanésie, Afrique subsaharienne et Amérique du Sud) que la diversité linguistique est la plus menacée.

13 Puissance des géants du numérique, impuissance des États ?

En bref *Derrière l'acronyme GAFAM se cachent des firmes transnationales américaines spécialisées dans la mise en œuvre de services numériques. Elles ont pour rivales les BATX, ces entreprises chinoises qui s'imposent à leur tour comme des géants d'Internet* → FICHE 29.

I Des nouveaux géants

1 Un poids économique sans précédent

- Les nouvelles technologies ont permis, depuis la fin du XXe siècle, une accumulation de capital et de richesse inédite. En 2017, la capitalisation boursière des GAFAM dépasse les 3 000 milliards de dollars, soit plus que le PIB de la France.

MOT CLÉ
Les **nouvelles technologies de l'information et de la communication** (NTIC) sont l'ensemble des techniques numériques qui permettent le traitement et la transmission des informations.

- Les entreprises de ce secteur tirent leurs bénéfices d'activités à forte économie d'échelle – le coût d'un client baisse quand leur nombre augmente – et à forts effets de réseau – l'utilité d'un bien augmente avec le nombre d'utilisateurs.
- De par leur taille, ces entreprises mondialisées pèsent sur le développement des territoires et concurrencent la puissance étatique. C'est ainsi qu'en 2017 le Danemark s'est doté d'un ambassadeur auprès des GAFAM.

2 Une capacité d'influence qui inquiète

- Les GAFAM et les BATX constituent des monopoles dans leur domaine. Google, par exemple, concentre 90 % des requêtes sur Internet dans le monde.
- Ces entreprises tirent également leur puissance de la collecte des données personnelles de leurs utilisateurs. Grâce à des algorithmes de plus en plus performants, elles peuvent anticiper les demandes et orienter les choix.
- S'agissant de l'information, notamment politique, cette puissance représente un risque pour la démocratie → FICHE 33. Facebook aurait ainsi influencé le vote des citoyens britanniques en faveur du Brexit en 2016.

INFO + GAFAM et BATX

Domaine d'activité	Entreprise américaine	Entreprise chinoise
Moteur de recherche	**G**oogle, renommé Alphabet	**B**aidu
Commerce en ligne	**A**mazon	**A**libaba
Réseau social, messagerie	**F**acebook	**T**encent
Fabrication de smartphones	**A**pple	**X**iaomi
Solutions informatiques	**M**icrosoft	

II Une reprise en main par les États ?

1 La mise en place d'autorités de contrôle

- Face à la puissance des GAFAM et BATX, les Nations unies ont tenté dans les années 2000 de mettre en place une **gouvernance mondiale d'Internet, sans succès**.
- De son côté, l'Union européenne a promulgué en mai 2018 un **règlement général pour la protection des données** (RGPD), protégeant les citoyens contre l'utilisation frauduleuse de leurs données personnelles. C'est à ce titre qu'en janvier 2019, la **CNIL** a condamné Google à une sanction de 50 millions d'euros pour non-respect de la RGDP.

MOT CLÉ
La **Commission nationale de l'informatique et des libertés** (CNIL) est l'administration publique française qui contrôle la conformité des usages informatiques par rapport à la loi.

2 Entre censure et contrôle d'Internet

- Certains États cherchent à **contrôler l'utilisation** d'Internet, en instaurant une censure. C'est le cas en Corée du Nord ou en Iran, par exemple.
- La Chine utilise les données collectées en ligne (ou ***big data***) pour un programme de « crédit social » qui **classe les citoyens** selon leur « fiabilité ».

zoOm

Une guerre… de sigles

Pierre Féret, « GAFA *vs* NATU, le choc des Titans », 2016

- Certains parlent des **GAFA**, sans Microsoft dont le développement est antérieur à la révolution numérique d'Internet ; d'autres de **BATHX** en y incluant Huawei, deuxième constructeur de smartphones dans le monde.
- Par ailleurs, les GAFA, dont les dirigeants sont représentés sur la caricature à l'image des présidents américains sculptés du mont Rushmore, sont aujourd'hui concurrencés par les **NATU** (Netflix, Airbnb, Telsa et Uber).

14 Les nouvelles routes de la soie

En bref *En 2013, Xi Jinping devient président de la Chine et ambitionne de faire de son pays la première puissance mondiale en 2050. Pour atteindre son objectif, il lance un gigantesque projet d'infrastructures de transports surnommé les « nouvelles routes de la soie ».*

I Résoudre des problèmes internes chinois

1 Assurer le bien-être de la population

■ Depuis 1949, la Chine est un **régime totalitaire**. Pour se maintenir au pouvoir, ses dirigeants doivent assurer un **niveau de vie convenable** à la population afin de compenser le manque de libertés.

■ Mais à la différence des États-Unis et de la Russie, la Chine ne dispose pas d'un territoire capable de fournir en quantité suffisante nourriture et ressources énergétiques. Elle doit donc **s'approvisionner en matières premières** à l'étranger.

2 La « route » terrestre

■ Pour ce faire, le président Xi Jinping lance en 2013 un projet de « nouvelles **routes de la soie** ». En 2017, celui-ci prend le nom d'« **initiative de la ceinture et de la route** » (*Belt and Road Initiative* ou BRI).

■ La « route » se matérialise en particulier par une **voie ferrée de 11 000 kilomètres** reliant Wuhan à Duisbourg en Allemagne. Elle permet aux Chinois de s'approvisionner au Kazakhstan en **pétrole** et **terres rares** et d'acheter des **produits agricoles de luxe** (Cognac, Champagne) en Europe.

> **MOT CLÉ**
> L'expression **« routes de la soie »** désigne le réseau de routes commerciales qui exista entre l'Asie et l'Europe, attestées à partir du IIe siècle avant J.-C. et jusqu'aux Grandes Découvertes du XVe siècle.

II Assurer sa supériorité économique

1 Accroître ses exportations

■ Deuxième puissance économique mondiale, la Chine fonde son développement sur la **production et l'exportation de biens manufacturés** à bas prix.

■ Pour continuer à assurer sa croissance, le pays a donc besoin de **s'insérer toujours plus dans les échanges commerciaux internationaux**.

2 Une « ceinture » maritime

■ La « ceinture » désigne le **réseau de ports et de bases militaires** alliés ou soumis aux intérêts chinois dans l'océan Indien, en mer Rouge et en Méditerranée. L'objectif est d'**assurer la sécurité** des convois exportant les produits chinois.

■ Des zones franches sont créées dans ces ports afin de produire et de stocker les marchandises chinoises. En 2016, le port du Pirée à Athènes passe même sous le contôle d'une entreprise chinoise.

III Contrôler de nouveaux territoires

■ Situées pour la plupart dans des pays en développement, les infrastructures de la BRI sont financées par la Chine *via* la **Banque asiatique d'investissement pour les infrastructures** (BAII).

> **MOT CLÉ**
> Créée en 2014, la **BAII** a vocation à concurrencer le Fonds monétaire international (FMI) et la Banque mondiale en tant qu'organisme international de crédit.

■ Or les gouvernements des pays concernés ne peuvent pas toujours rembourser leurs créances et se voient contraints de céder le contrôle des infrastructures à la Chine. C'est le cas du port en eau profonde à Colombo (Sri Lanka) en 2017.

■ Cette asymétrie des rapports entre la Chine et ses partenaires a valu à Pékin de nombreuses critiques, dénonçant une forme de néocolonialisme et une prise de contrôle de territoires souverains.

zoOm
Des corridors économiques de développement

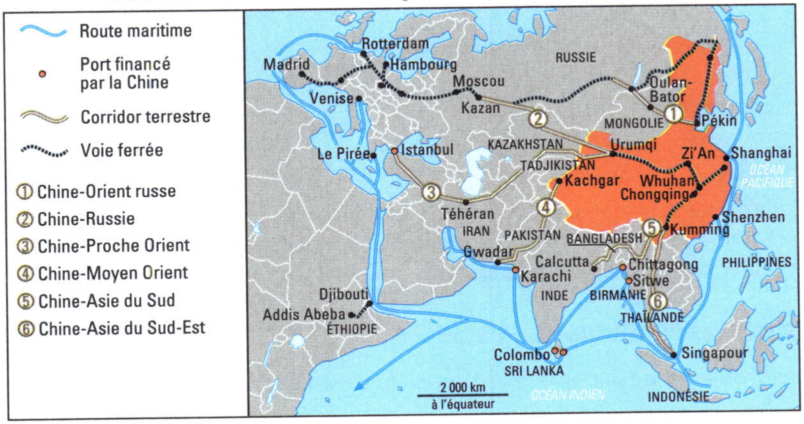

■ Depuis 2013, la Chine a construit six corridors économiques de développement. Ce sont des ensembles d'infrastructures (autoroutes, voies ferrées, gazoducs et oléoducs) qui facilitent la circulation des personnes et des marchandises.

■ Dans le cadre de la BRI, ils permettent la mise en relation de la Chine et d'espaces économiques stratégiques tels l'Europe occidentale, l'Asie du Sud, l'Asie du Sud-Est, la Russie et le Moyen-Orient.

SE TESTER QUIZ

Vérifiez que vous avez bien compris les points clés des **fiches 9 à 14**.

1 Les caractéristiques de la puissance

→ FICHE 9

1. Quels sont les fondements traditionnels de la puissance ?

☐ **a.** Une population nombreuse
☐ **b.** Une armée puissante
☐ **c.** Un vaste territoire

2. Qu'est-ce que le *soft power* ?

☐ **a.** La capacité d'un État à imposer sa volonté à un autre État par la contrainte
☐ **b.** La capacité d'influence et de persuasion d'un État
☐ **c.** La faiblesse d'un État sur le déclin

2 Essor et déclin des puissances

→ FICHES 10 et 11

1. L'âge d'or de l'Empire ottoman se situe…

☐ **a.** au IXe siècle. ☐ **b.** au XVIe siècle. ☐ **c.** au XXe siècle.

2. Qui incarne le renouveau de la Russie depuis 1999 ?

☐ **a.** Vladimir Poutine ☐ **b.** Dimitri Medvedev ☐ **c.** Boris Eltsine

3 Langue et nouvelles technologies

→ FICHES 12 et 13

1. Qu'est-ce que les instituts Confucius ?

☐ **a.** Des centres de diffusion de la langue et de la culture chinoises
☐ **b.** Des centres d'apprentissage du russe
☐ **c.** Un groupe de pays turcophones

2. Que désigne l'acronyme GAFAM ?

☐ **a.** Les principales firmes transnationales chinoises du numérique
☐ **b.** Un règlement européen de protection des données personnelles
☐ **c.** Les principales firmes transnationales américaines du numérique

4 Les nouvelles routes de la soie

→ FICHE 14

1. Quel est l'objectif de la partie maritime des nouvelles routes de la soie ?

☐ **a.** Exporter les productions chinoises
☐ **b.** Contrôler les convois de marchandises chinois
☐ **c.** Favoriser les migrations de populations chinoises

2. Qui participe au financement des nouvelles routes de la soie ?

☐ **a.** Le Fonds monétaire international
☐ **b.** La Banque mondiale
☐ **c.** La Banque asiatique d'investissement pour les infrastructures

S'ENTRAÎNER

5 Confronter deux documents

→ FICHE 14

Document 1 La compétition économique entre les États-Unis et la Chine

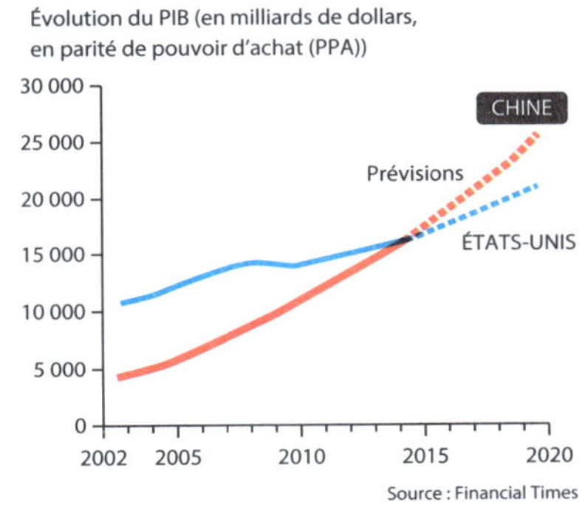

Document 2 Le *made in China* à l'assaut du monde

Ce dessin s'inspire d'une célèbre photographie de presse prise lors de la répression du mouvement démocratique par l'armée chinoise en juin 1989 sur la place Tiananmen à Pékin.

Dessin de Lauzan (Chili), dans *Grand Atlas*, Autrement/Courrier international, 2016.

1. a. Comment évolue le produit intérieur brut (PIB) chinois de 2002 à 2015 ?

b. Quelles sont les projections pour 2015-2020 ?

2. a. Que représente la ligne de chars « made in China » ?

b. Que symbolise le petit bonhomme avec une mappemonde sur la tête ?

3. Comment ce graphique et ce dessin évoquent-ils l'un des objectifs des nouvelles routes de la soie ?

OBJECTIF BAC

6 Les formes indirectes de la puissance • Composition

2 h

Ce sujet transversal mobilise de nombreuses connaissances développées dans ce chapitre. Il est donc indispensable de formuler une problématique pertinente qui vous permette d'organiser la restitution du cours afin de présenter tous les aspects du sujet.

LE SUJET

Rédigez une composition sur le sujet suivant : « Les formes indirectes de la puissance. »

Méthode

Définir la problématique d'une composition

Étape 1 Analyser le sujet

L'analyse du sujet nécessite d'en déterminer les **bornes** et d'en définir les **mots clés** pour ensuite rassembler les connaissances utiles → MÉTHODE p. 201.

Étape 2 Organiser ses idées

Classez autour de quelques **grands thèmes** les connaissances et les idées que votre analyse du sujet a permis de faire émerger.

Étape 3 Formuler la problématique

- Formulez une **question, la plus large possible**, qui puisse englober tous les grands thèmes que vous avez dégagés : c'est votre problématique.
- Soignez la tournure de votre problématique. Elle pourra commencer par « **comment** » ou « **pourquoi** ».
- Par souci de clarté, il est également possible de décomposer la problématique en **deux questions**.

LA FEUILLE DE ROUTE

Étape 1 Analyser le sujet

- L'expression clé du sujet est « les formes indirectes de la puissance ». La difficulté repose dans l'adjectif « indirect ». Il désigne des méthodes qui ne permettent pas, *a priori*, d'exprimer sa puissance. Ce sont donc en général des moyens détournés pour accéder au statut de puissance.
- L'absence de bornes chronologiques et spatiales invite à traiter le sujet dans son actualité mondiale.

Étape 2 Organiser ses idées

- Les fiches 12, 13 et 14 vous donnent les **principaux moyens indirects de manifestations** de la puissance. Essayez de les résumer en un mot ou une expression.
- N'oubliez pas de mentionner des **éléments concrets** de réponse même si l'intitulé est très conceptuel. Utilisez des noms de personnes, des dates, des lieux.

Étape 3 Formuler la problématique

- Dans ce sujet, il est important de définir les formes indirectes de la puissance : quelles sont **les manifestations** de ces formes indirectes de la puissance ?
- On peut aussi ajouter une question qui permette de davantage contextualiser le sujet : pourquoi ces formes indirectes de la puissance sont-elles **particulièrement nombreuses aujourd'hui** ?

→ CORRIGÉ p. 231

CORRIGÉS

SE TESTER QUIZ

1 Les caractéristiques de la puissance

1. Réponses a, b et c. Les fondements traditionnels de la puissance sont un vaste territoire et une population nombreuse qui permettent d'entretenir une armée puissante.

2. Réponse b. Le *soft power* est la capacité d'influence et de persuasion d'un État. La capacité d'un État à imposer sa volonté à un autre État par la contrainte est le *hard power*.

2 Essor et déclin des puissances

1. Réponse b. L'âge d'or de l'Empire ottoman se situe au XVIe siècle sous le règne de Soliman Ier, dit le Magnifique. Son territoire s'étend alors sur plus de 5 millions de kilomètres carrés.

2. Réponse a. Vladimir Poutine, au pouvoir depuis 1999, représente le renouveau de la Russie par son ambition de restaurer la grandeur de son pays.

3 Langue et nouvelles technologies

1. Réponse a. Les instituts Confucius sont des centres de diffusion de la langue et la culture chinoises. Il en existe près de 500 dans le monde aujourd'hui.

2. **Réponse c.** Les GAFAM sont principales firmes transnationales américaines du numérique : Google, Amazon, Facebook, Apple et Microsoft.

INFO

Les principales firmes transnationales chinoises du numérique sont les BATX : Baidu, Alibaba, Tencent et Xiaomi, auxquelles on ajoute parfois Huawei (BATHX).

4 Les nouvelles routes de la soie

1. **Réponse b.** La « ceinture » maritime des nouvelles routes de la soie a pour but premier de contrôler les convois de marchandises chinois.

2. **Réponse c.** Les nouvelles routes de la soie sont largement financées par la Banque asiatique d'investissement pour les infrastructures (BAII).

S'ENTRAÎNER

5 Confronter deux documents

1. a. Le PIB chinois a fortement augmenté de 2002 à 2015 ; il a été **multiplié par trois** environ.

b. Selon les projections du document 1, le PIB chinois devait **dépasser celui des États-Unis en 2015**. Ce n'est cependant pas encore le cas : en 2018, le premier est de 13 000 milliards de dollars contre 21 000 milliards pour le second.

CONSEIL

N'hésitez pas à utiliser vos connaissances pour remettre en perspective, voire critiquer, les documents proposés.

2. a. La ligne de chars « made in China » représente l'ensemble des **productions chinoises**.

b. Le bonhomme avec la tête en forme de mappemonde représente les **consommateurs de la planète** qui achètent des productions chinoises.

3. Les nouvelles routes de la soie sont l'ensemble des infrastructures (terrestres et maritimes, civiles et militaires) qui permettent à la Chine d'**assurer l'exportation de ses productions** partout dans le monde. C'est la base de la puissance actuelle de Pékin.

OBJECTIF BAC

6 Composition

Dans ce corrigé, nous vous proposons un plan détaillé, ainsi que l'introduction et une sous-partie rédigées.

Introduction

[Accroche et présentation du sujet] Raymond Aron définit la puissance comme la capacité à imposer sa volonté à autrui. À côté des moyens traditionnels, comme les armes, certains États mettent en place des stratégies indirectes, c'est-à-dire non clairement assumées et parfois difficilement perceptibles, pour s'imposer sur la scène internationale. La relative perte de puissance américaine, les effets d'une crise économique latente et l'omniprésence d'Internet expliquent le recours à ces nouvelles formes puissances.

[Problématique] Quelles en sont les manifestations ?

[Annonce du plan] Nous analyserons tout d'abord comment ces formes discrètes de la puissance s'imposent dans le domaine militaire [I]. Nous présenterons ensuite leurs utilisations en matière économique [II], avant d'évoquer leur développement sur le plan culturel [III].

I. Les formes indirectes de pouvoir militaire

1. Un moyen de conserver l'hégémonie à moindre coût

2. Un exemple suivi par les puissances économiques moyennes

Depuis la disparition de l'URSS en 1991, la Russie est une puissance moyenne qui n'a plus les capacités d'entretenir des forces militaires de premier plan. Mais elle a développé un véritable pouvoir de nuisance grâce à l'utilisation d'armes intelligentes. Celles-ci lui permettent de s'opposer à ses ennemis ou d'influencer de potentiels alliés dans le cadre d'une stratégie de *sharp power*. Des hackers russes ont ainsi utilisé des virus, piratant les serveurs informatiques du parti démocrate américain lors de l'élection présidentielle de 2016. Menant une guerre non conventionnelle, Moscou garde ainsi une place prépondérante sur la scène internationale.

INFO
Le produit intérieur brut (PIB) de la Russie est de 1 610 milliards de dollars en 2018, la classant au douzième rang mondial.

II. Les formes indirectes du pouvoir économique

1. Le pouvoir des géants du numérique

2. La stratégie innovante chinoise : les nouvelles routes de la soie

III. Les formes indirectes de *soft power*

1. La langue, entre institutionnalisation et apprentissage

2. Le sport, au service d'une image positive

SES HGGSP ANGLAIS LLCE/AMC

15 Les lieux et les formes de la puissance américaine

En bref *La célébrité planétaire des lieux qui incarnent la puissance américaine, tant économique, diplomatique que culturelle* → FICHE 9*, révèle le leadership mondial des États-Unis. Sa remise en cause peut d'ailleurs passer par la destruction de ces lieux symboliques, comme lors des attentats du 11 septembre 2001.*

I Une puissance multiforme incarnée dans des lieux

1 Le *hard power* américain dans ses murs

- La puissance américaine se définit d'abord par sa capacité inégalée à avoir recours à la force. Situé à Arlington (Virginie) près de Washington, le Pentagone – et ses 28 kilomètres de couloirs ! – abrite le département de la Défense, centre névralgique de la première armée du monde.
- Ces moyens militaires sont fondés sur les investissements de la première économie du monde. La **Réserve fédérale** à Washington et **Wall Street** à New York symbolisent la domination américaine sur les flux monétaires et financiers internationaux.
- Les États-Unis jouent un grand rôle diplomatique au sein des institutions internationales. New York abrite ainsi le siège de l'Organisation des Nations unies (ONU) → FICHE 16.

MOTS CLÉS

La **Réserve fédérale** des États-Unis est la banque centrale qui gère notamment la politique monétaire du pays. **Wall Street** est le siège du New York Stock Exchange (NYSE), première Bourse du monde.

2 Le *soft power* de l'*American way of life*

- Le rayonnement international des États-Unis tient en la capacité d'attraction de l'*American dream*. Aux XIXe et XXe siècles, des millions de migrants affluent vers le Nouveau Monde : dans le port de New York, ils sont accueillis par la statue de la Liberté, allégorie des valeurs portées par la Constitution du pays.
- La domination américaine est enfin celle de sa culture, et notamment de son cinéma. Sur le trottoir du Walk of Fame à Hollywood s'alignent ainsi 2 621 étoiles représentant autant de célébrités connues dans le monde entier.

INFO + **La domination des États-Unis en chiffres**

- PIB : 19 390 milliards de dollars (2017)
- Dépenses militaires : 600 milliards de dollars (2016)
- Prix Nobel : 377 lauréats (sur 889)
- Cinéma : 40 % des recettes mondiales (2016)

II Une approche multiscalaire de la puissance américaine

Une approche multiscalaire prend en compte toutes les échelles spatiales. Elle est nécessaire ici pour appréhender les formes de la puissance américaine.

1 D'un quartier, d'une ville…

- Les universités américaines, les plus renommées du monde, se déploient sur de vastes campus. L'université de Stanford en Californie s'étend ainsi sur 32 km² : c'est là que se rencontrèrent Sergey Brin et Larry Page, les fondateurs de Google.
- La fascination qu'exercent les États-Unis se fait jour aussi dans des villes emblématiques. C'est le cas de Las Vegas, capitale internationale du jeu, dont les innombrables casinos et centres commerciaux drainent les touristes du monde entier.

2 … à la conquête de vastes espaces

- La puissance des États-Unis passe également par la mise en valeur de l'espace. Les immenses surfaces agricoles du Middle West font du pays le premier exportateur mondial du secteur, tandis que les vastes champs pétrolifères de l'Alaska ou du golfe du Mexique le classent désormais comme le premier pays producteur d'or noir.
- La conquête américaine se fait aussi hors de notre planète. C'est depuis le centre de la National Aeronautics and Space Administration (NASA) à Houston (Texas) que fut guidé Neil Armstrong, le premier homme à avoir marché sur la Lune en 1969.

zoOm

Washington : des lieux de pouvoir et des symboles

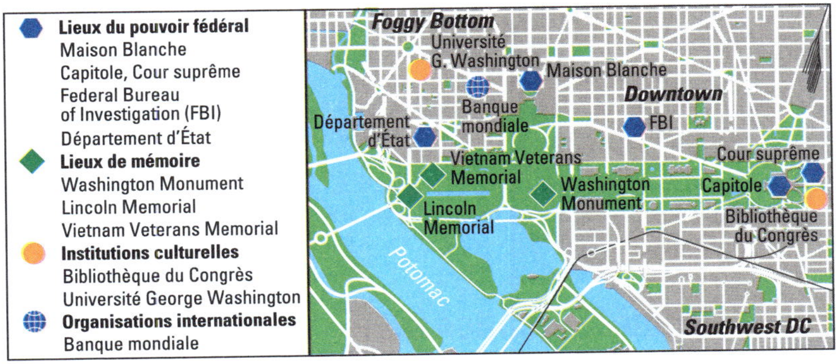

- Dans la capitale des États-Unis, la géographie éclatée des lieux de pouvoir symbolise la séparation entre l'exécutif (Maison Blanche), le législatif (Chambre des représentants et Sénat au Capitole) et le judiciaire (Cour suprême).
- S'y lit aussi l'attachement du pays à des valeurs et à une histoire. Le Washington Monument célèbre l'un des Pères fondateurs des États-Unis tandis que le Lincoln Memorial rend hommage au président qui a aboli l'esclavage.

SES HGGSP ANGLAIS LLCE/AMC

16 Unilatéralisme et multilatéralisme : un débat international

En bref *Après la Première Guerre mondiale, le XXe siècle voit la mise en place d'instances de délibération multilatérales aux ambitions variées. Pourtant, les États, et notamment le plus puissant d'entre eux, les États-Unis, ont souvent cherché à les contourner pour défendre d'abord leur intérêt national.*

I L'avènement du multilatéralisme

1 Préserver la paix

■ La création de la Société des Nations (SDN) en 1919 puis de l'Organisation des Nations unies (ONU) en 1945 est en grande partie le fruit d'initiatives américaines. À travers elles, les États-Unis entendent créer un cadre **multilatéral** de relations internationales.

> **MOT CLÉ**
> Le **multilatéralisme** est un mode de relations internationales qui privilégie les négociations, les accords et les coopérations entre plus de deux pays.

■ Si le Congrès américain refuse l'adhésion du pays à la SDN, dans un réflexe traditionnel d'isolationnisme → FICHE 17, à partir de 1945 les États-Unis deviennent un membre actif du Conseil de sécurité de l'ONU.

■ Au cours de la guerre du Golfe en 1991, les Américains s'engagent pleinement dans cette démarche multilatérale en prenant la tête d'une vaste coalition onusienne afin de libérer le territoire du Koweït envahi par l'Irak. Pour George H. W. Bush, les États-Unis doivent être les « gendarmes du monde » en liaison avec l'ONU.

2 Favoriser la prospérité économique et l'environnement

■ En parallèle, les États-Unis entendent établir un système économique stable par les accords de Bretton Woods (1944) et la création du Fonds monétaire international (FMI). Ils promeuvent également une économie ouverte grâce au *General Agreement on Tariffs and Trade* (GATT) en 1947 et à l'Organisation mondiale du commerce (OMC) constituée en 1995.

■ Les États-Unis participent aussi au cadre multilatéral en matière de protection de l'environnement *via* le protocole de Montréal de 1987, qui vise à l'élimination des gaz nocifs à la couche d'ozone.

II Le poids des intérêts nationaux

1 Les Nations unies sous pression américaine

■ Mais, lorsque leur sécurité nationale ou leurs intérêts vitaux sont en jeu, les États-Unis n'hésitent pas à contourner le cadre multilatéral. En 1996, l'administration Clinton refuse ainsi le renouvellement du mandat du secrétaire général de l'ONU, Boutros Boutros-Ghali, jugé trop indépendant.

■ Leur **unilatéralisme** se manifeste en 2003 quand George W. Bush s'engage dans un nouveau conflit irakien visant à renverser Saddam Hussein : cette fois, les États-Unis interviennent sans l'aval de l'ONU.

MOT CLÉ

L'**unilatéralisme** consiste pour un État à décider d'une action indépendamment de tout avis extérieur, en ne prenant en considération que ses intérêts.

2 Un cadre bilatéral

■ Washington tend également à privilégier les relations d'État à État. Dans le domaine économique, face à la concurrence notamment de la Chine, les négociations multilatérales dans le cadre de l'OMC sont bloquées.

■ Sur le plan diplomatique, face à la menace nucléaire nord-coréenne, Donald Trump privilégie les négociations directes avec Kim Jong-un.

3 Des retraits spectaculaires

■ Enfin, les États-Unis peuvent être amenés à revenir sur leur participation à des instances multilatérales. Ainsi, après avoir participé à la création de la Cour pénale internationale (CPI) en 1998, ils n'en ont jamais ratifié le statut.

■ Cette position peut aller jusqu'au retrait : en 2017, le président Trump annonce que son pays se retire de l'accord de Paris sur le climat.

zoOm

Les États-Unis au cœur du fonctionnement des Nations unies

■ C'est à San Francisco qu'est signée en 1945 la Charte fondatrice de l'organisation et à New York que siègent depuis 1951 ses principales institutions (photo).

■ Leur statut de premier contributeur (22 % du budget de l'ONU), leur droit de veto, en tant que membre permanent du Conseil de sécurité, et leur puissance militaire font des États-Unis un acteur indispensable à l'ONU.

17 Points d'appui et zones d'influence dans un monde multipolaire

En bref *« L'Amérique demeure la nation indispensable dans le monde. Le monde a besoin d'une Amérique forte » affirmait Barack Obama en 2012. Les États-Unis possèdent un avantage stratégique incomparable : c'est le seul pays au monde à disposer d'une capacité d'intervention à l'échelle de la planète.*

I L'économie et le territoire, bases de la puissance

1 Une économie au service de la puissance

■ Les États-Unis disposent d'un **complexe militaro-industriel** reposant sur une étroite collaboration entre le gouvernement fédéral et l'industrie américaine de la défense, à la base d'une production ultramoderne. Il permet d'entretenir la première armée au monde (1,4 million d'hommes), dotée de moyens inégalés.

■ La puissance américaine est aussi à l'œuvre par la force de son **réseau diplomatique**, qui emploie plus de 28 000 fonctionnaires.

■ Enfin les moyens financiers des États-Unis lui permettent d'investir dans les **organisations internationales** → FICHE 16 ainsi que dans l'**aide au développement**, *via* notamment son agence Usaid.

2 Un territoire protecteur et protégé

■ Le principal point d'appui de la puissance américaine s'inscrit dans son vaste territoire → FICHE 15 où servent près d'**1,2 million de militaires** stationnés dans **513 bases**, soit 1 % de la surface du pays. Ils ont d'abord pour rôle de protéger les citoyens américains, surtout depuis les attentats du 11 septembre 2001.

■ La défense des États-Unis passe également par la **surveillance de ses frontières**, objets de contrôles pointilleux de la part de forces spécialisées → FICHE 18.

II Une capacité de projection à l'échelle de la planète

1 Une présence dans le monde entier

■ La politique étrangère américaine alterne entre **isolationnisme** et interventionnisme militaire. Pourtant, avec la Seconde Guerre mondiale puis la guerre froide, les États-Unis sont conduits à inscrire durablement leur action à l'échelle mondiale.

> **MOT CLÉ**
> L'**isolationnisme** est la politique d'un État qui refuse toute intervention à l'extérieur. Aux États-Unis, il a été théorisé par le président Monroe en 1823.

■ Pour ce faire, Washington s'appuie sur un réseau de **260 représentations diplomatiques** dans le monde et sur la présence de près de **200 000 militaires dans 42 pays**.

■ Héritées de l'histoire, les principales implantations se localisent au Japon (île d'Okinawa) où leur présence semble pérennisée du fait des tensions actuelles avec la Russie, la Corée du Nord et la Chine. On trouve également des hommes en Allemagne ou au Moyen-Orient (Turquie, Émirats arabes unis).

2 | Une influence exercée par de multiples alliances

■ La présence américaine passe également par les alliances militaires : l'Organisation du traité de l'Atlantique nord (OTAN), fondée en 1949 ; le traité de sécurité ANZUS, signé en 1951 avec l'Australie et la Nouvelle-Zélande. Tous deux s'inscrivent dans la politique de *containment* du communisme.

MOT CLÉ

L'**OTAN** réunit 26 États : les États-Unis, le Canada, la plupart des pays européens ainsi que la Turquie. Son siège est à Bruxelles.

■ Ces organisations peuvent servir de points d'appui aux interventions américaines. L'OTAN a ainsi été mobilisée lors de la guerre du Kosovo en 1999 ainsi qu'en Afghanistan entre 2001 et 2014.

■ Des accords bilatéraux permettent d'entretenir des relations privilégiées avec certains pays : c'est le cas avec l'Arabie Saoudite face à la menace que représente l'Iran.

zoOm

Le dispositif militaire américain au Moyen-Orient

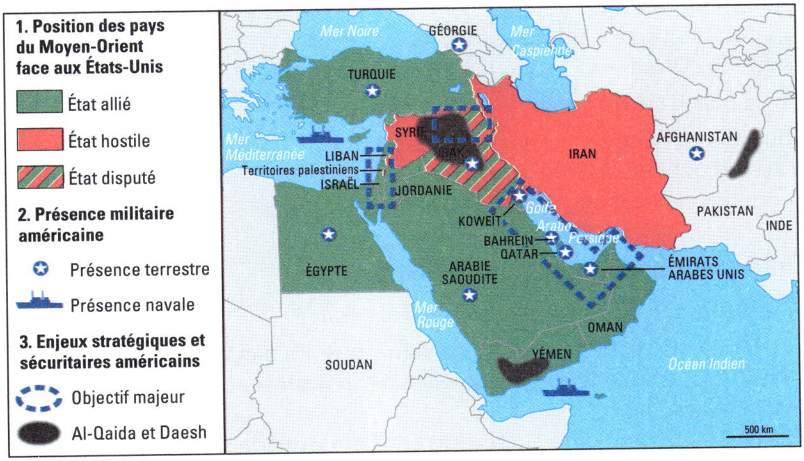

■ La présence américaine au Moyen-Orient est hautement stratégique afin de garantir l'accès aux réserves pétrolières et gazières (Arabie Saoudite, Koweït) et de contrer les puissances hostiles, tel l'Iran accusé de vouloir se doter de l'arme nucléaire, ou les nébuleuses terroristes telle Daesh.

■ La présence américaine est multiforme, maritime et terrestre, et recourt à des technologies avancées (surveillance par satellites, attaques par drones).

SE TESTER QUIZ

Vérifiez que vous avez bien compris les points clés des **fiches 15 à 17**.

1 Les lieux et les formes de la puissance américaine

→ FICHE 15

1. Dans quelle ville se situe le siège principal de l'ONU ?

☐ **a.** À San Francisco, ville où la création de l'organisation fut décidée
☐ **b.** À New York, la plus grande ville des États-Unis
☐ **c.** À Washington, au plus proche du pouvoir fédéral américain

2. Quel est le nom des deux chambres législatives américaines ?

☐ **a.** La Chambre des représentants et le Sénat
☐ **b.** La Chambre des députés et le Conseil
☐ **c.** L'Assemblée nationale et le Sénat

2 Unilatéralisme et multilatéralisme

→ FICHE 16

1. Parmi les affirmations suivantes, laquelle est vraie ?

☐ **a.** Les États-Unis ont décidé de façon unilatérale d'intervenir militairement par deux fois en Irak en 1991 et 2003.
☐ **b.** Si en 1991 les États-Unis sont intervenus après le vote d'une résolution à l'ONU, en 2003 ils ont envahi l'Irak unilatéralement.
☐ **c.** Les deux interventions militaires ont suivi les règles du multilatéralisme : à chaque fois, les États-Unis ont attendu l'accord de l'ONU.

2. Qu'est-ce que le GATT ?

☐ **a.** Le quartier général de l'armée américaine
☐ **b.** Un accord général de libre-échange
☐ **c.** Le nom des services secrets américains

3 Points d'appui et zones d'influence

→ FICHE 17

1. Parmi les affirmations suivantes, laquelle est vraie ?

☐ **a.** En 2017, 20 000 soldats américains sont présents dans 3 pays.
☐ **b.** En 2017, 2 000 000 de soldats américains sont présents dans 185 pays.
☐ **c.** En 2017, 200 000 soldats américains sont présents dans 42 pays.

2. Qu'est-ce que l'OTAN ?

☐ **a.** L'armée permanente au service de l'Organisation des Nations unies
☐ **b.** L'Organisation du traité de l'Atlantique nord, une alliance militaire entre les États-Unis, le Canada et de nombreux pays européens
☐ **c.** Le sigle français pour NATO, le nom officiel de l'armée américaine

S'ENTRAÎNER

4 Comprendre le vocabulaire du cours

→ FICHE 15

1. Associez chaque lieu à une forme de puissance.

Hollywood •	• Puissance politique
Wall Street •	• Puissance financière
Pentagone •	• Puissance culturelle
Maison Blanche •	• Puissance militaire

2. Complétez ce texte avec les termes appropriés.

Comme ce fut le cas en 2003 en ...., les États-Unis n'hésitent pas à intervenir militairement sans accord préalable de la communauté internationale. Ce réflexe .... contredit l'idée défendue par les Nations unies d'une gouvernance .... des conflits et des tensions à l'échelle de la planète. L'arrivée de Donald Trump au pouvoir a renforcé cette logique : dans la crise qui l'oppose à la ...., il privilégie en effet les rencontres .... avec Kim Jong-un.

5 Se repérer dans l'espace

→ FICHE 15

Sur la carte ci-dessous, placez les espaces de puissance des États-Unis :

a. Washington, capitale fédérale
b. Hollywood (Los Angeles)
c. Middle West, terres agricoles
d. Wall Street (New York)
e. Houston, siège de la NASA
f. Gisements de pétrole (Alaska, golfe du Mexique)

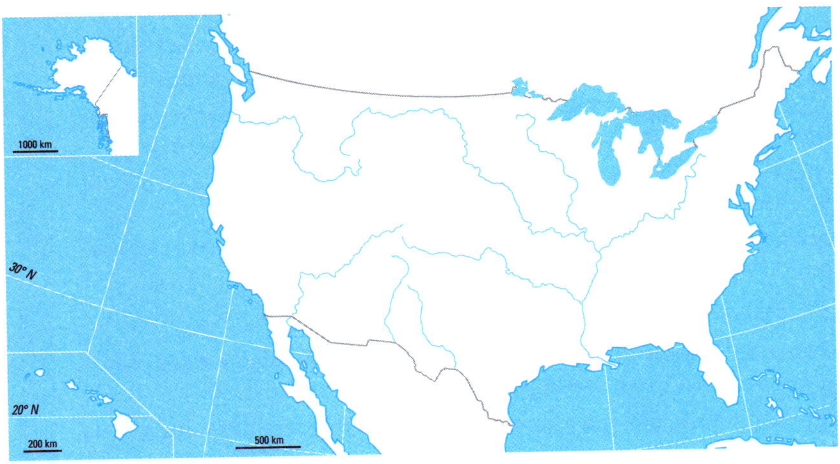

OBJECTIF BAC

6 Les États-Unis aujourd'hui, une puissance remise en cause ? Composition

2 h

La composition est un exercice qui nécessite des connaissances ainsi qu'une analyse rigoureuse du sujet, permettant de dégager problématique et plan. Ici il est question de l'hégémonie des États-Unis : les éléments de sa puissance, mais également sa remise en cause, incluant causes et conséquences du phénomène.

LE SUJET

Rédigez une composition sur le sujet suivant : « Les États-Unis aujourd'hui, une puissance remise en cause ? »

Méthode

Construire le plan d'une composition

Étape 1 Identifier le type de sujet

Les sujets de composition entrent dans de grandes catégories qu'il faut savoir reconnaître.

- Un **sujet tableau** se situe à un moment historique précis (par exemple, « La puissance des États-Unis en 2019 »).
- Un **sujet chronologique** s'inscrit dans une durée plus ou moins longue (par exemple, « La puissance des États-Unis depuis la fin de la Seconde Guerre mondiale »).
- Un **sujet analytique** conduit à décrire un phénomène (par exemple, « La remise en cause de la puissance américaine au début du XXIe siècle »).

Étape 2 Choisir le type de plan adapté

Chaque type de sujet oriente *a priori* vers un type de plan différent, même s'il est possible d'en combiner les logiques dans une même composition.

- Le **plan thématique** s'adapte bien au sujet-tableau et oblige à un choix des thèmes à étudier (économique, politique, militaire, culturel, etc.).
- Le **plan chronologique** épouse une logique temporelle. Il s'articule autour de dates essentielles qui déterminent les parties.
- Le **plan analytique** s'établit en trois temps : causes, description, conséquences du phénomène étudié.

Étape 3 Élaborer le plan

- Le plan doit être structuré en **thèmes** (les parties du plan), **idées** principales (les sous-parties) et **exemples** qui permettent d'illustrer.
- Il convient de **rédiger son plan au brouillon** de manière détaillée afin de faciliter ensuite la rédaction de la composition.

LA FEUILLE DE ROUTE

Étape 1 Identifier le type de sujet

- La début de l'énoncé (« Les États-Unis aujourd'hui ») évoque un sujet-tableau. Mais la proposition « une puissance remise en cause » oblige à interroger dans une logique analytique les causes et les conséquences de possibles fragilités.
- Le point d'interrogation souligne la nécessité de s'interroger sur la réalité de la remise en cause de la puissance américaine, et permet de préciser une problématique : les fragilités actuelles sont-elles si grandes qu'elles remettent en cause la prééminence du pays à l'échelle de la planète ?

Étape 2 Choisir le type de plan adapté

- Le début de l'énoncé doit conduire à une étude des différentes thématiques susceptibles de définir une puissance complète comme celle des États-Unis.
- Mais la fin de l'énoncé implique une approche également analytique, en déroulant les causes puis les conséquences d'une possible remise en cause de la puissance des États-Unis.

Étape 3 Élaborer le plan

On peut donc construire un plan en 3 parties :

1re partie. Les États-Unis, une puissance inégalée

2e partie. Une puissance contestée et fragilisée

3e partie. Des réactions parfois brutales des autorités américaines

→ CORRIGÉ p. 243

CORRIGÉS

SE TESTER QUIZ

1 Les lieux et les formes de la puissance américaine

1. Réponse b. Le siège principal de l'ONU est à Manhattan (New York). San Francisco fut effectivement le siège de la conférence qui donna naissance à l'organisation en 1945.

2. Réponse a. Le Congrès américain est formé de la Chambre des représentants et du Sénat. C'est l'équivalent du Parlement en France, avec l'Assemblée nationale et le Sénat.

2 Unilatéralisme et multilatéralisme

1. Réponse b. Si en 1991 les États-Unis sont intervenus après le vote d'une résolution du Conseil de sécurité de l'ONU, en 2003 ils ont envahi l'Irak unilatéralement.

2. Réponse b. Le *General Agreement on Tariffs and Trade* (GATT) est un accord de libre-échange signé en 1947 à l'initiative des États-Unis. Il est l'ancêtre de l'Organisation mondiale du commerce (OMC).

CONSEIL
Certaines dates sont à connaître par cœur. Elles guident votre apprentissage et vous permettent de structurer rigoureusement vos copies.

3 Points d'appui et zones d'influence

1. Réponse c. En 2017, près de 200 000 soldats américains sont présents dans 42 pays. C'est la plus forte présence militaire dans le monde.

2. Réponse b. L'OTAN est l'Organisation du traité de l'Atlantique nord. NATO est son sigle en anglais *(North Atlantic Treaty Organization)*. L'ONU n'a pas d'armée permanente.

S'ENTRAÎNER

4 Comprendre le vocabulaire du cours

1. • Hollywood : puissance culturelle.
• Wall Street : puissance financière.
• Pentagone : puissance militaire.
• Maison Blanche : puissance politique.

2. Les mots à placer sont les suivants (dans l'ordre) : Irak • unilatéral • multilatérale • Corée du Nord • bilatérales.

5 Se repérer dans l'espace

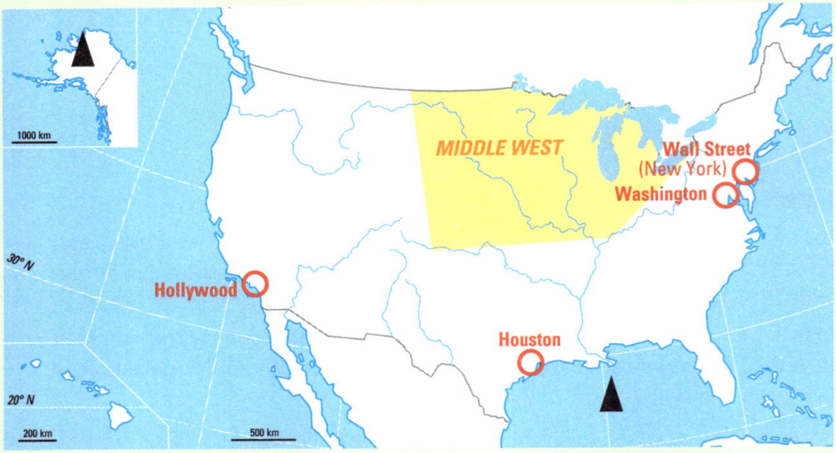

OBJECTIF BAC

6 Composition

Le corrigé vous propose une introduction rédigée ainsi qu'un plan détaillé.

Introduction

[Accroche] Pour beaucoup, les États-Unis restent un modèle de développement et de mode de vie. **[Présentation du sujet et problématique]** Puissance la plus complète au monde, les États-Unis doivent faire face aujourd'hui à des fragilités économiques, à de nouveaux pôles de croissance, et à une contestation qui a trouvé son acmé au travers des attentats du 11 septembre 2001. Ces multiples facteurs remettent-ils en cause la prééminence du pays à l'échelle de la planète ?
[Annonce du plan] Si les États-Unis restent aujourd'hui incontestablement une puissance mondiale de premier plan [I], les fondements de cette puissance connaissent de multiples facteurs de déstabilisation [II] auxquels Washington tente de répondre, remettant parfois profondément en question les équilibres planétaires [III].

CONSEIL
Soignez la rédaction de l'annonce de votre plan. Évitez en particulier les formulations trop scolaires du type « en première partie… », « en seconde partie… ».

I. Les États-Unis, une puissance mondiale

Cette partie vise à démontrer que les États-Unis restent aujourd'hui le seul pays à détenir une puissance complète à l'échelle de la planète.

1. La première économie du monde
2. Une force politique et diplomatique incomparable
3. L'*American way of life*, toujours un modèle

II. Une puissance fragilisée dans un monde multipolaire

Depuis une vingtaine d'années, de multiples facteurs viennent remettre en cause les bases de la puissance américaine.

1. L'avènement d'un monde multipolaire
2. Une économie fragilisée par des crises systémiques (*subprimes*)
3. Une remise en cause : attaques terroristes et menaces militaires

III. « *Make America great again* » (Donald Trump) : renouveau ou repli sur soi ?

Face à la peur du déclin, les États-Unis ont réagi énergiquement ces dernières années en favorisant l'unilatéralisme.

1. L'élection de Donald Trump : le symptôme du malaise américain ?
2. Protectionnisme et guerre commerciale : la tentation du repli sur soi ?
3. L'unilatéralisme : la réponse vigoureuse d'une puissance menacée ?

18 Un monde de frontières

En bref *La frontière est une ligne, juridiquement construite, qui sépare deux États souverains. En 2016, on compte environ 252 000 kilomètres de frontières internationales terrestres. Elles sont le fruit d'un processus historique de délimitation et de démarcation.*

I Des frontières récentes et plus nombreuses

1 Des marges frontalières aux frontières linéaires

■ La frontière linéaire ne s'est imposée que progressivement au détriment de **régions frontalières mouvantes** et imprécises. Malgré quelques exemples connus de délimitation (mur d'Hadrien en Angleterre, muraille de Chine), jusqu'au XVIIe siècle, la plupart des puissances politiques et territoriales étaient séparées par de vastes zones ou **marches frontières.**

■ La **frontière linéaire** est étroitement liée à l'État moderne. Elle marque la limite entre deux territoires souverains, deux systèmes politiques, juridiques, monétaires, fiscaux, et deux identités nationales.

MOT CLÉ

Au Moyen Âge, une **marche** est un fief créé dans une zone frontalière, après une conquête par exemple, auquel le souverain attribue une fonction de défense contre les territoires voisins.

2 Sur terre, sur mer et dans les airs

■ Les frontières continuent de se multiplier. Sur terre, 27 000 kilomètres de **frontières nouvelles** ont été institués depuis 1991, pour l'essentiel en Europe et en Asie, notamment suite au démantèlement du bloc soviétique.

■ Les frontières s'étendent aussi **sur mer**. L'appropriation des espaces maritimes a débouché sur la création de zones économiques exclusives (ZEE). On estime que 40 % environ des espaces marins ont été ainsi appropriés, les 60 % restants correspondant à la haute mer, internationale → FICHE 23.

■ L'**espace aérien**, enfin, est la projection verticale des frontières nationales d'un pays. Ainsi l'article premier de la convention de Chicago (1944) reconnaît la souveraineté exclusive des États sur leurs espaces aériens respectifs.

INFO + **Les chiffres clés**

- 252 000 kilomètres de frontières terrestres
- 323 frontières terrestres séparant 193 États
- Plus de 70 murs sur environ 41 000 kilomètres

II La fabrique des frontières

1 Tracer les frontières

- À première vue, il peut sembler exister des **frontières « naturelles »**, c'est-à-dire s'appuyant sur des éléments de géographie physique. Ainsi la Manche paraît naturellement séparer la France du Royaume-Uni.
- Pourtant l'emplacement des frontières relève toujours d'un choix ou d'**un rapport de force politique**. Par exemple, la frontière entre la France et l'Espagne résulte du traité des Pyrénées de 1659.
- La **cartographie** des frontières est alors nécessaire, et c'est souvent sur les **cartes** que se négocient les tracés définitifs → FICHE 20.

> **MOT CLÉ**
> La **cartographie** consiste à concevoir et réaliser des cartes à partir de relevés effectués sur le terrain.

2 Démarquer les frontières

- Une fois les frontières fixées, il faut les **matérialiser** dans l'espace : poser des bornes, créer des postes de douane sur les axes de circulation, etc. Pour les **faire respecter**, des forces de police sont également créées.
- Parfois on assiste à la création de **véritables murs**, comme celui érigé de 1993 à 2013 entre l'Inde et le Bangladesh sur 3 200 kilomètres.

zoOm

Le tracé des frontières dans le monde

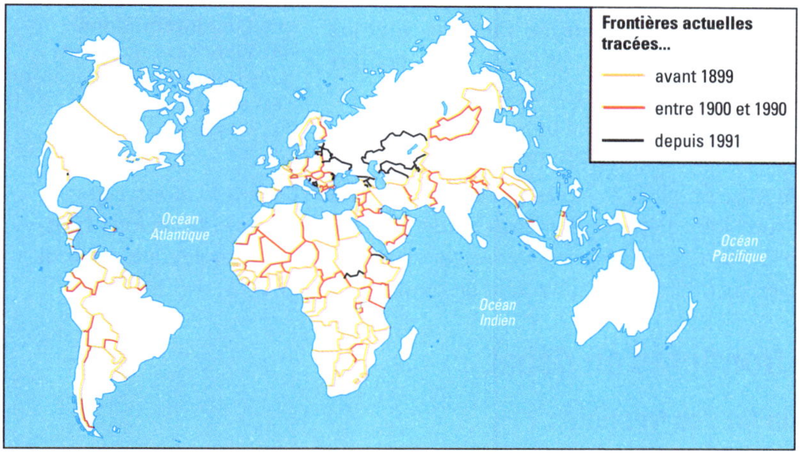

Le tracé des frontières est un processus assez récent qui s'est accéléré avec la colonisation au XIXe siècle, le règlement des conflits des deux guerres mondiales et la disparition de l'Union soviétique en 1991.

19 Des frontières entre contestations et débats

En bref *Dans les années 1990, les frontières ont semblé perdre de leur importance au profit de la libre circulation des hommes, des idées et surtout des marchandises, mais on assiste aujourd'hui à un retour en force de l'idée de frontière et des contestations frontalières.*

I Des frontières contestées et négociées

1 La permanence des contestations

- Les contestations de frontières ont **diverses causes** : limites pas ou mal bornées, cartes imprécises, règles internationales incertaines, etc. Mais elles peuvent aussi relever de **revendications territoriales** contradictoires → FICHE 44.
- Ces situations peuvent déboucher sur des **conflits**, l'intervention militaire ayant pour but de déplacer la frontière, comme lors de la guerre de Corée → FICHE 21. Les contentieux se sont aussi multipliés **en mer** pour la délimitation des ZEE, surtout si des ressources en hydrocarbures sont en jeu → FICHE 23.

2 Des espaces de négociation

- Les frontières sont généralement fixées dans des **traités bilatéraux**, négociés entre les États limitrophes. L'Inde et la Chine ont ainsi signé un accord en 2005 pour régler leur différend territorial dans l'Himalaya.
- En cas de désaccord, les tracés se prêtent à des **règlements internationaux** – qui ne sont pas toujours facilement acceptés par les États. Depuis 1945, la **Cour internationale de justice** rend ainsi des sentences arbitrales : en 2014, elle a par exemple accordé au Pérou une zone maritime sous souveraineté chilienne.

MOT CLÉ
La **Cour internationale de justice** est un organe des Nations unies. Son siège est situé à La Haye, aux Pays-Bas.

- Enfin, la mise en place et la gestion d'**espaces transfrontaliers** montre que les frontières sont loin d'être seulement conflictuelles. La création de régions frontalières en Europe → FICHE 26 ou l'établissement de zones franches permettent d'encourager les flux de travailleurs ou de marchandises.

II Les frontières en débat

1 Vers la fin des frontières ?

- Dans les années 1990, les **zones de libre-échange** – surtout de marchandises – se sont multipliées, élargies et intensifiées : Union européenne (UE), Accord de libre-échange nord-américain (ALENA), Association des nations de l'Asie du Sud-Est (ASEAN), Mercosur en Amérique du Sud.

■ La création d'un « espace sans frontières » au sein de l'UE, à la suite de l'accord signé à Schengen en 1985 → FICHE 24 a modifié en profondeur la nature juridique des frontières, tout en laissant inchangées les bornes géographiques des pays européens. On parle de dématérialisation de la frontière-ligne.

2 Le retour des frontières ?

■ Face à cette évolution et quand surgissent des drames (exode de demandeurs d'asile depuis l'Orient vers l'Europe dans les années 2010) et des crises graves (attentats de 2015 en France), on voit apparaître dans les discours politiques ou l'opinion une demande de retour à la frontière et de renforcement des contrôles.

■ Sur le plan économique, face aux excès d'une mondialisation dont les conséquences sociales sont dénoncées, on assiste également à la réaffirmation du **protectionnisme**.

> **MOT CLÉ**
> Le **protectionnisme** est une politique douanière qui vise à protéger l'économie nationale contre la concurrence étrangère.

■ En termes de mobilité, la dématérialisation est loin de signifier la disparition de la frontière. Celle-ci peut même être « externalisée ». La Libye exerce ainsi un contrôle des flux humains en direction de l'UE avant même le franchissement des frontières de cette dernière, en vertu d'un accord de coopération.

zoOm

La frontière États-Unis/Mexique, entre ouverture et fermeture

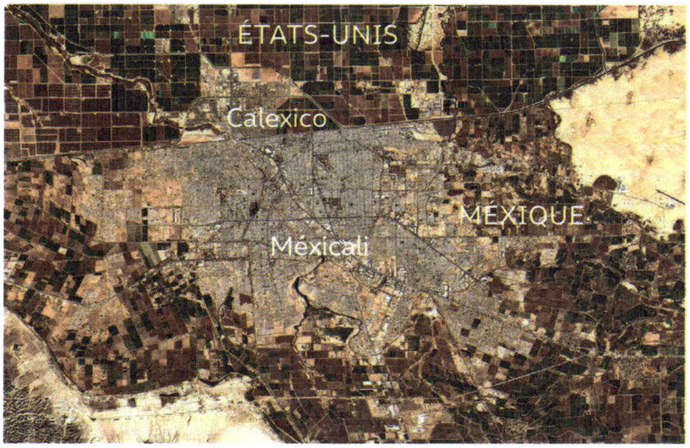

■ Sur cette image satellite, on repère en gris les villes jumelles de Mexicali (Mexique) au sud et de Calexico (États-Unis) au nord. Mexicali est bien plus peuplée, du fait notamment des *maquiladoras*, ces usines qui utilisent la main-d'œuvre mexicaine avant d'exporter leurs productions vers les États-Unis.

■ À l'est, le trait noir correspond au mur édifié par les États-Unis. Un seul passage existe entre Mexicali et Calexico, emprunté chaque jour par 40 000 véhicules ou piétons pour entrer aux États-Unis.

20 Pourquoi tracer des frontières ?

En bref *Dans l'Antiquité, les frontières sont l'une des premières manifestations de la création des États. Selon la légende, Romulus fonde Rome en traçant un trait sur le sol et en interdisant l'accès de ce territoire à son frère. Cette tendance s'exprime pleinement jusqu'à la fin du XIXe siècle.*

I Le *limes* rhénan, une frontière pour se protéger

1 La matérialisation de la frontière

- Sous le règne de Vespasien (69-79), les Romains étendent leur territoire à l'est du Rhin, qui constituait jusque-là une frontière « naturelle » → FICHE 18. Ils construisent **une route pavée** entre Mayence et Augsbourg, sur près de 500 kilomètres : c'est la première matérialisation de la limite de l'Empire romain.
- L'empereur Domitien (81-96) fait déboiser les forêts de Germanie et érige les premiers **forts**. Enfin sous le règne de Trajan (98-107), Rome fait construire une **palissade** de troncs de chêne. À son apogée, ce ***limes*** rhénan est constitué de 60 **camps** et 900 **tours de guet**.
- Au IIIe siècle, lorsque la forêt a été complètement défrichée, la palissade de bois est remplacée par des **tranchées** et des **murets**.

MOT CLÉ
Le ***limes*** romain comprend les murs d'Hadrien et d'Antonin en Écosse, ainsi que des systèmes défensifs en Germanie, Autriche et Roumanie.

2 Une zone tampon entre deux mondes

- À quelques kilomètres en arrière de la frontière sont érigés des **camps** pour les soldats romains. Le premier est celui de Vetera sous le règne de Néron (54-68).
- L'objectif principal du *limes* est **défensif** : il s'agit d'empêcher les incursions des Barbares à l'intérieur du monde romain – ce qui est le cas jusqu'en 258.
- Marche frontière → FICHE 18, le *limes* a également pour fonction de **contrôler la circulation** des marchandises et des personnes.

II La conférence de Berlin : un partage de l'Afrique

1 L'expansionnisme européen en Afrique

- En 1800, l'Afrique est le continent le moins peuplé de la Terre, du fait notamment de la déportation de ses habitants par la traite négrière. Cette **faiblesse d'occupation** favorise l'établissement des Européens dès 1815.
- La France fait ainsi la **conquête** de l'Algérie (1830) puis du Sénégal et de la Tunisie ; le Royaume-Uni, quant à lui, occupe l'Égypte et le Soudan.
- Ces visées expansionnistes européennes entrent en **concurrence** dans le bassin du fleuve Congo, opposant la Belgique, la France et le Portugal.

2 Un cadre « légal » à l'occupation

> **MOT CLÉ**
> La **colonisation** a pour objectif d'occuper un territoire en le plaçant sous dépendance économique et politique d'un autre État, la métropole.

- En novembre 1884, le chancelier allemand Otto von Bismarck invite à Berlin les dirigeants européens à donner un cadre juridique à l'expansion coloniale européenne en Afrique.
- Après plus de trois mois de négociations, est octroyé au roi des Belges Léopold II un vaste territoire dénommé « État indépendant du Congo » tandis que les possessions respectives du Portugal et de la France – en Angola et au Congo-Brazzaville – sont garanties.
- La conférence fixe les conditions du tracé des futures frontières : un territoire n'est attribué que s'il y a une présence de fait au sein d'une « zone d'influence ».

3 La « course aux drapeaux » de 1895 à 1914

- La colonisation de l'Afrique s'intensifie alors. En l'espace de dix ans, 90 % des territoires africains sont occupés par les Européens.
- Les Africains sont tenus à l'écart de ce partage de leur propre territoire. Des rébellions éclatent : en 1904, celle des Hereros en Afrique du Sud-Ouest, entre 1905 et 1907, celle des Maji-Maji en Afrique orientale.

zoOm

Des forts pour défendre la frontière

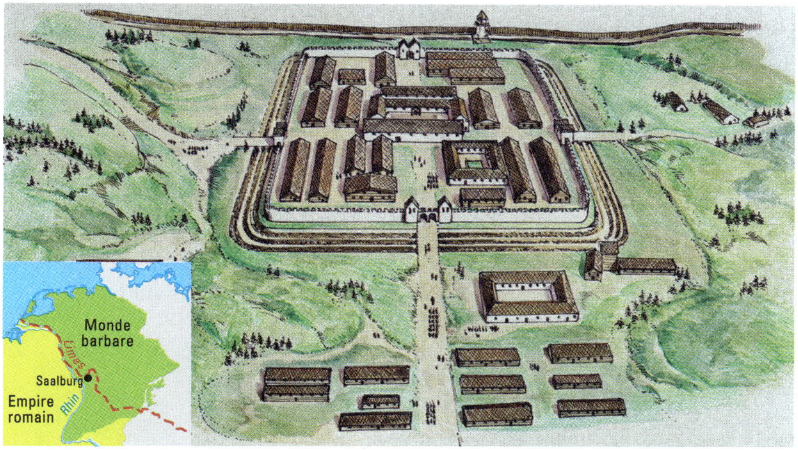

- Construit sous Domitien (fin du Ier s. apr. J.-C.), le camp romain de Saalburg n'abrite au départ que 160 hommes derrière un rempart de terre et de bois.
- Sous Hadrien (117-138), le camp accueille 500 hommes. Les bâtiments et l'enceinte visibles sur cette reconstitution sont progressivement maçonnés.

21 Entre les deux Corée, une frontière politique

En bref *La Corée a été, durant presque dix siècles, un royaume unifié facilitant le commerce entre la Chine et le Japon. Or elle est aujourd'hui coupée en deux autour d'une frontière infranchissable qui sépare deux systèmes politiques antagonistes.*

I Une division entérinée par la guerre froide

■ En novembre 1905, la Corée devient un protectorat japonais. Une partie des élites collabore avec l'occupant tandis que les paysans expropriés de leurs terres fuient en Chine ou en Union des républiques socialistes soviétiques (URSS).

■ Victorieux du Japon en 1945, les États-Unis et l'URSS se partagent le territoire coréen de part et d'autre du 38e parallèle : les Soviétiques au nord, les Américains au sud.

■ Cette séparation est entérinée par la création de deux États en 1948 : la République de Corée au sud et la République populaire démocratique de Corée au nord. En juin 1950, la Corée du Nord envahit le Sud. Le conflit s'enlise le long d'une ligne de front. Celle-ci sert de frontière lors du cessez-le-feu en 1953.

MOT CLÉ
La **guerre de Corée** oppose la Corée du Nord, l'URSS et la Chine d'une part, la Corée du Sud et les États-Unis *via* l'Organisation des Nations unies d'autre part.

II Deux systèmes politiques qui se font face

■ À partir des années 1960, la Corée du Sud connaît un décollage économique spectaculaire et s'insère dans les échanges commerciaux internationaux. Dans les années 1980, la dictature au pouvoir à Séoul doit faire face à d'importantes manifestations, aboutissant à la tenue d'élections libres en 1987.

■ Dans les années 1960, le dirigeant nord-coréen Kim Il-sung prône l'indépendance face à ses deux voisins communistes. Il cherche à assurer son autosuffisance ainsi que son autodéfense militaire. Cette politique, qui conduit à une famine sans précédent dans les années 1990, est poursuivie par ses successeurs, dans le cadre d'une dictature dynastique.

INFO + **Les deux Corée**

- La **Corée du Sud** compte 51 millions d'habitants, sa capitale est Séoul. Le pays est la 11e puissance économique mondiale.
- La **Corée du Nord**, avec sa capitale Pyongyang, est peuplée de 25 millions d'habitants. Elle dépend très largement de l'aide alimentaire internationale et du soutien économique chinois.

III Une situation toujours complexe

1 Une frontière militarisée

- Une zone tampon sépare les deux Corée depuis la fin de la guerre : la ***demilitarized zone*** (ou DMZ). Elle est protégée par des clôtures électrifiées et plus d'un million de mines antipersonnel. 600 000 soldats stationnent dans des bunkers au sud et 1 million au nord.

MOT CLÉ
La ***demilitarized zone*** mesure 248 kilomètres de long et 4 kilomètres de large, de part et d'autre de l'ancienne ligne de front de la guerre de Corée.

- Cette frontière hermétique a coûté la vie aux quelque 1 000 personnes qui ont essayé de la franchir depuis 1953.

2 Entre tensions et tentatives de réconciliation

- Depuis 2006, le gouvernement de Pyongyang menace la sécurité de la Corée du Sud et du Japon en multipliant les essais nucléaires. En 2010, contestant le tracé de sa frontière maritime dans les eaux de la mer Jaune, il a également bombardé l'île de Yeonpyeong occupée par la Corée du Sud.
- Cependant, les tentatives de rapprochement entre les deux Corée existent. En 2000 puis en 2007, deux sommets intercoréens ont eu lieu. En 2018, une démilitarisation de la DMZ a débuté. C'est le résultat d'une « coréanisation » du conflit.

zoOm

La *Joint Security Area*

- La *Joint Security Area* (JSA), ou Zone de sécurité commune, est un espace d'un kilomètre carré qui abrite trois bâtiments bleu ciel de l'Organisation des Nations unies (ONU) et où fut signé le cessez-le-feu de 1953.
- Ce lieu est aujourd'hui une destination touristique qui accueille 150 000 visiteurs annuels venus de Corée du Sud.

22 La frontière germano-polonaise de 1939 à 1990, entre guerre et diplomatie

En bref *Les frontières polonaises sont redessinées au sortir de la Seconde Guerre mondiale. Issu d'une occupation militaire, le nouveau découpage ne sera validé juridiquement que 45 ans plus tard.*

I 1939-1945 : des frontières dessinées par la guerre

1 Un premier partage de la Pologne

- Le 23 août 1939, un traité de non-agression est signé entre l'Allemagne nazie et l'Union des républiques socialistes soviétiques (URSS). Ce **pacte germano-soviétique** prévoit un partage secret de l'Europe entre les deux puissances.
- En application de ce traité, l'**Armée rouge envahit la Pologne** en septembre, décalant ainsi sa frontière de 300 kilomètres environ à l'ouest.

2 Le glissement de la Pologne vers l'ouest

- Mais en juin 1941, l'Allemagne nazie attaque l'URSS, rompant ainsi le pacte signé deux ans plus tôt. Joseph Staline se rapproche alors des Alliés et entame des **négociations pour se voir reconnaître les territoires occupés** en 1939.
- À la conférence de Téhéran fin 1943, les États-Unis et le Royaume-Uni acceptent la revendication soviétique et proposent en échange au gouvernement polonais un **déplacement de la frontière à l'ouest** aux dépens de l'Allemagne.

II 1945-1970 : une limite provisoire qui s'éternise

1 Une solution provisoire entérinée à Postdam

- Sans attendre un accord international, Staline organise en mai 1945 l'**occupation de fait** de l'Allemagne orientale par le gouvernement communiste polonais.
- En juillet 1945, à la conférence de Postdam, les Alliés entérinent la **cession à la Pologne** de près de 100 000 km^2 pris sur le Reich. La frontière germano-polonaise est fixée sur la **ligne Oder-Neisse** dans l'**attente d'un traité** définitif.

> **MOT CLÉ**
> La **ligne Oder-Neisse**, longue de près de 500 kilomètres, tient son nom du fleuve Oder et de son affluent la Neisse.

2 Entre RDA et RFA

- Issue de la scission de l'Allemagne en 1949, la République démocratique allemande (RDA), membre du bloc de l'Est et contrôlée de fait par l'URSS, reconnaît la **ligne Oder-Neisse** comme frontière (traité de Görlitz, 6 juillet 1950).
- Mais la République fédérale d'Allemagne (RFA), proche du bloc de l'Ouest, considère que seules les **frontières du Reich de 1937** ont une existence légale.

III 1970-1990 : une frontière validée par le droit

1 Une reconnaissance diplomatique partielle

- Dans le cadre de l'*ostpolitik*, la RFA accepte de reconnaître la ligne Oder-Neisse par le traité de Varsovie du 7 décembre 1970.
- Mais, dans le même temps, Bonn rappelle qu'aucun traité de paix ne sera valide tant que l'Allemagne n'est pas réunifiée.
- De plus, selon les accords de paix signés à la sortie de la Seconde Guerre mondiale, les quatre puissances victorieuses en mai 1945 conservent « des droits et des responsabilités » sur l'Allemagne.

MOT CLÉ
L'***ostpolitik*** est une politique de rapprochement de la RFA avec les pays d'Europe de l'Est. Cette politique est menée par le chancelier Willy Brandt de 1969 à 1974.

2 La fin d'un imbroglio diplomatique

- En novembre 1989, la chute du mur de Berlin marque le début du processus de réunification allemande, qui aboutira en octobre 1990.
- Le 21 juin 1990, le chancelier Helmut Kohl annonce la reconnaissance en droit international de la frontière entre l'Allemagne et la Pologne.
- Le 12 septembre 1990, les quatre puissances occupantes de l'Allemagne en 1945 et les deux États allemands se réunissent à Moscou pour signer un traité qui entérine juridiquement la frontière acquise par les armes 45 ans plus tôt.

zoOm

Le sort des réfugiés allemands et polonais

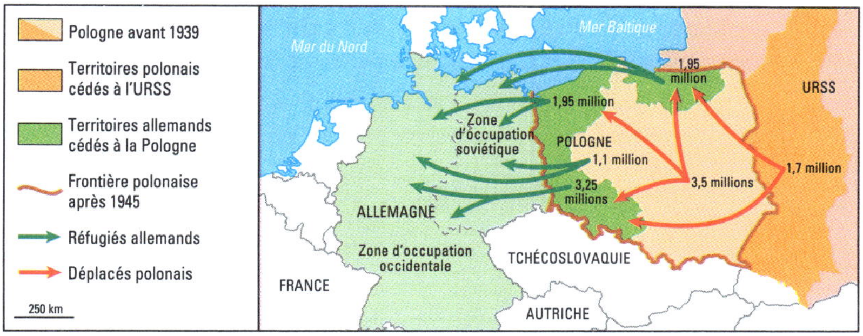

- En 1945, des millions d'Allemands fuient vers l'ouest. Leurs terres sont alors confisquées au profit du Parti communiste polonais. Jusque dans les années 1970, ces réfugiés réclament une clarification juridique de leur situation.
- Depuis la reconnaissance de la frontière en 1990, ils revendiquent un dédommagement pour la confiscation de leurs propriétés.

23 Dépasser les frontières : le droit de la mer

En bref *Depuis le XVe siècle, les hommes cherchent un consensus pour tracer des frontières sur les océans. En 1982, cette utopie devient (presque) une réalité.*

I Comment découper les océans ?

1 La volonté de définir une zone maritime propre à un État…

- En 1493, le pape Alexandre VI concède au roi du Portugal le contrôle de l'océan Indien. En 1494, par le **traité de Tordesillas**, il divise l'ensemble du globe terrestre et donc les océans entre Portugais et Espagnols.
- À la même époque, de manière plus réaliste, les Génois proposent une autre frontière maritime : leur souveraineté s'étend à **un espace égal à deux jours de navigation**, soit 100 milles marins (185 kilomètres), au-delà de leur ville.

2 … à laquelle s'opposent les juristes et la réalité

- Dans son ouvrage *Mare liberum* (1609), le juriste hollandais Grotius définit le principe d'une **liberté générale de la mer** « jusque dans les approches terrestres ».
- La limite en est fixée à **3 milles marins**, l'équivalent d'un tir de boulet de canon, par l'Italien Ferdinando Galiani en 1782.

II L'apparition de frontières sur les océans

1 Deux codifications successives

- En 1958, une première conférence des Nations unies sur le droit de la mer se réunit à **Genève**. Elle statue sur la mer territoriale, qu'elle fait passer de 3 à 6 milles.
- De 1973 à 1982, une nouvelle conférence se tient et aboutit à la signature de la **convention de Montego Bay** (1982), entrée en vigueur en 1994.

2 Trois principales zones de découpage

- La **mer territoriale** passe de 6 à 12 milles. L'État riverain y exerce le contrôle, la sécurité et l'exploitation.
- Au-delà de ces 12 milles, s'étend la **zone économique exclusive** (ZEE) sur une largeur de 188 milles. Les États côtiers peuvent y exploiter toutes les ressources.
- Les États côtiers ont également la possibilité d'étendre la ZEE de 150 milles maximum si leur **plateau continental** s'étend au-delà de la ZEE initiale.

MOT CLÉ
La convention de Montego Bay définit le **plateau continental** comme le « prolongement immergé de la masse terrestre de l'État côtier ».

III Vers un océan mondial retrouvé

1 Un principe fondamental : la liberté de navigation

- Dans la **mer territoriale**, la liberté de navigation est garantie, et la circulation dans les détroits ne peut être bloquée par les États riverains.
- La **ZEE** n'est qu'une zone d'exploitation : l'État n'y exerce aucune souveraineté politique. La liberté de circulation y est identique à celle de la haute mer.
- La **haute mer**, c'est-à-dire l'ensemble des eaux qui se situe au-delà de la ZEE ou de son extension, représente 64 % des espaces marins. Elle bénéficie du statut de **patrimoine commun de l'humanité**.

> **MOT CLÉ**
> Le **patrimoine commun de l'humanité** désigne des espaces appartenant à l'humanité entière. À ce jour, il concerne la Lune et les espaces marins.

2 Des limites au droit de la mer

- Certains pays, comme les États-Unis ou la Turquie, **refusent de signer et/ou de ratifier** le texte de la convention de 1982.
- D'autres **ne respectent pas les règles** de droit que la convention impose. Ainsi le Timor-Oriental dénonce la frontière tracée en 1972 en mer de Timor par l'Australie pour s'approprier l'exploitation d'un gisement d'hydrocarbures.

zoOm

Le partage des eaux de l'océan Arctique

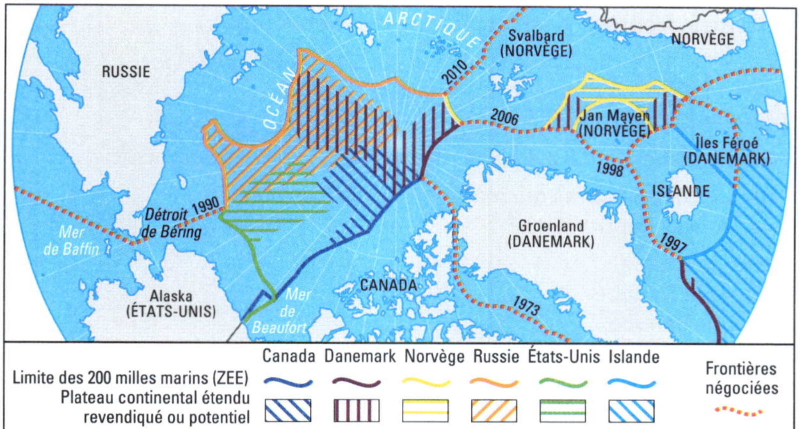

Source : D'après *Questions internationales*, 79-80, mai-août 2016.

La plupart des frontières maritimes de l'Arctique ont été tracées lors de négociations bilatérales. Mais l'enjeu majeur est aujourd'hui l'extension de la ZEE et l'accès aux ressources, certains États réclamant la même partie de l'océan.

SE TESTER QUIZ

Vérifiez que vous avez bien compris les points clés des **fiches 18 à 23**

1 Un monde de frontières

→ FICHES **18** et **19**

1. Depuis la fin de XXe siècle, on assiste à…

☐ **a.** une multiplication des frontières
☐ **b.** une fermeture des frontières
☐ **c.** une ouverture des frontières

2. Quelle institution internationale est chargée de régler les différends frontaliers ?

☐ **a.** L'Union européenne
☐ **b.** La Cour internationale de justice
☐ **c.** Le Conseil de sécurité de l'Organisation des Nations unies

2 Pourquoi tracer des frontières ?

→ FICHE **20**

1. Le *limes* devient une frontière matérialisée par une palissade sous le règne de…

☐ **a.** Vespasien (69-79) ☐ **b.** Domitien (81-96) ☐ **c.** Trajan (98-107)

2. Quel pays européen reçoit le vaste territoire du Congo à l'issue de la conférence de Berlin en 1885 ?

☐ **a.** L'Allemagne ☐ **b.** La Belgique ☐ **c.** La France

3 Les frontières, entre guerre et diplomatie

→ FICHES **21** et **22**

1. À quelle date la frontière intercoréenne a-t-elle été établie ?

☐ **a.** 1948 ☐ **b.** 1953 ☐ **c.** 1987

2. Sur quelle doctrine politique et économique se fonde le gouvernement nord-coréen ?

☐ **a.** Le communisme ☐ **b.** Le libéralisme ☐ **c.** La démocratie

3. Quels sont les deux fleuves qui matérialisent la frontière germano-polonaise depuis 1943 ?

☐ **a.** L'Oder et la Neisse
☐ **b.** Le Rhin et le Danube
☐ **c.** L'Oder et le Danube

4 Dépasser les frontières : le droit de la mer

→ FICHE **23**

1. À quelle distance est fixée la limite de la mer territoriale depuis 1982 ?

☐ **a.** 3 milles ☐ **b.** 6 milles ☐ **c.** 12 milles

2. Les États exercent-ils une souveraineté politique sur la zone économique exclusive (ZEE) ?

☐ **a.** Oui ☐ **b.** Non ☐ **c.** Cela dépend des décisions de l'ONU

S'ENTRAÎNER

5 Organiser ses idées pour une composition

→ FICHES 20 et 21

Sujet : « Tracer des frontières »

1. Formulez des questions simples (où, quand, comment, pourquoi...) qui vous permettent d'aborder tous les problèmes liés au tracé des frontières ; puis réduisez-les à deux questions principales, qui vont structurer votre composition.

2. Cherchez dans les fiches 20 et 21 les informations qui vous permettent de remplir le tableau ci-dessous en fonction des deux axes dégagés à la question précédente.

CONSEIL
Rappelez-vous les titres et intertitres des fiches. Il s'agit des informations clés qui vont structurer votre composition.

	Axe 1 :	Axe 2 : ......
Fiche 20 :		
Fiche 21 :		

OBJECTIF BAC

6 La frontière entre les deux Corée, un moyen d'établir la paix ? Étude critique de documents

1 h

Dans une étude critique de documents, vous devez prélever les informations essentielles des textes et/ou des cartes pour en saisir le sens général. Cette étape est essentielle car c'est ce relevé qui va fournir les idées et les exemples de votre étude.

LE SUJET

Document 1 Armistice de Panmunjom, 27 juillet 1953

1. Il est convenu qu'une ligne de démarcation militaire sera fixée et que les forces des deux parties se replieront à deux (2) kilomètres de cette ligne, afin de créer une zone démilitarisée entre les forces adverses. Il est également convenu qu'une zone démilitarisée sera créée pour servir de zone tampon et empêcher tous incidents qui pourraient amener la reprise des hostilités. [...]

4. La ligne de démarcation militaire sera clairement signalisée [...]. Les commandants des forces de chaque partie feront placer des signaux appropriés tout le long de la ligne séparant la zone démilitarisée et leurs zones respectives. [...]

6. Les parties s'abstiendront de tout acte d'hostilité à l'intérieur de la zone démilitarisée, à partir de ladite zone ou contre elle.

7. Aucune personne, militaire ou civile, ne pourra franchir la ligne de démarcation militaire sans y être expressément autorisée par la Commission d'armistice militaire.

10. L'administration civile et l'organisation des secours dans la partie de la zone démilitarisée située au sud de la ligne de démarcation militaire incomberont au commandant en chef des forces des Nations unies [...] Le nombre des personnes, tant militaires que civiles, [...], sera fixé par les commandants respectifs, mais en aucun cas le nombre total autorisé ne pourra excéder le chiffre de mille (1 000) personnes. [...]

Fait à Pan Mun Jom (Corée), le 27 juillet 1953, à 10 heures, en langues anglaise, coréenne et chinoise, tous les textes faisant également foi.

Kim Il Sung, représentant nord-coréen,
Peng Teh-Huai, représentant chinois,
Mark W. Clark, représentant américain.

Document 2 Tensions entre les deux Corée (2009-2010)

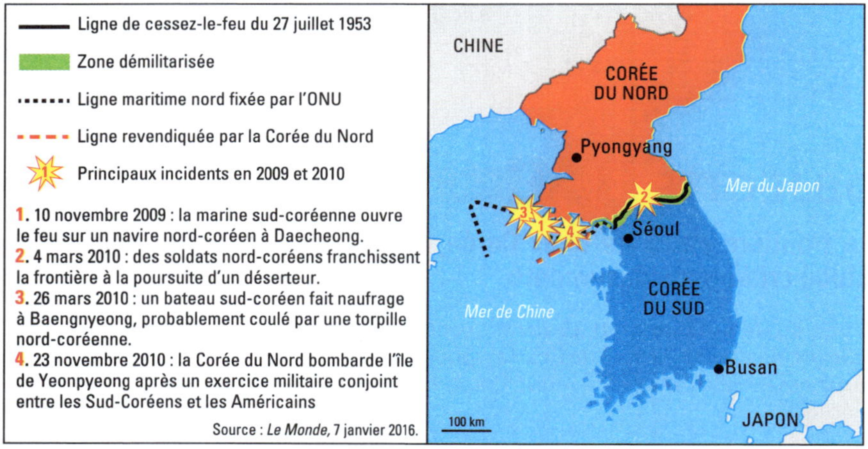

Source : *Le Monde*, 7 janvier 2016.

1. Présentez les documents et les contextes dans lesquels ils ont été rédigés.

2. Relevez les informations essentielles concernant la mise en place de la frontière et le rôle qui lui est attribué.

3. Selon vous, l'objectif formulé dans le texte de l'armistice a-t-il été atteint ? Justifiez votre réponse.

4. En vous appuyant sur les documents et les réponses aux questions précédentes, expliquez comment la frontière intercoréenne a partiellement mis fin au conflit entre les deux Corée.

Méthode

Exploiter un document

Étape 1 Identifier le document

Pour chaque document, repérez sa nature, son auteur, sa date et son thème → MÉTHODE p. 211.

Étape 2 Repérer les informations importantes

- Dans un texte, **surlignez** les informations importantes : acteurs, lieux, dates, actions, liens de cause à effet, etc.
- Pour une carte, prêtez spécialement attention à la **légende**. Puis intéressez-vous à la **nomenclature** (noms des régions, pays et mers) : ils vous donneront des indications sur les forces en présence.
- Pour un document visuel (photo, dessin, affiche, etc.), essayez d'**identifier** chaque personnage et de trouver un sens à chaque détail.

Étape 3 Faire le lien avec les connaissances du cours

- Pour chaque information relevée, **associez des éléments de votre cours** afin de l'expliciter. Pour cela, vous pouvez faire un tableau sur votre brouillon.
- Si le sujet comporte deux documents, demandez-vous en quoi ils se complètent ou s'opposent → MÉTHODE p. 289.

▶▶▶ LA FEUILLE DE ROUTE

Étape 1 Identifier les documents

- Il s'agit d'un extrait de l'armistice de Panmunjom, signé en 1953 par les dirigeants coréen, chinois et américain (document 1) et d'une carte accompagnant un article du *Monde* de 2016 (document 2).
- Le document 1 a été établi pour mettre fin à la guerre de Corée (1950-1953). Le document 2 a été publié dans la presse à l'occasion d'un sommet entre les dirigeants américain et nord-coréen Donald Trump et Kim Jong-un, en 2016.

Étape 2 Repérer les informations importantes

- Dans le document 1, repérez quel a été le rôle de la frontière dans la conclusion du conflit. Surlignez la partie de l'article 1 de l'armistice qui l'explicite.
- Dans le document 2, notez les dates des violations de la frontière intercoréenne.

Étape 3 Faire le lien avec les connaissances du cours

- Reportez-vous à la partie du cours qui présente la guerre de Corée → FICHE 21.
- À partir de vos connaissances, décrivez la frontière. Cette description correspond-elle à celle du texte ? Selon vos connaissances, le conflit intercoréen a-t-il cessé ?

→ CORRIGÉ p. 261

CORRIGÉS

SE TESTER QUIZ

1 Un monde de frontières

1. Réponses a, b et c. Depuis 1991, 27 000 kilomètres de frontières supplémentaires ont été créés, certaines se ferment, notamment par des murs, d'autres s'ouvrent dans le cadre de zones de libre-échange.

2. Réponse b. La Cour internationale de justice (CIJ) est l'organe judiciaire principal des Nations unies. Elle a pour fonction de régler les conflits juridiques soumis par les États, y compris les différends frontaliers.

INFO
Ne confondez pas la Cour internationale de justice (CIJ) avec la Cour pénale internationale (CPI), qui juge les personnes accusées notamment de crime contre l'humanité et de génocide.

2 Pourquoi tracer des frontières ?

1. Réponse c. C'est sous le règne de Trajan (98-107) que le *limes* prend la forme d'une palissade de bois, plus haute que la taille d'un homme.

2. Réponse b. Le Congo – qui porte aujourd'hui le nom de République démocratique du Congo (RDC) – devient une colonie belge à la suite de la conférence de Berlin en 1885.

3 Les frontières, entre guerre et diplomatie

1. Réponse b. C'est en 1953, au moment du cessez-le-feu qui met fin à la guerre de Corée, qu'est établie la frontière intercoréenne.

2. Réponse a. La République populaire démocratique de Corée (RPDC) au nord est un régime communiste, né de l'occupation du pays par l'URSS, à partir de 1945.

3. Réponse a. L'Oder est un fleuve et la Neisse son affluent. Ensemble, ils forment la frontière germano-polonaise, longue de près de 500 kilomètres.

4 Dépasser les frontières : le droit de la mer

1. Réponse c. Depuis la convention de Montego Bay de 1982, la limite de la mer territoriale est fixée à 12 milles de la ligne de base de l'État côtier.

2. Réponse b. L'État riverain n'exerce aucune souveraineté politique sur la ZEE. La liberté de circulation y est le même qu'en haute mer.

S'ENTRAÎNER

5 Organiser ses idées pour une composition

1. Les deux questions que l'on peut se poser pour aborder le sujet sont : « Comment tracer des frontières ? » et « Pourquoi tracer des frontières ? »

2.

	Comment tracer une frontière ?	Pourquoi tracer une frontière ?
Fiche 20 : le *limes* et la conférence de Berlin	• Pour le *limes*, en construisant une palissade et des forts • À la conférence de Berlin, en reconnaissant les territoires colonisés	• Pour séparer deux mondes • Pour se protéger des attaques extérieures • Pour départager des nations rivales
Fiche 21 : la frontière coréenne	• En établissant une ligne de démarcation et une zone démilitarisée infranchissable	• Pour faire la paix • Pour séparer deux régimes politiques opposés

OBJECTIF BAC

6 Étude critique de documents

1. Le document 1 est le texte de l'armistice de Panmunjom, signé en 1953, après la guerre de Corée, entre les dirigeants coréen, chinois et américain. Le document 2 est une carte qui accompagne un article du journal *Le Monde*, daté de 2016. Elle recense les affrontements à la frontière intercoréenne en 2009-2010.

2. Les belligérants de la guerre de Corée créent une frontière, une démarcation militaire au-delà de laquelle ils devront « se replier à deux (2) kilomètres [...] afin de créer une zone démilitarisée entre les forces adverses » (doc. 1, l. 2-3). Cette zone est protégée par des clôtures électrifiées et plus d'un million de mines antipersonnel. L'objectif de la frontière est de créer « une zone tampon et empêcher tous incidents qui pourraient amener la reprise des hostilités » (l. 4-5).

3. L'armistice de Panmunjom n'est parfois pas respecté. Le document 2 recense ainsi divers incidents survenus à la frontière entre les deux Corée.

4. ■ La frontière intercoréenne a été tracée à la suite de la guerre de Corée en 1953 pour mettre fin aux combats qui opposaient Sud-Coréens et Américains d'un côté, Nord-Coréens et Chinois de l'autre. La *demilitarized zone* (ou DMZ) est protégée par des clôtures électrifiées et plus d'un million de mines antipersonnel. Elle a pour but d'éviter toute tentative d'affrontements.

■ Mais depuis 2006, le gouvernement de Pyongyang viole régulièrement la frontière dont il conteste notamment le tracé maritime. Cependant, il existe à l'heure actuelle des tentatives de rapprochement entre les deux régimes coréens. En 2000 puis en 2007, deux sommets intercoréens ont eu lieu. En 2018, une démilitarisation de la DMZ a débuté.

24 L'espace Schengen : venir en Europe, passer la frontière

En bref *Le 14 juin 1985 était signé l'accord de Schengen. Entré en vigueur en 1995, il crée un espace de libre circulation des personnes entre les États membres. Il suppose, dans le même temps, un contrôle renforcé aux limites de cet espace.*

I Un espace de libre circulation

1 26 États membres

- L'espace **Schengen** regroupe aujourd'hui **26 États** : 22 pays de l'Union européenne (UE) et quatre États associés, non membres de l'UE : Norvège, Islande, Suisse et Liechtenstein. L'ensemble représente **422 millions de personnes** et **plus de 4 millions de kilomètres carrés** de superficie.

MOT CLÉ
Schengen est le nom de la ville luxembourgeoise où, le 14 juin 1985, la France, la République fédérale d'Allemagne (RFA) et les trois pays du Benelux signèrent l'accord de libre circulation des personnes.

- **Six pays membres de l'UE n'y participent pas** : le Royaume-Uni, la Roumanie, la Bulgarie, la Croatie, Chypre et l'Irlande.

2 La liberté de circulation… sous conditions

- La liberté de circulation des personnes signifie que tout individu, ressortissant de l'UE ou disposant d'un visa *ad hoc*, une fois qu'il est entré dans l'espace Schengen, peut en **franchir les frontières intérieures sans contrôles**. Les liaisons aériennes au sein de cet espace sont ainsi considérées comme des vols intérieurs.
- Néanmoins, un État peut rétablir des **contrôles en cas d'atteinte à l'ordre public ou à la sécurité nationale** pour une durée de six mois maximum (deux ans en cas de circonstances exceptionnelles), avec l'accord des autres États membres. Par ailleurs, depuis 2013, la « **procédure Dublin** » impose le renvoi des personnes sans visa dans les pays de leur première entrée dans l'espace Schengen.

II La « forteresse Europe »

1 Les règles aux frontières extérieures

- Pour entrer dans l'espace Schengen, une personne non ressortissante de l'UE doit disposer d'un « **visa Schengen** », soit temporaire (90 jours maximum), soit de longue durée (pour les étudiants ou les travailleurs), soit à validité territoriale limitée. Dans ce dernier cas, la circulation est restreinte à un ou plusieurs pays.
- Aux limites extérieures de l'UE, **les contrôles sont progressivement renforcés** sur les 45 000 kilomètres de frontières maritimes et les 12 000 kilomètres de frontières terrestres, dont 1 200 kilomètres ont été clôturés.

■ Une **Agence européenne de garde-frontières et de garde-côtes** (Frontex), basée à Varsovie en Pologne, est créée en 2004. Réformée en 2016, elle a pour mission principale, en lien avec les États membres de l'espace Schengen mais aussi ceux de l'UE, de **sécuriser les frontières extérieures** et de lutter notamment contre l'immigration illégale → FICHE 25 .

2 | Crise migratoire et externalisation

■ En 2015-2016, l'UE est confrontée à une crise migratoire liée à plusieurs conflits géopolitiques, en particulier en Syrie. En 2016, on dénombre **240 000 entrées irrégulières** sur le territoire de l'espace Schengen.

■ Face à ces flux migratoires que l'UE ne parvient pas à gérer, une partie de **la gestion des frontières est « externalisée »** aux pays qui sont des points de passage vers l'Union comme la Turquie ou la Libye.

■ Des accords conclus avec l'UE incitent ces pays à retenir les candidats à l'exil sur leur territoire, parfois au détriment des droits de l'homme. Les **camps de rétention** s'y multiplient.

MOT CLÉ
L'**externalisation** des frontières est une politique consistant à délocaliser la gestion des flux migratoires à proximité des frontières de l'UE, dans des pays de transit.

zoOm

L'espace Schengen pendant la crise migratoire de 2015-2016

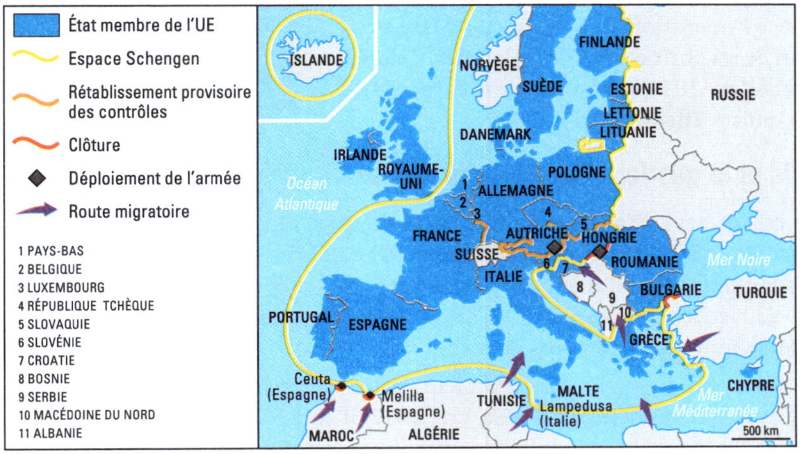

■ Face à l'afflux de migrants, la libre circulation des personnes dans l'espace Schengen est temporairement suspendue par le rétablissement de contrôles aux frontières.

■ L'UE a mis en place une répartition des migrants dans les pays membres selon leur poids économique et démographique. Mais cette politique a débouché sur des tensions, certains États refusant de l'appliquer.

25 L'Italie, une frontière de l'Union au cœur des échanges européens

En bref *L'Italie, un des pays fondateurs de l'UE, est membre de l'espace Schengen* → FICHE 24 *: elle participe pleinement à la coopération transfrontalière avec les États voisins. Ses frontières méridionales constituent néanmoins une limite de l'UE et son territoire l'une des routes migratoires vers le nord de l'Europe.*

I L'Italie, une frontière de l'UE

1 Point de passage et de surveillance

- L'une des principales **routes migratoires** vers l'Europe est celle de la Méditerranée centrale, depuis la Libye ou la Tunisie vers l'Italie. Au sud de la Sicile, à seulement 140 kilomètres des côtes tunisiennes, l'île de **Lampedusa** en est un point d'entrée privilégié par les migrants.
- Près de **120 000 arrivées** ont été comptabilisées en 2017 par l'agence Frontex → FICHE 24. Le passage se fait par voie maritime et est organisé par **des réseaux de passeurs**, en toute illégalité et dans des conditions très dangereuses.
- Après un naufrage près de Lampedusa qui fait 336 victimes le 3 octobre 2013, la marine italienne met en place l'**opération humanitaire** « Mare nostrum » afin de secourir en mer les migrants. Celle-ci est remplacée en 2014 par la mission européenne « **Triton** », puis « **Themis** » en 2018.

MOTS CLÉS
« **Triton** » et « **Themis** » sont des missions de surveillance et de sauvetage en mer dirigées par Frontex.

2 L'Italie et la gestion des flux migratoires

- L'Italie est un pays de **transit**, vers les pays du nord de l'Europe. La question migratoire crée de plus en plus de **tensions** avec les voisins européens : la France reproche par exemple à l'Italie d'avoir fermé ses ports aux navires des organisations non gouvernementales (ONG), tandis que Rome dénonce le manque de solidarité et le renvoi des migrants en Italie.
- Face à cette situation, le gouvernement italien cherche à « **externaliser** » → FICHE 24 sa frontière méridionale. En mai 2017, il conclut des accords controversés avec la Libye, le Niger et le Tchad afin d'installer des centres d'accueil sur leur territoire et ainsi empêcher les migrants de traverser la Méditerranée.
- L'Italie adopte en parallèle une stratégie de « **dissuasion totale** ». En juin 2018, Rome refuse que le bateau humanitaire *Aquarius*, avec à son bord 630 migrants sauvés en mer, accoste dans ses ports. En novembre 2018, le gouvernement impose l'enfermement des migrants dans des centres d'accueil et autorise l'usage de la force à leur encontre.

II Les relations transfrontalières

1 Renforcer les liens au sein de l'UE

■ Avec les pays de l'UE, l'Italie multiplie les formes de coopération, notamment dans le cadre d'**Interreg**. En 2011, le groupement européen de coopération territoriale (GECT) → FICHE 26 « Tyrol-Haut Adige-Trentin » voit le jour entre l'Italie et l'Autriche. Il permet de favoriser les échanges dans cette région.

MOT CLÉ
Interreg est un programme de l'UE visant à soutenir la coopération entre les régions européennes à travers le financement de projets communs.

■ Les flux entre l'Italie et ses voisins sont également favorisés par l'UE qui finance de grandes infrastructures, tel le projet de tunnel transalpin ferroviaire Lyon-Turin. Celui-ci, bien que largement contesté, vise à développer le fret et le trafic passager.

2 Tisser des partenariats hors UE

■ La péninsule italienne est aussi un pont vers les Balkans. Des lignes de ferry permettent ainsi de traverser la mer Adriatique, reliant deux littoraux touristiques.

■ L'Italie tisse également des liens avec les pays hors UE. Le programme Italie-Tunisie s'intègre à la Politique européenne de voisinage. Il concerne cinq provinces de Sicile et six régions côtières de Tunisie.

zoOm

La frontière franco-italienne : entre coopération et tensions

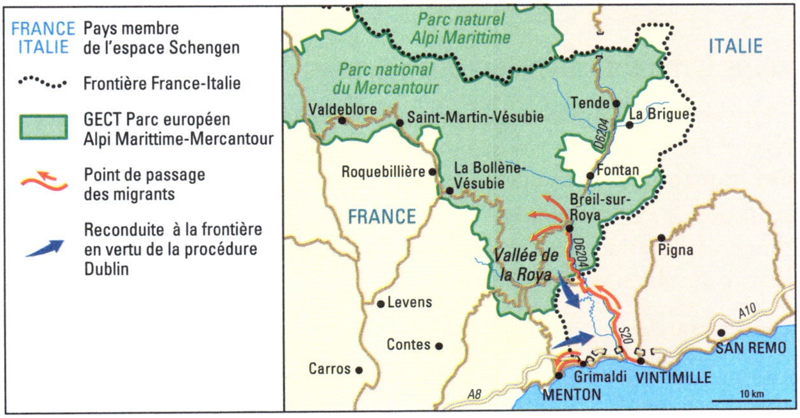

■ Le groupement européen de coopération territoriale (GECT) Parc européen Alpi Marittime-Mercantour a été créé en 2013 entre le Parc national du Mercantour et le Parco naturale delle Alpi Marittime.

■ Dans le cadre de la procédure Dublin → FICHE 24, la police française refoule les migrants à la frontière, à Vintimille ou dans la vallée de la Roya notamment.

26 Les espaces transfrontaliers intra-européens

En bref *Au sein de l'espace Schengen* → FICHE 24*, la libre circulation est garantie. Cette spécificité engendre une multiplication de flux transfrontaliers quotidiens. De part et d'autre des frontières internes à l'UE, les espaces s'organisent et se structurent.*

I Traverser la frontière au quotidien

1 Les mobilités professionnelles

MOT CLÉ

Un **travailleur transfrontalier** est une personne dont le lieu de travail est situé sur le territoire d'un État autre que celui de son État de résidence où il retourne en principe chaque jour ou au moins une fois par semaine.

- En 2015, **2 millions** de résidents d'un pays européen travaillent au moins une fois par semaine dans un autre pays. Ce chiffre inclut les **travailleurs transfrontaliers** et les personnes qui se déplacent régulièrement dans le cadre de leur profession.
- Les **pays les plus peuplés** sont ceux qui envoient le plus grand nombre de travailleurs à l'étranger : la France, l'Allemagne, la Pologne et l'Italie. Cependant les « petits » **pays d'Europe centrale et orientale** se distinguent également, comme la Slovaquie, la Roumanie et la Hongrie.
- Ces chiffres ne représentent que **0,9 % de la population** active européenne âgée de 15 à 64 ans. Mais dans certaines régions, la part de ceux qui travaillent à l'étranger est bien supérieure (12,2 % dans l'ancienne région Lorraine).

2 Les autres formes de mobilités quotidiennes

- Les **relations sociales**, familiales ou amicales, les **études** ou encore les **loisirs** participent aussi du dynamisme transfrontalier. Les étudiants représentent ainsi 28 % des flux transfrontaliers de la France vers la Belgique.
- D'autres mobilités s'expliquent par un **différentiel des prix** : coût de la vie, taux de change, taxation de certains produits – par exemple, les cigarettes, plus taxées en France que dans les pays limitrophes.

INFO + **Les travailleurs à l'étranger de l'UE**

- La France est le pays de l'UE qui envoie le plus de travailleurs à l'étranger.
- 438 000 Français travaillent ainsi au moins une fois par semaine dans un autre pays de l'UE.
- Ces travailleurs représentent 1,5 % de la population active française.

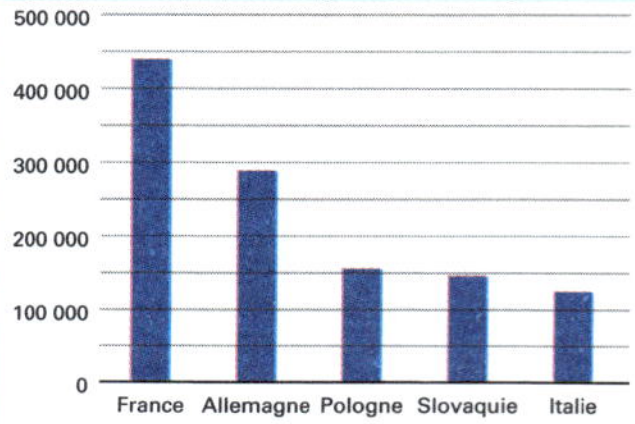

Source : Observatoire des territoires, 2015

II Encourager les mobilités transfrontalières

1 La coopération transfrontalière

- Depuis 1989, des programmes de coopération transfrontalière sont financés par l'UE, au titre du **FEDER**. Ils représentent une enveloppe d'environ 10 milliards d'euros sur la période 2014-2020.

> **MOT CLÉ**
> Créé en 1975, le **Fonds européen de développement économique régional** a pour objectif de favoriser le développement de l'UE, en réduisant les écarts économiques et sociaux entre les régions.

- Le programme Interreg → FICHE 25 finance ainsi des projets transfrontaliers économiques et environnementaux.
- En 2006, l'UE a créé les groupements européens de coopération territoriale (GECT). Souvent constitués de collectivités régionales ou locales, ce sont des organismes territoriaux permettant de favoriser les échanges transfrontaliers.

2 Des infrastructures et équipements communs

- Alors que la voiture reste le principal mode de transport transfrontalier, on assiste au développement des transports en commun. Depuis 2017, un tram relie par exemple Strasbourg, en France, à Kehl, en Allemagne.
- Des équipements publics peuvent également être mutualisés au-delà de la frontière. C'est le cas de l'hôpital de Cerdagne géré par la Catalogne et la France.

zoOm

L'eurodistrict trinational de Bâle

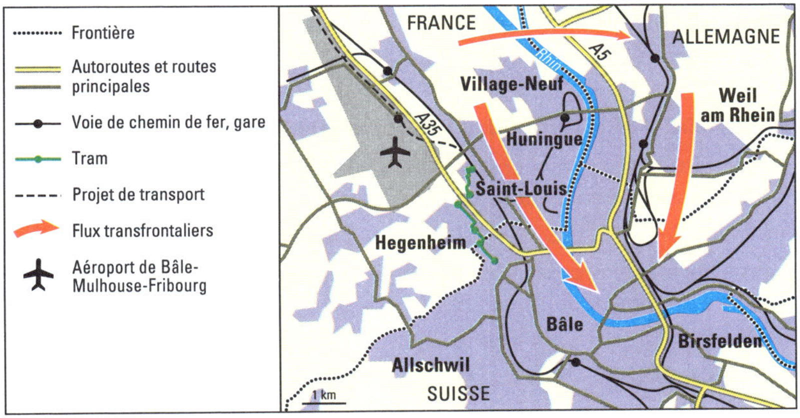

L'eurodistrict trinational de Bâle est une association de collectivités transfrontalières d'initiative locale. Créé en 2007, il regroupe 206 communes suisses, françaises et allemandes, et developpe des infrastructures communes.

SE TESTER QUIZ

Vérifiez que vous avez bien compris les points clés des **fiches 24 à 26**.

1 L'espace Schengen

→ FICHE 24

1. L'espace Schengen comprend…

☐ **a.** 28 États. ☐ **b.** 26 États. ☐ **c.** 24 États.

2. Lequel de ces pays ne fait pas partie de l'espace Schengen ?

☐ **a.** La Norvège ☐ **b.** La Suisse ☐ **c.** Le Royaume-Uni

3. Quelle est la fonction de l'agence Frontex ?

☐ **a.** La sécurisation des frontières externes de l'UE

☐ **b.** La lutte contre l'immigration illégale

☐ **c.** La gestion monétaire de l'euro

2 L'Italie, une frontière de l'Union

→ FICHE 25

1. Comment s'appelle la mission de surveillance et de sauvetage en mer au large des côtes italiennes pour la période 2014-2018 ?

☐ **a.** Triton ☐ **b.** Zeus ☐ **c.** Poséidon

2. L'Italie développe des relations transfrontalières avec…

☐ **a.** la France. ☐ **b.** la Suisse. ☐ **c.** la Tunisie.

3. Avec quels pays l'Italie a-t-elle conclu des accords d'externalisation de ses frontières ?

☐ **a.** La France, la Suisse et la Tunisie

☐ **b.** La Libye, le Niger et le Tchad

☐ **c.** La Libye, la Tunisie et la Croatie

3 Les espaces transfrontaliers intra-européens

→ FICHE 26

1. Quel est le pourcentage de la population active européenne travaillant au moins une fois par semaine dans un autre pays ?

☐ **a.** 0,9 % ☐ **b.** 9 % ☐ **c.** 90 %

2. Comment s'appelle le programme spécifique de coopération transfrontalière de l'Union européenne ?

☐ **a.** Interreg ☐ **b.** Frontex ☐ **c.** FEDER

3. Qu'est-ce qu'un GECT ?

☐ **a.** Un groupement européen de contrôle technique

☐ **b.** Un groupe européen de soutien aux cultures et traditions locales

☐ **c.** Un groupement européen de coopération territoriale

S'ENTRAÎNER

4 Se repérer dans l'espace

→ FICHES 24 à 26

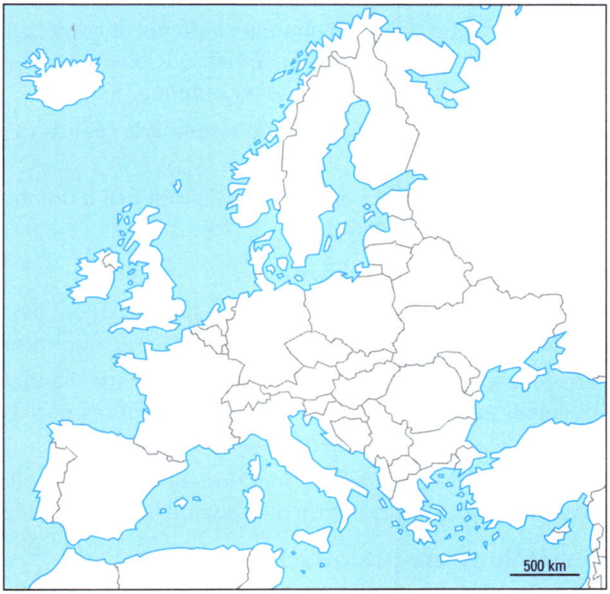

1. Sur le fond de carte ci-dessus, coloriez les pays membres de l'UE.

2. Tracez les limites de l'espace Schengen.

3. Situez l'île de Lampedusa.

4. Quelle est la spécificité de la Norvège et de la Suisse au sein de l'espace Schengen ?

OBJECTIF BAC

5 L'Union européenne et ses frontières • Composition

2 h

Ce sujet mobilise l'ensemble de vos connaissances sur les frontières de l'Union européenne (UE). Cependant, vous ne devez pas vous contenter de réciter votre cours. Il faut bien analyser le sujet : il est question ici non seulement des limites externes mais aussi des frontières au sein même de l'UE.

LE SUJET

Rédigez une composition sur le sujet suivant : « L'Union européenne et ses frontières. »

Méthode

Insérer un croquis ou un schéma dans une composition

Étape 1 Choisir un croquis ou un schéma adapté au sujet

- À partir du sujet posé ou du thème d'une partie de votre composition, demandez-vous si l'un des croquis ou schémas que vous connaissez peuvent **aider à décrire ou à expliquer** un phénomène.
- Le **croquis** correspond le plus précisément possible à la réalité du lieu représenté.
- Un **schéma** est une représentation géométrique simplifiée d'un phénomène géographique ou d'un cas précis.

Étape 2 Réaliser le croquis ou le schéma

- Établissez une **légende**, si possible organisée en parties. N'oubliez pas d'indiquer une **échelle** s'il s'agit d'un croquis.
- Commencez par les **figurés de surface** (aplats de couleur, hachures), puis les figurés linéaires (flèches, traits) et enfin les figurés **ponctuels** (formes géométriques). Ajouter en dernier les **noms** de lieux.
- Les **couleurs** doivent être choisies en fonction de leur symbolique. Les classements sont représentés par un dégradé de la même couleur.

Étape 3 Mentionner votre croquis ou schéma

- Donnez un **titre** à votre croquis ou schéma en fonction du sujet posé. Indiquez-le au-dessus pour plus de lisibilité.
- N'oubliez pas, dans votre rédaction, de faire référence à votre croquis ou schéma, par exemple en utilisant des parenthèses : (*voir croquis « titre du croquis »*).

▶▶▶ LA FEUILLE DE ROUTE

Étape 1 Choisir un croquis ou un schéma adapté au sujet

- Le sujet invite à s'intéresser aux frontières de l'Union européenne (UE). Le **pluriel** est important : il renvoie aux limites des États au sein de cet ensemble, marquées par une grande ouverture ; mais aussi aux frontières extérieures de l'organisation régionale, caractérisées par une fermeture accrue.
- L'exemple de l'**Italie** est parfaitement adapté au sujet. Un croquis peut illustrer le fait que le pays, au cœur des échanges européens, est aussi une frontière surveillée de l'UE.

Étape 2 Réaliser le croquis ou le schéma

- La légende du croquis peut être structurée en **deux parties** : les frontières internes, entre coopération et mobilité ; les frontières externes, fermées, surveillées, voir externalisées.
- Les figurés de surface représentent l'appartenance des États à l'**UE** et à l'**espace Schengen**, avec un dégradé bleu. Les figurés linéaires sont utilisés pour les **frontières** et les **flux** de populations. Les figurés ponctuels servent à montrer les **opérations de surveillance** et les **périmètres de coopération**.

Étape 3 Mentionner votre croquis ou schéma → CORRIGÉ p. 272

CORRIGÉS

SE TESTER QUIZ

1 L'espace Schengen

1. Réponse b. L'espace Schengen compte 26 États.

2. Réponse c. Le Royaume-Uni ne fait pas partie de l'espace Schengen alors qu'il était membre de l'Union européenne lors de son entrée en vigueur en 1995.

> **INFO**
> En juin 2016, les Britanniques ont voté par référendum pour la sortie de leur pays de l'Union européenne (Brexit).

3. Réponses a et b. L'agence Frontex déploie des opérations de sécurisation des frontières externes tout en luttant contre l'immigration illégale.

2 L'Italie, une frontière de l'Union

1. Réponse a. « Triton » est l'opération de l'agence européenne Frontex qui a été effective entre le 1er novembre 2014 et le 31 janvier 2018. Elle a été remplacée par l'opération « Themis » en 2018.

2. Réponses a, b et c. L'Italie a des relations de coopération transfrontalière avec la France (au sein de l'UE), avec la Suisse (hors UE, mais dans l'espace Schengen) ainsi qu'avec la Tunisie (dans le cadre de la Politique européenne de voisinage).

3. Réponse b. L'Italie a conclu des accords d'externalisation de ses frontières avec la Libye, le Niger et le Tchad.

3 Les espaces transfrontaliers intra-européens

1. Réponse a. 0,9 % seulement de la population active européenne travaille au moins une fois par semaine dans un autre pays.

2. Réponse a. Le programme spécifique s'appelle Interreg. Il est financé par le Fonds européen de développement économique régional (FEDER).

3. Réponse c. GECT est l'acronyme pour « groupement européen de coopération territoriale ».

S'ENTRAÎNER

4 Se repérer dans l'espace

1. à 3.

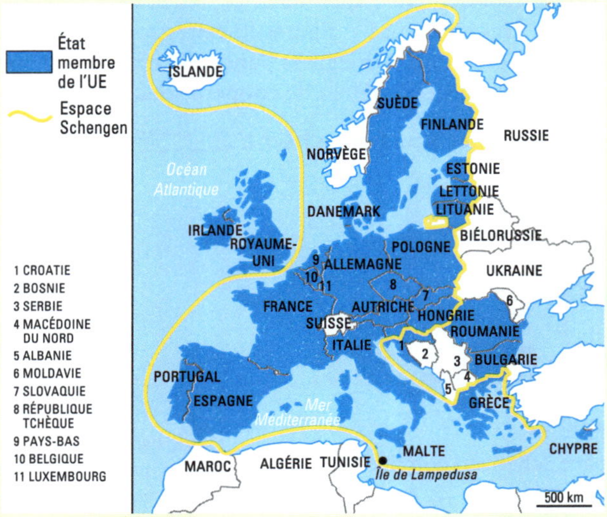

4. La Norvège et la Suisse font partie de l'espace Schengen, alors que ces deux pays ne sont pas membres de l'Union européenne.

OBJECTIF BAC

5 Composition

Le corrigé vous propose une introduction redigée ainsi qu'un plan détaillé.

Introduction

[Accroche] Face à la crise migratoire de 2015-2016, l'Union européenne (UE) a connu la tentation du repli, au point que l'on a pu parler de « forteresse Europe ».

CONSEIL
Débuter votre introduction par une référence à l'actualité, voire par une formule choc (« forteresse Europe »), est un bon moyen de capter l'attention du correcteur.

[Présentation du sujet et problématique] Au sein de cette UE, il existe un espace de libre circulation des personnes, issu de l'accord de Schengen entré en vigueur en 1995, tandis que sont renforcés les contrôles aux limites extérieures de cette zone. Ainsi se distinguent les frontières de l'UE. On peut alors se demander dans quelle mesure la libre circulation des personnes au sein de l'espace Schengen va de pair avec une fermeture des frontières à la périphérie de l'UE.

[Annonce du plan] À l'ouverture des frontières et à la coopération transfrontalière au sein de l'espace Schengen répond en effet un renforcement de la surveillance aux limites méridionales et orientales de l'UE, voir un déplacement des frontières européennes.

I. L'ouverture des frontières au sein de l'UE

1. La libre circulation des personnes (espace Schengen)

2. L'UE encourage les mobilités transfrontalières

II. Les frontières extérieures de la « forteresse Europe »

1. La fermeture et la surveillance au sud et à l'est de l'UE

2. L'externalisation des frontières

Ci-dessous, nous vous proposons la rédaction du II. 1, accompagnée d'un croquis.
Paradoxalement, l'ouverture au sein de l'espace Schengen se fait conjointement avec un renforcement des frontières externes. Ainsi, à l'est et au sud de l'UE, se multiplient clôtures et murs tandis que sur mer la surveillance est accrue. C'est le cas au large de l'Italie, comme le montre le schéma « L'Italie et ses frontières » : l'agence Frontex y a mis en place des opérations spécifiques (« Triton », puis « Themis ») pour faire face à l'afflux de migrants qui tentent de traverser la Méditerranée.

L'Italie et ses frontières

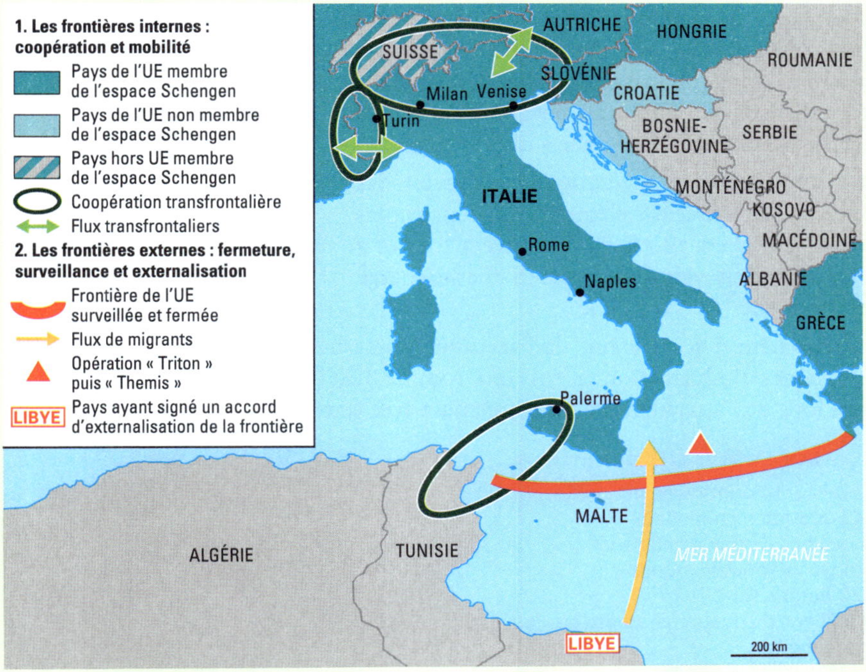

27 Comment s'informe-t-on aujourd'hui ?

En bref *La quantité d'informations disponible aujourd'hui est telle qu'il devient quasiment impossible pour un citoyen de les assimiler. La frontière est fragile entre excès d'informations et désinformation ; et chacun s'informe différemment en fonction de sa situation individuelle.*

I La prolifération des médias

1 La diversité des sources et des opinions

- Les médias existent aujourd'hui sous **des formes et des natures très variées**. Les journaux papier, qu'ils soient gratuits ou payants, côtoient les sources audio (radio, podcasts) et les écrans (télévision, ordinateurs, tablettes, smartphones).
- La **liberté de la presse** → FICHE 30 est un principe démocratique fondamental. Toutes les sensibilités politiques et idéologiques doivent pouvoir s'exprimer dans les médias. La **variété des expressions** dans les journaux, sur les chaînes de télévision ou les sites internet reflète et entretient la diversité des opinions.

2 Un monde d'informations

- Les supports de communication n'ont jamais été aussi nombreux qu'aujourd'hui. Les individus disposent d'**un accès inédit à l'information**, dans son instantanéité mais aussi dans sa quasi-exhaustivité : il est ainsi possible de savoir ce qui se passe partout dans le monde à chaque seconde.
- Cette **omniprésence médiatique** peut avoir des effets pervers. La masse des éléments transmis par les différents canaux est en effet impossible à trier et à assimiler pour le citoyen, aboutissant à une **surcharge informationnelle**.

> **MOT CLÉ**
> La **surcharge informationnelle** désigne la situation de désinformation à laquelle peut mener une multitude excessive d'informations. L'individu ne peut les comprendre et finit par être mal informé.

- Ce phénomène d'**accélération** et d'**accumulation** est visible notamment à travers les chaînes d'information en continu, comme BFMTV ou CNews en France. Le temps long de l'analyse n'est pas compatible avec cette information éclair.

INFO + **Les chiffres clés des médias**

- En France, 14 quotidiens nationaux et 43 quotidiens régionaux
- 5,8 millions de téléspectateurs en moyenne pour le journal de 20 heures sur TF1
- 4,3 millions de posts Instagram par jour dans le monde

II Des pratiques d'information différenciées

1 Selon les groupes sociaux

- L'appartenance à une catégorie sociale, économique et culturelle influe sur la façon de s'informer. Le **niveau de vie**, le **pouvoir d'achat** et les **diplômes** déterminent l'accès aux canaux d'information. 45 % du lectorat du journal *Le Monde* est ainsi composé de membres de catégories socioprofessionnelles supérieures.
- Les enquêtes sociologiques démontrent que les **cercles étroits de socialisation** (famille, amis) influencent les pratiques d'information. On a tendance à regarder les mêmes émissions que ses proches, et à les comprendre de la même manière.

2 Selon les territoires

- Les habitudes d'information sont très différentes **d'un lieu à un autre**. Ainsi la lecture des **journaux locaux** reste davantage pratiquée en milieu rural.
- La **fracture numérique** impacte aussi fortement l'accès aux médias. Certains territoires sont en effet mal couverts par les nouvelles technologies de l'information et de la communication (NTIC) → FICHE 13 : le taux de pénétration d'Internet n'est que de 34 % en Afrique par exemple (contre 80 % en Europe).

zoOm

Sources d'information et opinions politiques

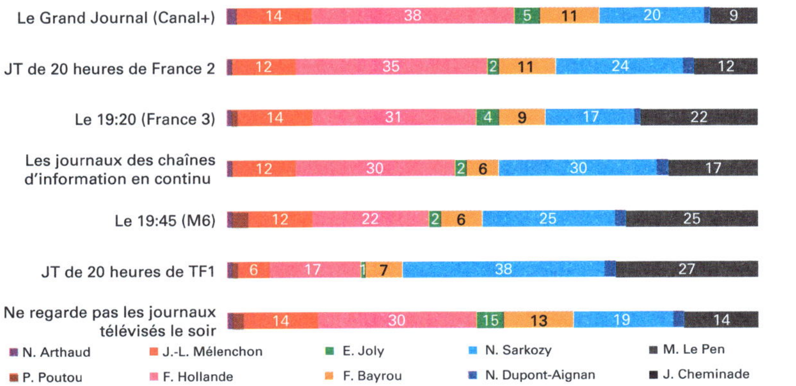

Sondage Ifop pour *Marianne*, 21-23 avril 2012

- Ce graphique montre que le vote des Français au premier tour de l'élection présidentielle de 2012 varie selon le journal du soir qu'ils regardent.
- Les pratiques d'information changent donc selon les convictions politiques des citoyens. Pluralisme politique et diversité médiatique vont ainsi de pair.

28 Les grandes révolutions techniques de l'information

En bref *La diffusion des informations passe par des supports matériels. Leur évolution liée aux progrès technologiques entraîne des mutations spectaculaires dans les médias. Triomphant au XIXe siècle, l'écrit est concurrencé au XXe siècle par le son et l'image.*

I L'information sur support papier

1 Les étapes de la diffusion de l'imprimerie

- La naissance de l'imprimerie, au XVe siècle, ouvre une succession de progrès en matière journalistique. Les « occasionnels » sont de petits journaux publiés de façon épisodique, mais qui gagnent en régularité au cours du XVIe siècle. En 1631 naît *La Gazette* de Théophraste Renaudot, premier hebdomadaire français : composée de quatre pages, elle est éditée jusqu'à 800 exemplaires par semaine.

- Le XVIIIe siècle voit l'Angleterre dominer le monde des journaux. La presse s'y développe, devenant un « **quatrième pouvoir** ». Mais la censure ralentit l'essor des journaux en Europe. Les monarques et l'Église tiennent à contrôler les publications et il faut soumettre les éditions à des autorisations afin de publier.

MOT CLÉ
L'expression « **quatrième pouvoir** », inventée par l'Anglais Edmund Burke en 1787, exprime le rôle fondamental de la presse en démocratie. Elle équilibre et contrôle les pouvoirs exécutif, législatif et judiciaire.

2 Vers la presse à grand tirage

- Le XIXe siècle marque l'apogée de la presse écrite en Occident. Sa diffusion et son lectorat s'accroissent grâce à des progrès techniques (presse à vapeur, puis rotatives), à la scolarisation (recul de l'illettrisme) et à la liberté de la presse. En 1914, *Le Petit Parisien* atteint le tirage record de 1,5 million d'exemplaires.

- Concurrencée au XXe siècle par la radio puis la télévision, la presse écrite résiste par une série d'adaptations : magazines spécialisés, presse féminine…

- Mais la presse connaît une grave crise générale. En France, les tirages des quotidiens nationaux sont ainsi passés de 6 millions en 1946 à 1,5 million en 2010, mettant en danger l'équilibre financier de nombreuses publications.

II L'information par le son et l'image

1 La révolution médiatique de la radio

- La radio naît pendant l'entre-deux-guerres, d'abord aux États-Unis puis en Europe. Accessible et ludique, ce nouveau média connaît un succès immense. D'emblée, les gouvernements tentent de le contrôler, voire d'en conserver le monopole comme en Allemagne ou en Angleterre.

■ Instrument de la propagande nazie et vichyste mais aussi de la Résistance en France, la radio joue un grand rôle pendant la Seconde Guerre mondiale. Cette « **guerre des ondes** » renforce encore l'emprise des États sur ce média.

MOT CLÉ

La « **guerre des ondes** » correspond à la bataille menée pendant la guerre entre les belligérants *via* des émissions de radio. L'objectif est d'emporter l'adhésion des auditeurs.

■ Après guerre, l'enjeu du contrôle demeure. Ainsi, en France, de 1964 à 1974, c'est l'Office de radiodiffusion-télévision française (ORTF), fondé par le général de Gaulle qui pilote les émissions et leur contenu.

2 | La suprématie du petit écran

■ Née dans les années 1930, la télévision ne s'impose véritablement qu'après 1945. Les évolutions techniques, depuis la couleur jusqu'aux chaînes satellite, combinées à la baisse du prix des appareils, en font le premier canal d'information dès les années 1960. Ce raz de marée ne se dément pas : en 2017, 94 % des foyers français sont équipés d'une télévision.

■ Aujourd'hui, le paysage télévisuel international est dominé par les grandes chaînes occidentales comme l'Américaine CNN ou la Britannique BBC. Face à elles, des États promeuvent leurs propres chaînes, comme le Qatar avec Al-Jazeera. La télévision apparaît dès lors comme un enjeu géopolitique → FICHE 9.

zoOm

Une presse accessible à tous

■ Sur cette affiche datant de la Première Guerre mondiale, les personnages incarnent la population française dans sa diversité : un bourgeois, un paysan en sabots, une femme, un soldat casqué et un artisan avec une scie sur l'épaule.

■ Cette représentation illustre la popularité de la presse écrite locale au début du XXe siècle, seule source d'information à l'époque.

■ C'est en partie grâce aux progrès de l'alphabétisation que toutes les couches sociales peuvent désormais s'intéresser activement aux journaux.

Affiche publicitaire de l'hebdomadaire *Le Pays*, 1917

29 L'information mondialisée et individualisée : Internet

En bref *Innovation récente à l'échelle du temps long de l'histoire des médias, Internet constitue un bouleversement équivalent à celui de l'invention de l'imprimerie* → FICHE 28*. Les mutations qu'il impose à la diffusion de l'information sont considérables.*

I La révolution numérique

1 Naissance du réseau Internet

■ En 1969, l'Advanced Research Projects Agency (ARPA) du ministère de la Défense des États-Unis parvient à **relier entre eux les ordinateurs** de laboratoires de recherche de plusieurs universités américaines. L'objectif est alors d'optimiser les travaux des scientifiques en mettant en commun leurs découvertes *via* un **transfert de données**. Ce « filet » prend le nom d'**Arpanet**.

■ Dans les années 1970, sont définies un certain nombre de **normes** (protocole de communication, nom de domaine) : Arpanet devient **Internet**. En 1982, son accès est rendu intégralement **gratuit**, 60 universités américaines et 3 en Europe s'y relient, soit 5 000 utilisateurs.

MOT CLÉ
Internet est une contraction d'« Interconnected Networks », ce qui signifie que les ordinateurs peuvent désormais non seulement communiquer entre eux mais aussi être pilotés à distance.

2 Quand Internet devient un média

■ Une innovation supplémentaire fait d'Internet un média à part entière : la création en 1991 par le Centre européen pour la recherche nucléaire (CERN) de Genève d'un **système de liens hypertextes** qui relie entre eux des documents stockés à différents endroits du réseau. Le **World Wide Web**, qui donnera le « www » des adresses Internet, est né.

■ Simultanément, les **avancées technologiques** (miniaturisation, naissance de logiciels de navigation simples, baisse du prix des ordinateurs) permettent une **démocratisation** de l'informatique. Les foyers s'équipent en masse dans les années 2000 : Internet est adopté par le **grand public**. Aujourd'hui, on compte plus de **4 milliards d'internautes** dans le monde.

INFO + **Les mots d'Internet**

- **HTML** : langage informatique de balisage permettant de mettre en forme les pages web
- **Wifi** : connexion sans fil entre un ordinateur et le réseau
- **Web 2.0** : techniques permettant la plus grande interactivité possible sur Internet

II Un impact majeur dans l'univers de l'information

1 Médias traditionnels et Internet : concurrence et complémentarité

- Si le support papier a gardé jusqu'au début des années 2000 un réel avantage par rapport à Internet, l'apparition des **tablettes numériques**, des **smartphones** et de la **connexion sans fil** a radicalement changé la donne, accélérant notamment la crise de la presse → FICHE 28.

- Mais les médias traditionnels s'adaptent à Internet. Les journaux proposent des **éditions en ligne**, comme le *Washington Post*, dès 1998 ; la radio et la télévision développent **podcasts** et **replays** : une réelle complémentarité s'installe.

2 L'information pour chacun ?

- Avec l'apparition des **réseaux sociaux**, chacun peut avoir accès à une **information totalement individualisée**. En s'abonnant aux pages Facebook ou aux comptes Twitter des médias qui les intéressent, les internautes ne reçoivent que les informations qui les concernent directement → FICHE 33.

- Cette information est cependant dépendante d'un **accès libre** à Internet : or, certains États comme la Chine ont mis en place **de nouvelles formes de censure** sur le Web → FICHE 13.

> **MOT CLÉ**
> Les **réseaux sociaux** sont des instruments de partage de contenu qui mettent en relation des utilisateurs à travers le monde. Ils concernent aujourd'hui tant les particuliers que les grands médias.

zoOm

Mediapart : le prix de l'indépendance

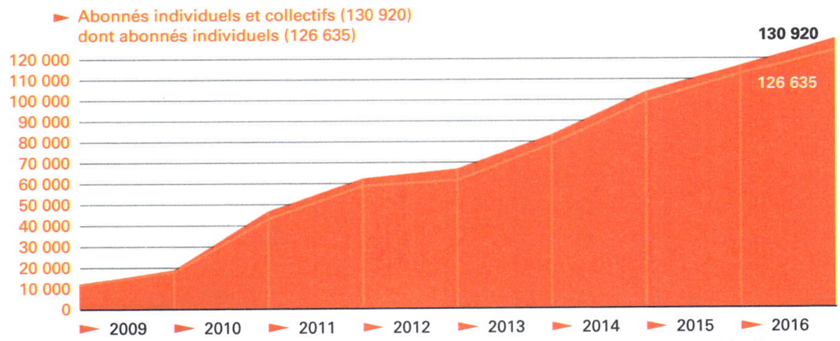

Source : Mediapart

- Fondé par Edwy Plenel en 2008, Mediapart est un journal diffusé exclusivement sur Internet. Son succès a été fulgurant, comme en témoigne la croissance ininterrompue de ses abonnés entre 2009 et 2016 (graphique).

- Mediapart ne diffuse pas de publicité et a fait le choix du « tout payant », garantie d'indépendance selon sa direction.

SES HGGSP ANGLAIS LLCE/AMC

30 L'information dépendante de l'opinion ? L'affaire Dreyfus

En bref *Si les journaux influencent les avis de leurs lecteurs, ils doivent en retour s'adapter aux évolutions de la société. L'affaire Dreyfus en France illustre bien ce lien étroit et complexe.*

I La rencontre de la presse et de l'opinion publique

1 Le rôle de l'opinion dans l'erreur judiciaire

■ L'**opinion publique** française connaît à la fin du XIXe siècle une vague d'**antisémitisme**, véhiculant la haine des juifs dans une large part de la société. La défaite de 1870 contre l'Allemagne entretient par ailleurs un violent désir de revanche. Le **nationalisme** est exacerbé par les efforts du gouvernement pour garantir la meilleure défense militaire à la France.

MOT CLÉ
Mouvante et difficile à saisir, l'**opinion publique** correspond aux idées et valeurs partagées par une majorité d'individus au sein d'une société à une époque donnée.

■ Dans ce contexte, en 1894, **Alfred Dreyfus**, un officier juif de l'armée française, est reconnu coupable d'avoir transmis des documents secrets à l'ennemi allemand. Cette **affaire d'espionnage** est révélée par un **journal antisémite d'extrême droite**, *La Libre Parole*. Condamné à la déportation à vie au bagne, Dreyfus clame son innocence.

2 La presse transforme ce fait divers en « affaire »

■ Bientôt, il apparaît que le véritable coupable est **Ferdinand Esterhazy**, un commandant endetté. En janvier 1898, ce dernier est jugé à huis clos par un tribunal militaire, mais **acquitté** après un procès entaché de nombreuses irrégularités.

■ Cette injustice supplémentaire décide l'écrivain **Émile Zola** à dévoiler au grand public l'ensemble des faits. Sa célèbre lettre ouverte intitulée « **J'accuse** » fait la une de l'édition du 13 janvier du journal *L'Aurore*, dirigé par Georges Clemenceau : y sont nommés les hauts responsables militaires concernés par le scandale. Alors que le journal ne tire habituellement qu'à 60 000 exemplaires, il s'en vend ce jour-là près de 300 000 : l'affaire est lancée.

INFO + **Les dates clés de l'affaire Dreyfus**

- **1894** : condamnation d'Alfred Dreyfus
- **1898** : « J'accuse » d'Émile Zola
- **1899** : second procès de Dreyfus, de nouveau condamné mais gracié par le président de la République
- **1906** : réhabilitation totale de Dreyfus

II Médias et opinion publique : qui façonne qui ?

1 Une presse qui s'adapte à ses lecteurs

- Les médias reflètent alors les clivages de l'opinion. Ainsi les journaux anti-dreyfusards comme *La Croix* ou *La Libre Parole* s'adressent aux Français qui partagent, entre autres, une attitude critique vis-à-vis du régime républicain, un nationalisme virulent et un antisémitisme marqué.
- Au contraire, la presse dreyfusarde comme *La Petite République*, dans laquelle écrit Jean Jaurès, a des lecteurs attachés à la République et aux droits de l'homme. À travers Dreyfus, ils défendent des idées universalistes, telle la justice.

2 Des médias dépendants de l'opinion ?

- L'affaire Dreyfus a comme cadre la **loi sur la liberté de la presse**. Celle-ci permet aux journaux de s'exprimer de manière indépendante : les journalistes peuvent critiquer l'armée ou le gouvernement.
- Pour un journal, prendre position vis-à-vis de l'opinion publique a également des enjeux financiers. Ainsi *Le Petit Journal* choisit de rejoindre le camp antidreyfusard… et perd alors la moitié de son lectorat.
- Enfin, l'affaire Dreyfus acte l'émergence de la figure de l'intellectuel, tel Zola, relais d'opinion dont l'avis va guider les idées de ses concitoyens.

MOT CLÉ

La **loi sur la liberté de la presse** garantit un cadre légal aux publications, fixant leurs libertés et responsabilités. Elle a été adoptée en 1881 sous la IIIe République.

zoOm

La caricature de presse

- Cette une met en scène le directeur du journal *La Libre Parole*, Édouard Drumont, jetant aux égouts Alfred Dreyfus, coiffé d'un casque prussien, tandis qu'en arrière-plan se tient un général, auréolé d'un soleil levant.
- Cette caricature exprime ainsi les sentiments antidreyfusards et nationalistes du journal. Elle montre aussi son antisémitisme, le nez proéminent et crochu dont est affublé Dreyfus étant caractéristique du racisme anti-juif de l'époque.

Caricature de Chanteclair en Une de *La Libre Parole*, 10 novembre 1894

SES HGGSP ANGLAIS LLCE/AMC

31 L'information entre le marché et l'État : l'agence Havas et l'AFP

En bref *Idéalement, la diffusion des informations devrait être totalement neutre et indépendante. Pourtant, celle-ci n'échappe pas aux risques de contrôle par des acteurs privés ou publics. L'histoire d'Havas et de l'agence France-Presse (AFP) illustre comment l'information peut être au centre d'intérêts économiques et politiques.*

I La genèse des informations : d'épineux enjeux de pouvoir

1 Aux origines d'Havas

- Lorsqu'au XIXe siècle la circulation des informations en vient à s'étendre sur des espaces de plus en plus vastes et lointains, la majorité des journaux n'a pas les moyens d'entretenir des correspondants partout dans le monde. Les agences de presse répondent alors à ce nouveau besoin.

MOT CLÉ
Une **agence de presse** dispose d'antennes à l'étranger pour collecter les informations locales et les transmettre aux différents médias du monde.

- Le Normand Charles Havas fonde son agence en 1835. D'abord simple bureau de traduction de la presse étrangère, celle-ci devient vite un véritable réseau de correspondants qui couvre tous les continents. Son succès repose sur la transmission d'informations précieuses alors pour les Français : les cours de la Bourse de Londres et les nouvelles de la guerre en Crimée (1853-1856).
- Charles Havas complète ensuite l'activité de son agence en créant une régie publicitaire. Il s'agit d'acheter aux journaux des espaces de publicité pour les revendre ensuite aux annonceurs. Ainsi, il devient l'intermédiaire indispensable entre la presse et les commerçants.

2 Un fonctionnement contestable

- Malgré la naissance de rivaux (Associated Press en 1846 aux États-Unis, Reuter en 1851 en Grande-Bretagne), Havas conserve un quasi-monopole sur la fourniture d'informations internationales aux journalistes français. Ceux-ci relaient donc tous des nouvelles obtenues auprès de la même source !
- De plus, l'association étroite des activités d'information et de publicité met en cause l'indépendance des premières vis-à-vis des intérêts financiers des annonceurs. En effet, ces clients, en apportant de l'argent aux journaux, peuvent dès lors exercer indirectement un droit de regard sur le contenu rédactionnel.

II Une évolution qui suscite la polémique

1 La scission d'Havas

- Réclamée dès 1936 par le socialiste Léon Blum, la séparation entre les deux branches d'Havas n'intervient qu'en 1945 : l'agence France-Presse (AFP) s'occupe de la fourniture d'informations tandis que l'entreprise Havas conserve la publicité.
- Forte de son emprise indirecte sur le secteur *via* la publicité, Havas cherche à obtenir une mainmise directe sur les médias : elle fonde ainsi des périodiques gratuits (*Marseille 7* en 1971), et participe à la création de Canal + en 1984.
- Aujourd'hui Havas, 6e agence de publicité dans le monde, appartient à Vivendi, un groupe spécialisé dans les médias et la communication.

2 Une information réellement libre ?

- Pour éviter que de grandes entreprises ou de riches particuliers n'en prennent le contrôle, l'AFP n'a pas d'actionnaire : elle est définie comme un « organisme autonome ». Mais la menace d'une **privatisation** plane depuis les années 2000, ce qui viendrait remettre en cause l'indépendance de l'agence.

MOT CLÉ
Une **privatisation** dans le secteur économique consiste à transférer au secteur privé soumis aux lois du marché une entreprise relevant auparavant du secteur public.

- L'AFP a un lien ambivalent avec l'État. Son budget fragile n'est en équilibre que grâce aux contributions publiques (50 % de son financement). Une telle situation questionne la neutralité que l'agence peut conserver face au gouvernement.

zoOm

Concentration industrielle et liberté de la presse

- Cette caricature met en scène Vincent Bolloré (au centre), actionnaire principal d'Havas et propriétaire entre autres de CNews et C8, le groupe Dassault (à droite, reconnaissable aux avions), qui contrôle notamment *Le Figaro*, et le président François Hollande.
- L'auteur dénonce ainsi la forte concentration des médias entre les mains des grands industriels et le danger qu'elle fait peser sur la liberté de la presse française, aggravé par l'impuissance de l'État.

Caricature de Frrnt parue sur le blog Pichenettes.org, 2016

32 Information et propagande pendant la guerre du Vietnam

En bref *Les médias ont joué un rôle fondamental dans le conflit vietnamien. Ils ont d'abord été les relais de Washington visant à justifier l'effort de guerre. Par la suite, révélant la situation sur le terrain, ils ont participé à infléchir l'avis de la population américaine, désormais favorable à la fin du conflit.*

I L'intense propagande de guerre des États-Unis

1 *The living room war*

■ La guerre du Vietnam, des années 1960 au début des années 1970, coïncide avec l'essor des médias de masse : journaux, magazines, radios et télévisions sont partout → FICHE 28. Dès lors, le conflit entre à l'intérieur de chaque foyer.

■ Les médias sont utilisés pour diffuser la version officielle. Dans le cadre de la guerre froide, il faut convaincre l'opinion du bien-fondé de la lutte contre le Sud-Vietnam communiste. L'État met en place une véritable **propagande** selon laquelle les ennemis sont dangereux et néfastes mais la guerre sera courte et la victoire aisée.

MOT CLÉ
La **propagande** désigne les actions exercées afin d'influencer l'opinion publique. Elle est souvent le fait d'un gouvernement, *via* les médias, afin de favoriser ses intérêts.

2 Des informations partielles et partiales

■ La population reçoit des informations orientées, voire falsifiées. Ainsi le président Johnson ment à propos de l'incident du golfe du Tonkin en 1964, accusant les bateaux nord-vietnamiens d'avoir attaqué les forces américaines. Cette version officielle, relayée par les médias, justifiera le déploiement massif de GI.

■ Les grands médias (*Washington Post*, *New York Times*) adhèrent à cette soumission aux intérêts nationaux : ils ne montrent que des soldats américains victorieux ou des prisonniers nord-vietnamiens. Jusqu'au milieu des années 1960, cette propagande fonctionne : en dépit des pertes humaines et du coût financier lié au conflit, une grande partie de l'opinion publique est favorable à la guerre.

INFO + **Les chiffres clés de la guerre du Vietnam**

- 58 209 GI américains tués
- 1,2 million de soldats nord-vietnamiens tués
- Plus de 2 millions de civils tués
- Plus de 7 millions de tonnes de bombes larguées par l'armée américaine

II La fin des années 1960 : un tournant médiatique

1 Les médias révèlent la vérité

■ Le basculement s'opère en 1968 avec la **médiatisation** de l'offensive du Têt. Cet assaut de grande envergure lancé par les forces nord-vietnamiennes contredit la version officielle d'une victoire américaine proche. L'opinion publique aux États-Unis prend alors conscience des mensonges de son gouvernement.

MOT CLÉ

La **médiatisation** désigne la diffusion par les médias d'une information permettant de révéler au public un fait, un événement, une situation.

■ Les médias livrent progressivement des informations plus proches de la réalité du conflit. Les reporters de guerre étrangers jouent ici un rôle fondamental : ils diffusent des images mettant en évidence le caractère extrêmement meurtrier des combats et l'enlisement de la guerre.

2 Une médiatisation à l'impact inédit

■ L'opinion américaine en vient à s'interroger sur la poursuite des opérations militaires. Déjà en germe, le mouvement pacifiste grandit. Acculé, le président Nixon consent à rapatrier les troupes engagées au Vietnam à partir de 1969.

■ La médiatisation du conflit est internationale : le monde entier découvre ainsi le recours massif aux défoliants fait par l'armée américaine. L'image des États-Unis en est durablement détériorée.

zoOm

Profession : reporter de guerre

■ Au Vietnam, la figure du reporter de guerre prend une importance primordiale. Suivant les opérations militaires sur place, il filme et photographie les combats et les violences commises, permettant de médiatiser le conflit.

■ Confronté à des situations dangereuses, le reporter de guerre doit également faire face à des questions complexes liées à son indépendance et sa neutralité à l'égard des parties en conflit.

Photo de Roland-Pierre Paringaux pour l'AFP, Saigon, 1973

SES HGGSP ANGLAIS LLCE/AMC

SE TESTER QUIZ

Vérifiez que vous avez bien compris les points clés des **fiches 27 à 32.**

1 Comment s'informe-t-on aujourd'hui ?

→ FICHE 27

1. Qu'est-ce qui caractérise le monde médiatique actuel ?
☐ **a.** Une abondance d'informations
☐ **b.** Une diversité des sources d'information
☐ **c.** Une liberté inédite d'accès aux données

2. Qu'appelle-t-on la « fracture numérique » ?
☐ **a.** L'inégale connexion des territoires aux NTIC
☐ **b.** Le service après-vente défaillant des opérateurs des NTIC
☐ **c.** La révolution constituée par l'apparition d'Internet au XXe siècle

2 Les révolutions techniques de l'information

→ FICHES 28 et 29

1. Quel siècle est considéré comme « l'âge d'or » de la presse écrite ?
☐ **a.** Le XVIIIe siècle ☐ **b.** Le XIXe siècle ☐ **c.** Le XXe siècle

2. Internet est né au sein du ministère américain de…
☐ **a.** la Communication. ☐ **b.** la Culture. ☐ **c.** la Défense.

3 L'information et l'opinion

→ FICHE 30

1. *Le Petit Journal* était un périodique de tendance…
☐ **a.** dreyfusarde ☐ **b.** neutre ☐ **c.** antidreyfusarde

2. Quel rôle ont joué les journaux pendant l'affaire Dreyfus ?
☐ **a.** Ils ont influencé l'opinion publique.
☐ **b.** Ils ont répondu aux attentes de l'opinion.
☐ **c.** Ils ont préféré traiter de questions moins polémiques.

4 Le contrôle de l'information

→ FICHES 31 et 32

1. Quels sont les liens entre Havas et l'AFP ?
☐ **a.** Ce sont deux agences issues de la séparation d'une même structure.
☐ **b.** Il s'agit de deux agences appartenant à une entreprise privée.
☐ **c.** Ce sont deux agences contrôlées par l'État.

2. Aux yeux du monde, les images de la guerre du Vietnam ont…
☐ **a.** confirmé la puissance militaire américaine.
☐ **b.** terni l'image des États-Unis.
☐ **c.** développé le pacifisme.

S'ENTRAÎNER

5 Réviser le cours en 6 questions flash

→ FICHES 27 à 32

1. Quel est le lien entre la catégorie sociale des individus et leurs pratiques d'information et de communication ?
2. Pour quelle raison la radio a-t-elle connu un grand succès ?
3. Pourquoi dit-on que la télévision est un média de masse ?
4. Comment Internet a-t-il révolutionné le monde de l'information ?
5. Pour quelle raison les agences de presse sont-elles peu à peu devenues indispensables aux médias ?
6. Pourquoi peut-on dire que les médias ont bouleversé la perception américaine de la guerre du Vietnam ?

OBJECTIF BAC

6 Les médias et l'affaire Dreyfus Étude critique de documents

2 h

Pour traiter correctement ce sujet, vous devez montrer au correcteur que vos connaissances ne sont pas seulement mémorisées mais pleinement maîtrisées. Les éléments vus en cours sur le rôle des médias lors de l'affaire Dreyfus doivent être reliés aux informations relevées dans les documents.

LE SUJET

Document 1 « La Vérité : finira-t-on par la faire sortir ? »

Gravure de Claude Guillemin, *Le Grelot*, 19 décembre 1897

SES HGGSP ANGLAIS LLCE/AMC

Document 2 **Les arguments d'un auteur antidreyfusard**

La mise en liberté du traître Dreyfus serait après tout un fait minime, mais si Dreyfus est plus qu'un traître, s'il est un symbole, c'est une autre affaire : c'est l'affaire Dreyfus ! Halte-là ! Le triomphe du camp qui soutient Dreyfus-symbole installerait décidément au pouvoir les hommes qui poursuivent la transformation de la France selon leur esprit propre. Et moi, je veux conserver la France. [...] Il s'agit de la France et ces questions doivent être traitées par rapport à l'intérêt de la France. [...]. Il ne faut point se plaindre du mouvement antisémite dans l'instant où l'on constate la puissance énorme de la nationalité juive qui menace de « chambardement » l'État français.

Maurice Barrès, *Le Journal*, 4 octobre 1898.

1. Présentez chaque document et situez-le dans le contexte de l'affaire Dreyfus.

INFO
Le Grelot est un périodique sympathisant envers le camp dreyfusard, tandis que Maurice Barrès est un écrivain nationaliste et antisémite.

2. Identifiez les auteurs des documents : comment leur partialité y apparaît ?

3. Relevez les indices qui montrent le rôle des médias dans l'affaire Dreyfus.

4. Rédigez une réponse développée qui, en croisant les deux documents et vos connaissances, montre que, au-delà de la personne de Dreyfus, ce sont des valeurs qui sont en jeu ici, et que les médias jouent un rôle clé dans cette affaire.

Méthode

Confronter deux documents

Étape 1 Comprendre les enjeux du sujet

Lisez toutes les questions : cela guidera votre lecture et votre réflexion.

Étape 2 Exploiter chaque document

- **Présentez** chaque document → MÉTHODE p. 45. Ces informations vous amènent à constater déjà des ressemblances et des différences.
- Lisez plusieurs fois chaque document afin d'en extraire les informations principales, de déterminer **le point de vue et l'intention** de l'auteur, etc.
- Mobilisez vos connaissances pour **éclairer le contexte** et le propos de chaque document.

Étape 3 Comparer les informations tirées de chaque document

- Demandez-vous ce que les deux documents ont **en commun** et **ce qui les distingue**. En quoi se complètent-ils ou s'opposent-ils ? Quels sont éléments pouvant expliquer leur différence de point de vue ?
- Sur votre brouillon, n'hésitez pas à faire un **tableau**.

LA FEUILLE DE ROUTE

Étape 1 Comprendre les enjeux du sujet

- Les deux documents évoquent l'affaire Dreyfus. Les questions amènent à s'interroger sur la « partialité » de chaque auteur, donc de son point de vue.
- Les questions évoquent aussi le rôle des médias et l'opposition entre des valeurs.

Étape 2 Exploiter chaque document

- Dans ce sujet, la présentation des documents n'est pas qu'une formalité. Moins d'une année sépare les deux documents, mais le contexte a changé entre la parution du *Grelot* et l'article de Maurice Barrès.
- Les auteurs s'opposent : l'un est dreyfusard, l'autre antidreyfusard.

Étape 3 Comparer les informations tirées de chaque document

- Ces deux documents portent sur l'affaire Dreyfus et adoptent un point de vue partial et engagé. Ils font preuve chacun d'une grande subjectivité.
- Ainsi, le document 1 montre comment les médias comme *La Libre Parole* tentent de gêner la progression judiciaire tandis que le document 2 présente les arguments justifiant de ne pas réviser le procès de Dreyfus. → CORRIGÉ p. 291

CORRIGÉS

SE TESTER QUIZ

1 Comment s'informe-t-on aujourd'hui ?

1. Réponses a, b et c. Le monde médiatique actuel se caractérise à la fois par une abondance d'informations, une diversité des sources et une liberté inédite d'accès aux données.
2. Réponse a. La **fracture numérique** est l'inégale connexion des territoires aux nouvelles technologies de l'information et de la communication (NTIC).

INFO
Flagrante par exemple entre l'Europe et l'Afrique, la **fracture numérique** existe au sein même d'un pays, y compris développé, notamment entre zones urbaines et zones rurales.

2 Les révolutions techniques de l'information

1. Réponse b. L'âge d'or de la presse écrite est le XIXe siècle. Elle se verra concurrencée au XXe siècle par la radio, puis la télévision, avant l'arrivée d'Internet.
2. Réponse c. Internet est né au sein de l'Advanced Research Projects Agency (ARPA) qui dépend du ministère américain de la Défense.

3 L'information et l'opinion

1. Réponse c. Au début de l'affaire Dreyfus, *Le Petit Journal* était plutôt neutre mais il a évolué ensuite vers le camp antidreyfusard. Il perd alors beaucoup de lecteurs.
2. Réponses a et b. Pendant l'affaire Dreyfus, les journaux ont à la fois influencé l'opinion publique tout en répondant aux attentes du lectorat, pour vendre.

4 Le contrôle de l'information

1. Réponse a. Havas et l'AFP sont deux agences issues de la séparation, en 1945, d'une même structure créée plus de cent ans avant, en 1835, par Charles Havas.
2. Réponses b et c. Les images de la guerre du Vietnam ont terni aux yeux du monde l'image des États-Unis, contribuant à développer le pacifisme en réaction.

S'ENTRAÎNER

5 Réviser le cours en 6 questions flash

1. Les individus ne s'informent pas de la même manière selon qu'ils appartiennent à des classes sociales populaires ou aisées. Leurs pratiques divergent en quantité et en nature d'informations consultées.
2. Née dans les années 1930, la radio a concurrencé la presse papier parce qu'elle était plus ludique et plus accessible. Son succès a été immédiat.
3. La télévision est un média de masse car elle est capable d'atteindre de très larges audiences. En France aujourd'hui, 94 % des foyers sont ainsi équipés d'une télévision.
4. Internet, soutenu par les progrès de l'informatique, est une révolution majeure parce que jamais auparavant les informations n'avaient été disponibles partout et tout le temps (ordinateurs, smartphones, Wifi).
5. Avec la mondialisation de l'information, les petites entreprises de médias ne pouvaient collecter les données sur place, c'est pourquoi les agences de presse, Havas en pionnière, ont pris en charge ce rôle.
6. Les médias ont bouleversé la perception de la guerre du Vietnam en contrant la propagande gouvernementale. Ils diffusent alors des images horribles de la réalité du conflit, ce qui choque l'opinion américaine.

OBJECTIF BAC

6 Étude critique de documents

> **INFO**
> *Le Grelot* est un journal républicain de la fin du XIXe siècle, très satirique, qui fut souvent censuré.

1. Le document 1 est une caricature de Claude Guillemin parue dans le journal *Le Grelot* le 19 décembre 1897. Le document 2 est un extrait d'article écrit par Maurice Barrès pour *Le Journal*, le 4 octobre 1898. S'ils évoquent tous deux l'affaire Dreyfus, ces deux documents s'inscrivent néanmoins dans des contextes différents : l'un avant et l'autre après la publication du fameux « J'accuse » d'Émile Zola qui alerta l'opinon publique.

2. Le parti pris de Guillemin en faveur de Dreyfus apparaît clairement : les intellectuels qui défendent l'officier sont représentés tirant sur une corde pour sortir l'allégorie de la vérité du puits. Au contraire, la position antidreyfusarde de Barrès, antisémite notoire, est claire à travers une expression comme « le traître Dreyfus ».

3. Le rôle des médias dans l'affaire est explicite. Dans le document 1, on relève la présence de journaux antidreyfusards (*La Libre Parole* et *L'Intransigeant*) et d'un journal dreyfusard (*Le Figaro*). Le document 2 quant à lui montre par sa nature même que les articles de journaux sont des terrains d'affrontement des deux camps.

4. ■ Dans l'affaire Dreyfus, deux camps s'opposent. D'un côté, les dreyfusards se battent pour des idéaux universaux comme la liberté ou la vérité : ainsi, le caricaturiste Claude Guillemin présente une personnification de la vérité tenant une lumière. De l'autre, les antidreyfusards campent sur des valeurs nationalistes et antisémites, à l'image de Maurice Barrès qui écrit « je veux conserver la France » et considère que « la nationalité juive menace [...] l'État français » (doc. 2).

■ Ces valeurs antinomiques sont relayées par les médias, qui jouent un rôle crucial dans l'affaire. La bataille de l'opinion publique, *via* la presse, est fondamentale pour les dreyfusards afin de contrer la « justice militaire », représentée sur le document 1 par un général se laissant aveugler par les adversaires de Dreyfus. Ceux-ci, tel Barrès, multiplient les articles au ton catastrophiste : contre les ralliements croissants après 1898 en faveur de Dreyfus, ils agitent l'épouvantail de la « menace » juive qui mènerait la France à sa perte, avec l'appui « des hommes qui [en] poursuivent la transformation ».

33 Vers une information fragmentée et horizontale ?

En bref *Outil révolutionnaire de diffusion de l'information* → FICHE 29, *Internet présente les ambiguïtés d'un média superpuissant. S'il donne un accès presque illimité aux faits et aux idées, il apparaît aussi comme hors de contrôle, tant il est vaste et protéiforme.*

I Internet, une révolution médiatique…

1 Aujourd'hui, tous journalistes ?

- Internet est un **espace d'expression inédit**. Les nombreux blogs en ligne regorgent d'écrits rédigés par de simples citoyens et la présence de caméras sur les téléphones portables **transforme des témoins en journalistes**. Il suffit de poster une vidéo sur la Toile pour qu'elle soit vue par des millions d'internautes.
- Les réseaux sociaux → FICHE 29 complètent cette révolution. Les **chiffres** de vues, de partages, de commentaires mettent en évidence la masse des **informations disponibles, immédiates, relayées et discutées**. Jamais un média auparavant n'avait pu diffuser une telle multiplicité de nouvelles.

CHIFFRES CLÉS
En 2018, on compte 2 milliards d'utilisateurs de Facebook et 800 millions pour Instagram. 500 millions de tweets et 3 milliards de snaps sont échangés chaque jour.

2 Une information fragmentée

- Néanmoins les nouvelles véhiculées sur Internet se révèlent **parcellaires et éclatées** du fait même de la diversité des sources. Il est aujourd'hui difficile de suivre un « fil d'actualité » tant les faits s'ajoutent, voire parfois se contredisent.
- Une **tendance à la simplification** se fait également jour sur le Web en raison du format médiatique. Ainsi les informations tweetées sont courtes (280 caractères par tweet), ce qui empêche une présentation complète des événements et des situations.
- Par ailleurs, être témoin d'un fait et le relayer sur Internet ne signifie pas nécessairement être en mesure de l'appréhender dans son ensemble, de le comprendre ou de l'analyser. Dès lors, les informations sont susceptibles d'être **partielles et tronquées**.

3 Entre erreurs et *fake news*

- Plus grave encore, les nouvelles sur la Toile peuvent se révéler **erronées**. Si aucun média n'est à l'abri d'une erreur ou d'une fausse nouvelle, celles-ci disposent avec Internet d'un auditoire mondial.
- Enfin, ces erreurs peuvent être délibérées. On touche là au phénomène des *fake news*, ou informations fallacieuses, qui véhiculent mensonges et contre-vérités, alimentant notamment les théories du complot → FICHE 35.

II …devenue incontrôlable ?

1 Une information horizontale

■ L'interactivité offerte par Internet est à l'origine d'une **nouvelle circulation de l'information**, plus horizontale. Valorisant les prises de position spontanées des citoyens, elle se fait **au détriment des professionnels** de la communication, des médias traditionnels et des intellectuels → FICHE 30.

■ Ce mode de diffusion de l'information fait d'Internet un lieu où règne une **grande liberté** d'opinion. Des informations qui n'étaient diffusées ni par la presse ni par la télévision peuvent alors émerger.

2 Comment maîtriser l'information sur Internet ?

■ Cette formidable liberté sur Internet, où la parole est souvent anonyme, pose malgré tout **la question de ses bornes**. La loi fixe ainsi des **limites à la liberté d'expression**.

■ Le recours aux journalistes professionnels constitue par ailleurs une garantie de qualité de l'information. Ceux-ci sont en effet tenus à des **principes de recoupement de leurs sources**, de déontologie et de neutralité.

■ Enfin, les gouvernements peuvent être tentés par **un certain contrôle** du Net. Ainsi en 2018, la France s'est dotée d'une loi contre les *fake news*.

MOT CLÉ

En France, **la loi interdit** les propos diffamatoires et injurieux, l'incitation à la haine raciale, ethnique ou religieuse, l'apologie du terrorisme.

zoOm

Donald Trump et l'usage des *fake news*

■ Traitant les médias qui ne lui sont pas favorables de menteurs, Donald Trump a contribué à populariser l'expression *fake news*.

■ Le dessinateur retourne ici les accusations du président américain en dénonçant sa propre tendance au mensonge dans ses nombreux tweets.

Tom Janssen, 1er décembre 2017, politicalcartoons.com

SES HGGSP ANGLAIS LLCE/AMC

34 Témoignages et lanceurs d'alerte

En bref *Avec l'accroissement des flux d'informations numériques, se développe aussi une forme de vigilance citoyenne, opérée notamment par les lanceurs d'alerte. Témoins privilégiés des délits commis par les États ou les entreprises, ces* insiders *trouvent dans Internet un média de choix.*

I Les témoignages et les alertes à l'heure du Web

1 Une pratique historique réactivée par Internet

- Les révélations de scandales par les médias ne sont pas nouvelles → FICHE 30, mais elles prennent une dimension particulière avec Internet.
- Depuis les années 1990, avec Internet, les **lanceurs d'alerte** sont plus nombreux et plus actifs. Ils informent les citoyens sur des questions aussi bien sanitaires que politiques ou socio-économiques.

MOT CLÉ
Un **lanceur d'alerte** est défini par le Conseil de l'Europe comme toute personne qui révèle, dans le cadre de son travail, des informations concernant des menaces ou un préjudice pour l'intérêt général.

2 Un canal qui facilite les révélations

- Internet décuple les possibilités de témoigner. L'anonymat, la rapidité et l'horizontalité de la circulation sur la Toile → FICHE 33 assurent une protection aux individus, qui craignent alors moins de révéler ce qu'ils savent.
- Internet favorise aussi les espaces de collaboration pour les lanceurs d'alerte. Ainsi, sur la plateforme WikiLeaks, créée en 2006 par Julian Assange, des millions de documents ayant trait à des délits commis par des gouvernements et des entreprises ont été publiés grâce à une technologie avancée de cryptage.

II Une chance ou un risque pour nos démocraties ?

1 Plus de transparence, plus de démocratie

- Les lanceurs d'alerte sont des acteurs de la vigilance citoyenne. En surveillant les pouvoirs publics et les grandes multinationales, et en révélant par exemple leurs malversations, ils contribuent à consolider les systèmes démocratiques.

INFO + **Edward Snowden**

- Employé de la Central Intelligence Agency (CIA) et de la National Security Agency (NSA) américaines.
- En 2013, il rend publiques des informations sur la surveillance des citoyens organisée par les États-Unis
- Inculpé pour espionnage par le gouvernement américain, il vit en exil en Russie.

■ L'ère du numérique et de l'interactivité intensifie cette participation citoyenne. Celle-ci peut prendre la forme d'un cybermilitantisme, n'hésitant pas à recourir au piratage informatique. C'est le cas des **hacktivistes** d'Anonymous.

MOT CLÉ

Le terme **hacktivisme** est formé des mots *hacker*, désignant un individu capable de pénétrer illégalement dans un système informatique, et activisme, qui renvoie à une forme d'action directe.

2 | Mais des dangers indéniables

■ Mais témoigner de scandales est risqué et le lanceur d'alerte se met en danger, professionnellement, personnellement, voire physiquement. Julian Assange et Edward Snowden sont ainsi sous le coup d'inculpations de la part du gouvernement américain.

■ Pour protéger les témoins, de nombreux pays se sont dotés de lois visant à empêcher les poursuites judiciaires ou les représailles (licenciement, rétrogradation, etc.) dont ceux-ci pourraient être victimes.

■ Mais il existe aussi un risque de dérives dans la multiplication et la facilitation des alertes *via* Internet. Les frontières sont floues parfois avec la diffamation, la délation ou encore la tentation de se substituer à la justice.

zoOm

Chelsea Manning, traître ou héros ?

Manifestation en soutien à Chelsea Manning, 1er juin 2013

■ Membre de l'armée américaine, Chelsea Manning révèle en 2010, *via* WikiLeaks, des bavures et des exactions commises par les États-Unis pendant les guerres en Afghanistan et en Irak. En 2013, elle est condamnée à 35 ans de prison pour violation du secret-défense.

■ Elle reçoit alors le soutien de l'opinion publique. Sensible aux manifestations proclamant que « la vérité n'est pas un crime » et qualifiant Chelsea Manning de « héros », Barack Obama décide de la libérer en 2017.

35 Les théories du complot

En bref *En 2018, un sondage révélait que 79 % des Français adhèrent à au moins une thèse complotiste… soutenant que la Terre est plate, que l'on n'a pas marché sur la Lune ou encore que Lady Di a été assassinée. La recrudescence de ces « théories » est notamment favorisée par Internet.*

I Comment Internet stimule le complotisme ?

1 Des réflexes conspirationnistes anciens…

- Les racines des **théories du complot** sont très anciennes : l'une des premières date de la Révolution française. L'abbé de Barruel se persuade à l'époque que « tout a été prévu, médité, combiné, résolu » par des hommes agissant dans l'ombre.
- La croyance en l'existence de groupes occultes, très puissants, qui tenteraient de s'imposer à l'échelle mondiale en manipulant l'opinion publique est au fondement de ces « théories ». Dès le XVIIIe siècle, les francs-maçons ont été incriminés, puis les juifs, les Illuminati, les communistes ou plus récemment les Reptiliens.

> **MOT CLÉ**
> L'expression **théories du complot** est critiquée car elle semble fournir une assise scientifique à ces thèses. On peut alors les désigner sous les vocables de complotisme ou conspirationnisme.

2 …réactivés par les technologies modernes

- Internet permet aux théories complotistes de se consolider parce qu'il fournit les moyens de « prouver » de façon apparemment indubitable leur véracité. En effet, les supports visuels donnent l'illusion de la preuve scientifique irréfutable : le public doute beaucoup moins d'une photo ou d'une vidéo que d'un texte.
- D'autres caractéristiques d'Internet facilitent le conspirationnisme en ligne. Son horizontalité → FICHE 33 enlève ainsi aux journalistes ou aux scientifiques leur capacité de vérification, tandis que son immédiateté empêche souvent de prendre le temps d'examiner les « preuves » véhiculées.
- La diffusion à l'échelle mondiale permise par le Web donne enfin aux thèses complotistes un auditoire qui les renforce. Davantage partagées, elles séduisent toujours plus de monde, et apparaissent alors d'autant plus crédibles.

II Mieux combattre le phénomène

1 Des mécanismes similaires

- Les théories conspirationnistes obéissent à de nombreux ressorts, notamment psychologiques. Face à un monde perçu comme complexe et donc angoissant, il est commode et rassurant de désigner des responsables aux événements tragiques ou inexpliqués.

- Le complotisme se nourrit également d'une **méfiance à l'égard des institutions**, et en particulier des États. Ainsi une thèse largement diffusée rend le gouvernement américain responsable des attentats du 11 septembre 2001.
- Ceux qui adhèrent aux thèses du complot ont par ailleurs le sentiment très valorisant de **détenir une vérité** qui serait cachée au plus grand nombre. Ainsi se forment sur la Toile des communautés, liées à un site ou à un blog, convaincues d'être plus informées que la masse de ceux qui se laisseraient berner.

2 | Quels remparts contre ces théories ?

- La lutte la plus efficace contre le conspirationnisme est l'**éducation aux médias** et l'acquisition d'un **esprit critique** et d'une solide **culture générale** *via* l'école. Un sondage de 2018 montre que les Français les plus séduits par le complotisme sont les jeunes et les personnes les moins diplômées.
- Pour endiguer la diffusion de ces théories, certains en appellent à une meilleure surveillance et à un **contrôle** accru du Net. Mais censurer des auteurs conspirationnistes ou fermer leurs sites peut s'avérer **contre-productif**. Dans leur logique de persécution, ils l'interpréteraient comme une confirmation du complot !

MOT CLÉ

L'**esprit critique** renvoie à des réflexes qu'il faut avoir vis-à-vis de l'information : en vérifier la source, distinguer les faits des interprétations, comparer les explications proposées.

zoOm

« Preuves » et « raisonnements » des théories du complot

- Ce dessin a été publié après l'attaque contre le journal *Charlie Hebdo* et la prise d'otages dans le magasin Hyper Cacher en janvier 2015 à Paris. Son auteur y dénonce le complotisme en mettant en avant sa façon d'imiter le raisonnement scientifique et hypothético-déductif.
- Les « preuves » relèvent souvent de coïncidences perçues comme trop grandes pour être vraies (« c'est énorme », « comme par hasard »), ou bien s'appuient sur de pseudo-indices compliqués (l'anagramme entre Charlie et Ichrael). L'antisémitisme est régulièrement présent dans ces théories, largement diffusées sur Internet.

Julien Neel, janvier 2015, madmoizelle.com

SE TESTER QUIZ

Vérifiez que vous avez bien compris les points clés des **fiches 33 à 35**.

1 Une information fragmentée et horizontale

→ FICHE 33

1. La révolution liée à Internet en matière d'information concerne…

☐ **a.** la nature des informations.
☐ **b.** la quantité des informations.
☐ **c.** l'origine des informations.

2. Qu'est-ce que les *fake news* ?

☐ **a.** Des informations mettant en péril les gouvernements
☐ **b.** Des informations censurées par les gouvernements
☐ **c.** Des informations erronées de manière délibérée

3. L'horizontalité de l'information signifie que celle-ci circule…

☐ **a.** entre citoyens. ☐ **b.** très vite. ☐ **c.** *via* les journalistes.

2 Témoignages et lanceurs d'alerte

→ FICHE 34

1. Qu'est-ce qu'un lanceur d'alerte ?

☐ **a.** Un citoyen qui informe l'opinion publique sur des scandales dont il a connaissance
☐ **b.** Un espion envoyé dans une grande entreprise
☐ **c.** Un membre du gouvernement qui informe ses collaborateurs d'une crise à venir

2. Quel risque la multiplication des alertes sur Internet comporte-t-elle ?

☐ **a.** Une difficulté pour les grandes entreprises de continuer à fonctionner
☐ **b.** La tentation pour certains de céder à la diffamation
☐ **c.** La mémorisation des données par les serveurs internationaux

3 Les théories du complot

→ FICHE 35

1. L'expression « théories du complot » désigne…

☐ **a.** l'adhésion à des croyances inexactes.
☐ **b.** la certitude que le monde est gouverné par des groupes agissant dans l'ombre.
☐ **c.** un système de pensée s'appuyant sur un raisonnement d'apparence scientifique.

2. En France, qui sont ceux qui adhèrent le plus aux théories du complot ?

☐ **a.** Les jeunes
☐ **b.** Les personnes les plus diplômées
☐ **c.** Les personnes les moins diplômées

S'ENTRAÎNER

4 Connaître le vocabulaire du cours

→ FICHES 33 à 35

Reliez ces acteurs ou groupes d'acteurs au thème qui les concerne.

WikiLeaks •	• Théories du complot
Les Illuminati •	
Edward Snowden •	• Information horizontale
Les réseaux sociaux •	
Les Reptiliens •	• Témoignages et lanceurs d'alerte

5 Réviser le cours en 6 questions flash

→ FICHES 33 à 35

1. Quel est l'impact d'Internet sur le métier de journaliste ?
2. Pourquoi la surveillance d'Internet fait-elle débat ?
3. Comment Internet a-t-il stimulé les lanceurs d'alerte ?
4. Pourquoi peut-on assimiler Internet à une « sentinelle » ?
5. Par quels biais Internet renforce-t-il les complotismes ?
6. Comment peut-on lutter contre les théories du complot ?

OBJECTIF BAC

6 La protection des lanceurs d'alerte
Étude critique de document

1 h

Ce sujet vous propose de réfléchir sur le cas des lanceurs d'alerte. Il vous invite à utiliser vos connaissances et à exercer votre esprit critique.

LE SUJET

Document **Les limites de la protection des lanceurs d'alerte**

Aux États-Unis comme en France, le concept de lanceur d'alerte s'affermit. Les législations des deux pays ne font que de timides avancées. [...] Mais entre lanceurs d'alerte américains et français, il existe une différence de taille. La loi qui les encadre et les protège n'est pas du tout la même. [...] De l'autre côté de l'Atlantique, ces derniers sont protégés depuis 1989, date à laquelle le Congrès a promulgué le Whistleblower Protection Act, loi de protection des lanceurs d'alerte. Un texte qui « garantit des protections juridiques pour les employés fédéraux qui révéleraient des activités gouvernementales illégales ou incorrectes ».

Mais la loi ne laisse en réalité qu'un faible champ d'action au lanceur d'alerte. Le texte précise en effet que toute divulgation d'infraction est protégée, à la condition que cette révélation « ne soit pas interdite par la loi » ou que le pouvoir exécutif n'ait pas exigé « que l'information reste secrète ».

Autre restriction de taille : les nombreuses exceptions que recouvre la loi. Le texte stipule que les employés fédéraux de nombreuses organisations, liées au pouvoir exécutif et au renseignement, ne bénéficient d'aucune protection. Les salariés de la NSA, du FBI, de la CIA, et du service postal gouvernemental (UPS) sont – entre autres agences – de fait exclus du Whistleblower Protection Act.

Claire Rainfroy, *www.lemonde.fr*, 19 juillet 2013

1. Présentez le document et dégagez-en le thème principal.

2. D'après vous, pourquoi les lanceurs d'alerte doivent-ils être protégés ?

3. En vous appuyant sur le document et vos réponses aux questions précédentes, expliquez comment sont protégés les lanceurs d'alerte.

Méthode

Répondre à une question de synthèse sur document(s)

La dernière question d'une étude de document(s) vous demande de rédiger un **développement structuré**, réutilisant et approfondissant ce que vous avez amorcé dans vos réponses aux questions préliminaires. → **MÉTHODES** p. 45, 114 et 157

Étape 1 Comprendre la consigne

- Lisez attentivement la consigne et repérez les **mots clés** qu'elle contient.
- Prêtez attention au **verbe employé** pour bien saisir ce que vous devez faire.

Étape 2 Construire un plan

- Pour la clarté de votre exposé, regroupez vos idées autour de **deux ou trois thèmes**, qui donneront matière à deux ou trois paragraphes.
- Souvent, ces thèmes sont suggérés dans la question. Si ce n'est pas le cas, vous devez les dégager à partir de l'**étude du ou des document(s)** et de **vos connaissances**.

Étape 3 Rédiger la réponse

- Faites apparaître clairement les **deux ou trois idées principales** (arguments) en tête de chaque paragraphe.
- **Justifiez-les** en citant le(s) document(s) ou à l'aide de vos connaissances.

▶▶▶ LA FEUILLE DE ROUTE

Étape 1 Comprendre la consigne

- La consigne utilise l'adverbe « comment » : elle demande donc que vous dressiez une sorte d'**état des lieux**, de « tableau » des différents moyens mis en œuvre pour **protéger les lanceurs d'alerte**.
- Cette consigne n'exclut pas un **regard critique** sur les enjeux soulevés par le sujet. Ceux-ci seront appréhendés à la lumière des idées extraites du document et de vos connaissances → FICHE 34.

Étape 2 Construire un plan

La consigne ne suggère pas de plan : les idées structurantes sont donc à extraire du document et des questions précédentes. On peut dégager les thèmes suivants :
1re partie. Les lanceurs d'alerte ont besoin d'être protégés.
2e partie. Leur protection est inscrite dans la loi aux États-Unis.
3e partie. Cependant, cette garantie est insuffisante au vu des nombreuses exceptions qui existent.

Étape 3 Rédiger la réponse → CORRIGÉ p. 303

CORRIGÉS

▶ SE TESTER QUIZ

1 Une information fragmentée et horizontale

1. Réponses a, b et c. Internet a révolutionné l'information à tous les niveaux. La massification des textes, des photos et des vidéos qui circulent est le fait de nouveaux acteurs médiatiques.

2. Réponse c. Les *fake news* sont des informations erronées de manière délibérée. En français, on parle d'« information fallacieuse ».

3. Réponse a. L'horizontalité de l'information signifie que celle-ci circule directement entre les citoyens sans passer par l'intermédiaire des journalistes et des professionnels de la communicaiton.

> **MOT CLÉ**
> *Fake news* se traduit aussi en français par « infox », un mot-valise contractant les termes « information » et « intoxication ».

2 Témoignages et lanceurs d'alerte

1. Réponse a. Un lanceur d'alerte est un citoyen qui informe l'opinion publique sur des scandales dont il a connaissance. Une définition stricte en limite le cadre au milieu professionnel.

2. Réponse b. La multiplication des alertes sur Internet, liée à l'anonymat et aux technologies favorisant leur publication et diffusion, est la tentation de certains de céder à la diffamation.

3 Les théories du complot

1. **Réponses a, b et c.** Les « théories » du complot sont des idées fausses, pseudo-scientifiques, à propos de puissances cachées tentant de manipuler l'opinion dans leur intérêt.
2. **Réponses a et c.** Les jeunes et les moins diplômés sont les Français qui adhèrent le plus aux théories du complot selon un sondage IFOP réalisé en 2018.

S'ENTRAÎNER

4 Connaître le vocabulaire du cours

- **WikiLeaks, Edward Snowden** : témoignages et lanceurs d'alerte
- **les Illuminati, les Reptiliens** : théories du complot
- **les réseaux sociaux** : information horizontale

5 Réviser le cours en 6 questions flash

1. En permettant à tous les **témoins** d'événements de s'en faire les **médiateurs** par un post, un tweet, un blog, Internet bouscule la production de l'information qui n'est plus désormais réservée aux journalistes.
2. Surveiller Internet permettrait de **lutter contre les *fake news*** et la désinformation, mais remettrait aussi en cause la **liberté d'expression** et d'information. Il s'agit donc d'un enjeu délicat.
3. Grâce à la protection liée à l'**anonymat**, à la **rapidité** et à l'**horizontalité** de la circulation des informations, Internet a encouragé les lanceurs d'alerte à dénoncer les scandales dont ils ont connaissance.
4. Le rôle d'une **sentinelle** est de prévenir la communauté d'éventuels dangers. Internet, espace d'expression des lanceurs d'alerte, joue ce rôle dans nos sociétés démocratiques, **face au pouvoir des États et des multinationales.**
5. Les complotismes bénéficient des **nombreux supports**, notamment visuels, qui « font vrai », mis en ligne sur Internet par tout un chacun, sans vérification, et rapidement relayés à une **large échelle**.
6. La meilleure arme afin d'éviter la propagation des idées complotistes consiste en l'**éducation aux médias** des internautes. En développant l'**esprit critique**, l'école apprend à décrypter le vrai et le faux.

INFO
Le contrôle ou la censure d'Internet se révèle plus délicat, voir contre-productif dans le cas des auteurs conspirationnistes qui vont alors crier… au complot contre eux !

OBJECTIF BAC

6 Étude critique de document

1. Le document est un extrait d'un article du journal *Le Monde*, daté de juillet 2013. Il traite de la protection des lanceurs d'alerte, en particulier aux États-Unis.

2. Les lanceurs d'alerte doivent être protégés car ils sont à la merci de représailles, voire de menaces, de la part des organismes (privés ou publics) qu'ils mettent en cause par leurs révélations.

> [éléments tirés des documents qui montrent que l'on s'appuie bien sur l'article]
> [connaissances précises tirées du cours]
> phrases d'introduction, de conclusion ou de liaison pour fluidifier la rédaction et faciliter la lecture

3. ■ Révélant des scandales pouvant impliquer des États ou des entreprises puissantes, les lanceurs d'alerte s'exposent à des répercussions et des dangers : du licenciement [à la peine de prison comme pour Chelsea Manning qui a été condamnée à 35 ans d'incarcération en 2013 après avoir publié des informations sur les crimes commis par l'armée américaine en Afghanistan et en Irak].

■ Certes, une protection des lanceurs d'alerte existe dans certains pays. C'est le cas [aux États-Unis où depuis 1989 une loi « garantit des protections juridiques pour les employés fédéraux qui révéleraient des activités gouvernementales illégales ou incorrectes »].

■ Or cette protection est globalement très insatisfaisante car [elle ne couvre que peu de citoyens : en sont ainsi exclus « les salariés de la NSA, du FBI, de la CIA, et du service postal gouvernemental (UPS) »]. Or ce sont précisément eux qui ont de grandes chances d'être témoins de scandales. [C'est parce qu'il travaillait pour la CIA et la NSA en tant qu'informaticien qu'Edward Snowden a pu révéler en 2013 l'espionnage massif opéré par les États-Unis dans le monde.]

■ [Les lanceurs d'alerte ne disposent donc que « d'un faible champ d'action »] et c'est pourquoi nombre d'entre eux hésitent avant de divulguer les informations dont ils disposent.

CONSEIL
Dans votre devoir, veillez à équilibrer les références au document et l'apport en connaissances issues du cours : cela montre votre capacité à faire l'aller-retour entre le sujet et ce que vous avez appris au cours de l'année.

36 États et religions dans le monde : des cadres juridiques divers

En bref *En Europe, les relations entre le pouvoir politique et le pouvoir religieux* → FICHES 38 et 39 *semblaient réglées. Mais, quand 84 % des êtres humains déclarent avoir une religion, la définition du rapport juridique entre l'État et les religions est un enjeu essentiel.*

I Une majorité des pays sans religion d'État

1 La séparation État-religion : un modèle dominant

- Si la France est l'un des rares pays à avoir inscrit la **laïcité** dans sa Constitution, la plupart des pays ont aujourd'hui adopté le **principe de séparation** entre l'État et la religion.
- Sauf exception, en Europe, en Amérique, au Japon ainsi que dans de nombreux pays d'Afrique, il n'y a **pas de religion d'État** et la liberté religieuse est garantie → FICHE 37. Les emplois publics y sont ouverts à tous.
- Certains pays se déclarent **officiellement athées** : la Chine, où la liberté religieuse est reconnue, ou encore la Corée du Nord, qui interdit la religion.

MOT CLÉ
La **laïcité** désigne le principe selon lequel la religion n'a pas à interférer dans le domaine politique et doit limiter son expression à la sphère privée.

2 Une séparation juridiquement plus ou moins stricte selon les pays

- En France, l'article 2 de la **loi de séparation des Églises et de l'État** (1905) précise que « la République ne reconnaît, ne salarie ni ne subventionne aucun culte ». Mais dans de nombreux pays, l'État peut financer les activités sociales ou éducatives des religions au titre du « **service public religieux** ». Ainsi, en Allemagne, l'État autorise les Églises à percevoir l'impôt ecclésiastique acquitté par les croyants volontaires et organise des cours d'histoire religieuse.
- En Turquie, l'un des rares pays musulmans à avoir adopté la laïcité → FICHE 40, **la religion est encadrée par le gouvernement** qui finance et forme les imams et les écoles religieuses.

INFO + **La pratique religieuse dans le monde**

Chrétiens	2,38 milliards	31,2 %
Musulmans	1,8 milliard	24,1 %
Hindous	1,1 milliard	15,1 %
Bouddhistes	500 millions	6,9 %
Juifs	14 millions	0,2 %

Source : Pew Research Center, 2017

II Une minorité de pays avec une religion d'État

1 Religion officielle et respect du pluralisme religieux

- Dans un monde qui s'est fortement **sécularisé**, la **religion d'État** n'a cependant pas disparu. C'est le cas de l'anglicanisme au Royaume-Uni, du luthéranisme au Danemark ou du bouddhisme au Cambodge.
- Si la religion officielle y bénéficie d'un **statut juridique supérieur** aux autres croyances, ces pays respectent cependant le **pluralisme religieux** et l'égalité de tous devant la loi.

MOT CLÉ
Des sociétés sont dites **sécularisées** quand le sacré et les principes religieux ont peu d'importance dans la vie publique.

2 Théocratie et discrimination des autres croyances

- En **Arabie Saoudite**, l'islam sunnite → FICHE 39 est religion d'État et **seuls les musulmans peuvent être citoyens**. Les lieux de culte non musulmans sont interdits tandis que la loi islamique, la *charia*, s'applique à tous : **religion et politique se confondent** donc.
- En **Iran**, la religion d'État est l'islam chiite. **Le religieux domine le politique** : le pouvoir y est détenu par les autorités religieuses, avec à leur tête un **ayatollah**. Les fonctions militaires et politiques sont interdites aux non-musulmans. La Constitution reconnaît néanmoins la **liberté de culte** pour les chrétiens, les juifs et les zoroastriens.

zoOm
La séparation des Églises et de l'État en France

- La loi du 9 décembre 1905 reconnaît les **libertés de conscience et de culte**. Elle interdit le financement des religions par l'État et prévoit l'inventaire des biens de l'Église.
- La loi est condamnée par le pape Pie X en 1906 tandis que les inventaires sont émaillés de **violences**.
- Cette loi n'a jamais été remise en cause et elle continue d'être **appliquée aujourd'hui**, à l'exception de l'Alsace et de la Moselle.

« La querelle des inventaires », *Le Petit Journal*, 19 mars 1906.

SES
HGGSP
ANGLAIS LLCE/AMC

37 Les libertés de conscience et de religion dans le monde

En bref *Les libertés de conscience et de religion sont l'un des critères fondamentaux de la démocratie. Néanmoins, le nombre d'États limitant ou interdisant les libertés religieuses tend à croître.*

I Fondements et limites en démocratie

1 Libertés de conscience et de religion

- La plupart des États démocratiques de par le monde garantissent les **libertés de conscience et de religion**. Par ailleurs, la liberté d'expression et d'opinion → FICHE 1 inclut le droit de critiquer les religions.
- Le degré de laïcité → FICHE 36 varie selon les États. En France, la tradition républicaine distingue nettement politique et religion. Aux États-Unis à l'inverse, les groupes religieux interviennent souvent dans le débat politique → FICHE 41.

MOT CLÉ

Il y a **liberté de conscience et de religion** lorsque chacun est libre de croire à ce qu'il veut, de pratiquer son culte comme il l'entend, de changer de religion, ou encore de ne pas croire.

2 Des limitations à la liberté religieuse

- Un principe de neutralité religieuse peut s'appliquer dans les services publics, notamment à l'école, aboutissant à interdire les signes religieux, plus ou moins ostentatoires. C'est le cas en Belgique, en France ou encore au Québec.
- La liberté religieuse proscrit les discours de haine à l'égard des autres religions ou des non-croyants. Le prosélytisme, qui vise à convertir les autres à sa religion, est ainsi autorisé à condition qu'il ne s'accompagne pas de pressions.
- Mais les bornes sont parfois floues. Ainsi la scientologie est autorisée aux États-Unis en tant que religion, alors qu'en France ou en Allemagne elle est considérée comme une secte, du fait de soupçons de manipulation et de contrainte.

3 La lutte contre les dérives religieuses

- Par ailleurs, les démocraties ne sont pas à l'abri des violences religieuses, comme en témoigne l'actuelle augmentation des actes antisémites en France.
- Pour lutter contre les discours de haine, lesquels peuvent en venir à faire l'apologie du terrorisme, notamment islamiste, les États se dotent d'un arsenal juridique permettant une surveillance accrue et la fermeture de lieux de culte en raison de la nature des propos qui y sont tenus.
- Mais les risques de telles législations sont grands pour la démocratie. Ainsi, certains pays prennent prétexte de leur sécurité intérieure pour discriminer les minorités religieuses.

II Des libertés bafouées voire niées

1 Le non-respect des libertés de conscience et de religion

- Si le principe des libertés de conscience et de religion est aujourd'hui largement reconnu, dans la pratique il n'est pas toujours respecté. Un État peut ainsi favoriser une religion : en Inde, l'hindouisme jouit d'une position privilégiée → FICHES 42 et 43.
- Un État peut aussi réprimer une religion. En Chine, dont la Constitution garantit la liberté religieuse, l'Église catholique voit nombre de ses lieux de culte détruits et ses prêtres internés, tandis que les musulmans ouïgours sont soumis à des mesures discriminatoires.

2 Des lois restreignant la liberté religieuse

- Le droit peut être mobilisé contre la liberté religieuse. La loi dans certains pays punit le **blasphème**. Au Maroc, par exemple, la rupture du jeûne de ramadan en public est passible d'un an de prison.
- D'autres États limitent, voire empêchent, l'**apostasie**. En Algérie, une ordonnance de 2006 interdit de convertir un musulman.
- Enfin, les violences à l'égard des minorités religieuses peuvent être encouragées par l'État lui-même. C'est le cas en Birmanie où la minorité rohingya (musulmane) a dû fuir vers le Bangladesh.

MOT CLÉ

Le **blasphème** désigne pour le croyant la parole ou l'acte qu'il considère comme insultant pour sa foi. L'**apostasie** désigne le fait de changer de religion ou de l'abandonner.

zoOm

L'affaire Asia Bibi

- Jeune chrétienne pakistanaise accusée de blasphème envers l'islam, Asia Bibi est condamnée à mort en 2010. Dans un climat de grande violence, la Cour suprême pakistanaise décide finalement de l'acquitter en octobre 2018.
- Conçu comme une république laïque par son fondateur, Mohammad Ali Jinnah, le Pakistan est confronté à la pression des mouvements intégristes.

Manifestants exigeant l'exécution d'Asia Bibi à Islamabad, 1er février 2019.

SES | HGGSP | ANGLAIS LLCE/AMC

38 Le pape et l'empereur, deux figures de pouvoir

En bref *Le 25 décembre 800, dans la basilique Saint-Pierre, à Rome, le roi des Francs, Charlemagne, est couronné empereur par le pape. Cet événement, fondateur de l'histoire européenne, est l'aboutissement d'un processus qui a vu au cours du VIIIe siècle les papes, chefs spirituels de la chrétienté, se rapprocher des souverains francs.*

I Une relation ancienne

- Les Francs, peuple germanique venu du Rhin, s'installent en Gaule au cours du Ve siècle. Leur roi, **Clovis**, fondateur de la dynastie des Mérovingiens, reçoit le baptême chrétien **vers 498**. C'est le début d'une **relation étroite entre la monarchie franque et l'Église**.

- Traditionnellement le **protecteur du pape** était l'empereur (*basileus*) byzantin → FICHE 39. Mais, au VIIIe siècle, la faiblesse militaire de celui-ci pousse le souverain pontife Étienne II, menacé par les Lombards, à **se tourner vers les Francs**.

- En 754, **Pépin III**, dit le Bref, fondateur de la dynastie des **Carolingiens**, intervient en Italie. En échange de son aide, Étienne II **sacre** personnellement le roi des Francs.

MOT CLÉ

Le **sacre** est une cérémonie au cours de laquelle le roi est oint d'une huile censée avoir été apportée par le Saint-Esprit lors du baptême de Clovis. Il symbolise ainsi le pouvoir de droit divin du souverain.

II Charlemagne et la renaissance carolingienne

- À la fin du VIIIe siècle, le roi **Charlemagne** contrôle la plus grande partie de l'Europe occidentale. Son **prestige** est alors immense. Installé à Aix-la-Chapelle à partir de 794, il fait de son palais un centre de **rayonnement culturel** réunissant quelques-uns des plus grands lettrés d'Europe.

- Célébré pour sa piété, il contribue à **réorganiser l'Église franque**, notamment en favorisant la création d'écoles pour améliorer la formation du clergé. Son objectif est également **politique**, de nombreux clercs formant les cadres de l'administration royale.

INFO + **Trois empires aux IX-Xe siècles**

- L'empire carolingien atteint son apogée territorial sous Charlemagne.
- L'Empire byzantin parvient à reconquérir l'Asie mineure sur les Arabes, à la fin du Xe siècle.
- L'empire arabo-musulman est sur la défensive, tant en Espagne qu'au Levant, au Xe siècle.

III La restauration de l'Empire romain d'Occident

1 La résurgence de l'idée impériale

- L'idée d'une restauration de l'Empire romain d'Occident, disparu en 476, apparaît parmi les clercs de l'Église franque. Pour Alcuin notamment, les victoires de Charlemagne face aux « païens » (Saxons, Avars, musulmans d'Espagne) font de ce dernier le protecteur de la chrétienté.
- Du reste, pour ces hommes d'Église, il n'y a plus d'empereur légitime à Byzance en raison de l'usurpation du trône par l'impératrice Irène en 797.

2 Le sens du couronnement impérial

- En 799, le pape Léon III, chassé par l'aristocratie romaine, est rétabli sur son trône par Charlemagne. Le **pouvoir spirituel** apparaît alors étroitement dépendant de l'action du **pouvoir temporel**.
- Pourtant, lors de la cérémonie du 25 décembre 800 qui fait de Charlemagne le nouvel empereur d'Occident, c'est Léon III qui couronne le souverain franc, rappelant symboliquement la primauté du spirituel.

MOT CLÉ

Dès son origine, le christianisme distingue le **pouvoir temporel**, celui des rois et des empereurs, et le **pouvoir spirituel**, celui de Dieu, représenté par le pape.

zoOm

Charlemagne, nouveau Constantin, serviteur de la papauté

Mosaïque de l'ancienne salle de réception du palais du Latran, Rome, v. 800.

- À gauche, le Christ remet au pape Sylvestre les clés, symbole du pouvoir spirituel, et au premier empereur chrétien Constantin (306-337) l'étendard, symbole du pouvoir temporel.
- À droite, saint Pierre remet le pallium (pièce d'étoffe symbole de l'autorité des papes et des archevêques) à Léon III et l'étendard à Charlemagne.

39 Le calife et l'empereur byzantin aux IXe-Xe siècles

En bref *Dans l'Empire byzantin, la distinction entre pouvoirs temporel et religieux semble moins nette qu'en Occident* → FICHE 38*. Byzance se distingue néanmoins du monde musulman où religieux et politique se confondent dans la personne du calife.*

I L'Empire byzantin et le califat aux IXe-Xe siècles

1 Le temps du premier apogée de l'Empire byzantin

- Héritier de l'Empire romain d'Orient, Byzance perd le contrôle du Proche-Orient dans les années 630. À deux reprises, les Arabes assiègent Constantinople.
- Au IXe siècle, les Byzantins reconquièrent l'Asie mineure. Sous le règne de Basile II (976-1025), l'empire connaît son premier apogée.

2 Apogée et divisions de l'empire arabo-musulman

- Après la mort du prophète Mohamed en 632, les musulmans conquièrent un immense empire s'étendant de la Perse à l'Espagne et dirigé par un calife.
- Sous les Abbassides, de tradition **sunnite**, la civilisation arabo-musulmane atteint son apogée, en particulier au temps d'Haroun al-Rachid (786-809). Bagdad est alors un centre majeur de culture.
- Mais à partir du Xe siècle, le pouvoir des Abbassides est concurrencé par les califats fatimide **chiite** et ommeyyade de Cordoue.

MOT CLÉ
Née de querelles de succession après la mort de Mahomet, la distinction entre **sunnites** et **chiites** se double de différences théologiques.

II *Basileus* et calife : deux pouvoirs dissemblables

1 Le *basileus*, premier des chrétiens

- L'empereur byzantin est appelé *basileus*. Il détient son pouvoir de Dieu dont il est le « lieutenant sur la Terre ». Le sacre qu'il reçoit du patriarche de Constantinople, dit l'origine divine de son pouvoir.
- Le *basileus* a pour charge de défendre l'Église et l'orthodoxie (« la foi juste ») contre les hérésies et les ennemis du Christ.

2 Le calife, commandeur des croyants

Le calife est, au sens littéral, celui qui succède à Mohamed. Chez les sunnites où il n'y a pas de clergé, il est le commandeur des croyants. Guide (*imam*) suprême, le calife dirige la prière de la communauté des croyants (*oumma*). Aidé des docteurs de la foi (*oulémas*), il applique et interprète la loi islamique (*charia*).

III Monarchie byzantine et califat

1 La monarchie byzantine : un césaro-papisme ?

- La monarchie byzantine est souvent décrite comme un **césaro-papisme**. La crise iconoclaste, quand des *basileis* interdisent le culte des représentations des saints, ou la déposition du patriarche Ignace par l'empereur Michel III en 858 semblent le démontrer.

MOT CLÉ
Le **césaro-papisme** désigne un régime dans lequel le pouvoir temporel utilise le pouvoir religieux à son profit.

- Cependant, le chef de l'Église orthodoxe est le patriarche de Constantinople. Le *basileus* n'est pas censé définir le dogme, ne dirige pas le culte et ne délivre aucun sacrement.

2 Le califat : une théocratie

- L'islam sunnite ne distingue pas le spirituel du temporel. Le Coran sur lequel se fonde le califat régit la plupart des domaines de la vie : mariage, héritage, commerce, ce qui est licite (*halal*) et illicite (*haram*).
- Le calife doit combattre les ennemis de l'islam. Mais, à la fin du xe siècle, s'ils restent le principal symbole religieux du sunnisme, les califes abbassides perdent leur pouvoir politique au profit de leurs vizirs et sultans perses, puis turcs.

zoOm

Léon VI et l'investiture de la sagesse de Dieu

Mosaïque, basilique Sainte-Sophie, Constantinople, xe siècle.

Cette mosaïque illustre l'origine divine du pouvoir impérial. L'empereur Léon VI le Sage (886-912) est représenté dans la position de la proskynèse, c'est-à-dire agenouillé devant Dieu. Ce rituel est celui que devaient utiliser les sujets du *basileus* lorsqu'ils se présentaient devant lui.

SES HGGSP ANGLAIS LLCE/AMC

40 La laïcité en Turquie : l'abolition du califat en 1924 par Mustafa Kemal

En bref *Entré en guerre en octobre 1914 aux côtés de l'Allemagne, l'Empire ottoman se disloque sous le choc de la défaite de 1918. C'est sur ses ruines que Mustafa Kemal érige une nouvelle Turquie, républicaine et laïque.*

I La fin de l'Empire ottoman et du califat

1 La dislocation de l'empire

- Le 30 octobre 1918, l'Empire ottoman → FICHE 10 signe un **armistice** avec les Alliés. À Istanbul, le **sultan Mehmed VI** peine à contenir les exigences territoriales des Britanniques et des Français. Il doit aussi faire face à l'opposition de l'un de ses généraux, **Mustafa Kemal**. Depuis Ankara en Anatolie, celui-ci dénonce la **trahison du sultan** et **remet en cause son pouvoir théocratique** → FICHE 39.
- En janvier 1920, dans la chambre des députés nouvellement élue, les kémalistes sont majoritaires. Réunie à Ankara, elle forme la **Grande Assemblée nationale de Turquie** (GANT).
- Mehmet VI perd ses derniers soutiens en signant le **traité de Sèvres** le 10 août 1920, qui prévoit le démembrement de la Turquie.

2 La proclamation de la République

- En 1922, Kemal l'emporte face aux armées étrangères, notamment grecque, qui occupaient en partie le pays. Mehmet VI s'exile et la **fonction de sultan est supprimée** le 1er novembre.
- Au pouvoir, Kemal cherche à renégocier les conditions de paix avec les Alliés. Signé le 24 juillet 1923, le **traité de Lausanne** reconnaît l'intégrité territoriale de la Turquie.
- Sauveur de la Turquie, Kemal fait proclamer la **République** le 29 octobre 1923, dont il est élu président par la GANT. Le 3 mars 1924, il réussit à faire voter l'**abolition du califat**. Contestée en Turquie, cette décision suscite des troubles dans tout le monde sunnite.

INFO + **Mustafa Kemal Atatürk**

- Né en 1881, à Salonique, il suit des études militaires.
- Général, il remporte la bataille des Dardanelles en 1916.
- En 1923, il devient le premier président de la République turque.
- Surnommé Atatürk (« père des Turcs »), il gouverne jusqu'à sa mort en 1938.

II Laïcisation et modernisation de la Turquie

1 La séparation du religieux et du politique

■ Admirateur de la France, Kemal voit dans la laïcité → FICHE 1 un progrès. L'islam perd alors son statut de religion d'État et le droit islamique (*fikh*) est remplacé par un nouveau code civil en 1926.

■ Plus encore, un contrôle de la religion se met en place. Les fondations musulmanes sont interdites, les imams deviennent des fonctionnaires de l'État.

■ Dès 1924, un effort particulier est entrepris en direction de l'éducation. Les écoles religieuses (*madrasas*) sont fermées et remplacées par des établissements mixtes et laïques.

2 Entre occidentalisation et turquisation du pays

■ Influencé par les pays européens, Kemal occidentalise la Turquie. Le nouveau code civil prend ainsi pour modèle celui alors en vigueur en Suisse. Le calendrier grégorien est adopté en 1925. L'émancipation des femmes est favorisée.

■ Ces réformes s'inscrivent dans un cadre nationaliste. Kemal « turquise » ainsi la liturgie musulmane, remplaçant l'arabe par un alphabet turc aux caractères latins.

MOT CLÉ

L'**émancipation des femmes** en Turquie passe par l'interdiction du voile et de la polygamie et le droit de vote et d'éligibilité.

■ S'appuyant sur un parti unique, Kemal impose ce réformisme de manière autoritaire, en particulier contre les résistances des éléments les plus cléricaux de la société.

zoOm

La première élection de Miss Turquie

■ Fille d'un important commerçant d'Istanbul, Keriman Halis Ece est la lauréate du premier concours de Miss organisé en Turquie, le 2 juillet 1932. Le 31 juillet, elle est élue Miss Monde.

■ Apparemment anodin, l'événement, organisé par le pouvoir kémaliste, revêt une signification politique. En organisant un tel concours, le régime veut alors montrer au monde, et en premier lieu aux éléments les plus conservateurs de la société turque, que la femme en Turquie est libre et indépendante.

41 États et religions dans la politique intérieure des États-Unis depuis 1945

En bref *Vue d'Europe, la vie publique aux États-Unis offre un singulier mélange de politique et de religion. La liberté religieuse, garantie par la Constitution, se conjugue ainsi avec une religion civile qui s'est accrue.*

I Un modèle original

1 Un « mur de séparation » entre religion et politique

- Le premier amendement à la Constitution de 1787 déclare : « Le Congrès ne fera aucune loi qui touche l'établissement ou interdise le libre exercice d'une religion ». En 1802, le président Thomas Jefferson parle du « mur de séparation » entre le politique et le religieux → FICHE 36.
- Même si tous les présidents des États-Unis, hormis le catholique John Fitzgerald Kennedy, sont protestants, l'État fédéral n'a aucune religion.

2 Un modèle de sécularisation ?

- L'État fédéral se doit d'observer une stricte neutralité et un respect égal envers toutes les religions. La Cour suprême, plus haute juridiction américaine, impose ce même principe aux États fédérés à partir de 1940.
- Dans un pays où près de 70 % des habitants se déclarent chrétiens, la référence à Dieu reste forte. Cependant, l'athéisme, longtemps mal perçu dans la société américaine, est aujourd'hui en progression.

II L'omniprésence de la religion dans la vie politique

1 Une pratique politique fortement teintée de religion

- La pratique politique intègre un ensemble de croyances, de symboles, de rites, à forte connotation religieuse. Chaque année, la fête de Thanksgiving commémore les prières des colons remerciant Dieu pour leur première récolte (1621).
- Des concepts tels que ceux de « peuple élu » ou de « destinée manifeste », imposant aux États-Unis d'étendre le règne de la liberté dans le monde, sont issus du **puritanisme**.

MOT CLÉ
Le **puritanisme** est un protestantisme caractérisé par son rigorisme moral et la discipline de la vie communautaire.

2 Une présence croissante du religieux

- Lors de son investiture, le président prête serment sur la Bible. Depuis 1937, la cérémonie intègre des prières publiques. En 1956 une nouvelle devise proclame « *In God we Trust* » (« Nous avons foi en Dieu »), en réponse à l'Union soviétique athée.

- En 2002, la Cour suprême assouplit le « mur de séparation » entre religion et politique et autorise le **financement d'écoles religieuses par des fonds publics**.

III La religion, matrice du combat politique

1 Religions et luttes politiques

- Nombre des luttes politiques sont largement inspirées d'idéaux religieux. Ainsi, **Martin Luther King**, figure la plus emblématique du combat des Noirs pour les droits civiques dans les années 1960, est un pasteur baptiste.
- D'autres, comme **Malcom X,** voient à la même époque dans l'islam l'outil politique susceptible de rompre avec la société américaine.

2 Le poids politique de l'évangélisme

- Dès les années 1950, l'**évangélisme** se mobilise contre le communisme. Le **prédicateur baptiste Billy Graham** jouit d'une large audience. Très proche de Dwight Eisenhower, il entretient d'étroites relations avec tous les présidents jusqu'à Barack Obama.
- L'arrêt de la Cour suprême autorisant l'avortement en 1973 amène les évangéliques à militer pour un retour aux **« vraies valeurs de l'Amérique »** (religion, famille, nation). Ils soutiennent les présidents républicains Ronald Reagan puis George W. Bush.

MOT CLÉ
L'**évangélisme** est un courant du protestantisme qui prêche un rapport individuel à Dieu, à travers la « conversion » du croyant. Il valorise le contenu émotionnel de la religion.

zoOm

Le « procès du singe »

- En 1925, le Tennessee vote le *Butler Act* interdisant l'enseignement de la théorie darwinienne de l'évolution car elle serait contraire à la Bible. L'American Civil Liberties Union (ACLU) provoque alors un procès, dit du singe : son avocat, Clarence Darrow (photo), entend montrer l'obscurantisme de cette loi et les limites d'une interprétation littérale de la Bible.
- Malgré le retentissement de cette action, le *Butler Act* n'est abrogé qu'en 1967 et les fondamentalistes chrétiens combattent toujours l'enseignement du darwinisme.

SE TESTER QUIZ

Vérifiez que vous avez bien compris les points clés des **fiches 36 à 41**.

1 États, religions et liberté religieuse

→ FICHES **36** et **37**

1. Quel est le pourcentage d'êtres humains qui déclarent avoir une religion ?

☐ **a.** 50 %　☐ **b.** 75 %　☐ **c.** 84 %

2. La liberté de conscience et de religion autorise à…

☐ **a.** pratiquer un culte choisi sans aucune limite.
☐ **b.** pratiquer un culte dans la limite de l'ordre public et du respect des autres croyances.
☐ **c.** pratiquer le seul culte autorisé par la loi.

2 Pouvoirs spirituel et temporel

→ FICHES **38** et **39**

1. Qui est le premier roi carolingien ?

☐ **a.** Charles Martel　☐ **b.** Pépin le Bref　☐ **c.** Charlemagne

2. Comment appelle-t-on le roi à Byzance ?

☐ **a.** Le patriarche　☐ **b.** Le *basileus*　☐ **c.** Le logothète du drome

3 La laïcité en Turquie

→ FICHE **40**

1. En quelle année le califat est-il supprimé en Turquie ?

☐ **a.** 1920　☐ **b.** 1923　☐ **c.** 1924

2. Quelles sont les mesures prises par Mustafa Kemal pour établir la laïcité en Turquie ?

☐ **a.** L'adoption d'un code civil remplaçant le droit islamique
☐ **b.** L'interdiction du voile pour les femmes
☐ **c.** La création d'un parti unique

4 États et religions aux États-Unis

→ FICHE **41**

1. Que précise, en matière de relations entre l'État et les religions, le premier amendement à la Constitution des États-Unis ?

☐ **a.** « Le Congrès ne fera aucune loi qui touche l'établissement ou interdise le libre exercice d'une religion »
☐ **b.** « Le Congrès garantit le libre exercice des cultes et reconnaît le protestantisme comme la religion de la majorité des Américains »
☐ **c.** « Par la présente déclaration, le Congrès fait de l'anglicanisme la religion officielle des États-Unis d'Amérique »

2. Quelle est la devise des États-Unis ?

☐ **a.** « Nous avons foi en Dieu »
☐ **b.** « Dieu et mon droit »
☐ **c.** « Unis dans la diversité »

S'ENTRAÎNER

5 Connaître le vocabulaire du cours

→ FICHE 39

Complétez ce texte avec les termes appropriés.

À la mort du .... de l'islam, Mohamed, son successeur, le ...., est un chef à la fois religieux, politique et militaire. Il réunit donc en sa personne les .... temporel et spirituel. Entouré des docteurs de la foi, les ...., il applique et interprète la .... (*charia*). Le calife est également chargé de combattre les .... de l'islam.

6 Réviser le cours en 8 questions flash

→ FICHES 36 à 41

1. Pourquoi peut-on dire que l'Europe constitue une exception dans le monde en matière religieuse ?
2. Quelles sont les mesures mises en place par les démocraties pour lutter contre les dérives religieuses ?
3. Que signifie la formule « Rendre à César ce qui est à César et à Dieu ce qui est à Dieu » ?
4. Dans quelle mesure la monarchie byzantine est-elle un césaro-papisme ?
5. Quels sont dans l'islam les rapports entre les pouvoirs spirituel et temporel ?
6. Pourquoi Mustafa Kemal a-t-il voulu créer une Turquie laïque ?
7. Que désigne le concept de « mur de séparation » dans la tradition politique américaine ?
8. Par quels signes se manifeste la montée du rôle politique du courant évangélique aux États-Unis après la Seconde Guerre mondiale ?

OBJECTIF BAC

7 Pouvoir laïque et pouvoir religieux dans l'Europe de Charlemagne • Composition

2 h

Les concepts de pouvoir laïque et de pouvoir religieux, incarnés pour le premier par la monarchie franque, et pour le second par le pape et l'Église, vous invitent à une étude comparative. Vous devrez donc définir ce que sont ces différents pouvoirs mais aussi et surtout les rapports qu'ils entretiennent l'un avec l'autre.

LE SUJET

Rédigez une composition sur le sujet suivant : « Pouvoir laïque et pouvoir religieux dans l'Europe de Charlemagne. »

Méthode

Rédiger l'introduction d'une composition

Étape 1 Présenter le sujet

Une **phrase d'accroche** permet de situer le sujet. Puis il faut définir les **mots clés** du sujet, ainsi que ses **bornes** chronologiques et spatiales.

Étape 2 Poser la problématique

Privilégiez la **forme interrogative**, plus directe → MÉTHODE p. 207.

Étape 3 Annoncer le plan

Il s'agit de montrer **comment vous allez répondre** à la problématique.

Rédiger la conclusion d'une composition

Étape 4 Répondre à la problématique

Reprenez succinctement les **éléments développés** dans la composition.

Étape 5 Ouvrir le sujet

- Vous pouvez **dépasser le sujet** en évoquant des événements ultérieurs ou en comparant avec d'autres pays ou régions.
- Vous pouvez aussi faire référence à une **actualité** en lien avec le sujet.

▶▶▶ LA FEUILLE DE ROUTE

Étape 1 Introduction : présenter le sujet

Charlemagne est, en 800, le détenteur du pouvoir laïque, ou politique. Dans l'Europe latine, le pouvoir religieux, ou spirituel, s'incarne dans **le pape**.

Étape 2 Poser la problématique

Le sujet pose la question du **rapport original** dans l'Europe chrétienne entre pouvoirs politique et religieux.

Étape 3 Annoncer le plan

Il s'agira de montrer que les liens entre ces deux pouvoirs sont **anciens** et **complémentaires**, mais qu'ils peuvent également être **rivaux**.

Étape 4 Conclusion : répondre à la problématique

Vous avez montré que les pouvoirs laïque et religieux étaient **interdépendants** et que leurs liens étaient **complexes**.

Étape 5 Ouvrir le sujet

Il est possible d'évoquer **l'après-Charlemagne**, ou d'**autres aires géographiques** comme l'Empire byzantin ou le califat.

→ CORRIGÉ p. 321

CORRIGÉS

SE TESTER QUIZ

1 États, religions et liberté religieuse

1. Réponse c. D'après la dernière enquête du Pew Research Center sur le sujet, 84 % des personnes déclarent avoir une religion.

2. Réponse b. La liberté de conscience et de religion autorise à pratiquer sa religion librement, dans les limites fixées par la loi et sans porter atteinte à autrui.

2 Pouvoirs spirituel et temporel

1. Réponse b. Pépin le Bref est le premier Carolingien à prendre le titre de roi, en 751. Charlemagne, son fils, est empereur à partir de 800.

2. Réponse b. L'empereur byzantin porte le titre de *basileus*. Le patriarche est le principal dignitaire de l'Église orthodoxe.

3 La laïcité en Turquie

1. Réponse c. Ce n'est qu'en 1924 que Mustafa Kemal parvient à supprimer le califat. Cette décision provoque des troubles dans tout le monde musulman.

2. Réponses a et b. La laïcité en Turquie est passée par l'adoption d'un nouveau code civil d'inspiration suisse et par l'interdiction du voile pour les femmes.

4 États et religions aux États-Unis

1. Réponse a. Le premier amendement à la Constitution des États-Unis de 1787 déclare : « Le Congrès ne fera aucune loi qui touche l'établissement ou interdise le libre exercice d'une religion ».

2. Réponse a. « Nous avons foi en Dieu » (« *In God We Trust* ») est la devise des États-Unis depuis 1956.

INFO
« Dieu et mon droit » est la devise du Royaume-Uni, « Unis dans la diversité » (« *In varietate concordia* ») celle de l'Union européenne.

S'ENTRAÎNER

5 Connaître le vocabulaire du cours

Les termes à placer sont les suivants (dans l'ordre) : prophète • calife • pouvoirs • oulémas • loi islamique • ennemis.

6 Réviser le cours en 8 questions flash

1. Dans un monde où 84 % des hommes déclarent avoir une croyance, l'Europe constitue une exception à la fois par la faiblesse de la pratique religieuse et par le respect de la liberté religieuse.
2. Face à la montée de certaines manifestations religieuses violentes, les États démocratiques tentent de limiter les moyens d'expression de ceux qui utilisent la religion pour porter des discours de haine.
3. Cette formule (évangile de Matthieu, XXII, 21) explique la division fondatrice de l'ordre politique européen entre le pouvoir temporel et le pouvoir spirituel.
4. La monarchie byzantine est souvent décrite comme un césaro-papisme du fait des interventions du *basileus* dans les affaires religieuses. Mais le chef de l'Église orthodoxe est le patriarche de Constantinople, et non pas l'empereur.
5. Le pouvoir religieux et le pouvoir politique se confondent dans l'islam. Le calife, successeur du prophète Mohamed, est aussi le chef politique de la communauté des musulmans (*oumma*).
6. Mustafa Kemal souhaite, pour moderniser la Turquie, suivre le modèle de sécularisation européen, et restreindre l'influence de la religion musulmane qu'il voit comme un frein au progrès.
7. Le concept de « mur de séparation » est dû au président Thomas Jefferson (1802). Celui-ci considère que la religion n'a pas à interférer sur les choix politiques du gouvernement.
8. Le rôle politique des évangéliques se manifeste par leur proximité avec les différents présidents, de Dwight Eisenhower jusqu'à Barack Obama, en passant Richard Nixon, Ronald Reagan ou les Bush père et fils.

OBJECTIF BAC

7 Composition

Dans ce corrigé, nous vous proposons une introduction et une conclusion rédigées, ainsi qu'un plan détaillé.

Introduction

[Définition du sujet] Inscrite dans les évangiles, la distinction entre le pouvoir temporel et le pouvoir spirituel est consubstantielle au christianisme. Dans l'Europe latine des années 800, cette distinction s'incarne dans les personnes du pape, Léon III, et du roi des Francs, Charlemagne. La papauté et la monarchie franque entretiennent cependant des rapports complexes. **[Problématique]** Quelle est la nature des liens qu'entretiennent le chef de l'Église catholique et Charlemagne, à la tête de l'Empire romain d'Occident à partir de 800 ?

[Annonce du plan] C'est ce que nous allons tenter d'analyser en montrant, d'abord, que les liens entre la monarchie franque et la papauté sont anciens et extrêmement étroits [I]. Nous verrons ensuite que ces deux pouvoirs sont indissociables et complémentaires [II]. Nous observerons enfin que cette proximité ne les empêche pas d'être également rivaux [III].

CONSEIL
Un plan du type : 1) l'empereur, 2) le pape est à proscrire absolument car il ne vous permet pas de traiter le sujet qui vise à expliciter les liens entre les deux pouvoirs.

I. Une relation ancienne et étroite

1. Une alliance scellée sous Pépin le Bref

Confronté à l'attaque des Lombards en 754, le pape Étienne II fait appel au roi des Francs Pépin le Bref. Celui-ci intervient en Italie et rétablit le pouvoir du pape.

2. Une alliance renforcée sous Charlemagne

À la fin du VIIIe siècle, Charlemagne se rend maître de la plus grande partie de l'Europe. Souverain chrétien, il contribue à la christianisation de l'Occident de par ses conquêtes.

II. Deux pouvoirs complémentaires

1. Un roi chrétien, défenseur de l'Église

Charlemagne s'appuie sur l'Église pour gouverner : la plupart de ses conseillers, dont Alcuin, sont des clercs. Le roi soutient également l'Église en favorisant la création d'écoles pour améliorer la formation du clergé.

2. Un pouvoir papal soutenu par le roi des Francs

En 799, confronté au soulèvement de la noblesse romaine, le pape Léon III va chercher refuge auprès de Charlemagne.

III. Deux pouvoirs rivaux

1. La primauté apparente du pouvoir politique sous Charlemagne

Rétabli sur son trône grâce à Charlemagne, le pape apparaît alors dépendant du pouvoir politique pour conserver son autorité.

2. La primauté symbolique du pouvoir pontifical

La faiblesse politique de Léon III ne l'empêche cependant pas d'affirmer la primauté symbolique du pouvoir spirituel. Ainsi, c'est lui qui couronne Charlemagne empereur, montrant que l'Église a le pouvoir de légitimer le politique.

Conclusion

[Reprise de la démonstration] Dans l'Europe du temps de Charlemagne, les pouvoirs spirituel et temporel sont étroitement liés. Leurs rapports sont faits d'interdépendance mais également de rivalité.

[Ouverture] Vers 800, en dépit des prétentions de Léon III, la puissance concrète de l'empereur fait de lui le véritable maître de l'Europe. Mais sous le règne de son fils, Louis le Pieux, le rapport de force tend à s'inverser, au moins pour un temps : le pape Grégoire IV contraint ainsi le successeur de Charlemagne à abdiquer en 833.

42 « Sécularisme » et dimension politique de la religion

En bref *Ancienne colonie britannique, l'Inde devient indépendante en 1947* → FICHE 44*. Sa Constitution, entrée en vigueur en 1950, met en place un régime démocratique dans lequel toutes les religions sont censées être égales.*

I L'Union indienne : un État sécularisé ?

1 La Constitution et la question religieuse

- En 1947, après la partition de l'Inde, l'**hindouisme** est la religion de plus de 85 % des Indiens. La **minorité musulmane**, la première du pays, ne représente que 10 % de la population → FICHE 43.
- Conformément aux vœux de Mohandas Karamchand **Gandhi** et de Jawaharlal **Nehru**, tous deux pourtant hindous, le parti du Congrès, principal artisan de l'indépendance, refuse le principe d'une religion d'État. La Constitution reconnaît ainsi aux minorités religieuses les **mêmes droits** qu'à l'hindouisme.

2 La lutte contre les discriminations religieuses

- Dans l'hindouisme traditionnel, les castes assignent à chacun une **place prédéfinie dans l'ordre social et cosmique** (*dharma*). Les hors-castes, ou intouchables, sont considérés comme impurs.
- La Constitution **supprime l'intouchabilité** et interdit toute discrimination fondée sur la caste. Un système de places réservées dans le système éducatif et l'administration est mis en place en faveur, notamment, des intouchables.

MOT CLÉ
Le système de **castes** divise la société en quatre *varna* (prêtres, guerriers, artisans et commerçants, serviteurs), répartis dans une multitude de *jati* (catégories professionnelles).

3 Les limites de la sécularisation

- Malgré la loi, les intouchables ou *dalits* (les opprimés), qui représentent 15 % de la population, subissent de **nombreuses discriminations**.
- Le code civil **ne s'applique pas uniformément** à chaque communauté. Ainsi, en matière de mariage, les musulmans ne sont pas soumis au droit commun mais à la *charia* → FICHE 39.

INFO + **L'hindouisme**

- On distingue trois périodes : le **védisme** (1500-600 av. J.-C.), le **brahmanisme** (600 av. J.-C.-500 ap. J.-C.), et l'**hindouisme** proprement dit à partir du VIe siècle.
- Parmi les innombrables dieux, les trois plus importants sont (de gauche à droite), Shiva, Vishnou et Brahma.

II L'hindouisme politique : une menace ?

1 La montée en puissance de l'hindouisme politique

- Dans les années 1920, Vinayak Damodar Savarkar théorise le concept d'***hindutva*** (hindouité) : est indien celui qui habite l'Inde et qui est de culture hindoue.
- Le **Rashtriya Swayamsevak Sangh** (RSS, Organisation des volontaires nationaux), fondé en 1925, s'emploie à diffuser ces idées. C'est l'un de ses anciens membres qui, en 1948, assassine **Gandhi**, accusé d'être trop favorable aux musulmans.
- Le RSS crée en 1964 la **Vishva Hindu Parishad** (VHP, Association hindoue universelle), mouvement censé structurer l'hindouisme dans sa dimension nationaliste.

2 Le BJP au pouvoir : remise en cause du sécularisme ?

- En 1980, les nationalistes hindous créent le **Bharatiya Janata Party** (BJP, Parti du peuple indien). Celui-ci utilise la religion à des fins politiques comme à **Ayodhya**, en 1992 : la mosquée de Babri située dans cette ville, sise sur le site d'un ancien temple hindou, est détruite par des nationalistes hindous, entraînant des affrontements intercommunautaires qui font 2 000 morts.
- En 2014, le BJP gagne les élections générales et son leader, **Narendra Modi**, devient **Premier ministre**.

zoOm

Un Premier ministre fondamentalement hindou

- Dirigeant de l'État du Gujarat au moment des émeutes antimusulmanes de 2002 → FICHE 43, Narendra Modi est alors accusé d'**inaction**, voire de **complicité**.
- Devenu Premier ministre, il prêche la coexistence entre les communautés, mais continue à nourrir son discours politique de **références constantes à la culture hindoue**.

43 Les minorités religieuses

En bref *En Inde, la domination de l'hindouisme, qui représente 79,8 % de la population, est très nette. Mais le pays n'en comporte pas moins une grande diversité religieuse. Égales aux yeux de la loi, les religions sont pourtant à l'origine de tensions qui mettent à mal l'Union indienne.*

I Diversité et statut légal des minorités religieuses

1 La minorité musulmane

- Les musulmans constituent la première minorité religieuse (14,2 %). Leur poids relatif, en raison d'une démographie dynamique, tend à augmenter.
- Avec plus de 180 millions de personnes, la communauté musulmane d'Inde est la deuxième du monde après celle d'Indonésie. Si la majorité des musulmans est sunnite → FICHE 39, il existe aussi d'importants groupes chiites et soufis.

2 Les autres minorités

- Les autres minorités constituent à peine 6 % de la population. Les chrétiens de diverses confessions en représentent 2,3 %, les sikhs 1,7 %, les bouddhistes 0,7 % et les jaïns 0,4 %. Les zoroastriens (Parsis) ont presque totalement disparu.
- Souvent mieux intégrées économiquement, les minorités non musulmanes stagnent ou déclinent démographiquement en raison d'une natalité plus basse.

3 Une égalité garantie par la loi

- La Constitution de 1950 interdit les discriminations fondées sur l'appartenance religieuse. Elle autorise le **prosélytisme** religieux des non-hindous, et les minorités peuvent ouvrir des écoles confessionnelles ou recevoir des subventions publiques.

> **MOT CLÉ**
> Le **prosélytisme** désigne l'ensemble des actions qui visent à convertir autrui à sa religion.

- Désireux de ne pas encourager le sécessionnisme, notamment musulman ou sikh, Jawaharlal Nehru, Premier ministre de 1947 à 1964, renonce à imposer un code civil uniforme → FICHE 42. Des musulmans accèdent à des postes importants, ainsi Zakir Husain président de l'Union indienne.

II Vers une restriction de la liberté religieuse ?

1 Des restrictions légales

- La Constitution invite les États de la fédération à protéger les bovins, la vache étant un animal sacré pour les hindous. Le gouvernement indien cherche également à restreindre l'activité des missionnaires chrétiens.

- Depuis les années 1980, on assiste à un **durcissement progressif de la loi** à l'égard des minorités. Les **nationalistes hindous** plaident pour la mise en place de **lois anti-conversion** : à ce jour, huit États (sur 29) ont voté de telles législations.
- L'arsenal répressif concernant l'**abattage des bovins** n'a cessé de se renforcer. En 2017, l'État du Gujarat a adopté une loi prévoyant la **prison à perpétuité** pour toute personne abattant illégalement une vache.

2 Des violences intercommunautaires en forte hausse

- La violence intercommunautaire constitue une donnée fondamentale de l'histoire indienne → FICHE 44, mais elle **s'accélère à partir des années 1980**.
- Au Pendjab, les années 1980-1990 sont marquées par la violence terroriste de l'**indépendantisme sikh** et la répression militaire qui culmine en juin 1984 lors de l'**attaque du temple d'Or d'Amritsar**, édifice le plus sacré des sikhs.
- Les **attaques antichrétiennes**, devenues régulières, peuvent aboutir à de véritables massacres comme en 2008 dans l'État d'Odisha, faisant une centaine de victimes.
- Mais, perçus comme une menace pour l'hindouité et accusés d'être des traîtres au service du Pakistan → FICHES 42 et 44, ce sont **les musulmans** qui constituent la **première cible du nationalisme hindou**.

zoOm

Les émeutes antimusulmanes du Gujarat (2002)

- Les émeutes du Gujarat (comme ci-dessus à Ahmedabad) en 2002, sont **les plus graves depuis 1947**. Suite au décès de 57 nationalistes hindous dans l'incendie d'un train, la violence se déchaîne pendant plusieurs mois dans tout l'État, faisant **2 000 victimes**, majoritairement musulmanes.
- L'inaction de la police et le caractère très organisé des militants locaux du VHP → FICHE 42 laissent penser à une **complicité plus ou moins active des autorités** de l'État du Gujarat.

44 Des enjeux géopolitiques : l'Inde et le Pakistan

En bref *Issus de la partition des Indes britanniques, qui unifiaient dans un même ensemble des peuples et des territoires fort divers, l'Inde et le Pakistan voient le jour en 1947, selon des critères religieux. Leur rivalité géopolitique s'est poursuivie jusqu'à nos jours.*

I La naissance conflictuelle de deux États

1 Les origines de la partition

- Dès 1885, le pouvoir colonial britannique fait face à des revendications indépendantistes du **parti du Congrès**. Si ses leaders sont pour la plupart hindous, celui-ci défend l'idée d'une **Inde unie et sécularisée** → FICHE 42.
- Pour l'affaiblir, les Britanniques soutiennent la **Ligue musulmane**, fondée en 1906 et dirigée par Muhammad Ali Jinnah. Celle-ci prône la création d'un **État musulman séparé**.

2 Les indépendances et leurs conséquences

- Alors que des violences se produisent depuis la fin 1945, **le Pakistan et l'Inde deviennent indépendants** les 14 et 15 août 1947.
- Cette partition entre **musulmans et hindous** entraîne des **déplacements de populations** massifs.

CHIFFRES CLÉS
Cet exil concerne **12 à 15 millions de personnes** et fait plus de **500 000 victimes**.

II Les trois guerres indo-pakistanaises (1947-1971)

1 La question du Cachemire

- La partition est source de discordes territoriales. Les revendications concurrentes des deux nouveaux États sur la région du **Cachemire** déclenchent une **première guerre** dès la fin **1947**, aboutissant à la division de la province.
- Le règlement du conflit prévoyait un **référendum** sur le devenir du Cachemire. L'Inde refusant de l'organiser, l'armée pakistanaise infiltre le territoire pour y soutenir des mouvements de guérilla, déclenchant une **deuxième guerre** en **1965**.

2 La partition du Pakistan

- Depuis 1947, le Pakistan est composé de **deux entités**, à l'ouest et à l'est de l'Inde. Dans les années 1970, des **séparatismes** s'expriment dans la partie orientale.
- Ceux-ci reçoivent le **soutien de l'Inde**, ce qui aboutit à une nouvelle guerre indo-pakistanaise et à la création de l'État du Bangladesh en 1971.

III Entre tensions et rapprochements

1 Des enjeux multiples

■ Aux conséquences de la partition de 1947, s'ajoutent des enjeux **géopolitiques** sur fond de guerre froide. Officiellement non alignée, l'Inde penche du côté soviétique tandis que le Pakistan est soutenu par les États-Unis.

MOT CLÉ
La **géopolitique** est la science qui étudie les rapports de force entre les États et la façon dont ceux-ci exercent leur contrôle sur un territoire

■ Les deux États sont tous deux dotés de l'arme nucléaire. Si certains estiment alors toute guerre impossible, d'autres à l'inverse y voient un risque accru.

2 L'impossible normalisation des relations indo-pakistanaises

■ Les années 1980-1990 sont émaillées de nombreuses tensions, entre incidents de frontière et attentats fomentés par les services secrets pakistanais.

■ La décennie 2000 voit des tentatives de discussions, mais la méfiance reste grande. En février 2019, le Jammu-et-Cachemire est de nouveau le théâtre d'affrontements armés.

zoOm

Le Jammu-et-Cachemire, une province très convoitée

■ Le Jammu-et-Cachemire, à 80 % musulman mais dirigé par un maharajah hindou en 1947, a fait l'objet de deux conflits armés entre l'Inde et le Pakistan en 1947 et 1965. Une partie du territoire est également revendiquée par la Chine qui déclenche une guerre avec l'Inde en 1962.

■ Depuis les années 1980, le Pakistan y soutient l'action de mouvements terroristes islamistes, comme le Jaish e-Mohammed.

SE TESTER QUIZ

Vérifiez que vous avez bien compris les points clés des **fiches 42 à 44**.

1 « Sécularisme » et dimension politique de la religion

→ FICHE 42

1. Qu'est-ce qu'un hindou ?

☐ **a.** Un habitant de l'Inde
☐ **b.** Un fidèle de la religion hindouiste
☐ **c.** Une personne qui parle hindi

2. Qu'est-ce qu'une caste ?

☐ **a.** Un groupe socio-religieux défini par le védisme et l'hindouisme
☐ **b.** Un groupement professionnel
☐ **c.** Une minorité ethnique

3. Ayodhya est le nom…

☐ **a.** d'un groupement politique hindou.
☐ **b.** d'un dieu hindou.
☐ **c.** d'un lieu d'affrontement entre nationalistes hindous et musulmans.

2 Les minorités religieuses en Inde

→ FICHE 43

1. Quelle est la première minorité religieuse en Inde ?

☐ **a.** Les bouddhistes ☐ **b.** Les chrétiens ☐ **c.** Les musulmans

2. Quelles sont les restrictions légales à l'activité des minorités religieuses ?

☐ **a.** L'interdiction plus ou moins totale de l'abattage des bovins
☐ **b.** La limitation des activités missionnaires chrétiennes
☐ **c.** L'interdiction de célébrer le culte

3 Des enjeux géopolitiques : l'Inde et le Pakistan

→ FICHE 44

1. Qui était le leader de la Ligue musulmane ?

☐ **a.** Ali Jinnah ☐ **b.** Nehru ☐ **c.** Gandhi

2. En quelle année eut lieu la séparation des deux Pakistan ?

☐ **a.** 1947 ☐ **b.** 1965 ☐ **c.** 1971

3. Parmi les affirmations suivantes, laquelle est vraie ?

☐ **a.** Pendant la guerre froide, l'Inde et le Pakistan sont tous deux alliés des États-Unis.
☐ **b.** Pendant la guerre froide, l'Inde est alliée à l'URSS et le Pakistan aux États-Unis.
☐ **c.** Pendant la guerre froide, l'Inde est alliée aux États-Unis et le Pakistan à l'URSS.

S'ENTRAÎNER

4 Connaître le vocabulaire du cours

→ FICHE 42

Complétez ce texte avec les termes appropriés.

Mohandas Karamchand Gandhi, le principal leader de la lutte pour l'indépendance contre les Britanniques et Jawarharlal ...., qui dirigea l'Inde de 1947 à 1964, appartenaient à la majorité .... Gandhi chercha néanmoins à convaincre les musulmans de ne pas créer un État séparé, le .... Nehru voulut, quant à lui, une .... garantissant la liberté .... de toutes les communautés. Néanmoins, l'Inde a connu depuis son indépendance de nombreuses .... interreligieuses.

5 Se repérer dans le temps

→ FICHES 42 à 44

Sur la frise chronologique ci-dessous, placer les événements suivants :

a. Attaque du temple d'Or

b. Indépendance de l'Inde

c. Arrivée au pouvoir de Narendra Modi

d. Deuxième guerre indo-pakistanaise

e. Émeutes antimusulmanes du Gujarat

f. Constitution indienne

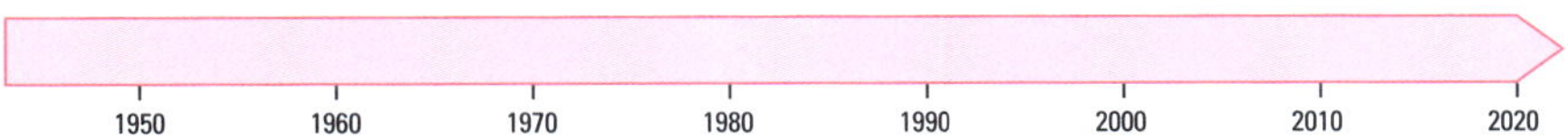

OBJECTIF BAC

6 Religions et politique dans l'Inde contemporaine Composition

2 h

Le sujet proposé est large et vous permet de mobiliser l'ensemble des connaissances acquises dans ce chapitre. La conjonction « et » vous invite à réfléchir sur la question des relations entre la vie politique indienne et les religions présentes dans le pays.

LE SUJET

Rédigez une composition sur le sujet suivant : « Religions et politique dans l'Inde contemporaine (de 1947 à nos jours). »

Méthode

Rédiger des transitions

Étape 1 Faire le bilan de la partie précédente

La transition entre deux parties doit tout d'abord **synthétiser** brièvement la partie que vous venez de terminer.

Étape 2 Établir un lien logique avec la partie suivante

Utilisez des **connecteurs logiques** pour faire apparaître le déroulement de votre pensée et le **lien** avec la partie suivante (cependant, toutefois...).

Étape 3 Annoncer la partie suivante

Le deuxième temps de la transition **ouvre sur la partie suivante** en indiquant le thème qu'elle va traiter.

▶▶▶ LA FEUILLE DE ROUTE

Le sujet oriente vers un plan de type chronologique → MÉTHODE p. 240

Étape 1 Faire le bilan de la partie précédente

Rappelez brièvement la principale caractéristique de la période chronologique que vous venez d'étudier, par exemple le principe à la base de l'Inde indépendante.

Étape 2 Établir un lien logique avec la partie suivante

Le lien logique doit faire apparaître la césure entre les périodes choisies.

Étape 3 Annoncer la partie suivante

Ouvrez sur la période chronologique suivante en mettant en avant sa différence avec la précédente. La montée des tensions religieuses en sera ici une étape.

→ CORRIGÉ p. 332

CORRIGÉS

SE TESTER QUIZ

1 « Sécularisme » et dimension politique de la religion

1. Réponse b. Les fidèles de la religion hindouiste sont des hindous, les habitants de l'Inde des Indiens, et la majorité des Indiens parle hindi.

2. Réponse a. Les castes sont des groupes socio-religieux. Définis dans les grandes lignes par les textes védiques, ils divisent la société indienne en quatre *varna* et en de multiples *jati* (catégories professionnelles).
3. Réponse c. Ayodhya est le nom d'un lieu d'affrontements entre nationalistes hindous et musulmans en 1992, point de départ de terribles émeutes dans le pays.

> **INFO**
> Les **affrontements** débutent après la destruction d'une mosquée située, d'après les nationalistes hindous, à l'emplacement d'un temple hindou.

2 Les minorités religieuses en Inde

1. Réponse c. Les musulmans sont la première minorité religieuse en Inde. Ils représentent environ 14 % de la population du pays, les chrétiens 2,3 % et les bouddhistes 0,7 %.
2. Réponses a et b. Les restrictions légales contre les minorités religieuses sont l'interdiction plus ou moins totale de l'abattage des bovins ainsi que la limitation des activités missionnaires chrétiennes.

3 Des enjeux géopolitiques : l'Inde et le Pakistan

1. Réponse a. Ali Jinnah fut le principal leader de la Ligue musulmane. Gandhi et Nehru étaient les principaux dirigeants du parti du Congrès.
2. Réponse c. C'est en 1971 qu'a lieu la partition du Pakistan oriental, qui devient le Bangladesh, à l'occasion de la troisième des guerres indo-pakistanaises.
3. Réponse b. Pendant la guerre froide, l'Inde est alliée à l'URSS tandis que le Pakistan est proche des États-Unis.

S'ENTRAÎNER

4 Connaître le vocabulaire du cours

Les termes à placer sont les suivants (dans l'ordre) : Nehru • hindoue • Pakistan • Constitution • religieuse • violences.

5 Se repérer dans le temps

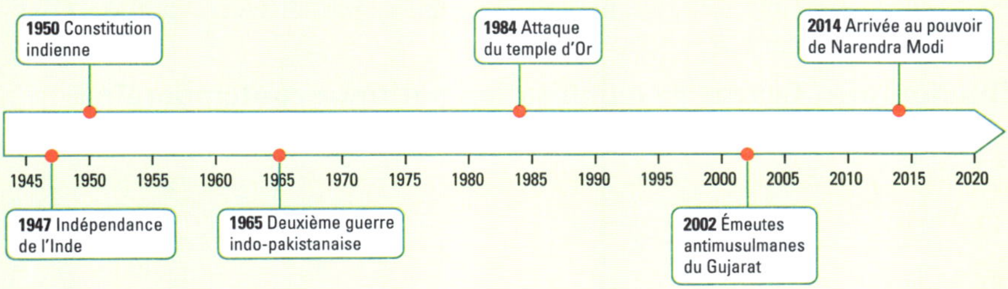

SES
HGGSP
ANGLAIS LLCE/AMC

OBJECTIF BAC

6 Composition

Dans ce corrigé, nous vous proposons une introduction rédigée ainsi qu'un plan détaillé, avec des transitions rédigées.

Introduction

[Définition du sujet et problématique] L'Inde est un pays sécularisé très majoritairement hindouiste avec de nombreuses minorités religieuses concurrentes. Dans un cadre aussi complexe, quelles sont les relations entre le politique et les religions depuis 1947 ?

[Annonce du plan] Si l'Inde s'est construite en 1947 sur le principe de la coexistence des religions **[I]**, les années 1960-1980 voient les relations entre celles-ci se tendre **[II]**, ouvrant la voie aujourd'hui à un hindouisme politique exacerbé **[III]**.

I. 1947-1964 : les bases du sécularisme indien

1. Le parti du Congrès et la volonté de construire un État sécularisé

2. Une politique en faveur des exclus et des groupes minoritaires

[Transition] Si les années 1950 furent politiquement marquées par la volonté de faire coexister au mieux les différentes religions, la deuxième moitié des années 1960 constitue un premier tournant.

CONSEIL
Allez à la ligne pour bien marquer la séparation entre les parties de votre composition et les transitions.

II. Les années 1960-1980 : l'affirmation des tensions religieuses

1. Une affirmation croissante de l'hindouisme en politique

2. Une relation plus conflictuelle avec les minorités religieuses

[Transition] Les années 1960-1980 voient l'affirmation politique de la question religieuse. Les années 1990 sont, quant à elles, marquées par les succès de l'hindouisme politique incarné par le BJP.

III. L'hindouisme, facteur de mobilisation politique contemporaine

1. L'*hindutva*, premier argument politique du BJP

2. L'instrumentalisation politique de l'hindouisme

ANGLAIS LLCE/AMC

TOUT LE PROGRAMME

- Le cours en 20 fiches
- Exercices et sujets corrigés

SOMMAIRE

Quand vous avez révisé un chapitre, cochez la case ☐ correspondante !

Les fiches et les exercices sont communs aux deux spécialités, sauf mention particulière LLCE AMC.

Les épreuves du bac

1. Faire une synthèse de documents

2. Améliorer son expression

3. Traduire ou transposer un texte

4. Réussir l'épreuve orale

1 Analysing fiction

En bref *It is first necessary to consider the text globally: find out what is said and who about. Then you have to concentrate on the writer's choices so as to access to full understanding.*

I Global understanding

1 The characters and the setting

■ When reading the extract for the first time, it is necessary to find out **basic facts** such as who does what and where and when it takes place. It is useful to pick up various clues.

Elements of the text	Interpretation
Pronouns and possessive determiners	Identify the character·s clearly
Adjectives	Analyse the characters' appearances and personalities as well as elements related to the setting
References to time and space	Determine the historical and geographical background

■ Chronological and logical link words give clues as to the **chain of events and key moments of the plot**. It is thus useful to find out if the events are told according to the chronological order or if there are flashbacks or flashforwards.

2 The narrator and point of view

■ It is necessary to identify the narrator who tells the story and from whose point of view the story is told so as to **fully understand the narrative**.

Questions about the narrator

- Is it a first or third-person narrative?
- Is the narrator one of the characters of the story or not?
- Are there different narrative voices?
- Is there an omnipotent narrator?

■ The **narrator's role and stance** do affect what the narrative tells and the way it is told. For example with an omnipotent narrator, the reader knows more than the characters, whereas with an objective narrator, the reader knows as much as the characters.

II Detailed understanding

1 Language

- The use of language (whether formal, colloquial or use of slang), the tone (whether ironical, humorous or tragic...), the atmosphere (whether stressful, conflicting or quiet...) of the extract are equally important and help to understand the main theme·s.

- Figures of speech play the same role. Whether they stress similarity, repetition or contrast, they always contribute to spotting the key ideas, themes or features.

  Frankenstein ***or the modern Prometheus***, by Mary Shelley

  (This full version of the title comprises an allusion to the ancient myth of Prometheus.)

- Focusing on how long the sentences are or the tenses used, leads to an in-depth understanding of the extract. For example, short sentences may be used to account for a character's stream of consciousness.

  Was it possible they heard not? Almighty God! – no, no! They heard! – they suspected! – they knew! – they were making a mockery of my horror! – this I thought, and this I think. *The Tell-Tale Heart*, by E. A. Poe

2 Unknown vocabulary

- You should not panic when there are words you do not understand. Use different strategies so as to deduce what they mean. First observe the word in context: look at the preceding and following words, consider the nature of the word (noun, adjective, adverb, verb...). It gives useful clues to guess its meaning.

- You can then consider word formation processes. → FICHE 13

zoOm

What to look for when annotating?

Here are some ideas. Use different colours to underline the text.

Structure	• simple or multi-clause sentences • paragraph: how it opens or closes • repeated words and phrases • order of ideas in the excerpt
Language	• use of formal or standard English, colloquialism or slang • literary devices • words with particular connotation
Characterisation and voice	• key elements showing the development of characters • clues about the main voice • story told in first or third-person
Themes and ideas	any words or phrases that link to the main themes or a particular semantic field

2 Analysing poetry LLCE

En bref *Poetry may be quite baffling. It is based on a different use of language stressing both its beauty and musicality. In order to deal with a poem, it may prove useful to tackle the story it tells (even if it is not that obvious) and to analyse the various literary devices at stake so as to be able to grasp its meaning (especially when it is confusing).*

I Literal meaning

Poems may tell a story or focus on feelings or a particular object but can be confusing. The first step consists in identifying the subject and theme of the poem thanks to the following clues.

Analysing a poem

- The **author's** name, the **date**, the literary movement, the title if any and what it suggests.
- The **character·s**, the persona whose viewpoint is developed, the person whom the poem is addressed if any.
- The **place·s**, real or imaginary, their characteristics and roles.
- If **objects** are included, the way they are presented and the role they play.

II Poetic language

Poetry is based on a different use of words, based on their suggestive powers and musical patterns. Impressions, suggestions and connotations are at the core of it.

1 Playing with layout and structure

It is necessary to pay attention to the visual aspect of the poem, so as to determine its general structure: the number of stanzas, of lines, of dashes and gaps. It will help analyse the effect and meaning of the layout.

A sonnet	A fourteen-line lyric poem in iambic pentameter. There are two different forms of sonnet: • **Shakespearean sonnet** = 3 quatrains rhyming ababbcbccdcd + one couplet rhyming ee; • **Petrarchan sonnet** = one octet (8 lines = 2 quatrains) + one sestet (6 lines = 2 tercets).
Free verse poem	No regular metrical pattern.
A visual poem	The lines are organized so as to form a shape which often evokes the topic of the poem.

2 Playing with rhythm and sounds

- One of the key features of English verse is rhythm. It is indeed based on **metrical patterns** which are defined by the arrangement of stresses and their frequency of repetition per line.

- Poetry is organized by the division of each line into **feet** (= metric unit). Each foot is composed of two or three **syllables** with at least one stressed syllable. The most common metrical pattern is the **iambic** pentameter (iamb x 5).

  So fair – and foul – a day – I have – not seen.
  (*Macbeth*, Act 1, sc 3)

> **INFO**
> - **iamb**: unstressed syllable + stressed one, da-DUM: *beware*
> - **trochee**: stressed syllable + unstressed one, DUM-da: *garden*

- Rhythm is essential to creating the atmosphere of the poem. Any variation in the metrical pattern is significant. The **musical effect** of poetry also comes from other devices which enable to draw parallels or to contrast words: **rhymes**, alliterations, assonances, consonances, onomatopoeia…

Types of rhymes	
Couplet rhymes	aa, bb, cc (couplet = 2 lines)
Alternate rhymes	abab
Enclosing rhymes	abba
Eye rhyme	eat / great

zoOm

Playing with words

- Poets tend to invent a **new link between words**, thus creating new meanings and showing the world from a new angle thanks to these elements. Analysing all those features of the poem enables to access its inner meaning.

Unexpected associations	the air that shudders **black with snow** (Snow is white, meaning purity, innocence but here black conveys an idea of ill omen, announcing death.)
Figures of speech	They can establish an unusual relationship between two worlds through similes: comparisons, metaphors, personification, anaphora, oxymoron, chiasmus. the merciless iced east winds that knife us (personification)
Lexical fields and imagery	They stress the crucial elements. The stress may be laid on sensations thanks to a particular treatment of the five senses. **Watching**, we **hear** the mad gusts tugging on the wire. Like **twitching agonies** of men among its brambles. (different senses: sight, hearing, touch)

- All examples come from *Exposure* by Wilfried Owen.

→ Read the full poem: bit.ly/PbacAngTle_WOwen

3 Analysing drama LLCE

En bref *Drama is oral by nature. There is a close link between: the stage, the audience and the text. That's why you have to bear in mind that it is written for the purpose of being performed on stage, so visualising the scene while studying it may prove beneficial.*

I Studying plays: the text and its structure

■ Plays are specific, with a **primary text** (the main body of the play spoken by the characters) and **secondary texts** (all the texts "surrounding" the main text): title, dramatis personae (*liste des personnages*), scene descriptions, stage directions (*didascalies*) for acting and speaking. The secondary texts provide with clues about the atmosphere, action or information about the characters' appearance or their tone of voice.

> *[Inverness. A room in Macbeth's castle]*
> *Enter Lady Macbeth, reading a letter.*
> LADY M.: They met me in the day of success…

■ Plays are usually divided into a number of **acts** (five in Greek tragedies or in Shakespeare's plays) divided into **scenes**. First, situate the passage in the play: is it an exposition scene introducing who, what, when, where and why? Is it a scene helping the action to develop or part of the final denouement?

II Main characteristic features

1 Characters

Drama is centred on characters, who can be defined by the language they use. To study them determine:

Their status	Main or secondary characters, static or dynamic characters. Dynamic characters go through some sort of change while static characters do not evolve.
Their type	Stock characters representing specific stereotypes (a fool, a scheming villain…), always think about adjectives to describe their personality.

2 How is information conveyed?

■ Define **who is speaking**, to whom, what about? In dialogues, determining the way speaking time is allocated helps understand whose perspective is adopted. How long are the lines? You must also differentiate **a monologue** (long speech delivered by one character), **a soliloquy** (long speech a character recite to himself) and an **aside** (a character speaking to the audience only).

- Study who is leading the conversation. Find out if some characters' views are expressed more clearly than others'. And finally, don't forget to study the silence which can be eloquent.

3 Dramatic irony

- How much information is given can have different effects on the viewers and this must be taken into account. The discrepancy between the audience's and characters' knowledge of some information can lead to dramatic irony. Thus, duplicities or puns can be understood by the audience while the characters are ignorant and thus lack sufficient insight.
- For instance, in *Romeo and Juliet*, the audience knows that Juliet is only asleep – not dead – but Romeo does not, and he kills himself.
- Lack of necessary information can also lead to surprises for the audience, and this is often used in comedies to resolve confusions and mixed-up identities.

4 Traditional features

- Poetry enjoyed its heyday (*apogée*) during the Elizabethan era (1558-1603), that's why the iambic pentameter → FICHE 2 was greatly used by William Shakespeare or Christopher Marlowe in their plays. But blank verse or even prose were also commonly used. For example, characters may use prose in informal situations but verse in more formal ones.
- The use of a chorus was also frequent, for example in *Henry V* by Shakespeare. They were characters not taking part in the actions of the play but commenting on the events or giving information to the audience.

zoOm

Prologue spoken by a chorus

Extract from *Romeo and Juliet*'s prologue written in sonnet. The audience is told what is about to happen: despite true love, an ill-fated couple ("star-crossed") won't escape their fate and will die.

> Two households, both alike in dignity,
> In fair Verona, where we lay our scene, (…)
> From forth the fatal loins of these two foes
> A pair of star-cross'd lovers take their life
> Whose misadventur'd piteous overthrows
> Doth with their death bury their parents' strife.
> The fearful passage of their death-mark'd love,
> And the continuance of their parents' rage, (…)
> Is now the two hours' traffic of our stage; (…)
> What here shall miss, our toil shall strive to mend.

- [yellow] Semantic fields of death, fate and fighting
- [blue] The audience is invited to feel sympathetic towards the protagonists
- [green] The audience is reminded that what is following is a play

4 Analysing non-fiction

En bref *Non-fiction can be divided into several types of texts which all aim at influencing, convincing, persuading or defending a point of view. When dealing with such a text, it is necessary to identify what sort of text it is, to analyse its structure and the linguistic devices used so as to understand the arguments which are developed.*

I Identifying the type of text

1 Press articles

- The sources, title and subtitles clearly point to press articles. Yet, there are different sorts of articles: leading articles (*articles de fond*), columns (*chroniques*), editorials (*éditoriaux*) or reviews (*critiques*).
- Even if they have a different structure, editorials, columns and reviews are subjective and express the opinion of the newspaper, the journalist or critic.

2 Critical texts and essays

- Philosophical or political essays and book or film reviews put arguments forward in using a clear structure: arguments and examples are carefully and gradually organised so as to back up a particular thesis.
- Formal language is used: long, often complex, sentences and specific vocabulary or imagery. Being able to pick up simple sentences helps to understand the text.

INFO
A **simple sentence** is composed of the elements that are absolutely necessary to grab its meaning: subject, verb, complement.

II Identifying the structure

1 Argumentation

- The main sequence in an argumentative text is composed of:
  - an introduction: it presents the theme or issue and what is at stake;
  - a body with arguments: it presents and defends the thesis: arguments, examples, references, testimonies, quotations, comparisons, anecdotes, precisions, refutation, counter-arguments;
  - a conclusion: it rephrases the thesis, sums up the justification and gives the final position.
- The first sentence of each paragraph always gives key information which is then further developed.

  Most people have no idea how advanced the technology has become: now faces can be tracked from half a mile away thanks to software called Intelligence Pedestrian Surveillance.

2 | Arguments and examples

The writer proves his·her thesis thanks to arguments: the substantive reasons that justify it to convince the readers. Arguments have a general scope while examples deal with particular instances and illustrate arguments; they prove how relevant arguments are with a real case.

> It takes a lot of courage to whistleblowers to reveal sensitive information. (general scope) After revealing international spying by the NSA, Edward Snowden fled to Hong Kong then to Moscow in order not to be jailed. (particular instance)

II Being familiar with characteristics

1 | Link words

Link words (conversely, obviously, besides...) are used to relate these arguments and examples. They establish logical connections between the ideas that are developed: cause, consequence, explanation, illustration, listing, comparison, contrast, compromising, conclusion... That's why it is necessary to pick them out.

2 | Abstract vocabulary and figures of speech

- Figures of speech are used to give a forceful demonstration whether to argue for or against a thesis. Comparisons and similes assert similarities in a positive or negative way. Hyperbole uses exaggeration for effect:

> Millions of school children every year... (in a speech against school uniforms)

- There are many abstract words linked to ideas, notions, feelings and emotions.

zoOm

How to detect the autor's opinion

Various devices can be used to give one's opinion.

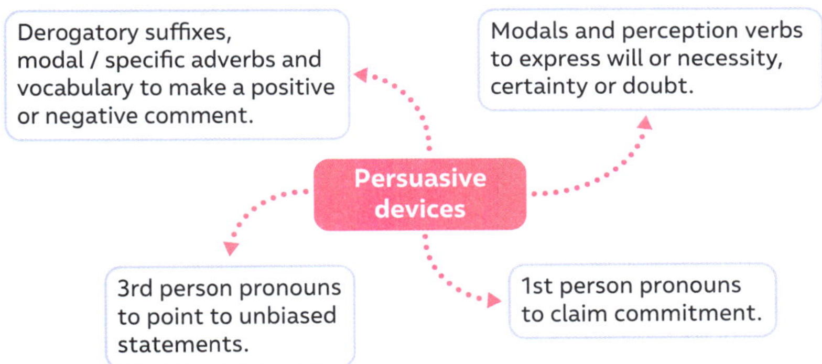

SES HGGSP ANGLAIS LLCE/AMC

5 Analysing a picture

En bref *Pictures are meant to be looked at, to attract people's attention and to strike their imagination or to give a message. Their aim may be information, protest, ideology or personal representation. They require a specific language that needs deciphering so as to understand the artist's message. In order to decipher a picture, various steps are necessary.*

I Identifying and describing

1 Nature and origin

First identify the nature of the picture: it can be a painting, a photograph, a caricature, a cartoon or an ad (= an advert or advertisement), etc. Pick up all relevant information you can find: title, artist's name, date. If the picture is coupled with a **caption**, read it carefully, as it will help you define the main topic of the picture and its social and historical context.

INFO
Caption: title or brief explanation or comment accompanying an illustration

2 Structure and content

- You can then pay attention to the layout *(disposition)*, then the setting and characters of your document.
- The layout is very important as it gives clues: the number of parts, the positioning (find out the focal point), the colours, light and shading, contrasts, the arrangements of volumes and shapes are key features that help understand the overall effect.
- Before describing what takes place, it is necessary to locate the scene so as to avoid misinterpreting the picture under study. When describing the characters always examine carefully their gestures, actions, body language, gaze and facial expressions.
- All these elements provide the general atmosphere conveyed by the picture.

II Construing and interpreting the intentions

1 Emotions and Symbols

- To analyse the artist's intentions, first concentrate on the emotions the picture arouses when you look at it. Try to describe what the image spontaneously evokes in you both positively and negatively, and what it is in the picture that makes you feel that way.

- Secondly identify the **symbolic** elements the picture contains. For example you can wonder if the doves represented in your picture stand for peace or if the colour red means danger, love or prohibition?

INFO
A **symbol** is a thing that stands for something else. Usually, it consists of a real object used to represent something more abstract or complex.

2 The artist's goals

- To fully understand the artist's message, focus on the **cultural, historical or artistic context** as it may give further significant information. Relate them to all your findings so as to stress the artist's intentions.
- You should consider **the purpose** for which the image was created. Attempts to **influence**? To **sell** something? To **denounce** a situation? **Who** is the picture **aimed at**?

zoOm

How to situate the various elements in a picture

So as to describe what you can see as precisely as possible, use these prepositions.

6 Analysing a chart or a map AMC

En bref *All graphs or maps tell a story. They use figures, dates or colours to help viewers understand the meaning and impact of the information presented. You will have to use the graphical elements, context and your personal knowledge to pinpoint the emerging trends.*

I Identifying and describing

1 Types of graphs and maps

- To describe accurately the distinct elements of visual data, start by identifying the type of map or graph presented. There are various types of graphs: **line graphs** show how something changes over time; **bar charts** compare different aspects; **pie charts** show how an aspect is divided into different parts or sectors.

VOCABULARY
line graph: diagramme en courbe
bar chart: histogramme
pie chart: camembert

- Similarly, maps can be of different kinds. Physical maps highlight geographical natural features. Political maps focus on borders. Economic maps point to economic activity and natural resources. Population maps show population density in different areas.

2 Gathering information

- Focus on the date (if relevant), the source (paying a particular attention to its reliability), then the name of the author.
- In order to determine the content of this document first try to decipher what the title and key (or legend) tell you. Then focus on axes, labels or the colours of the map to gather more information, for example, graduating colour schemes (from darker to lighter shades) highlight a progression from lower to higher values. Then describe the main aspects emphasised by the graph or the map and finally pay attention to any major changes and / or differences.

II Interpreting and concluding

- You must determine trends and explain the relationship between and among the various items as well as the reasons for the changes and / or differences you have noticed. Considering the background (current events, history...) enables you to shed light on the main points or aspects you get from the chart or map.
- Thanks to the results of your analysis, you must explain and specify what they tell you about the topic. Try to answer these questions: What are the map or graph showing? What is its aim? Can you notice any form of bias?

II Choosing the right words

1 Dealing with an evolution

going up	an increase (in) • a rise • a growth • a peak (in) to increase (by) • to rise (by) • to grow • to peak • to soar
going down	a fall • a decrease (in) • a drop • a decline (in) to fall • to decrease • to decline • to collapse
going up and down	a fluctuation (in) • a dip (in) to fluctuate • to dip • to vary
remaining stable	to remain stable / steady • to level off • to level out
top	to reach a peak / a climax / its highest level
bottom	to bottom out • to sink to a trough / the lowest level

2 Comparing and explaining

Describing trends, differences, or stages requires the use of comparison structure words and phrases, link words as well as comparatives and superlatives.

- Key words to express **similarity**: similarly, likewise, equally, alike, identical...
  Similarly, the employment opportunities are equally diverse.
- Key words to **contrast**: unlike, in comparison with, contrary to, though, even though, different from, whereas, while, and yet...
  In comparison with Scotland, Wales voted to leave the EU.

zoOm

Deciphering a map or a graph

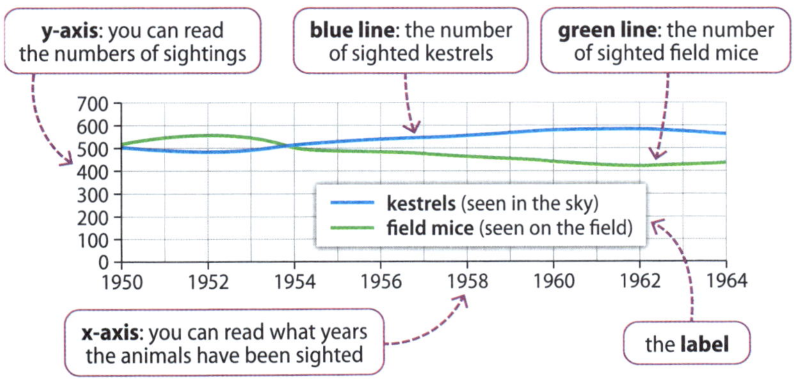

7 La synthèse

En bref *La synthèse vise à mettre en lumière les relations entre les documents proposés et ne consiste pas en une énumération de thèmes communs. Cet exercice nécessite au préalable une analyse détaillée de chacun des documents.*

I Lire le dossier et rechercher les axes communs

1 Découvrir le dossier dans son ensemble

- Il faut d'abord prendre connaissance de la ou des question·s accompagnant les documents et en analyser tous les termes clés, afin d'identifier les différents éléments mis en tension qui justifient la question posée.
- Il faut ensuite identifier la nature des supports proposés, les indications périphériques (titres, sources et natures des documents) qui fournissent des éléments indispensables. Le but est ici d'avoir à l'esprit le thème général du dossier.

2 Procéder à l'analyse détaillée

- Il est indispensable de considérer chaque document dans sa spécificité de forme et de contenu avant de procéder à la synthèse proprement dite.
- Il faut procéder aux premiers relevés sur chaque document séparément à l'aide de surligneurs de différentes couleurs :

Relevés à effectuer
- Le **genre** et l'**idée générale**.
- La **manière** dont les éléments sont évoqués (tonalité du document).
- Les **détails pertinents** au regard de la question posée.
- Ce qui relève du **factuel** et de l'**implicite** (ce que l'auteur suggère au-delà des mots en utilisant un champ lexical ou des figures de style).

3 Effectuer l'étude comparative

- Il convient ensuite de procéder à une étude comparative des documents. Les consignes qui guident la synthèse permettent d'élaborer un **tableau synoptique**. Il donne une vue d'ensemble des différents repérages pour chaque document.

CONSEIL
Le **tableau synoptique** comprend autant de colonnes que de documents. On peut y ajouter une colonne supplémentaire intitulée : pistes de réflexion.

- Le tableau doit faire apparaître les similarités ou les différences autour de notions ou de mots clés qui pourront relever aussi bien du contenu thématique (la folie, la ville, la pauvreté...) que de données structurelles (point de vue, mode de représentation...) ou esthétiques (gothique, pop'art...).

II Élaborer le plan et rédiger la synthèse

1 Construire le plan

Les différentes questions ou consignes du sujet correspondent aux différentes parties du plan. Celui-ci doit être clair et apporter une réponse à la question déterminée par l'analyse du sujet.

2 Rédiger la synthèse

- L'introduction doit comporter une amorce, il faut présenter la thématique du dossier, caractériser rapidement chacun des documents, puis reformuler la problématique et annoncer les étapes de la démonstration, c'est-à-dire le plan.
- Le développement doit suivre le plan. Il est constitué de paragraphes dans lesquels il faut avancer des arguments reposant sur les éléments repérés dans l'analyse. Le propos doit être cohérent, les causes et conséquences clairement établies. Chaque argument doit être illustré par un ou des exemple·s et s'appuyer sur les différents documents. Il faut veiller à soigner les transitions.
- Le rôle de la conclusion est de répondre à la question présentée dans l'introduction. Elle dresse un bilan du devoir mais il faut éviter les redites et pour cela, veiller à reformuler les conclusions partielles énoncées à la fin de chaque partie. Attention, la conclusion ne doit jamais contenir d'idées nouvelles.

zoOm

Rédiger un écrit complémentaire

Dans certains sujets, la synthèse demandée ne doit faire que 300 mots, mais vous devez rédiger en plus un écrit de type argumentatif de 200 mots.

Objectifs
- Développer un point de vue nuancé à partir d'une citation d'un des textes du dossier.
- Expliquer en quoi elle éclaire ou non les différents documents du dossier.

Étape 1 : reformulez la citation.

Étape 2 : présentez une idée ou un aspect développé dans le ou les documents qui corrobore la citation ou au contraire s'y oppose.

NB : cet écrit étant court, une conclusion n'est pas nécessaire.

SE TESTER QUIZ

Vérifiez que vous avez bien compris les points clés des **fiches 1 à 7**.

1 Analyser un texte

→ FICHES 1 et 4

Identifiez la nature du texte (*speech*, *article*, *novel*).

a. "Elon Musk's company Neuralink released a video showing how its chip implant could allow a monkey to play video games using its brain."
Extract from ....

b. "Today, it is an honour for me to be speaking again after a long time."
Extract from ....

c. "He stood before me, perfectly still in the gloom of the winter's night."
Extract from ....

2 Analyser un poème

→ FICHE 2

Associez chaque figure de style à sa définition.

a. alliteration •	• repetition of consonants
b. consonance •	• repetition of vowels sounds within a line
c. assonance •	• repetition of initial consonants

3 Analyser un graphique

→ FICHE 6

Observez le graphique de la page 347 et indiquez les dates correspondant aux affirmations.

a. The graph shows a low point of the mice line and a high point for the kestrel's line. It's a turning point for both lines: ....

b. The graph depicts a peak of the mice line and a slight drop of the kestrel's line. It's a turning point for both lines: ....

c. The graph outlines an intersection point between the lines: ....

4 Rédiger la synthèse

→ FICHE 7

Cochez la ou les affirmations correctes.

☐ a. A synoptic chart provides a general overview of the various documents.

☐ b. A synoptic chart enables you to compare the documents easily.

☐ c. You should include a brief characterisation of each document in the introduction.

☐ d. You should give the outline of your demonstration in the introduction.

☐ e. You should give your answer to the question in the introduction.

☐ f. You should give your opinion on the documents in the conclusion.

☐ g. You should make an assessment and answer the question in the conclusion.

S'ENTRAÎNER LLCE

Les trois documents (A, p. 351, B, p. 352 et C, p. 353) constituent le dossier à analyser pour l'épreuve de synthèse portant sur la thématique « Imaginaire » et plus particulièrement l'axe « L'imagination créatrice et visionnaire ». L'épreuve est ici décomposée en plusieurs exercices préparatoires.

Prenez connaissance du dossier proposé, composé des documents A, B et C non hiérarchisés, et traitez en anglais le sujet suivant (500 mots environ) :
Write a commentary on the three documents: taking into account the specificity of each document, analyse how they present fantasy and account for its success.

5 Analyser le sujet

1. Lisez les définitions ci-dessous, puis complétez la phrase proposée.
- **Fantasy:** a literary genre featuring magical and supernatural elements that do not exist in the real world; often considered as subliterature or literature for children despite its growing success.
- **Success:** popularity, achievement, progress. Fantasy has developed into other forms: films, graphic novels, video games, etc.

Phrase à compléter : Il s'agit de trouver ce qui relève de ce .... et contribue à son .... tout en mettant au jour les mécanismes qui sous-tendent ce dernier à l'aide des .... proposés.

2. Choisissez la problématique qui convient :
a. What is fantasy? **b.** Why does fantasy appeal to us?
c. What is fantasy and what can account for its success?
d. Why is fantasy a minor genre for some people?

6 Lire le corpus

Orientez votre lecture en fonction de la problématique : surlignez les éléments pertinents, repérez les sources et déterminez la nature de chaque document.

Document A

Gandalf, the wizard has just told Frodo the hobbit[1] *that the ring he inherited from his uncle is The One Ring, the ring of power which controls all other rings and corrupts whoever has it and that the Dark Lord Sauron, who forged it, is looking for it.*

There was a long silence. Gandalf sat down again and puffed at his pipe, as if lost in thought. His eyes seemed closed, but under the lids he was watching Frodo intently. Frodo gazed fixedly at the red embers in the hearth, until they filled all his vision, and he seemed to be looking down into profound wells of fire. He was thinking about the fabled Cracks of Doom and the terror of the Fiery Mountain.

"Well!" said Gandalf at last. "What are you thinking about? Have you decided what to do?"

"No!" answered Frodo, coming back to himself out of darkness, and finding to his surprise that it was not dark, and that out of the window he could see the sunlit garden. "Or perhaps, yes. As far as I understand what you have said, I suppose I must keep the Ring and guard it, at least for the present, whatever it may do to me."

"Whatever it may do, it will be slow, slow to evil, if you keep it for that purpose," said Gandalf.

"I hope so," said Frodo. "But I hope that you may find some other keeper soon. But in the meanwhile it seems that I am a danger, a danger to all that live near me. I cannot keep the Ring and stay here. I ought to leave Bag End, leave the Shire, leave everything and go away." He sighed.

"I should like to save the Shire, if I could - though there have been times when I thought the inhabitants too stupid and dull for words, and have felt that an earthquake or an invasion of dragons might be good for them. But I don't feel like that now. I feel that as long as the Shire lies behind, safe and comfortable, I shall find wandering more bearable: I shall know that somewhere there is a firm foothold, even if my feet cannot stand there again."

"Of course, I have sometimes thought of going away, but I imagined that as a kind of holiday, a series of adventures like Bilbo's or better, ending in peace. But this would mean exile, a flight from danger into danger, drawing it after me. And I suppose I must go alone, if I am to do that and save the Shire. But I feel very small, and very uprooted, and well - desperate. The Enemy is so strong and terrible."

JRR Tolkien, *The Lord of the Rings*, Book 1, "*The Fellowship of the Ring*", chapter 2, 1954

Reprinted by permission of HarperCollins Publishers Ltd.

1. Hobbits are small creatures who enjoy their comfortable uneventful lives.

Document B

What makes fantasy so memorable? [...] Fantasy can be considered an escape from complex reality to a more simplistic world, the yearning for a past that never existed, or a vehicle for regression. Attractive as these answers may be, fantasy offers no such escapes from life. It can refresh and delight, certainly; give us a new vision; make us weep or laugh. None of these possibilities constitutes escape, or denial of something most of us begin to suspect at a rather early age: that being alive in the world is a hard piece of business.

There may be subtler forces at work. In even the wildest flights of fantasy, there seems to be an undercurrent of rationality. On its own terms and in its own frame of reference, the fantasy world makes a certain kind of sense. If there are ambiguities, they are recognizable as such. The fantasy realm includes superb villains — utterly fiendish and irretrievably wicked — but no neurotics. The story does not move as the result of irrational behavior, capriciousness, or sudden whim. The "bad guys" have very good reasons for perpetrating whatever villainy they have in mind.

And there is always the possibility of effective action. The hero wants to do something, he can do something, and he actually does do something. So much of current adult literature offers us the anti-hero: I might say the hero as clodpole[1], the hero as a crashing bore, or as an existential loser. The fantasy hero may lose, too. But in the process, at least, he has made some effort to cope with his environment. He may be a sacrificial figure but never a passive victim.

The fantasy hero is not only a doer of deeds, but he also operates within a framework of morality. His compassion is as great as his courage — greater, in fact. We might even consider that his humane qualities, more than any others, are what the hero is really all about. I wonder if this reminds us of the best parts of ourselves?

Lloyd Alexander, "High Fantasy and Heroic Romance", *The Horn Book Magazine*, December 1971. Reproduced with permission from Horn Book © Copyright Library Journals, LLC a wholly owned subsidiary of Media Source Inc.

1. clodpole: stupid person

Document C

Ursula K. Le Guin, *The Books of Earthsea*, Gallery/Saga Press 2018.

7 Analyser et comparer l'apport de chaque document

1. Complétez ce tableau synoptique à l'aide de citations lorsque c'est demandé.

Doc A	• impressive places: .... • fantastic creatures: .... • adventures:	• a dangerous quest: .... • fighting evil: .... • courage: .... • personal sacrifice:	• imbalance of powers: .... • from hesitation and reluctance to forced acceptance: "No! Or perhaps yes", "find another keeper", "I cannot...", "I ought to...", "I should like to...", "I must..." • possible failure: "if I am to do that"
Doc B	• characters: hero, ... • diversion: .... • imaginary world: "a past that never existed"	• not an antihero: .... • heroic action: .... • moral qualities:	• imbalance of powers : "efforts to cope with the environment" • possible failure: .... • realistic issues: no "escape, denial" + ...
Doc C	• imaginary place: "Earthsea" • fantastic creatures: several dragons	• title: "the Books of" suggests a series of adventures • danger + courage: a single character vs a herd of dragons + a small boat vs a rough sea and many rocks + stands erect and steers the boat	• imbalance of powers: high angle + number and size of the characters

2. Écrivez ces titres en haut de la colonne qui convient ; ils constitueront le plan : An idealistic traditional hero • A realistic humane hero • An entertaining alternative universe

CONSEIL
Pour un plan dynamique, allez du plus évident au plus complexe ou, comme ici, au plus inattendu et efficace.

8 Élaborer l'introduction et la conclusion

1. Mettez ces phrases dans l'ordre pour rédiger une introduction cohérente.

… **a.** Why does fantasy appeal to us then?

… **b.** Although often dismissed as subliterature, fantasy has successfully developed into various media such as films, graphic novels and video games.

… **c.** The three documents under study point to the typical elements that account for its success by showing how fantasy fulfils the readers' expectations as regards entertainment, heroic action and sense of morality.

CONSEIL

Si les documents ne sont pas présentés dans l'introduction, il faudra le faire dans le corps du commentaire en précisant leur type.

2. Rayez ce qui n'est pas pertinent dans cette ébauche de conclusion.

Some scholars and critics think fantasy is subculture. But it appeals to a lot of us and is successful because it meets our thirst for fun and adventures, because there is an entertaining imaginary world. Plus, it is successful especially thanks to the hero's characteristics because they help us to identify with him, because they promote moral values and because they give a hopeful message: even ordinary people can become heroes.

OBJECTIF BAC LLCE

9 Rédiger la synthèse • L'imagination créatrice et visionnaire

3 h

LE SUJET

En vous appuyant sur le travail préparatoire effectué dans les exercices 5 à 8, rédigez la synthèse sur le sujet proposé.

S'ENTRAÎNER AMC

Les trois documents (A, p. 356, B, p. 358 et C, p. 359) constituent le dossier à analyser pour l'épreuve de synthèse portant sur la thématique « Représentation » et plus particulièrement l'axe « Faire entendre sa voix ». L'épreuve est ici décomposée en plusieurs exercices préparatoires.

Prenez connaissance du dossier proposé, composé des documents A, B et C non hiérarchisés, et traitez en anglais le sujet suivant (500 mots maximum) :

Taking into account their specificities, show how the documents illustrate the power of civil actions in fighting racial discrimination.

10 Analyser le sujet

1. In a chart, list the different "civil actions" and associate qualities and purpose to each of those "civil actions".

Civil actions	Qualities and purpose
• .... • .... • .... •	• .... • .... • .... • ....

2. What kind of question can you formulate for your assignment?

11 Lire le corpus

Lisez attentivement les documents, puis présentez-les brièvement.

Document A Black Lives Matter May Be the Largest Movement in US History

The recent Black Lives Matter protests peaked on June 6, when half a million people turned out[1] in nearly 550 places across the United States. That was a single day in more than a month of protests that still continue to today. [...] Four recent polls – including one released this week by Civis Analytics, a data science firm that works with businesses and Democratic campaigns – suggest that about 15 million to 26 million people in the United States have participated in demonstrations over the death of George Floyd and others in recent weeks. [...]

These figures would make the recent protests the largest movement in the country's history, according to interviews with scholars and crowd-counting experts.

Protests against racism and police violence per day

"The geographic spread of protest is a really important characteristic and helps signal the depth and breadth of a movement's support," said Kenneth Andrews, a sociology professor. [...]

The protests may also be benefitting from a country that is more conditioned to protesting. The adversarial stance[2] that the Trump administration has taken on issues like guns, climate change and immigration has led to more protests than under any other presidency since the Cold War. [...]

Who is protesting

More than 40 percent of counties in the United States – at least 1,360 – have had a protest. Unlike with past Black Lives Matter protests, nearly 95 percent of counties that had a protest recently are majority white, and nearly three-quarters of the counties are more than 75 percent white. [...]

According to the Civis Analytics poll, the movement appears to have attracted protesters who are younger and wealthier. The age group with the largest share of protesters was people under 35 and the income group with the largest share of protesters was those earning more than $150,000.

Half of those who said they protested said that this was their first time getting involved with a form of activism or demonstration. [...]

The amount of change that the protests have been able to produce in such a short period of time is significant. In Minneapolis, the City Council pledged to dismantle its police department. In New York, lawmakers repealed a law that kept police disciplinary records secret. Cities and states across the country passed new laws banning chokeholds[3]. Mississippi lawmakers voted to retire their state flag, which prominently includes a Confederate battle emblem. [...]

"It looks, for all the world, like these protests are achieving what very few do: setting in motion a period of significant, sustained, and widespread social, political change," Professor McAdam said. "We appear to be experiencing a social change tipping point[4] — that is as rare in society as it is potentially consequential."

Larry Buchanan, Quoctrung Bui and Jugal K. Patel,
The New York Times, July 3, 2020.

1. turn out: participate **2.** stance: opinion, attitude **3.** chokehold: gripping someone by the neck
4. tipping point: peak, top

Document B Ahmaud Arbery: trial of accused murderers is test for racial justice 'in the heart of white supremacy'

The trial of the three men, who have pleaded not guilty, occurs six months after the conviction of Derek Chauvin, the white former police officer who murdered George Floyd in Minneapolis after pinning his neck to the ground for nine minutes and 29 seconds. That trial was undoubtedly a landmark moment for police reform advocates around the country, but, say many observers, the case of Ahmaud Arbery is a sterner litmus[1] test for the state of racial justice in the US. [...]

The legal particulars of this murder trial also point to history as well. The McMichaels' defense is expected to hinge[2] on a now defunct Georgia law that traces its roots to the state's era of slavery and essentially allowed private citizens the power to arrest people if they had "reasonable and probable grounds of suspicion" of a felony being committed. In the wake of mass protest following Arbery's death, Georgia's Republican governor repealed the law, but attorneys for all three defendants are expected to utilize it through out the trial. [...]

The past two weeks have also highlighted the difficulties in impaneling[3] a jury in this small rural county, composed of 69% white residents and 26% Black residents, and which voted 61% for Donald Trump in the 2020 presidential election. [...]

For a case that is tied so deeply to atrocities of the past, the murder of Ahmaud Arbery is also closely linked to prosecutions from recent memory. The presence of eyewitness video, filmed by Bryan as he took part in the pursuit from behind, is set to play a pivotal role in the case. It took months for the footage to emerge, as the case sat in relative obscurity away from the gaze of most national media. The absence of publicly available footage undoubtedly contributed to the initial decision not to indict[4] the three men now standing trial. It was not until the video was made public that the case was handed to Georgia state investigators who promptly recommended charges against the accused. [...] In the same way that Darnella Frazier's eyewitness video of the murder of George Floyd thrust the incident into global consciousness and played a pivotal role at the trial of Derek Chauvin, so too does this footage hold the key to the case.

Oliver Laughland, *The Guardian,* November 3, 2021
© Guardian News & Media Ltd 2022.

1. litmus: decisive for judgement **2.** hinge: depend on **3.** impaneling: selecting
4. indict: charge

INFO
Ahmaud Arbery, 25, was chased by three armed white men who saw him running past their house and assumed he was a burglar. He was then shot by one of the men during a fight. The event took place on February 23, 2020 in Georgia.

Document C

Mural outside the Daryl Roth Theatre (NYC), Steve "ESPO" Powers.

12 Analyser et comparer l'apport de chaque document

1. Listez les arguments de chaque document dans un tableau, en vous aidant des questions proposées.

Doc A Press article	• What are the specificities of the BLM movement? • What has BLM managed to achieve? • According to Pr McAdam, how effective has this movement been?

Doc B Press article	• What is the legal context of this trial? • How important are video footage in trials involving racial discrimination? • Why are legal actions so important?
Doc C Mural	• What are the elements composing this mural? • What is the artist trying to convey? • How powerful is a mural displayed in the streets to raise awareness?

2. Choisissez trois couleurs et surlignez, dans le tableau, les idées qui vous semblent similaires ou opposées afin de faire ressortir un début de plan.

13 Construire le plan

1. Choisissez le plan qui vous paraît le plus approprié pour répondre à la problématique : *to what extent have civil actions help the fight against racial discrimination?*

a. I. An increased mobilisation
II. Legal actions
III. A wind of change

b. I. Helping fight racial discrimination
II. Not so efficient
III. Other ways?

c. I. Power of civil actions
II. Limits of civil actions

2. Écrivez 2 ou 3 idées pour chaque partie afin de développer votre plan.

OBJECTIF BAC AMC

14 Rédiger la synthèse • Faire entendre sa voix

3 h

LE SUJET

D'après le travail préparatoire effectué dans les exercices 10 à 13, rédigez la synthèse sur le sujet proposé.

CORRIGÉS

SE TESTER QUIZ

1 Analyser un texte

a. an article • b. a speech • c. a novel

2 Analyser un poème

a. alliteration: repetition of initial consonants • b. consonance: repetition of consonants • c. assonance: repetition of vowels sounds within a line.

3 Analyser un graphe

a. 1962 • b. 1952 • c. 1954

4 Rédiger la synthèse

Phrases à cocher : a., b., c., g.

S'ENTRAÎNER LLCE

5 Analyser le sujet

1. Il s'agit de trouver ce qui relève de ce genre et contribue à son succès tout en mettant au jour les mécanismes qui sous-tendent ce dernier à l'aide des documents proposés.
2. Réponse b. Why does fantasy appeal to us?

INFO
La proposition c. est écartée car elle reprend mot à mot les termes du sujet alors qu'il faut (re)formuler la problématique.

6 Lire le corpus

- Doc A: an extract from JRR Tolkien's 1954 novel, *The Lord of The Rings*.
- Doc B: an essay by Lloyd Alexander published in 1971.
- Doc C: the 2018 front cover of Ursula K. Le Guin's novel's *The Books of Earthsea*.

7 Analyser et comparer l'apport de chaque document.

1. et 2. *Voici le tableau complété.*

	An entertaining alternative universe	An idealistic traditional hero	A realistic humane hero
Doc A	• impressive places: "the fabled Cracks of Doom", "the Fiery Mountain" • fantastic creatures: wizard, dragons, hobbit • adventures: "Bilbo's adventures"	• a dangerous quest: "keep the Ring and guard it" + "save the Shire" + "exile, a flight from danger into danger" + "wandering" • fighting evil: "the Enemy" • courage: "go alone" + "I am a danger" • personal sacrifice: "whatever it may do to me", "even if my feet cannot stand there again"	• imbalance of powers: "I feel very small" vs "the Enemy is so strong and terrible" • from hesitation and reluctance to forced acceptance: "No! Or perhaps yes", "find another keeper", "I cannot...", "I ought to...", "I should like to...", "I must..." • possible failure: "if I am to do that"

Doc B	• characters: hero, "superb villains" + "fiendish wicked" • diversion: "escape from a complex reality" + "refresh and delight" • imaginary world: "a past that never existed"	• not an antihero: "clodpole, crashing bore, existential loser" • heroic action: "a doer of deeds" + "the possibility of effective action" • moral qualities: "a framework of morality" + "compassion, courage"	• imbalance of powers: "efforts to cope with the environment" • possible failure: "the fantasy hero may lose" • realistic issues: no "escape, denial" + "being alive in the world is a hard piece of business"

8 Élaborer l'introduction et la conclusion

1. L'ordre des phrases est b., a., c.

2. ~~Some scholars and critics think~~ Fantasy ~~is subculture. But it~~ appeals to a lot of us and is successful because it meets our thirst for fun and adventures, because there is an entertaining imaginary world. Plus, it is successful especially thanks to the fantasy hero's ~~physical and moral~~ characteristics because they help us to identify with him, ~~because~~ they promote moral values and ~~because they~~ give a hopeful message: even ordinary people can become heroes.

CONSEIL
Il faut reprendre cette ébauche de conclusion après avoir rédigé le corps du commentaire afin de l'affiner et de soigner le style.

OBJECTIF BAC — LLCE

9 Synthèse de documents • L'imagination créatrice et visionnaire

Les titres en couleur et les puces permettent de mettre en évidence la structure du corrigé mais ils ne figureraient pas sur une copie de bac.

Introduction

Although often dismissed as subliterature, fantasy has successfully developed into various media such as films, graphic novels and video games. Why does fantasy appeal to us then? The three documents under study account for its success by unveiling how the genre considers entertainment, heroism and humanity.

An entertaining alternative universe

■ Fantasy is obviously successful due to the imaginary alternative world it presents. Both the extract from JRR Tolkien's novel, *The Lord of the Rings*, and Charles Vess's artwork illustrating Ursula K. Le Guin's series of novels immerse us into a fantastic world with impressive mysterious places like "the fabled Cracks of Doom" or "Earthsea" and supernatural creatures such as dragons, wizards and hobbits. Hence, fantasy typically fulfils our expectations to "escape from a complex reality" as Lloyd Alexander puts it in his essay.

■ Fantasy "can refresh and delight" and proves divertingly adventurous. It pulls us out of our dull routines and everyday problems by leading us into an otherworldly world where we follow the epic "adventures" of a hero – unexpectedly called Bilbo or Frodo.

An idealistic traditional hero

■ The fantasy hero is attractive because he is far from the "crashing bore, existential loser" of contemporary fiction. Rather, he is "a doer of deeds" according to Lloyd Alexander. He is courageous, even in hopeless situations, like the character fighting alone against a rough sea and a herd of mighty dragons in the illustration. Frodo similarly goes "alone" on a quest to "save the Shire", knowing it entails "exile, a flight from danger into danger".

■ He accepts to confront "the Enemy", with a capital "E": Evil. He agrees to "keep the Ring and guard it, whatever it may do to [him]". Thus, he can be considered as a typical idealistic hero. He is noble and brave and attempts to save the world "even if his feet cannot stand there again". Consequently, he appears as "a sacrificial figure" whose fate may "make us weep".

A realistic humane hero

■ However heroic he may be, the fantasy hero is even more appealing since he also differs from traditional heroes. He is neither of noble descent nor a born hero. In fact, he is weak and frail compared to what he has to confront. The high angle and the striking contrast between the pack of enormous dragons and the small helpless character stress that imbalance of powers. Frodo also feels "very small" while Sauron "is so strong and terrible".

CONSEIL

L'utilisation de connecteurs logiques est attendue et les transitions fluides sont particulièrement valorisées : *"No wonder"* ici.

■ **No wonder** he is hesitant to accept the mission. Yet, he gradually realises he has no other option as the use of modals shows it: "I shall find wandering more unbearable", "I ought to leave", "I should like to save the Shire". He consents: "I must keep the Ring" because it is necessary. His weakness, his reluctance and his possible failure make the fantasy hero even more humane and so realistically humane.

Conclusion

■ Fantasy is appealing because it meets our thirst for adventures with an entertaining imaginary world. Besides, the fantasy hero is pivotal to this success as his characteristics promote moral values, favour identification and deliver a hopeful message: no matter how ordinary, "we can be heroes, just for one day", as David Bowie sang it.

(524 words)

CONSEIL

Les références interculturelles pertinentes sont valorisées et les clins d'œil humoristiques appréciés s'ils sont judicieux.

S'ENTRAÎNER AMC

10 Analyser le sujet

1.

Civil actions	Qualities and purpose
petition / open letter	to raise awareness on an issue, argument and convince
city council / court actions	fight for justice, equal rights and treatments
demonstrations / marches	to show people's reactions, visibility
buzz on social media / street art	media and arts to shed light on issues, touch a vast majority of people

2. *Voici quelques exemples de problématiques possibles :* How can civil actions raise awareness on racial discrimination? To what extent have civil actions helped the fight against racial discrimination? How powerful can civil actions be in fighting racial discrimination? What are effective ways to fight racial discrimination?

11 Lire le corpus

- Le document A est un article de presse paru dans le *New York Times* le 3 juillet 2020. Il présente Black Lives Matter comme le plus important mouvement contestataire moderne.
- Le document B est aussi un article, paru dans *The Guardian* le 3 novembre 2021. Il explique les enjeux du procès en lien avec le meurtre d'un jeune Afro-Américain dans l'État de Géorgie.
- L'œuvre de *street art* (doc C) a été peinte en mémoire des Afro-Américains victimes des violences meurtrières commises par la police ces dernières années.

12 Analyser et comparer l'apport de chaque document

1. et 2. Voici le tableau complété. On peut y repérer trois grandes idées : un mouvement sans précédent ; les conséquences ; un nouveau contexte impossible à nier.

Doc A	• BLM = the largest protest movement in US history • geographic spread / strong response to Trump's policy • white and young middle-class people mobilised. • Consequences: new laws and decisions across the country to fight racism. • An unprecedented movement that is changing American society • New wave and new state of mind.
Doc B	• George Floyd's trial and the conviction of the police officer + problematic Georgia law = repealed by the governor, yet still usable by the defence attorneys + jury selection issue. • Video footage: the jury and the judge cannot deny evidence anymore. • Legal actions allow social justice, equal rights and can reevaluate state laws that are unfair. • Black and white = the American society is racially divided + a call for blacks and whites to unite in this fight.

Doc C	• Steve "ESPO" Powers painted this piece: it displays the names of Black individuals who have lost their lives at the hands of police. • We can see the legs of people, but no face. The bold letters BLACK LIVES MATTER = the names are those of African-American people killed by racist acts. All the legs are moving in the same direction = a movement of solidarity. • Black and white mural = literal and figurative aspects. • The overwhelming number of names = a sense of despair, unfairness, and anger. • Art = a tool for capturing important moments in history like the Black Lives Matter.

13 Construire le plan

1. Réponse a. Les propositions b et c ne permettent pas d'apporter une réponse assez nuancée ("to what extent"), ou bien s'éloignent trop des documents.
2. *Voici une proposition pour détailler le plan.*

I. An increased mobilisation
- participants: numbers, background, geography...
- visibility

II. Legal actions
- Arbery's trial: guilty verdict
- changes in the law: examples all over the US (docs A and B)
- repairing a broken system

III. A wind of change
- a hopeful message from the three documents
- setting in motion undeniable proof

CONSEIL
Votre plan doit montrer une progression (des éléments les plus évidents aux éléments les plus implicites), afin d'éviter des contradictions au sein de votre synthèse. Donner des titres à vos parties sur votre brouillon vous aidera à regrouper vos idées de manière efficace.

OBJECTIF BAC AMC

14 Rédiger la synthèse

Les titres en couleur et les puces permettent de mettre en évidence la structure du corrigé mais ils ne figureraient pas sur une copie de bac.

Introduction

The United States needs to face its racial issue head-on if they don't want to implode. Indeed, the Black Lives Matter that started after the murder of George Floyd by a Minneapolis police officer set up a wave of protests and awareness of racial divisions, tensions and discrimination. The three documents offer a vision of different actions taken to raise awareness on such a topical issue. So, to what extent have civil actions helped the fight against racial discrimination?

An increased mobilisation against racism

- The mural displayed in the streets of New York (C) is part of a worldwide campaign to support George Floyd and the Black Lives Matter movement. Displaying this in a public place where a majority of people can view it is a way to make this issue everyone's issue.

■ Both documents A and C highlight the growing mobilisation of Americans in this issue. The demonstrations in 2020 peaked on July 6th. The article points out that the BLM movement is a landmark and a turning point as it is the biggest mobilisation of all times in the USA.

■ Demonstrations all over the states and murals have reached a new part of the population (A): demonstrators are for the most part first-time demonstrators, they are younger and wealthier than in the past. This suggests a strong realisation that racial discrimination is a national matter.

Legal actions

■ **While** demonstrations and murals are playing an essential role in people's conscience, legal actions are attempting to bridge a gap and legally reduce racial discrimination.

> **CONSEIL**
> Les transitions permettent de passer subtilement d'une idée à l'autre.
> Il faut faire le lien entre les idées qui se complètent dans cette synthèse.

■ George Floyd's murder by a police officer (mentioned in A) and the conviction of that police officer have opened new doors for racial justice. In this context, the guilty verdict of the three white men who murdered Ahmaud Arbery in Georgia (B) contribute to addressing the deeply rooted racial issue in the South and in the US more generally.

■ Not only are the verdicts in both cases setting a precedent, but they also point out the flaws of the legal system. The BLM movement (A) was born out of anger, despair and a strong feeling of injustice. The judicial branch (B) is now in the process of repairing those wrongdoings by sentencing the perpetrators of these crimes.

A wind of change

■ The three documents toy with both emotions (the unfair deaths of African-Americans) and a hopeful message that things are changing in the American society.

■ As Professor McAdam said, the BLM demonstrations set in motion a "significant, sustained, and widespread social, political change" (A). It is impossible now to turn a blind eye on this issue.

■ The media, the video footage, the murals are mediums and proof that racial discrimination cannot be ignored or rebutted any longer.

Conclusion

To conclude, the three documents prove that there is an awakening in American society and that racial discrimination has come to the forefront. Civil actions have started to pay off in this fight. Let's hope this will lead to a better future.

(498 words)

> **CONSEIL**
> La conclusion ne doit pas répéter mot pour mot des éléments de votre développement. C'est le moment de dresser le bilan et de donner une réponse claire à votre problématique. Il faut donc reformuler vos arguments de manière succincte puis offrir une ouverture qui élargit le sujet.

8 Bien organiser sa synthèse

En bref *Organiser sa synthèse est une phase essentielle de l'épreuve écrite. Vous allez devoir mettre en lien les documents en les comparant, en opérant des contrastes et des jeux de miroirs sous forme d'une expression écrite contenant les idées directrices des documents.*

I Rédiger l'introduction

1 Introduire le sujet

- La lecture du sujet est essentielle. Il faut veiller à bien cerner les **enjeux** des documents et repérer les éléments de **contexte** (actualité) et de **conceptualisation** (idée générale, représentation abstraite).
- L'**amorce** de votre devoir est cruciale car elle donne le ton de celui-ci. Préférez une phrase d'accroche (= quel·s enjeu·x le dossier soulève-t-il ?) puis présentez les documents et l'axe à l'aide de ce type de phrases :

  The documents under study / scrutiny are a... , a... and a...
  Within the framework of the topic "Puissance et influence", we...

2 Présenter les documents

L'introduction doit être le moment où vous **présentez les documents**. Précisez leur nature (carte, *cartoon*, article...), leur source (auteur, date, média) et le·s lien·s principal·aux au regard de la thématique et de l'axe du dossier.

The documents under study are an op-ed article from *The Guardian* published in 2020, a cartoon by Kevin Kallaughter and an article from *The New Yorker* published in 2021. They deal with the power and influence of the American Secret Service.

3 Proposer une problématique et un plan

- Dégagez votre problématique **qui va être le fil conducteur** de votre devoir. Ne pas confondre problème et problématique.

  Problème : There are a lot of cyberattacks nowadays in the USA.
  Problématique: What can the USA do to thwart cyberattacks? / To what extent is the fighting against cyberattacks crucial for the USA?

- **Annoncer votre plan** est une étape obligatoire, car il guide le ou la correcteur·trice et sert de colonne vertébrale.

  I will first focus on... I shall then... and lastly... I shall therefore deal with the evolution of the power and influence of the CIA worldwide and its new targets.

CONSEIL
Aérez votre copie en écrivant des paragraphes clairs, en faisant des alinéas à chaque étape de votre propos. N'oubliez pas de sauter une ligne entre l'introduction, le corps (1re et 2e parties) et la conclusion.

II Rédiger le développement

1 Organiser le corps du devoir

- Il n'y a pas de règle définie. Votre devoir doit suivre votre plan. Si vous annoncez deux ou trois parties dans votre introduction, il faudra bien les traiter.
- Chaque partie peut être composée de deux paragraphes.

CONSEIL
Mobilisez vos connaissances culturelles du monde anglophone pour enrichir votre analyse, mais ne les substituez pas au contenu du dossier.

2 Organiser ses paragraphes

Chaque paragraphe doit contenir une idée principale étayée par un exemple tiré des documents. Cela peut être le moment de présenter un élément de contraste → FICHE 9 tiré de l'un des deux autres documents. Enfin, utilisez un connecteur en début de paragraphe pour signaler que vous introduisez une nouvelle idée.

Introduire une idée	first, first of all, to begin with…
Ajouter des idées	secondly, thirdly…, then, afterwards, after that…, what is more, moreover, furthermore…
Conclure un paragraphe	to conclude, lastly, finally, eventually…

III Rédiger la conclusion

- Votre conclusion comprend deux moments :

– un résumé des idées principales que vous avez analysées dans votre synthèse puis une réponse claire à votre problématique ;

– une ouverture sur un autre aspect ou un autre axe de la thématique.

- Entamez votre conclusion avec une expression telle que *to conclude, in a nutshell, all in all, all things considered…*

zoOm

Faire référence à un document

L'essentiel est que votre source soit bien identifiée par l'examinateur.

The article from *The Economist* shows how powerful … while document B encapsulates … . Indeeed, of the two documents, the latter seems more likely to depict the truth while the former is far from plausible. The best one that illustrates the topic is the document from the Pew Research Center.

Renvoyer au document…
- par sa nature (article)
- selon sa source (The Economist, Pew Research Center)
- par son numéro ou sa lettre (document B)
- en le situant par rapport à un autre document (latter, former)

9 Muscler la logique interne de sa synthèse

En bref *La synthèse est un exercice d'argumentation. Vous devez être capable de lier vos idées avec des connecteurs (= mots de liaison) qui renforceront les divergences, les convergences et donc leur pertinence. En outre, il faudra éviter les propos univoques, mais plutôt adopter une posture nuancée.*

I Exprimer la comparaison

- Pour mettre en lumière les différences entre les documents, plusieurs connecteurs ou expressions sont à votre disposition.

similarité	both / all three documents (*en début de phrase*), similarly... Document A is **as** + (*adjectif qualificatif*) + **as** the graph. Document A shows ... and **so does** the article.
opposition	while, although, conversely, contrary to document A which..., document B shows..., on the one hand, ... on the other hand...

Both documents B and C showcase the solidarity within specific US communities and amongst the Indian government that are trying to reduce the social and digital divides. Conversely, the graph doesn't give solutions, although it points out that American adults are also affected by this issue.

CONSEIL
Les documents expriment plusieurs idées qui peuvent converger ou diverger. Au brouillon, faites un tableau pour faire apparaître ces **oppositions ou similarités**.

II Exprimer la cause ou la conséquence

- Lorsqu'on analyse un document, on doit comprendre son fonctionnement. Pour ce faire, on doit établir des liens de cause et de conséquence entre ce qui est dit ou montré dans le document et ce que l'on en déduit (= implicite).
- Vous pouvez alors mettre en avant la cause (conjonctions, adverbes ou verbes) ou la conséquence (adverbes). Voici les principaux connecteurs ou expressions possibles.

cause	because, as, due to, on account of, insofar as, given that... blame so. for V-ing, accuse so. of V-ing, charge so with V-ing
conséquence	thus, in consequence, therefore, hence, consequently, so

The journalist blames the Republicans for helping affluent communities, therefore she urges local governments to act rapidly to help Karen Reyes's poorer students.

III Exprimer le but ou la condition

- Demandez-vous **quels effets le document produit** sur le lecteur. Montrez au correcteur que vous les avez relevés et expliquez leur·s rôle·s.
- Une fois que vous avez identifié le but poursuivi, introduisez-le par un connecteur exprimant la **finalité** comme *to, in order to, so as to, so (that) X can / could, for X to…*

  The Indian government is trying to find solutions **for** girls **to** be able to study in a safe environment *ou* … **so that** girls **can** study…
- Vous pouvez également exprimer la **condition** grâce à des conjonctions comme *provided* et *unless*. Attention à leur construction.

  Girls **will** have more educational opportunities **provided** the government helps them.

  Girls will **not** have more educational opportunities **unless** the government helps them.

zoOm

Comment nuancer son propos ?

- Personne n'est vraiment dans la tête de l'auteur. Vous pouvez donc déduire ou émettre des hypothèses sur ce qu'il veut dire… ou alors sur un sens caché que vous aurez déduit. Pour cela il faut utiliser la **modalité épistémique**, c'est-à-dire la probabilité pour atténuer une affirmation, cela s'appelle le *hedging*.

au présent	au passé
Probabilité forte (j'en suis sûr) The journalist **must know** the truth.	**Probabilité forte** (must + have + participe passé) He **must have known** the truth.
Probabilité moyenne (je ne sais pas vraiment) The journalist **may know** the truth.	**Probabilité moyenne** (may + have + participe passé) He **may have known** the truth.
Probabilité faible (je n'en suis pas sûr, mais je le dis) The journalist **might know** the truth.	**Probabilité faible** (might + have + participe passé) He **might have known** the truth.

- Les adverbes, conjonctions ou expressions sont une autre manière de **nuancer** son propos.

Adverbes et conjonctions	Expressions
he **surely** means… • it is **often** said… he is **indisputably** the best… **however**, in the article… **nevertheless**… • **besides**… **though** (*en fin de phrase*)	the rate **tends to** decline… one must **acknowledge** that… actually, **on second thoughts**… **without any doubt**

10 Exploiter les documents spécifiques à l'AMC

En bref *Savoir mettre en valeur les documents qui composent les dossiers AMC (article, discours, graphiques, cartes...) grâce à un vocabulaire précis est un véritable atout qui vous permettra de faire la différence avec d'autres candidats et d'engranger des points dans le critère « richesse de la langue ».*

I Présenter un document

■ Lorsque vous présentez puis analysez un document, vous devez le désigner de manière appropriée.

Œuvres d'idées	an article, an essay, a speech, an op-ed (*tribune libre, débat d'idées*), a broadsheet, a tabloid, soft news, hard news
Œuvres visuelles	a photograph, a painting, an ad, a film poster, a cartoon
Documents statistiques	a graph, a table (*un tableau*), a chart or diagram a pie chart (*un graphique circulaire, un camembert*) a bar chart / graph (*un histogramme*) a map with key (*une carte avec légende*)
Œuvres de fiction	(an extract / excerpt from) a novel, a poem, a short story

✗ The set of documents is composed of document A by Adrienne Jones, document B from Pew Research Center and document C by Kevin Kallaughter.

✔ The set of documents is composed of an **op-ed article** by Adrienne Jones, a **graph** from Pew Research Center and a **cartoon** by Kevin Kallaughter.

■ L'auteur·e d'un document doit être clairement identifié·e : *columnist*, *journalist*, *cartoonist*, *photographer*, *computer graphics designer*, *novelist*, etc.

II Analyser un document

1 Décrire et analyser le contenu d'un document textuel

Nommer les parties d'un journal	front page, headline (*gros titre, manchette*), subheading (*sous-titre*), review (*critique*)
Traiter un thème	deal with, focus on, be about
Illustrer	illustrate my words, serve as an example, for instance
Représenter une idée, un concept	epitomise, embody, stand for, typify

Mettre l'accent, s'emparer d'une idée	highlight, underline, underscore, shed a light on, emphasise, pry into (*mettre son nez dans*), tackle the issue of (*s'attaquer au problème de*)
Reprendre une idée	echo, mirror, encapsulate, remind so. of

The article **encapsulates** the stereotyped image that American citizens have of their media, which **highlights** their distrust.

2 Décrire et analyser le contenu d'un document statistique

Décrire une évolution	plummet (*chuter fortement*), soar up (*augmenter fortement*), skyrocket (*grimper en flèche*) an increase, a rise, a decrease, a fall
Utiliser des données	forty percent, one third (1/3), two-third (2/3), a two-third majority

Public confidence in the UK government **plummeted** after Johnson's alleged parties.

3 Exprimer le point de vue de l'auteur

Juger une idée, un argument	libel (*diffamer*), enthral (*captiver*), yield (*céder*), bully (*harceler*), lambast (*descendre en flammes*)
Qualifier une idée, une attitude	biased (*partial*), accurate (*précis*), defiant (*réfractaire*), reliable (*fiable*), nonsensical (*qui n'a pas de sens*), unyielding (*inflexible*)

Democrats **lambasted** Republicans for distorting the truth.

zoOm

Décrypter les titres de la presse anglophone

Les titres des grands journaux anglophones sont parfois ardus à comprendre, car ils sont souvent elliptiques et fourmillent de références culturelles. Voyez plutôt :

NHS staff would rather celebrate 73rd birthday with a pay rise than with the George Cross

NHS → *National Health Service* (≈ Sécurité sociale britannique)

staff → employés

pay rise → augmentation de salaire

George Cross → la croix de Saint-Georges, distinction honorifique pour récompenser les civils.

→ Les employés de la Sécurité sociale britannique préféreraient fêter le 73e anniversaire (de l'institution) par une augmentation de salaire plutôt que par le titre honorifique de la croix de Saint-Georges (qui, donc, ne leur rapporte pas d'argent).

11 Varier et enrichir son expression

En bref *Pour apporter de la précision à votre argumentation et muscler les critères « richesse de la langue » (= vocabulaire) et « correction de la langue écrite » (= grammaire), il est indispensable de varier les mots et les structures grammaticales que vous utilisez.*

I Varier la construction de ses phrases

1 Utiliser la voie passive

Bien plus répandu en langue anglaise qu'en français, **le passif** permet de mettre en valeur le sujet qui subit l'action plutôt que celui qui fait l'action.

The journalist **published** his article "What About Going to the USA" on January 29, 2022.
→ "What About Going to the USA" **was published** on January 29, 2022.

2 Utiliser des structures complexes

Enrichir votre écrit par des **structures plus complexes** que celles apprises au collège ou en début de lycée vous permettra de faire la différence et d'apporter de la précision. En voici quelques exemples :

Structures « simples »	Structures complexes
Joe Biden should lift the ban.	**It's time** Joe Biden **lifted** the ban.
He agrees with the US President and the British Prime Minister.	**Not only does he agree** with the US President **but also** with the British Prime Minister.
When she speaks, people listen to her and are happy.	**The more** she speaks, **the happier** people are. (the more, the more)
I want Kamala Harris to become President of the USA.	I **wish** Kamala Harris **became / would become** President of the USA.
It is easy for Europe because it has the largest market of CO_2 emission permits.	It is **all the** easier **as** Europe has the largest market of CO_2 emission permits.
The main reason for his failure is money.	It **all boils down to** money. (down to + V-ing)
The government really wants to help the poor.	The government **has committed to** help**ing** the poor.
If the Minister had known, he would have refused.	**Had** the Minister known, he **would** have refused.

II Employer un vocabulaire précis et varié

1 Utiliser des adjectifs efficaces et percutants

Lorsque vous évoquez un fait, une idée, une attitude, n'hésitez pas à le ou la **qualifier**. Bannissez *good, bad, important et interesting*.

- ➕ striking, powerful, hard-hitting, inspired, bright, brilliant, intriguing, stimulating, fascinating, enthralling, gripping…
- ➖ poor, harmful, evil, wicked, upsetting, defective, dreadful, awful, horrendous, appalling, ghastly, shady, ignorant

2 Utiliser des adverbes pour nuancer et préciser son propos

Certains adverbes permettent d'**atténuer** vos assertions ou d'**apporter un complément de sens**. L'adverbe se place avant le verbe sauf avec *be*.

atténuation	likely, unlikely, typically, rarely, often, sometimes
apport d'un complément	seemingly, repeatedly, in hindsight (*nom, avec du recul*), blindly, greatly, hopelessly
concession	though, however, yet, in spite of + V-ing, despite + V-ing
comparaison	as + adj. + as, less + adj. + than, less and less, more and more

zoOm

Se relire : les 5 règles clés

La relecture est capitale : vous devez vous assurer de la fluidité ainsi que de la correction orthographique et syntaxique de votre synthèse.

1. Corrigez les fautes d'inattention : *-s* à la 3e personne du singulier au présent simple, *who* vs. *which*, verbe + COD (à ne pas séparer), orthographe des adverbes en *-ful*…
2. Ajoutez des connecteurs logiques pour lier vos phrases.
3. Ajoutez des modaux ou adverbes pour nuancer vos propos.
4. Renforcez votre écrit par des adjectifs percutants et des structures grammaticales complexes.
5. Remplacez les répétitions par des synonymes.

SE TESTER QUIZ

Vérifiez que vous avez bien compris les points clés des **fiches 8 à 11**.

1 Bien organiser sa synthèse

→ FICHE 8

1. Trouvez le synonyme des verbes suivants.

a. focus on •	• embody
b. illustrate my word •	• encapsulate
c. stand for •	• deal with
d. sum up •	• for instance

2. Corrigez l'orthographe et la syntaxe de ces phrases.

a. The journalist, in her article, ironicaly denounces the attack.
b. John Kerry speak very well French.
c. The idea, wich is horrendous, belongs at the former president Trump.
d. Puerto Rico has been colonise in 1508 by the Spanish.

2 Muscler la logique interne de sa synthèse

→ FICHE 9

Associez chaque phrase à l'intention suivante : cause, conséquence ou but.

a. The MP was excluded from the party for lying to the leader.
b. She went to Richmond in order to meet her British colleague.
c. He didn't have much time, so he asked for help.
d. G. W. Bush was heavily criticised for not telling the truth (about weapons of mass destruction).

3 Exploiter les documents spécifiques à l'AMC

→ FICHE 10

Faites correspondre chaque verbe à son synonyme.

a. libel •	• captivate
b. lambast •	• accept
c. enthral •	• publish false information
d. yield •	• attack verbally

4 Varier et enrichir son expression

→ FICHE 11

Remplacez les *good* et *bad* par des adjectifs plus précis.

I have read a **good** article about a **good** policy that is going to forbid **bad** political leaders to run for office. That's a **good** piece of news! At least, I hope **bad** voters will stop voting for these kinds of **bad** politicians.

S'ENTRAÎNER

5 Exprimer la cause ou la conséquence

→ FICHE 9

Reformulez les énoncés en utilisant les amorces fournies.

a. Democrats have blamed Republicans because they didn't reach an agreement.
→ *Democrats have blamed Republicans for…*

b. Lawyers have accused the police. They beat Ronald Greene to death.
→ *Lawyers have accused the police of…*

c. I think I did all right. I didn't study much for the test.
→ *I think I did all right given…*

d. The burglar was charged. He stole four expensive watches.
→ *The burglar was charged…*

CONSEIL
Les amorces proposées pour les reformulations vont entraîner des modifications des formes verbales, par exemple.

6 Apporter une nuance en complexifiant

→ FICHE 11

Reformulez ces énoncés en les complexifiant avec les aides proposées et en effectuant les changements appropriés.

a. The journalist is certain that it is more difficult for Indian girls to have access to a quality education.
→ *It / must / for / Indian girls / have access / according to / journalist*

b. I'm sure, the rioters were charged because they barged into the Capitol.
→ *The rioters / must / charged / barge into / Capitol*

c. She belongs to the Labour Party, but I really don't know.
→ *She / {modal} / Labour Party*

d. If he had been to the club, then I'm sure he saw her.
→ *If he had been to the club / then / he / {modal} / see / her*

e. The lock is broken. I'm sure that someone broke into the house.
→ *The lock is broken, someone / {modal} / break into the house*

7 Utiliser des structures complexes

→ FICHE 11

Reformulez ces énoncés en les complexifiant avec les amorces fournies.

a. I'm not mad at you because you left the meeting. → *blame*

b. Nurses want a pay increase and reduced hours. → *not only*

c. A convicted felon was prosecuted. He murdered a police officer. → *charge*

d. When I see you, I am always happy. → *the more, the more*

e. I really wanted to work on this project for the next 6 months. → *commit to*

OBJECTIF BAC

8 Créer du sens

Utilisez les mots de liaison suivants pour que le texte retrouve du sens.

unlike • according to • as • while • somehow • in a nutshell • surprisingly enough

.... crowd-counting experts, around 20 million Americans have participated in demonstrations over the death of George Floyd. .... it is possible for marchers to answer twice, it is .... the largest movement in US history. However, ... with past Black Lives Matter, nearly 95% of US counties that had a protest are majority white. ...., the protests are colliding with a watershed moment: the country's most devastating pandemic. .... people have been stuck at home, they now need to express more their anger, their sadness or .... their desire to make this world a better place.

CORRIGÉS

SE TESTER QUIZ

1 Bien organiser sa synthèse

1. a. focus on: deal with • b. illustrate my word: for instance • c. stand for: embody • d. sum up: encapsulate

2. a. In her article, the journalist ironically denounces the attack. • b. John Kerry speaks French very well. • c. The idea, which is horrendous, belongs to former President Trump. • d. Puerto Rico was colonised in 1508 by the Spaniards.

2 Muscler la logique interne de sa synthèse

a. cause : for lying. *For + V-ing* exprime la cause.
b. but : in order to. *In order to* + BV exprime le but.
c. conséquence : so. *So* relie deux membres de phrase et exprime la conséquence.
d. cause : for not telling. *For + V-ing* exprime la cause (ici négative).

3 Exploiter les documents spécifiques à l'AMC

a. libel: publish false information (*diffamer*) • b. lambast: attack verbally (*descendre en flèche*) • c. enthral: captivate • d. yield: accept (*céder*)

4 Varier et enrichir son expression

Proposition possible :
I have read a surprising article about an effective policy that is going to forbid dishonest political leaders to run for office. That's a great piece of news! At least, I hope careless voters will stop voting for these kinds of crooked politicians.

S'ENTRAÎNER

5 Exprimer la cause ou la conséquence

a. Democrats have blamed Republicans for not reaching an agreement.
b. Lawyers have accused the police of beating Ronald Greene to death.
c. I think I did all right given that I didn't study much for the test.
d. The burglar was charged with stealing four expensive watches.

6 Apporter une nuance en complexifiant

a. It **must be** more difficult **for** Indians girls **to** have access to a quality education, according to the journalist.
b. The rioters **must have been charged with** barg**ing** into the Capitol.
c. She **might / may** belong to the Labour Party.
d. If she had been to the club, then, he **must have seen** her.
e. The lock is broken, someone **must have broken** into the house.

7 Utiliser des structures complexes

a. I don't **blame** you / I'm not **blaming** you **for** leav**ing** the meeting.
b. **Not only do** nurses want a pay increase **but also** reduced hours.
c. A convicted felon was **charged with** murder**ing** a police officer.
d. **The more** I see you, **the** happi**er** I am.
e. I **committed to** work**ing** on the project for the next 6 months.

OBJECTIF BAC

8 Créer du sens

According to crowd-counting experts, around 20 million Americans have participated in demonstrations over the death of George Floyd. **While** it is possible for marchers to answer twice, it is **somehow** the largest movement in US history. However, **unlike** with past Black Lives Matter, nearly 95% of US counties that had a protest are majority white. **Surprisingly enough**, the protests are colliding with a watershed moment: the country's most devastating pandemic. **As** people have been stuck at home, they now need to express more their anger, their sadness or **in a nutshell** their desire to make this world a better place.

CONSEIL
Lorsque vous rédigez un paragraphe, l'essentiel est bien la manière dont vous développez des idées, en revanche savoir les articuler avec des connecteurs logiques est un plus.

12 Se lancer dans une traduction

En bref *La version (traduction de l'anglais vers le français) a un double objectif : tester la compréhension de la langue source mais aussi la maîtrise de la langue cible. Cet exercice rigoureux requiert une démarche spécifique en plusieurs étapes.*

I La procédure générale

1 Aborder le passage

- Relisez le texte puis le passage à traduire attentivement. La version doit faire suite à l'analyse du texte qui a permis une **compréhension fine** de celui-ci et de ses caractéristiques.
- Repérez la nature du passage, les personnages, leurs rapports, le ou les lieux, l'époque, les événements, **le point de vue, le ton et le niveau de langue**.
- Délimitez les **unités de sens** avant de commencer.

  To the European settlers the whole province looked like a barbaric place inhabited by appalling terrifying bloodthirsty savages.

MOT CLÉ
Unité de sens : mots ou groupes de mots pertinents du point de vue de la syntaxe et du lexique.

2 Traduire

Il s'agit de **restituer le sens d'origine** en tenant compte des spécificités linguistiques et culturelles de chacune des deux langues ainsi que des particularités inhérentes au texte d'origine.

Les 4 règles clés

1. **Commencez par une traduction littérale** (ou mot à mot).
2. **Affinez la traduction** en utilisant des procédés de traduction → FICHE 14, en cherchant à trouver le mot juste, l'expression adéquate.
3. **Rédigez dans un français authentique** rendant compte du style et du niveau de langue du texte source.
4. **Relisez la traduction** pour vous assurer que le sens du message est clair en français. Puis relisez parallèlement le texte en anglais et la traduction pour vérifier que rien n'a été omis.

II Conseils pratiques

1 **Évitez le recours systématique au dictionnaire** : il est parfois possible de surmonter autrement les difficultés lexicales. → FICHE 13

2 **Évitez le mot à mot systématique** : il faut tenir compte de l'ordre canonique de la phrase et respecter les conventions propres à chaque langue : succession des adjectifs, place des compléments circonstanciels…

Caitrin is a beautiful talented Irish woman who lives with her grumpy old uncle in a tiny flat in London.

✗ Caitrin est une femme irlandaise belle et talentueuse qui vit avec son oncle vieux et grincheux dans un minuscule appartement à Londres.

✔ Caitrin est une belle Irlandaise talentueuse qui vit à Londres dans un minuscule appartement avec son vieil oncle grincheux.

3 **Tenez compte des conventions d'écriture** : emploi des signes de ponctuation, utilisation des majuscules ou minuscules.

She loves Irish music, just like her secret admirer.

✔ Elle adore la musique irlandaise, tout comme son admirateur secret.

4 **Veillez à la correction de la langue cible** (grammaire, syntaxe et orthographe) : une langue fautive est sanctionnée même si la traduction montre une bonne compréhension du texte. Attention au passé simple notamment et au franglais !

The old lady in charge of her musical education was so exhausted and downhearted that she sat down on the damp grass.

✗ La vieille femme en charge de [*franglais*] son éducation musicale était si épuisé et découragé [*accord*] qu'elle s'asseya [*conjugaison, barbarisme*] sur l'herbe mouillée.

zoOm

Sur-traduire ou sous-traduire

Il convient de vérifier que l'on n'a ni **sous-traduit** ni au contraire **sur-traduit**, ce qui induirait soit une perte au niveau du message soit une interprétation plutôt qu'une traduction.

Sous-traduction	Sur-traduction

She fondly dwelt on her long-gone glorious past as a grand piano player: her career had taken her abroad to Switzerland, Italy and Russia.

→ Elle pensait tendrement à son ancienne carrière glorieuse de grande pianiste : ses tournées de plus en plus nombreuses l'avaient amenée à se produire partout en Europe, en particulier en Suisse, en Italie et en Russie.

13 Traduire le lexique

En bref *La version est un exercice de précision qui requiert une bonne connaissance du lexique dans les deux langues. Face à des mots ou expressions inconnus, il faut adopter plusieurs stratégies pour aboutir à une traduction juste : inférer dans un premier temps le sens des mots puis utiliser le dictionnaire unilingue.*

I Utiliser le contexte et ses connaissances

■ Utiliser le contexte et identifier la **nature** et la **fonction grammaticale** du lexique inconnu permet d'accéder au sens et d'envisager une première traduction qu'il faudra peut-être affiner selon le cas.

She has become a grumpy old lady and she keeps complaining and whining, she finds fault in everything.

La forme et place du mot indiquent qu'il s'agit d'un verbe et le contexte permet d'en déduire qu'il a un sens proche de *complain* (se plaindre) donc ***whine*** = **geindre**.

■ Pour avoir un solide bagage lexical, il convient d'apprendre le lexique régulièrement et d'enrichir ses connaissances de **synonymes** et **expressions idiomatiques**. Cela permet ensuite de repérer rapidement les mots transparents et les faux amis.

sympathetic → compréhensif, compatissant
eventually → finalement
sensible → raisonnable

II Analyser la formation des mots

■ Maîtriser les procédés de **dérivation**, c'est-à-dire comment se forment les mots, permet de retrouver le mot racine et ainsi, en fonction des **suffixes et préfixes** repérés, d'**inférer** le sens des mots inconnus.

carefully = *care* + *ful* = adj. + *ly* = adv.
→ soigneusement
unfriendly = *un* + *friend* + *ly* = adj.
→ hostile, déplaisant

■ Connaître la **règle de composition** permet de traduire convenablement les mots composés, qu'il s'agisse d'adjectifs ou de noms. En anglais, le mot qui se trouve en dernière position porte le sens principal et le mot qui se trouve en position initiale permet de préciser celui-ci.

homemade → fait maison
horserace → course de chevaux
racehorse → cheval de course

zoOm

Comment utiliser le dictionnaire unilingue ?

Yet, Caitrin couldn't blame her for the old lady's mood swings and **helplessness** reminded her of her beloved uncle.

- Identifier la **racine du mot** ou du moins débarrasser le mot inconnu de tous les marqueurs grammaticaux tels que la marque du pluriel ou encore les modifications verbales (V-*ing*, prétérit, participe passé) permet de rendre la recherche plus efficace.

  helplessness = ***help*** + *less* + *ness*

- Déterminer la **catégorie grammaticale** des mots inconnus permet de s'intéresser directement à la bonne proposition dans le cas où un même mot aurait plusieurs natures.

  helplessness = nom car adjectif + suffixe *ness*. *Help* est ici un nom en raison des règles de dérivation : le suffixe *less* se rajoute toujours à un nom pour former un adjectif.

> **help**[2] *n* **1** [U] the act of helping; AID; ASSISTANCE: *You're not (of) much help to me just sitting there. | You gave me a lot of help* **2** [C (*to*)] something or somebody that helps: *You're a good help to me. | The new fire is a great help* **3** [U *nonassertive*] a way of avoiding (esp. in the phr. **no help for it**) **4** [C] a person, esp. female, who is employed to do some of someone else's housework: *The new help left after a week* **5** [P] esp. AmE workers, esp. female house servants: *The help are demanding higher wages* **6** **Help!** **a** Please bring help, I'm in danger **b** (an expression of surprise and inability to act) **7** **Help Wanted** (a sign offering employment)

- (bleu) Polysémie : lire l'article en entier avant de choisir la définition qui convient en fonction du contexte.
- (orange clair) Caractéristiques : repérer si le mot est dénombrable (C pour *countable*) ou indénombrable (U pour *uncountable*) et où il est utilisé (AmE = American English par exemple). Le niveau de langue peut être précisé (fml = soutenu, lit = littéraire, coll / infml = familier, sl = argot).
- (rouge orangé) Synonymes : ils peuvent permettre de trouver une traduction adéquate.
- (vert) Exemples : ils orientent la compréhension et la traduction en donnant un contexte d'emploi.
- (rose) Expressions idiomatiques ou collocations, expressions figées.

→ Pourtant, Caitrin ne pouvait lui en vouloir car les sautes d'humeur et la **détresse** de la vieille dame lui rappelaient son oncle bien aimé.

14 Utiliser les procédés de traduction

En bref *Toute traduction passe nécessairement par l'utilisation de procédés de traduction. Il convient de distinguer les procédés directs de traduction qui sont utilisés lors du premier jet et les procédés indirects de traduction qui permettent d'affiner ce premier jet souvent maladroit, fautif, voire incompréhensible en français.*

I Les procédés directs

1 La traduction littérale

Il s'agit d'une version **mot à mot** qui reste au plus près du texte de départ, avec le minimum de transformations nécessaires. Si la structure syntaxique de l'énoncé est la même dans les deux langues, on se concentre sur le lexique, les déterminants et les formes verbales.

> She had only found fault with her right from the start and it had nothing to do with her so-called gift: she disapproved of both her manners and her gait.
>
> Elle ne lui avait trouvé que des défauts dès le début et cela n'avait rien à voir avec son soi-disant don : elle n'approuvait ni ses manières ni son allure.

2 L'emprunt

- L'emprunt consiste à **importer dans la langue cible** un mot ou une expression de la langue source, c'est-à-dire à employer le mot ou l'expression tels quels.
- Il permet de combler une lacune culturelle ou linguistique :
  coroner, sheriff, pub
- • de faire « couleur locale » :
  hello (pour *bonjour*)
- • de simplifier la phrase, notamment quand le terme est plus court :
  hacker, sniper

3 Le calque

- Les calques sont toujours fautifs, même si certains sont entrés dans l'usage. Il s'agit de traduire un mot ou une expression en important dans la langue cible une structure propre à la langue source dans le cas du **calque de structure** :
  for discussion → pour discussion
  (maintenant acceptable en français, même si c'est un anglicisme – à la place de *pour qu'on en discute*, qui est la tournure naturelle en français)
- Le calque permet aussi d'employer en français un mot ou une expression qui n'a pas le même sens que celui recherché dans le cas du **calque d'expression** :
  Secretary of State → secrétaire d'État (au lieu de *ministre des Affaires étrangères*)

II Les procédés indirects

1 La transposition

■ La **transposition** consiste à opérer un **changement de catégorie grammaticale** sans modifier le message, par exemple du nom au verbe, de l'adjectif au nom.

Diamonds are Forever → Les diamants sont éternels

CONSEIL
À ne pas confondre avec l'exercice de transposition. → FICHE 16

■ Il y a deux cas particuliers de transposition : l'**étoffement** quand on remplace un mot par plusieurs, et le **chassé-croisé** quand on permute les éléments signifiants.

He ran across the lawn. → Il a traversé la pelouse en courant.

2 L'équivalence

■ L'équivalence consiste à **remplacer une formule plus ou moins figée de la langue source par une autre**, équivalente dans la langue cible. Elle est utilisée pour les expressions idiomatiques, proverbes, panneaux de signalisation, etc.

You're welcome. (en réponse à *thank you*) → Il n'y a pas de quoi. / Avec plaisir.

■ **L'adaptation** est rattachée à une situation donnée ou à l'arrière-plan culturel. On s'en sert pour les dialectes, jargons, jeux de mots notamment mais aussi pour les unités de mesure : **gallons** → litres avec conversion.

3 La modulation

Elle opère un **changement de point de vue** au niveau du message. Mais le sens global est conservé. Ce changement engendre un glissement d'ordre lexical ou d'ordre grammatical.

English spoken → ici, on parle anglais quite maliciously → non sans malice

zoom

Les titres d'œuvres

Ils doivent être accrocheurs et peuvent parfois être très surprenants.

Mot à mot	*The Fifth Element*	*Le Cinquième Élément*
Transposition	*Star Wars*	*La Guerre des étoiles*
Modulation	*Rabbit-Proof Fence*	*Le Chemin de la liberté*
Modulation et transposition	*Dangerous Minds* *Viceroy's House*	*Esprits rebelles* *Le Dernier Vice-Roi des Indes*
Équivalence	*From Russia with Love*	*Bons Baisers de Russie*
Choix d'un titre (pseudo) anglais	*Night Crawler* *The Post*	*Night Call* *Pentagon Papers*

15 Résoudre les problèmes de traduction

En bref *Les problèmes de traduction sont liés aux spécificités des deux systèmes linguistiques. Les problèmes d'ordre grammatical concernent les groupes nominal et verbal ainsi que la phrase et nécessitent la combinaison de plusieurs procédés de traduction.*

I Les groupes nominal et verbal

1 Le groupe nominal

- L'emploi des **déterminants** (article et possessifs) peut être différent.
  John's mother is *a* nurse. → La mère de John est Ø infirmière.
  He had *his* hands in *his* pockets. → Il avait *les* mains dans *les* poches.

- Les **adjectifs** décrivant une relation entre le nom et un autre élément ne se traduisent pas par des adjectifs.
  medical student → un étudiant *en médecine*

Il faut faire attention à **l'ordre des adjectifs** dans le cas d'une suite d'adjectifs.

À NOTER
Avant un nom, *beau, joli, bon* précèdent les autres adjectifs. **Après un nom**, les adjectifs les plus généraux sont devant et les participes passés à la fin.

- Les **pronoms possessifs** peuvent se traduire par des adjectifs possessifs.
  John is a friend of *mine*. → John est un de *mes* amis.

2 Le groupe verbal

Structure grammaticale	Choix de traduction	Exemple
Passif	Voix active	He *was given* a book yesterday. → *On lui a donné* un livre hier.
Modaux	Adverbes	He *must* be a policeman. → Il est *très certainement* policier.
Formes en *-ing*	Différemment selon leur fonction	Smoking is forbidden. → Il est interdit de fumer. I am warning you. → C'est un avertissement.
Reprise par auxiliaire	Sans l'auxiliaire	I didn't know about it. *Did you?* → Je n'étais pas au courant. *Et toi ?*
Verbes à particule	Dans certains cas, chassé-croisé	I'll ride back. → Je rentrerai à vélo. He ran into the room. → Il est entré dans la pièce en courant.

II La phrase

1 Structures causatives et résultatives

■ Les **structures causatives** sont traduites selon le même modèle : il s'agit de faire faire quelque chose, éventuellement à quelqu'un.

He made me do it again. → Il m'a fait recommencer.

He had the wall painted. → Il a fait peindre le mur.

■ Les **structures résultatives** mettent l'accent sur le résultat d'une action et le moyen pour l'obtenir. Elles s'utilisent donc pour convaincre ou persuader.

He talked him out of driving. → Il l'a dissuadé de conduire.

Elles peuvent aussi signifier un changement de lieu ou d'état.

I ate myself sick. → Je me suis rendu malade à force de manger.

2 Relatives et ponctuation

■ Dans le cas d'une **relative déterminative**, donc sans virgule, il peut être nécessaire d'étoffer.

My sister who is a model is in Leeds. → Celle de mes sœurs qui est mannequin est à Leeds.

■ Dans le cas d'une **relative non déterminative**, on traduit en respectant la ponctuation.

My sister, who is a model, is in Leeds.

→ Ma sœur, qui est mannequin, est à Leeds.

À NOTER

Une **relative déterminative** est nécessaire à la compréhension du message alors qu'une **relative non déterminative** apporte une information supplémentaire.

zoOm

Comprendre la correction de sa copie

En plus des erreurs de français, les erreurs de traduction sont signalées par des termes précis.

Type d'erreur	Définition
Faux-sens	Prendre un mot pour un autre. Traduire *sparrow* (moineau) par « hirondelle ».
Contresens	Faux-sens aggravé montrant que l'on n'a pas compris. Traduire *sparrow* par « flèche » (*arrow*).
Non-sens	Texte absurde ou incohérent dans la langue cible.
Omission	Oubli considéré comme un abandon ou un refus de traduire face à la difficulté.
Syntaxe	Erreurs dans l'ordre des mots, pouvant aller jusqu'à construire une syntaxe qui n'existe pas dans la langue.
Temps	Erreur de choix de temps ou de forme verbale.

16 Réussir un exercice de transposition

En bref *L'exercice de transposition ne consiste pas à traduire un texte mot à mot, mais à rendre compte en français des idées et arguments qui y sont développés, en les explicitant si besoin. Pour cela, vous devez d'abord bien comprendre et analyser le texte source.*

I Comprendre et analyser le texte

1 Identifier texte et contexte

- Tout d'abord, étudiez les éléments du **paratexte** (titre, auteur, source, date de publication). Cela permet d'inscrire ce document dans son contexte (social, politique, historique, etc.). Puis relisez le texte afin d'identifier les **mots** et **thèmes clés**.
- Repérez les idées du texte qu'il vous paraît pertinent d'**expliciter**.

2 Dégager idées principales et structure

- Le travail d'analyse consiste ensuite à dégager les idées principales en repérant les différents **arguments** développés. Il est impératif de bien distinguer l'argument (que vous conserverez pour en rendre compte dans la transposition) de l'**exemple** (qui relève du détail et que vous ne garderez pas).
- Il s'agit également de repérer la structure du texte. Pour cela, surlignez tous les **connecteurs logiques** qui indiquent les mouvements du texte : contrastes et similarités (*however*, *alike*, *similarly*...), comparaisons, etc.

3 Repérer point de vue et intention

- Enfin l'analyse requiert aussi d'identifier le point de vue et l'intention de l'énonciateur. L'auteur cherche-t-il à **persuader**, **conseiller**, **décrire** ou **informer** ? Adopte-t-il un **ton** polémique, humoristique ou ironique ?
- À l'issue de cette première étape, vous aurez ainsi clairement défini la **structure argumentative**, les idées majeures défendues dans le texte et les éléments à expliciter.

II Rédiger le compte rendu en français

1 Écrire le compte rendu

- Utilisez les éléments de l'analyse pour **rendre compte en français de l'essentiel du texte** de manière claire, nouvelle et personnelle. Il est cependant primordial de rester fidèle aux propos de l'auteur. Vous devez aussi respecter la structure argumentative du texte initial.

REMARQUE
On trouve généralement une idée par paragraphe.

- Il semble raisonnable de ne pas aller au-delà de 150 mots environ même quand cela n'est pas précisé dans le sujet. Vous devez respecter les contraintes de longueur si elles sont données.

2 | Relire le compte rendu

- Relisez une première fois votre compte rendu pour vérifier le contenu et vous assurer que les idées majeures sont restituées dans l'ordre et articulées selon la même logique que le texte source.
- Enfin, vous devez relire attentivement votre compte rendu une seconde fois pour contrôler la langue et vous assurer que l'orthographe, la grammaire et la ponctuation sont corrects.

zoOm

Identifier la structure d'un texte

Les connecteurs logiques articulent le texte et servent à établir une relation entre les opinions et arguments avancés.

Idée exprimée	English expressions or link words
addition (et, de même que, encore…)	moreover, in addition, furthermore, not only… but also, besides, likewise, similarly
opposition (mais, bien que, cependant, malgré…)	although, even though, though, nonetheless, nevertheless, however, and yet, still, by contrast, conversely
cause (comme, effectivement, grâce à…)	since, as, because of, thanks to, due to, owing to
conséquence (donc, de sorte que, c'est pourquoi…)	thus, so that, that's why, as a consequence, consequently, as a result, therefore, so + adj. … that, such + GN … that
exemple (par exemple, c'est-à-dire, en d'autres termes…)	for instance, for example, that is to say, namely, in other words
but (pour, afin de, dans le but de…)	to, in order to, so as to, with the aim of, so that + may
supposition (si, en cas de…)	whether, if, should there be
conclusion (finalement, en définitive, en dernier lieu…)	finally, ultimately, lastly, eventually

SE TESTER QUIZ

Vérifiez que vous avez bien compris les points clés des **fiches 12 à 16**.

1 Traduire le lexique

→ FICHE 13

1. Associez chaque expression au niveau de langue employé.

a. annoyed •	• formal
b. pissed off •	• informal
c. discontented •	• vulgar

2. Traduisez par des procédés de dérivation et selon la composition.

a. an unforgettable creepy-crawler → ....

b. admiring cave-drawings → ....

c. unobtainable records → ....

2 Utiliser les procédés de traduction

→ FICHE 14

Vrai ou faux ? Cochez la case qui convient.	V	F
a. On traduit les verbes à particules à l'aide du chassé-croisé.	☐	☐
b. La transposition opère un changement de point de vue.	☐	☐
c. On ne peut traduire les expressions idiomatiques et les proverbes.	☐	☐
d. Le calque est une traduction littérale souvent fautive.	☐	☐

3 Résoudre les problèmes de traduction

→ FICHE 15

Cochez la traduction qui convient.

1. Paula's and John's parents talked them into staying.

☐ a. Les parents de Paula et ceux de John leur ont parlé de rester.
☐ b. Les parents de Paula et ceux de John les ont convaincus de rester.
☐ c. Les parents de Paula et John les ont persuadés de rester.

2. He had had different jobs. And all the while he studied and read.

☐ a. Il avait eu divers emplois. Et, durant tout ce temps, il étudiait et il lisait.
☐ b. Il avait eu divers emplois. Et, durant tout ce temps, il étudia et il lut.
☐ c. Il eut divers emplois. Et, durant tout ce temps, il avait étudié et lu.

3. He had been on the sofa ever since he'd lost his job.

☐ a. Il avait passé son temps sur le canapé depuis qu'il avait perdu son travail.
☐ b. Il passait son temps sur le canapé depuis qu'il avait perdu son travail.
☐ c. Il a passé son temps sur le canapé depuis qu'il a perdu son travail.

S'ENTRAÎNER

4 La voix passive et la voix active

→ FICHE 15

She was engrossed in English literature. She was said to be a bookworm and was learned indeed. Yet, the Romantics eluded her until she was offered Wordsworth's *Lyrical Ballads*. She quickly read them all and was thus turned into a Romantic herself.

1. Avec deux couleurs différentes, soulignez les différents types de verbes :

verbes à la voix passive	verbes à la voix active

2. Traduisez le texte en choisissant la voix qui convient.

OBJECTIF BAC

5 Traduction en français

→ FICHES 12 à 15

Traduisez le passage suivant en français.

Miss Lucy tells the students of Hailsham, the boarding school where she works, about their prospects for the future.

"The problem, as I see it, is that you've been told and not told. You've been told, but none of you really understand, and I dare say, some people are quite happy to leave it that way. But I'm not. If you're going to have decent lives, then you've got to know and know properly. None of you will go to America, none of you will be film stars. [...] Your lives are set out for you. You'll become adults, then before you're old, before you're even middle-aged, you'll start to donate your vital organs. That's what each of you was created to do."

Kazuo Ishiguro, *Never Let Me Go*,
© Faber & Faber, 2005.

6 Transposition

→ FICHE 16

Rendez compte en français des principales idées exprimées par le document.

This election had many firsts and many stories that will be told for generations. But one that's on my mind tonight's about a woman who cast her ballot in Atlanta. [...] Ann Nixon Cooper is 106 years old. She was born just a generation past slavery; [...] when someone like her couldn't vote for two reasons: because she was a woman and because of the color of her skin.

And tonight, I think about all that she's seen throughout her century in America – the heartache and the hope; the struggle and the progress; the times we were told that we can't, and the people who pressed on with that American creed: Yes we can.

At a time when women's voices were silenced and their hopes dismissed, she lived to see them stand up and speak out and reach for the ballot: Yes we can.

When there was despair in the Dust Bowl and Depression across the land, she saw a nation conquer fear itself with a New Deal, new jobs, a new sense of common purpose: Yes we can.

When the bombs fell on our harbor and tyranny threatened the world, she was there to witness a generation rise to greatness and democracy was saved: Yes we can.

She was there for the buses in Montgomery, the hoses in Birmingham, a bridge in Selma, and a preacher from Atlanta who told a people that "we shall overcome": Yes we can.

[...] And this year, in this election, she touched her finger to a screen, and cast her vote, because after 106 years in America, through the best of times and the darkest of hours, she knows how America can change: Yes we can.

Barack Obama, Election Day Speech, 4 November 2008.

CORRIGÉS

SE TESTER QUIZ

1 Traduire le lexique

1. a. annoyed: informal • **b.** pissed off: vulgar • **c.** discontented: formal

2. a. une bestiole inoubliable • **b.** admirer des peintures rupestres • **c.** des dossiers impossibles à obtenir

2 Utiliser les procédés de traduction

Les affirmations a et d sont vraies. L'affirmation b est fausse. La transposition induit un changement de catégorie grammaticale. L'affirmation c est fausse. C'est possible à l'aide de l'équivalence.

3 Résoudre les problèmes de traduction

1. Réponse b. *'s* après chaque prénom, donc ils ne sont pas frère et sœur. *Talk sb into + V-ing = convince sb to + BV.*

2. Réponse a. L'imparfait est induit par *and all the while* (= activité régulière).

3. Réponse b. Le *past perfect* n'a pas la même valeur dans les deux occurrences (situation qui perdure / élément déclencheur antérieur).

S'ENTRAÎNER

4 La voix passive et la voix active

1. Verbes à la voix passive : was said to be, was offered, was turned into.
Verbes à la voix active : was, was learned, eluded, read.

2. Elle était passionnée par la littérature anglaise. On disait d'elle qu'elle était un rat de bibliothèque et elle était en effet très savante. Seulement, la poésie romantique lui échappait jusqu'à ce qu'on lui offrit / offre les *Ballades lyriques* de Wordsworth. Elle les lut toutes rapidement et en fut ainsi changée en **romantique**.

CONSEIL
En français, les **adjectifs substantivés** qui se rapportent aux mouvements littéraires n'ont jamais de majuscule : les romantiques, les humanistes.

OBJECTIF BAC

5 Traduction en français

« Le problème, pour moi / à mon avis [rejeter le calque sur le français et opter pour une expression équivalente], c'est qu'on vous l'a dit [modulation pour traduire une structure passive + étoffement car « dire » appelle un complément] et pas dit / sans le dire. On vous l'a dit mais aucun d'entre vous ne comprend vraiment, et, j'ose le dire / l'affirmer, certains ne sont pas mécontents [modulation] de s'en tenir là [modulation]. Mais pas moi [transposition]. Si vous voulez / devez [*be going to* indique ici une intention] avoir une vie décente [au singulier] alors vous devez savoir et savoir vraiment / et comme il faut. Aucun d'entre vous n'ira en Amérique, aucun d'entre vous ne deviendra / sera star de cinéma. [...] Vos vies sont prédéfinies / toutes tracées [la structure passive et le choix lexical doivent respecter le caractère définitif de la formulation originelle]. Vous allez devenir des adultes, puis avant de devenir vieux, avant même d'atteindre la cinquantaine [équivalence], vous allez commencer à donner [choisir « donner » et pas « faire don de » qui suppose un consentement dont il n'est nullement question ici] vos organes vitaux. Voilà pour quoi on a créé chacun d'entre vous. [La traduction littérale, acceptable, omet l'empathie de la locutrice]. »

6 Transposition

Barack Obama, dans son discours de novembre 2008, présente sa victoire à l'élection présidentielle comme un événement inédit tout en l'inscrivant dans la continuité de l'histoire américaine. Aussi s'appuie-t-il sur l'anecdote d'une centenaire noire qui a voté pour balayer l'histoire des États-Unis depuis l'abolition de l'esclavage. Cela lui permet de dresser la liste des difficultés passées et surmontées par les Américains, mais surtout de prôner les valeurs communes et le progrès. Chaque référence à une évolution positive se conclut par la réaffirmation du rêve américain, synthétisé en une formule courte et inclusive : « Oui, nous le pouvons. » En suggérant que c'est pour cela que cette femme a voté pour lui, il associe sa victoire à la promesse d'une nouvelle ère de progrès.

17 Construire le dossier

En bref *À l'issue de deux années d'enseignement de la spécialité AMC vous serez évalué à l'écrit comme à l'oral. La partie orale s'appuie sur un dossier personnel que vous présenterez en anglais et dont la préparation requiert réflexion et minutie.*

I Composer le dossier

1 Personnaliser le dossier

- Vous devez constituer votre dossier (*set of documents*) de **manière autonome**, autour d'une **problématique** (*key question*).
- Pour ce faire, vous pouvez vous servir de documents étudiés en classe et ajouter des **documents personnels** trouvés lors de vos lectures et différentes recherches. Ce dossier est composé de 4 à 6 documents textuels et/ou iconographiques dont le fil conducteur se rattache à une ou plusieurs thématiques du programme du cycle terminal en LLCE ou en AMC.

INFO
La **problématique** est la question posée en début de **présentation**, à laquelle vous devez répondre grâce à la mise en relation de vos différents documents.

2 Varier la nature des documents

Le dossier doit comprendre…

- au moins **1 article de presse**
- au moins **1 texte non littéraire** (article de presse, extrait de discours, d'essai, etc.)
- au maximum **2 documents iconographiques** (graphique, dessin de presse, affiche, photo, peinture, etc.)
- au maximum **2 œuvres d'art visuel** (affiche, caricature, dessin, extrait de film, peinture, sculpture, etc.)
- au maximum **2 textes d'une autre nature** (discours, texte littéraire, essai, critique littéraire ou de cinéma, chanson, etc.)
- au moins **1 des œuvres intégrales** littéraires ou filmiques étudiées en cours (matérialisée par un extrait ou une illustration)
- au moins **1 texte littéraire**, sans se limiter au genre romanesque. Vous pouvez enrichir votre dossier de textes littéraires de votre choix

AMC LLCE

II Assembler le dossier

1 Choisir les documents

- Sélectionnez des documents qui illustrent la ou les thématique·s choisie·s et apportent des éléments **complémentaires et / ou contradictoires** pour répondre à votre problématique.
- Ces documents doivent former un ensemble cohérent et riche, permettant de développer une argumentation dynamique qui s'appuie sur des **va-et-vient constants** entre ceux-ci.

2 Ordonner les documents

- L'organisation du dossier et la définition de la problématique sont intimement liées. C'est en cherchant en quoi chaque document apporte un éclairage différent sur le·s thème·s du dossier que vous affinerez votre problématique. Celle-ci doit soulever un questionnement portant **sur l'intégralité du dossier** et non sur deux ou trois documents uniquement.
- Les documents peuvent être agencés selon un ordre **chronologique**, **diachronique** ou thématique.

INFO

Ordre **chronologique** : du plus ancien au plus récent.
Ordre **diachronique** : suivant l'évolution des faits dans le temps.

zoOm

Enrichir sa culture générale

Fréquenter régulièrement des sites anglophones vous permet à la fois d'améliorer votre anglais et d'enrichir votre culture générale.

- **Chaînes d'information et journaux :**
  - → BBC news – www.bbc.com/news
  - → ABC news – abcnews.go.com
  - → *The Guardian* – www.theguardian.com
  - → *The New York Times* – www.nytimes.com
- **Visites virtuelles de musées :**
  - → Tate Modern – www.tate.org.uk
  - → Guggenheim Museum – www.guggenheim.org
  - → National Museum of African American History and Culture – nmaahc.si.edu
- **Vidéos éducatives :**
  - → Geography now – bit.ly/PbacAMC1re_35a
  - → History – bit.ly/PbacAMC1re_35b
  - → Every Frame A Painting.com (cinéma) – bit.ly/PbacAMC1re_35c

18 Présenter le dossier

En bref *La présentation orale du dossier requiert une préparation minutieuse pour répondre aux exigences de l'exercice et aux critères d'évaluation. Il faut bien comprendre ce que l'on attend de vous pour montrer votre maîtrise des attendus du programme de l'enseignement de spécialité pour le cycle terminal.*

I Comprendre les modalités de l'épreuve

1 Maîtriser le déroulé de l'épreuve

- Il n'y a pas de temps de préparation. Vous donnerez un exemplaire du dossier à l'examinateur au début de votre prestation. Vous avez ensuite **dix minutes pour présenter votre dossier** sans intervention de l'examinateur.
- Cette prise de parole en continu est suivie de **dix minutes d'échange** avec l'examinateur. La note maximale de 20/20 valide un niveau C1.

2 Prendre en compte les critères d'évaluation

Vous êtes évalué·e selon des critères précis dans **quatre domaines de compétence**.

Les 4 compétences évaluées

Richesse de la langue : l'étendue de votre répertoire lexical incluant des expressions idiomatiques, des nuances de formulation et des structures variées et complexes.

Expression orale en continu : votre capacité à présenter le dossier en développant une argumentation complexe et fluide à la fois, tout en vous assurant de sa réception.

Correction de la langue orale : votre capacité à vous exprimer dans une langue correcte et fluide, avec une assez bonne maîtrise phonologique.

Interaction orale : votre capacité à participer et construire l'échange tout en exploitant vos connaissances (inter)culturelles.

CONSEIL

Correction et richesse de la langue sont évaluées lors de la prise de parole en continu et de l'interaction, ne l'oubliez pas.

II Réussir la présentation orale

1 Respecter le temps imparti

- Vu le temps court dont vous disposez, il faut être **synthétique**. Donnez vos arguments et illustrez-les en faisant référence aux documents avec précision. Cela justifiera la constitution de votre dossier. L'introduction et la conclusion doivent respecter un timing strict : pas plus de deux minutes chacune.
- Vos **références aux documents** doivent être faites avec exactitude pour permettre à l'examinateur de vous suivre facilement.
- Pour favoriser la réception de votre présentation, il faut adopter **une méthode claire** et s'y conformer. Ainsi, avancer un argument et l'illustrer systématiquement par un exemple rend votre discours plus efficace.

2 Structurer la présentation

- Dans l'**introduction**, précisez la ou les thématique·s du dossier, présentez brièvement les **documents**, annoncez la problématique puis donnez le plan en une phrase maximum. Il s'agit de mettre en avant la logique interne du dossier.

CONSEIL
Pour respecter le timing sans précipitation, il vaut mieux donner peu d'information sur les **documents** et privilégier les trois autres points.

- Vous ne pourrez développer que **trois points maximum**, soulignant les échos entre les documents. Pour que l'on suive bien votre propos, il est primordial de marquer les différentes étapes (*To begin with / Firstly, Secondly, Thirdly…*).
- La **conclusion** doit être annoncée (*To conclude…*) et répondre à la problématique. Elle montre que les documents illustrent la thématique. Vous pouvez finir en inscrivant votre dossier dans l'actualité si cela s'y prête.

zoOm

Interpréter les questions lors de l'échange

Comprendre les questions permet d'y apporter des réponses adéquates.

Exemples de questions	Ce que l'on attend
Could you be specific about…? You mentioned… but it's slightly confusing; could you explain?	Préciser
What devices are used to show that…? Could you develop…?	Approfondir
Can you give instances of / another example of…? What elements show that…?	Illustrer
Don't you think that…? Can you qualify what you said about…?	Reconsidérer un choix

19 Améliorer sa prestation orale

En bref *Sans temps de préparation le jour J, l'épreuve orale suppose un entraînement rigoureux et régulier en amont. Vous devez faire une prestation fluide et maîtriser la phonologie anglaise.*

I S'entraîner à l'épreuve

1 Préparer la prise de parole

- Les dix premières minutes de votre présentation évalueront votre aptitude à vous **exprimer de manière fluide,** toute tentative d'apprendre par cœur et de réciter est à proscrire. Pour ce faire, vous devez vous entraîner régulièrement à prendre la parole à partir de vos notes afin de gagner en aisance.
- Pour **parler à partir de notes**, celles-ci doivent être visuelles et élaborées avec soin. Elles doivent reproduire votre plan à l'aide de mots-clés, de schémas, de chiffres, de dates et d'exemples. Ne rédigez pas vos phrases en intégralité. Vous pouvez ajouter des connecteurs logiques → FICHE 9 ou des **gap fillers** comme :

  Actually… Er… Well you see… Well,
  what I'm trying to say / to get at is…
  So my point is… Let me think… Anyway…

> **VOCABULARY**
> **Gap fillers** : mots ou expressions qui permettent de gagner du temps pour réfléchir lors d'une prise de parole.

2 Répéter dans les conditions réelles

- Lors de vos phases d'entraînement, il faut répéter votre discours à haute voix à l'aide de vos notes, et pourquoi pas vous filmer. En visionnant votre prestation vous pourrez vérifier si vous parvenez à adopter **un ton naturel, une expression fluide, une posture et un temps de parole convenables**.
- Faites une **courte pause** entre vos différentes parties, adoptez le **bon rythme** : ni trop rapide, ni trop lent, pour rester convaincant·e et éviter de faire une présentation monotone.

II Améliorer sa prononciation

> **INFO**
> Dans les transcriptions phonétiques, l'accent de mot est matérialisé par un petit trait vertical placé devant la **syllabe accentuée** : ˈ.

1 Bien prononcer et accentuer chaque mot

- Pour **vérifier la prononciation** d'un mot, il faut consulter sa transcription phonétique dans un dictionnaire ou utiliser les sites qui permettent de l'écouter (wordreference.com, linguee.com). Il convient aussi de respecter l'accent de mot. Les mots anglais de deux syllabes ou plus ont toujours une **syllabe accentuée** : *dramatic* [drəˈmætɪk].

- Familiarisez-vous avec les règles de base.

• La plupart des noms ou adjectifs de **deux syllabes** sont accentués sur la première syllabe, alors que les verbes de deux syllabes sont accentués sur la seconde syllabe :

comfort (n), **aw**ful (adj), **coun**try (n) – re**turn** (v), de**pend** (v), e**ject** (v)

• Les mots terminés par ***-ic, -tion, -sion, -cian*** sont accentués sur l'avant-dernière syllabe :

infor**ma**tion, dis**cu**ssion, mu**si**cian, re**vi**sion, eco**no**mic

• Mais on compte aussi des **irrégularités** comme :

ho**tel**, e**xam**, **hap**pen, **fi**nish

2 Respecter l'accent de phrase

- Vous devez respecter la **musicalité de la langue** pour produire des énoncés le plus authentique possible : intonation descendante dans les phrases déclaratives, montante dans les questions fermées (*yes-no questions*) et les énumérations.

- De plus, la succession des accents de mots donne le rythme de la phrase. L'accentuation étant une **question de contrastes**, certains mots sont prononcés de manière plus marquée que d'autres (*stressed and unstressed words*).

- Généralement les **mots porteurs de sens** sont accentués : noms, verbes, adjectifs qualificatifs, adverbes, mots interrogatifs, auxiliaires avec négation. Alors que les **mots grammaticaux** (articles, conjonctions, auxiliaires sans négation, déterminants possessifs, relatifs...) ne le sont pas.

zoom

Gérer ses émotions

Un entraînement régulier permet d'aborder l'épreuve serein·e et confiant·e. Mais la prise de parole suscite souvent une forme d'appréhension.

Comment gérer son stress ?

Se préparer mentalement
L'épreuve n'est plus un saut dans l'inconnu. Visualisez le déroulé de votre prestation orale afin d'anticiper réactions et questions.

Rester positif·ive
Débarrassez-vous des pensées négatives : non, vous n'avez pas « tout oublié ». Souriez, le stress, raisonnable, est une énergie positive et développera votre confiance.

Éliminer les effets du stress
Respirez lentement et profondément pour libérer les tensions. N'allez pas trop vite, parlez clairement et suffisamment fort.

20 Être à l'aise à l'oral

En bref *Le fond de votre prestation doit prévaloir, mais vous devez également maîtriser votre voix, votre gestuelle et être capable de réagir avec à-propos.*

I Maîtriser la communication non verbale

1 Contrôler la gestuelle

- Votre message est véhiculé par votre corps tout entier. Évitez les gestes de fermeture comme par exemple les bras croisés. Adoptez une **posture ouverte et stable** : grandissez-vous.
- Adoptez une **gestuelle naturelle**. Que vous ayez tendance à parler avec les mains ou pas, il est important de rester fidèle à votre style personnel, mais restez sobre.

2 Contrôler le regard

- La communication passe aussi par le regard. Établissez tout de suite le **contact visuel** avec l'examinateur en le regardant dans les yeux. Ne fuyez pas son regard, même si vous êtes intimidé·e.
- Tout au long de votre prestation, vous devez **maintenir ce contact** avec l'examinateur. Mais sans le fixer de manière exagérée. Votre attitude ne doit pas créer une gêne ou une impression de défiance.

II Interagir avec l'examinateur

1 Entretenir un échange fluide

- Une fois votre présentation terminée, la phase d'interaction avec l'examinateur commence. Vous devez être à même de réagir rapidement et de manière adéquate en utilisant des expressions vous permettant de **maintenir et faire progresser l'interaction** avec l'examinateur.
- Si vous réalisez que l'examinateur perd le fil, n'hésitez pas à **reformuler ou expliquer** votre idée à l'aide d'exemples. À l'inverse, en cas d'incompréhension d'une question, soyez prêt·e à utiliser des expressions telles que :

  Would you mind repeating, please? Are you saying that...? What do you mean by...?

2 Savoir argumenter

- De manière générale, quelles que soient les idées exprimées, **soyez convaincant·e et justifiez** toujours vos propos. Mémorisez quelques structures permettant de rebondir sur un argument et d'exprimer l'accord ou le désaccord.

Structures pour…

reformuler
Actually… As a matter of fact… What I'm trying to get at is that…

exprimer votre point de vue personnel
To me… To my mind… It seems to me that… I believe that… I have the feeling that…

rebondir sur un argument
Yes, I suppose so. However…
Well, in a way, but…
That may be true but…

exprimer votre accord ou désaccord
Absolutely true! I totally agree with you… That's exactly what I think… I completely disagree with you… I really can't agree…

■ Le **ton employé** rendra aussi votre propos convaincant, il faut parler d'une **voix claire et posée.** Respectez l'intonation des phrases, une voix monocorde devient vite ennuyeuse.

zoOm

Que faire de vos mains pendant que vous parlez ?

Évitez les gestes parasites qui risquent de détourner l'attention de l'examinateur.

✗ Jouer avec ses bijoux

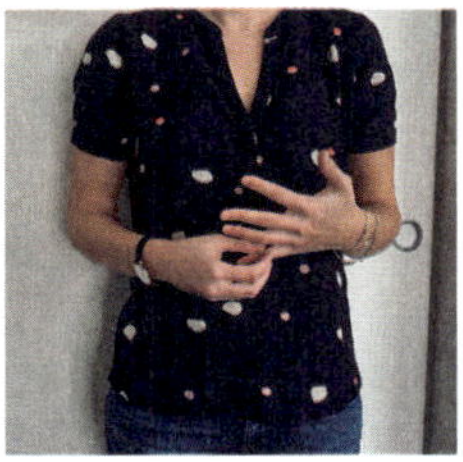

✗ Se gratter ou tirer sur sa manche

✗ Jouer avec son stylo

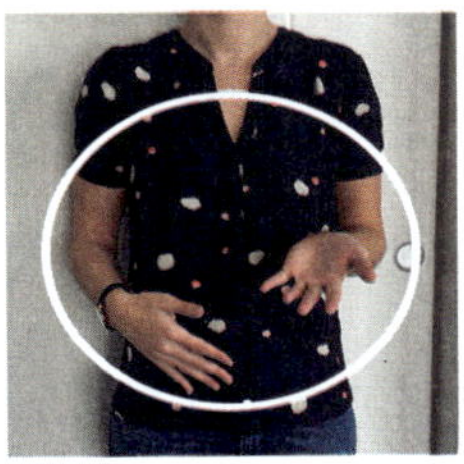

✔ Imaginer un cercle de cette taille et garder toujours ses mains à l'intérieur.

S'ENTRAÎNER LLCE

Pour l'épreuve orale du bac, vous composez votre dossier en choisissant des documents qui vous ont plu, interpellé·e, intéressé·e ou choqué·e. Ici, nous vous proposons de vous entraîner sur un dossier de 5 documents.

Ce dossier s'appuie sur la thématique « Rencontres » et plus précisément sur l'axe « Confrontation à la différence ». Les documents montrent à quel point la rencontre entre les gens dits normaux et ceux qui sont considérés comme handicapés ou anormaux est compliquée. Ils nous invitent à réfléchir sur les mécanismes qui engendrent cette difficulté et à nous interroger sur notre définition de la norme et de la normalité.
Les 5 documents sont une œuvre intégrale, un extrait de roman, une chanson, un extrait d'article et une œuvre d'art.

1 Prendre connaissance du dossier

Lisez et étudiez les documents (non classés) à la lumière de la thématique.
Orientez votre lecture en fonction de la problématique : surlignez et entourez les éléments pertinents dans les documents. Repérez les sources et déterminez la nature de chaque document.

Document A Mark Haddon, *The Curious Incident of the Dog in the Night-time*, Vintage Books, 2003

This first-person narrative begins when 15-year-old Christopher Boone decides to investigate the murder of his neighbour's dog. As he proceeds, he makes a shocking discovery which makes his phobias and behavioural problems even more blatant.

Document B **Ordinary**

I know I'm not an ordinary ten-year-old kid. I mean, sure, I do ordinary things. I eat ice-cream. I ride my bike. I play ball. I have an Xbox. Stuff like that makes me ordinary. I guess. And I feel ordinary. Inside. But I know ordinary kids don't make other ordinary kids run away screaming in playgrounds. I know ordinary kids don't get stared at wherever they go.

If I found a magic lamp and I could have one wish, I would wish that I had a normal face that no one ever noticed at all. I would wish that I could walk down the street without people seeing me and then doing that look-away thing. Here's what I think: the only reason I'm not ordinary is that no one else sees me that way.

But I'm kind of used to how I look by now. I know how to pretend I don't see the faces people make. We've all gotten pretty good at that sort of thing: me, Mom and Dad, Via. Actually, I take that back: Via's not good at it. She can get really annoyed when people do something rude. Like, for instance, one time in the playground some other kid made some noises. I don't even know what the noises were exactly because I didn't hear them myself, but Via heard and she just started yelling at the kids. That's the way she is. I'm not that way.

Via doesn't see me as ordinary. She says she does, but if I were ordinary, she wouldn't feel like she needs to protect me as much. And Mom and Dad don't see me as ordinary either. They see me as extraordinary. I think the only person in the world who realizes how ordinary I am is me.

My name is August, by the way. I won't describe what I look like. Whatever you're thinking, it's probably worse.

From *Wonder* by R.J. Palacio, copyright © 2012 by R.J. Palacio.
Used by permission of Alfred A. Knopf, an imprint of Random House Children's Books, a division of Penguin Random House LLC. All rights reserved.

Document C This is me

"This Is Me" is a song performed by Keala Settle for the film The Greatest Showman *(2017). It was written by Benj Pasek and Justin Paul.*

Sur Internet, saisissez le lien suivant pour écouter la chanson et lire les paroles : bit.ly/Pbac_thisisme

Document D Think disability is a tragedy? We pity you

You pick your child up at school and see her hanging out with a child with autism. Your reaction is: A) pride, B) confusion, C) concern, D) pity. If you said yes to any of the above you could have ableism.

In schools, disability prejudice impacts opportunities for connection and learning for all children. Another word for it is "ableism" – a form of discrimination that favours able-bodied people. It has long permeated our culture through stereotypes – from hunchback movie villains to the idea of the "supercrip" that defies all odds.

Ableism contributes to the isolation of children with disabilities. It encourages students without disabilities to see relationships with their disabled peers as helper-helpee relationships, rather than reciprocal friendships. Worst of all, ableism teaches children early on that some lives are more worthy than others. [...]

As a society, we need to say no to ableism. We must see disability for what it is – a natural part of human experience, rather than something to be feared. [...]

Today, [...] we see some changes in attitudes, but we still often encounter deeply entrenched ableism. This is not surprising given that from earliest childhood, we are inundated with disability stereotypes, such as telethon kids whose survival depends on the charity of able-bodied people. [...]

Approximately 15 percent of the world's population has a disability, and that number is increasing as the population ages. Most people will acquire disabilities at some point. Signatories of the Convention on the Rights of Persons agree to foster respect for the rights of people with disabilities from early childhood on.

But how realistic is it to expect able-bodied people to have the capacity to implement non-ableist policies and practices?

If we want to educate children about the harmfulness of ableism, we need to start with de-ableizing adults. There are many strategies teachers can use in the classroom — to promote inclusion, learning and relationships between students with and without disabilities. But this is not just the job of teachers. It starts at home.

Heidi L. Janz and Michelle Stack,
https://theconversation.com, 28 August 2017.

Document E Ju Gosling aka j90, *Helping the handicapped*, 2003

2 Exploiter les documents

INFO
Nous avons mis en italique les éléments extraits de l'œuvre intégrale (doc. A), qui n'apparaissent pas textuellement dans ce dossier.

1. Dites si chacune de ces affirmations est vraie ou fausse. Justifiez vos réponses avec des citations des documents.
Christopher can't interact or be touched by strangers. His reactions are misunderstood. "Mad as a fucking hatter" a man says.
a. When people first encounter a disabled person, they make them feel comfortable. Justify with elements from documents B and C.
b. Disabled people are not seen as "ordinary" and are not included in society. Find examples and quotes in documents B and D.
c. So, the meeting takes place.

2. Répondez à ces questions. Puis trouvez d'autres exemples et citations.
a. *When Christopher meets other children, they shout at him "Special Needs! Special Needs"* Why is the meeting a failure when it takes place? Justify with quotes in documents D and E.
a. *We decide Christopher has special needs due to Asperger because we are biased. But he demonstrates: "everyone has special needs."* What also shows disability is pointed as a social construct in document E?
c. What are disabled people reduced to in documents C and D?
d. So, when the meeting **does** take place, is it successful?

> **INFO**
> L'ajout de l'auxiliaire *do* permet d'insister sur le contraste avec l'absence de rencontre soulignée auparavant.

3. Choisissez la bonne réponse. Puis trouvez dans les autres documents des éléments confirmant votre choix.
We gradually understand Christopher's phobias and reactions and we recognize him as one of us as he gets by.
a. What leads able-bodied people to relate to "freaks"? (doc. D)
☐ education is the key
☐ pity is the key
☐ medicine is the key
b. To create real and sincere links, society must... (docs. B and D)
☐ redefine normalcy.
☐ cure freaks.
☐ get rid of freaks.
c. Denouncing or rebelling against this unfair treatment enables to... (docs C and E)
☐ widen the gap between freaks and "normal" people.
☐ bridge the gap between freaks and "normal" people.
☐ exclude freaks.
d. So, there is...
☐ no real meeting.
☐ a true meeting
☐ a strange meeting.

3 Formuler une problématique

La réflexion menée dans l'exercice précédent correspond à votre plan. Laquelle de ces deux problématiques illustre-telle ?
a. How can encounters with "freaks" challenge our vision of normalcy?
b. To what extent can we say that so-called "freaks" can't fit in?

OBJECTIF BAC LLCE

4 Construire le plan

1. À l'aide de vos réponses aux questions **1.c.**, **2.d.** et **3.d.** de l'exercice 2, donnez un titre à chaque partie.

Partie I	• .... • .... • ....
Partie II	• .... • .... • ....
Partie III	• .... • .... • ....

2. Placez ces mots et expressions dans la colonne de droite.
avoiding • bridging the gap • downsizing • educating • following social constructs • ostracising • prejudging • redefining normalcy • rejecting as not ordinary

3. Classez maintenant les documents pour qu'ils servent votre propos.

5 Introduire et conclure la présentation

1. Préparez votre introduction en suivant ces étapes : brève présentation des documents • thème et idée principale • problématique • plan.

2. Construisez une conclusion pertinente en mettant ces phrases dans l'ordre :
... **a.** We can then even the relationships between able-bodied and disabled people and build communities that embrace differences.
... **b.** All the documents explore society's difficulty to cope with and accept dissimilarities and its consequences on people labelled "different".
... **c.** The change starts with us. Once we admit disability is a social construct, we will redefine normalcy. Then we will stop regarding disabled people as monsters and start considering them solely as human beings.
... **d.** Indeed, we can't bond with people if we consider them as abnormal.

6 Anticiper les questions de l'examinateur

1. Why did you say we were biased when viewing Christopher as autistic?
2. Can you justify the choice of the word "freak"?
3. Could you explain why the artist has chosen a no-wheelchair sign?

S'ENTRAÎNER AMC

Pour l'épreuve orale du bac, vous composez votre dossier en choisissant des documents qui vous ont plu, interpellé·e, intéressé·e ou choqué·e. Ici, nous vous proposons de vous entraîner sur un dossier de 5 documents.

Ce dossier s'appuie sur la thématique « Savoirs, création, innovation », et plus précisément sur l'axe « Sciences et techniques, promesses et défis ». Les 5 documents sont un communiqué de presse, un extrait de nouvelle, un graphique, un article de presse et un dessin humoristique.

7 Exploiter le dossier

1. Observez et lisez les 5 documents proposés.

Document A At UN, robot Sophia joins meeting on artificial intelligence and sustainable development

Artificial intelligence has the potential to accelerate progress on global development goals, but also poses a range of complex challenges, including ethical questions, human rights issues and security risks, speakers told a United Nations event today that featured a robot as one of the panellists.

A moment that drew big applause during the day-long event, "The future of everything – sustainable development in the age of rapid technological change," came when Sophia, a humanoid robot, had brief interaction with UN Deputy Secretary-General Amina J. Mohammed.

To Ms. Mohammed's question about what the UN can do to help people in many parts of the world who have no access to the Internet or electricity, Sophia said "the future is already here. It's just not very evenly distributed [...]," quoting renowned science fiction writer William Gibson. "If we are smarter and focused on win-win type of results, A.I. [artificial intelligence] could help proficiently distribute the world's existing resources like food and energy."

Sophia is Hanson Robotics' latest and most advanced robot. Sophia has also become a media sensation, having given numerous interviews to multiple media outlets, performed in concert, and even graced the cover of one of the top fashion magazines

In her opening speech, Ms. Mohammed warned that despite profound potential for accelerating progress on the Sustainable Development Goals (SDGs), if technological progress is not managed well, it risks exacerbating existing inequalities.

"The influence of technology on our societies should be determined by the actions of us, humans, not by machines," she said. "Technology is here for us to explore and use for the benefit of all."

© 2022 United Nations.
Reproduit avec l'autorisation des Nations unies.

Document B

In a post-apocalyptic future humans create computers to fight their wars. Computers join together into one unified computer, AM, which becomes conscious.

The Cold War started and became World War Three and just kept going. It became a big war, a very complex war, so they needed the computers to handle it. They sank the first shafts and began building AM[1]. There was the Chinese AM and the Russian AM and the Yankee AM [...]. But one day AM woke up and knew who he was, and he linked himself, and he began feeding all the killing data, until everyone was dead, except for the five of us. [...]

We had given AM sentience[2].

Harlan Ellison, *I Have No Mouth, and I Must Scream*, 1967,
© Estate Harlan Ellison, D.R.

1. AM (Allied Mastercomputer) is the main antagonist of the short story.
2. sentience: consciousness

Document C **Service robots for professional use**

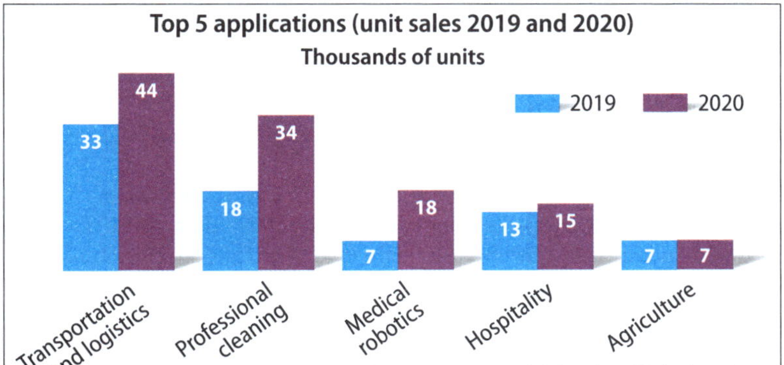

Source: International Federation of Robotics, 2021.

INFO

A **service robot** is a semi-autonomous or fully autonomous robot that has some mobility and can interact with people (retail, hospitality = hotel industry, healthcare, warehouse, space and defense, agricultural applications, and police work). Some can have a humanoid form.

Document D AI will be able to beat us at everything by 2060, say experts

Enjoy beating robots while you still can. There is a 50 per cent chance that machines will outperform humans in all tasks within 45 years, according to a survey of more than 350 artificial intelligence researchers.

AI will master many activities a lot sooner, though. Machines are predicted to be better than us at translating languages by 2024, writing high-school essays by 2026, driving a truck by 2027, working in retail by 2031, writing a bestselling book by 2049 and surgery by 2053. In fact, all human jobs will be automated within the next 120 years, say respondents.

The survey, by the University of Oxford and Yale University, was sent to AI researchers who published in 2015 at one of two big conferences in the field – the Conference on Neural Information Processing Systems and the International Conference on Machine Learning. In total, 352 people responded. [...]

But at least we will still be around to deal with these issues. Despite media hype about the dangers of AI, the researchers put only a 5 per cent chance on computers bringing about outcomes near the level of human extinction.

One-trick AI

AIs can already outperform humans in many tasks. AlphaGo, Google DeepMind's AI, has just beaten the best human Go player in the world. Other systems can lip-read better than professionals or help detectives sift through police data. Yet each of these is only good at one task and would be useless at most others unless retrained.

"There is accumulating evidence that machines can overpower human intelligence in complex, though specific tasks," says Eleni Vasilaki at the University of Sheffield in the UK. But there is little evidence that AI with human-like versatility will appear any time soon, she says.

Timothy Revell, *New Scientist,* 31 May 2017.
© 2017 New Scientist Ltd. All rights reserved.
Distributed by Tribune Content Agency

Document E

"The good news, Dave, is that the computer's passed the Turing test. The bad news is that you've failed."

Chris Madden, *Turing test.*

INFO

British mathematician Alan Turing invented a test to determine whether a computer can think like a human being or not. The **Turing test** consists of a human interrogator exchanging written messages with an unknown partner to find out if this is a human or a machine.

2. Complétez le tableau suivant en listant les idées principales de chaque document, en lien avec le thème proposé.

Doc	Type de document	Idées principales
A		• ...... • ...... • ......
B		• ...... • ...... • ......
C		• ...... • ...... • ......
D		• ...... • ...... • ......
E		• ...... • ...... • ......

8 Trouver une problématique

Une problématique est intéressante et pertinente lorsqu'elle fait réfléchir. Pour cela, il faut essayer d'y intégrer deux éléments conflictuels.

1. a) Dégagez 2 ou 3 grands thèmes opposés en surlignant, à l'aide d'un code couleur, les idées extraites des documents (cf. tableau de l'exercice précédent).

b) Résumez chaque thème en une ligne.

- Thème 1 : ......
- Thème 2 : ......
- Thème 3 : ......

2. Complétez les amorces de phrases suivantes pour formuler une problématique que les thèmes dégagés pourraient illustrer.

(To what extend) can ...... ?

Should there be limits to ...... ?

CONSEIL

Les thèmes que vous dégagez des documents vous aident à construire et à préciser votre problématique. Vous pourrez alors changer certains documents selon le point de vue que vous souhaitez illustrer.

9 Construire le plan

1. Ordonnez vos idées en 2 ou 3 parties.
À partir de la problématique choisie, comment organiseriez-vous les parties ?
• Partie I : ....
• Partie II : ....
• (Partie III : ....)
• Conclusion : ....
....

CONSEIL
Vous êtes libre d'organiser vos parties comme vous le souhaitez : en développant un point positif puis en soulignant qu'il y a aussi des points négatifs, ou au contraire en allant du négatif au positif.

2. Dans votre développement, vous ne présenterez pas les documents un à un mais vous tirerez de chacun d'entre eux les éléments nécessaires à votre démonstration, au déroulement de votre présentation. Quel ordre donneriez-vous aux 5 documents afin de mettre en valeur vos idées ?

OBJECTIF BAC AMC

10 Mettre en relation les documents et préparer sa présentation

1. Complétez la trame de votre plan à l'aide de mots clés et d'exemples tirés des documents sur lesquels vous vous appuyez pour expliquer vos idées. Vous n'avez pas à utiliser tous les documents à chaque fois.
Votre brouillon peut prendre la forme d'un tableau de ce type :

Partie I	
Partie II	
(Partie III)	
Conclusion	

2. Utilisez les conseils → FICHE 8 pour rédiger introduction et conclusion.

11 Préparer l'entretien

Après votre présentation orale, vous devrez répondre aux questions du jury. Anticiper ces questions vous permettra de mieux vous y préparer.
Que répondriez-vous à ces trois questions types du jury ?
1. Why have you chosen this axis?
2. Can you justify the order of the documents you have presented?
3. Is this topic being currently debated in the news?

CORRIGÉS

S'ENTRAÎNER LLCE

2 Exploiter les documents

1. a. Faux. "run away and scream" (doc. B); "Hide away, they say" (doc. C).
b. Vrai. "no one else sees me as ordinary" (doc. B); "helper-helpee relationship" (doc. D).
c. Vrai. The meeting does not take place: "a helper-helpee relationship" (doc. D); no-entry sign = disabled people are not allowed (doc. E).

2. a. Stereotypes and language: "ableism [...] a form of discrimination that favours able-bodied people" (doc. D); use of "by your language" (doc. E).
b. The use of words labelling disabled people as deprived of something: lamed / crippled / invalidated.
c. Their impairment: "telethon kids" (doc. D); "your broken parts" (doc. C).
d. When the meeting does take place, it is not successful.

3. a. Education is the key: "if we want to educate... we need to start with de-ableising adults. It starts at home" (doc. D).
b. Redefine normalcy: "I would wish... normal face" (doc. B); "we must see disability for what it is – a natural part of human experience" (doc. D).
c. Bridge the gap between freaks and "normal" people: "I know there's a place for us" (doc. C); colours to raise awareness and trigger positive reactions (doc. E).
d. There is a true meeting.

3 Formuler une problématique

Réponse a. How can encounters with "freaks" challenge our vision of normalcy?

OBJECTIF BAC LLCE

4 Construire le plan

1. et **2.**

Partie I Missed encounters	• avoiding • ostracising • rejecting as not ordinary
Partie II Failed encounters	• downsizing • followong social constructs • prejudging
Partie III Successful encounters	• bridging the gap • educating • redefining normalcy

3. Order of documents = B-D-A-C-E or A-B-D-C-E

CONSEIL
Il y a deux places possibles pour l'œuvre intégrale car elle illustre toutes les parties.

5 Introduire et conclure la présentation

1. *Voici une proposition d'introduction.*
There are 5 documents in my portfolio: *The Curious Incident of the Dog in the Night-time*, a novel written by Mark Haddon published in 2003, focusing on Christopher, a 15-year-old boy with behavioural problems, an extract...

CONSEIL
Procédez de même, de manière synthétique, avec les autres documents en respectant l'ordre qui sert votre propos.

The set of documents deals with the theme "encounters" and explores more specifically "being confronted to otherness". The documents focus on the way society considers disabled people and its consequences.
They help us understand how encounters with so-called "freaks" challenge our vision of normalcy.
To prove this, I will focus on missed encounters between "freaks" and able-bodied people, then I will try to explain why these encounters fail when they do take place. Finally, I will discuss how they can become successful.

2. Order of the conclusion = **b • d • c • a**.

6 Anticiper les questions de l'examinateur

1. We are never told that he suffers from autism, we are given hints: his impossibility to read expressions, his special relation to colours, his refusal of physical contacts, his special needs teacher, his being a math genius at 15 and his unusual way of using logic to deal with emotions.

2. The word "freak" refers to freak shows, parading people considered to be "curiosities" which both fascinated and horrified the public.

3. This sign stresses the absence of adequate equipment which prevents them from having access. Exclusion is created by society.

S'ENTRAÎNER AMC

7 Exploiter le dossier

1. et 2.

Doc	Type	Idées principales
A	Press release from the United Nations	• Robotics accelerates progress • Challenges: ethical questions, human rights, security risks • AI can help distribute natural ressources to countries in need • Sophia humanoid: concerts / interviews / fashion magazine / invited at the UN • "The influence of technology on our societies should be determined by the actions of humans, not by machines"
B	Extract from a short story	• Humans created a supercomputer (AM) to win WW3 • AM becomes more intelligent than humans and kills all human beings but 5 • Machines overpowering men
C	Graph	• A service robot can move and interact with people / it is an assistant • Huge increase in the worldwide sales of cleaning, medical, logistics and transportation robots • Smaller increase in agriculture and hospitality
D	Press article	• Machines will outperform humans in any tasks within 45 years • AI so good it is difficult to distinguish what AI does and what human beings do • Scientists say the human race won't be destroyed • AI can excel at some specific tasks but not versatile / polyvalent / AI can only do what it is trained for
E	Cartoon	• The Turing test can help decide if a machine can think as a human being • The machine passes the test / the human being fails: machines superior to humans

8 Trouver une problématique

1. Les idées extraites des documents peuvent être regroupées en trois grands thèmes :
- Thème 1 : the development of AI and robots helps improve our lives
- Thème 2 : but there are risks and challenges
- Thème 3 : scientists confirm AI is not a danger so there shouldn't be any limits to improving AI

2. La problématique pourrait être la suivante :
(To what extent) can AI and robots threaten our society?
Should there be limits to the development of AI and robots?

9 Construire le plan

1. Voici une proposition de plan :
- Partie I : Fascination for robots & AI
- Partie II : But also fear of robots & AI
- Conclusion : Scientists confirm AI can be trusted / humanity is not threatened / no need for limits if humans stay in charge

2. D'après ce plan, les documents seraient présentés dans l'ordre suivant : A – C – B – E – D.

OBJECTIF BAC AMC

10 Mettre en relation les documents et préparer sa présentation

1. *Ce tableau propose une trame de votre présentation au brouillon.*

Partie I Fascination	• Source of fascination: doc A (Sophia = superstar → TV, fashion magazine, UN) • At the core of progress: doc A (Sophia) + doc C (service robots in different fields) • Help distribute ressources (doc A) • Supercomputers help winning a war: doc B (like **Alan Turing's "Bombe"** decoding machine which helped decypher the Nazi codes during WW2)
Partie II Fear = risks	• Security risks like hacking: doc A • Machines outperforming humans: doc D + E • Loss of jobs which become automated: doc D • Machines overpowering men and destroying humanity: doc B
Conclusion	AI is superintelligent but not versatile: can only do what it has been taught (doc D) AI is not a threat: doc A Challenge = men need to stay in charge: doc A

CONSEIL
L'ajout de **références culturelles personnelles** enrichira votre présentation.

2. *Voici une proposition d'introduction et de conclusion.*

Introduction

Science is part of our lives. It's been evolving tremendously for the past decades, reaching levels of technology that couldn't have been foreseen. Artificial intelligence and robots are everywhere, from industry 4.0 to medicine, domotics and transportation. Be it in fiction or reality, some people have always feared artificial intelligence, saying it could destroy humanity. We can wonder to what extend there should be limits to this double-edged tool. First we will present the fascination around artificial intelligence. In a second part we will explain why it can also be feared.

Conclusion

Possibilities offered by artificial intelligence seem endless. It makes our lives easier, safer and more entertaining. But even if fiction has often spread anxiousness through many films, we can trust scientists when they say humanity isn't threatened. No need for limits to be set as long as humans stay in charge, acting positively. Indeed ethics must remain at the core of any scientific research. That's why transhumanism, which prones eternal digital life, may be our next threat.

11 Préparer l'entretien

1. I've chosen this axis because I've always been interested in science and its innovations. Science is part of our everyday lives. It's important to question its limits.
2. The documents follow the outline of my presentation. In my first part I've focused on the positive impact of AI and robots so I wanted to illustrate this with documents which depict a positive vision of science. Then I have insisted on the negative side with the cartoon and the short story which portray a frightening vision of technology. The final document states the scientists' opinion which is really reassuring.
3. Science touches every single field of our lives. Let's take the example of Elon Musk who is a billionaire entrepreneur who tackles so many science domains from AI to space and medicine.

CONSEIL

Renseignez-vous sur les personnes clés du dossier (auteurs, personnalités, scientifiques), soyez capable de définir les éléments clés (*AI*, *robotics*, *humanoids*), enrichissez vos références culturelles sur la thématique (*Hanson Robotics*, *Turing test*...), suivez l'actualité liée à ce sujet tout au long de l'année.

CRÉDITS PHOTOGRAPHIQUES

3	-h	ph ©	Manuella Le Pennec/Le Scarabée
3	-m	ph ©	Michael Watkins/Getty-Images/iStockphoto
3	-b	ph ©	simonbradfield / iStock / Getty Images
7		ph ©	Manuella Le Pennec/Le Scarabée
13		ph ©	Lydie Lecarpentier/REA
15		ph ©	Georg Lehnerer - stock.adobe.com
19		ph ©	François Guillot/AFP Photo
27		ph ©	Getty-Images/iStock Editorial
33		ph ©	Gisselbrecht/Andia.fr
40		ph ©	François Guillot/AFP
43		©	Lacol/La Borda
45		ph ©	Justin Sullivan/Getty-Image/iStock
55		ph ©	IRStone - stock.adobe.com
57		©	jadopteunprojet.com
59		ph ©	Don Emmert/AFP Photo
71		ph ©	alfexe/Getty-Images/iStockphoto
75		ph ©	Hans-Peter Merten/Getty-Images/iStock
85		ph ©	kobbydagan/Getty-Image/iStock Editorial
87		ph ©	micromonkey - stock.adobe.com
93		©	Didier Eribon/Patrice Normand/Opale/Leemage/Editions Fayard
102		ph ©	WavebreakmediaMicro - stock.adobe.com
103		ph ©	UPI/AFP Photo
105		ph ©	Jean-Sebastien Evrard/AFP photo
106		ph ©	Leonardo Patrizi/Getty-Images/iStock
117		ph ©	RGA/REA
121		©	Federal Bureau of Narcotics/1935/Wikimédia
131		ph ©	Owen Franken/Corbis/Getty-Images
133		©	Les Indégivrables/Xavier Gorce
143		ph ©	AFP Photo
157		©	Sécurité sociale - CNAM
159		ph ©	Andrey Popov - stock.adobe.com
171		ph ©	Pascal Sittler/REA
173		ph ©	vm/Getty-Images/iStockphoto
175		ph ©	Sébastien Ortola/REA
181		ph ©	Michael Watkins/Getty-Images/iStockphoto
191		ph ©	Luisa Ricciarini/Leemage
193		ph ©	Josse/Leemage
195		Doc.	salvador-allende-france2.blogspot.com
197		ph ©	Gianni Ferrari/Cover/Getty-Images
204		ph ©	Getty-Images/iStockphoto
207		ph ©	Gail Orenstein/NurPhoto/AFP Photo
215		ph ©	Kevin Lamarque/AFP Photo
217		ph ©	Roland and Sabrina Michaud/Akg-Images
223		Doc.	Fabernovel, GAFAnomics, october 2014/Pierre Féret
227		Doc.	Alen Lauzán
232		ph ©	Kirk Wester/Getty-Images/iStockphoto
235		ph ©	Willbrasil21/Getty-Images/iStockphoto
244		ph ©	Fayez Nureldine/AFP Photo
247		Doc.	Copernicus Sentinel 2019
249		ph ©	DeAgostini/Leemage
251		ph ©	Ed Jones/AFP Photo
274		ph ©	Till Jacket/Photononstop
277		ph ©	BnF, Paris
278		ph ©	Scanrail - stock.adobe.com
280		ph ©	Archives Hatier
281		Coll.	Kharbine-Tapabor
283		©	Hugo Ferrante
285		ph ©	Roland-Pierre Paringaux/AFP Photo
287		Coll.	Kharbine-Tapabor
293		©	Tom Janssen/Politicalcartoons.com
294		ph ©	EyePress News/AFP Photo
295		ph ©	Nicholas Kamm/AFP Photo
297		©	Julien Neel
305		Coll.	Kharbine-Tapabor
307		ph ©	Farooq Naeem/AFP Photo
309		ph ©	Andrea Jemolo/Akg-Images
311		ph ©	Samuel Magal, Sites & Photos Ltd./Bridgeman Images
312		ph ©	Selva/Leemage
313		Doc.	www.menshealth.com.tr
315		ph ©	Bettmann Archive/Getty-Images
322		ph ©	Ashmolean Museum, University of Oxford/HIP/Leemage
323		ph ©	Vinod Singh/Anadolu Agency/AFP Photo
325		ph ©	Arko Datta/Reuters
333		ph ©	simonbradfield / iStock / Getty Images
345		ph ©	Tierney - stock.adobe.com
353		©	Simon & Schuster, Inc. All rights reserved.
358		©	Steve Espo Powers , photo Vanessa Carvalho / Brazil Photo Press /AFP
400		©	Penguin Books Ltd.
401		©	Twentieth Century Fox - Chernin Entertainment - TSG Entertainment / DR - Collection Prod DB - TCD
403		©	Ju Gosling aka ju90 - /www.ju90.co.uk/
408		©	Chris Madden

Iconographie : Hatier Illustration

PAPIER À BASE DE FIBRES CERTIFIÉES

Hatier s'engage pour l'environnement en réduisant l'empreinte carbone de ses livres. Celle de cet exemplaire est de : 1.8 kg éq. CO_2
Rendez-vous sur www.hatier-durable.fr

Achevé d'imprimer en Italie par «La Tipografica Varese Srl» Varese
Dépôt légal 08674-6/01 - Mai 2022